HEYNE <

LORRAINE FOUCHET

Ein geschenkter Anfang

Roman

Aus dem Französischen
von Sina de Malafosse

WILHELM HEYNE VERLAG
MÜNCHEN

Die Originalausgabe Entre ciel et Lou erschien 2016
bei Éditions Héloïse d'Ormesson

FSC
www.fsc.org
MIX
Papier aus verantwortungsvollen Quellen
FSC® C014496

Verlagsgruppe Random House FSC®N001967

Vollständige Taschenbuchausgabe 05/2019

Neumarkter Str. 28, 81673 München
Printed in Germany
Umschlaggestaltung: Nele Schütz Design, München,
unter Verwendung des Originalcovers © Designbüro Lübbeke
Naumann Thoben, Köln;
Illustration © Stefanie Naumann, auf der Basis der Fotos von
Gettyimages (Christophe Boisvieux, Thomas Barwick)
Druck: GGP Media GmbH, Pößneck
ISBN: 978-3-453-42199-8
www.heyne.de

*Der Malerin Simone Marini, die mir,
sechs Monate nach dem Tod von Isabella Peroni,
eine versiegelte Flasche mit ihrer Stimme darin
geschenkt hat.*

*Den Bewohnern von Groix, denen allein
dieses Fleckchen Erde inmitten des Ozeans gehört.
Denen, die von anderswo gekommen und hier
geblieben sind.
All den von der Bretagne aufgewühlten Seelen.*

Me'zo ganet e kreiz ar mor.

Ich bin inmitten des Meeres geboren.

Yann-Ber Kalloc'h

De quelle source lui vient son nom ?
Est-ce de fée ou de sorcière ?
Ou de quelque noir enfer,
comme la boue de ses sillons
On dit que l'on y voit sa joie,
on dit que l'on y voit sa croix
Je parle de l'Île de Groix.

Aus welcher Quelle stammt ihr Name?
Ist sie Feen- oder Hexenwerk?
Oder kommt sie aus tiefster Hölle, so schwarz
wie der Schlamm in ihren Gräben.
Es heißt, man erblickt dort seine ganze Freude,
Es heißt, man erblickt dort sein Kreuz.
Es ist die Île de Groix, von der ich spreche.

Gilles Servat, Michelle Le Poder

Une île, voici qu'une île est en partance
Et qui sommeillait en nos yeux,
depuis les portes de l'enfance.

Eine Insel, sieh da, sie ist zum Aufbruch bereit.
Sie schlummerte in unseren Augen,
seit den Tagen unserer Kindheit.

Jacques Brel

31. OKTOBER

Jo, Île de Groix

Ich heiße Joseph, du nanntest mich Jo. Ich sitze in der Kirche in der ersten Reihe, mit geröteten Augen, den türkisblauen Pullover über die Schultern gelegt. Du hast gesagt, der Geruch von Lilien könne Tote aufwecken – ich hätte dir welche kaufen sollen. Du hattest einen Sinn für die Liebe, aber auch für Humor. Unser ganzes gemeinsames Leben lang hast du mir schlechte Witze erzählt. Ich will nicht wahrhaben, dass eine so lebhafte Frau wie du nicht mehr ist. Das muss eine Falle sein. Bin ich dir auf den Leim gegangen?

Unsere Kinder sind mit dem Schiff gekommen. Cyrian hat seinen schwarzen Porsche Cayenne, in dem er mit seiner Frau Albane, seiner Tochter Charlotte und dem Welpen Hopla aus Paris gekommen ist, auf dem Parkplatz in Lorient gelassen. Sarah hat den Zug genommen, sie hat nur ihren Stock dabei, nicht den Rollstuhl. Cyrian hat alles in die Hand genommen, so wie in seiner Firma. Er hat deinen Sarg ausgesucht, eine Anzeige in die Zeitung gesetzt und sich um das Begleitheft für den Gottesdienst gekümmert, mit dem Foto von dir, auf dem du atemberaubend schön bist. Unser Sohn ist weder sympathisch noch lustig oder rührend, aber er ist mustergültig.

Die Kirchenbänke sind voll besetzt: auf der einen Seite die Inselbewohner, auf der anderen die Leute vom Festland, deine Familie ganz vorn. Hier waren wir bei den Hochzeiten der Kinder unserer Freunde, bei den Beerdigungen ihrer Eltern. Wir haben uns immer ganz nach hinten gesetzt und uns an den Händen gehalten. Heute Morgen fehlt mir deine Hand, und ich sitze wie ein Streber in der ersten Reihe. Das Votivschiff über meinem Kopf macht mich seekrank. Hinter dem Altar, unter dem Kruzifix, hängt der von zwei sanftmütig blickenden Engeln flankierte Anker. Der neue junge Pfarrer, Pater Dominik, hält den Gottesdienst persönlich ab. Früher konnte man jeden Tag sterben, heute leben die Priester nicht mehr das ganze Jahr über hier. Du hast uns zum richtigen Zeitpunkt verlassen, du bekommst eine Messe. Der Chor La Kleienn singt *Audite silete* von Michael Praetorius. Aufwühlend und ergreifend.

Ich bin hungrig wie ein Wolf. Ich verzehre mich nach dir, meiner Lou, dein Name klingt wie der Wolf, *le loup*. Ich habe Lust auf dich und unsere Crêpes mit Camembert und karamellisierter salziger Butter. Mein Herz ist übervoll, ein Fest für jeden Kardiologen. Ich bin schlecht rasiert, habe meine Schuhe nicht geputzt. Meine Schwiegertochter Albane ist schockiert, dass ich meinen türkisblauen Strickpulli trage. Du hast ihn mir zu unserem letzten Hochzeitstag geschenkt. Ich bin hier der Witwer, lasst mich doch alle in Ruhe! Ich trage immer einen Pullover über den Schultern, das ist mein Markenzeichen. Unsere Freunde haben mir versprochen, dass sie, sollte ich vor ihnen sterben, mit einem Joseph über den Schultern zu meiner Beerdigung kommen. Du wirst nicht da sein, um es zu sehen.

Das Leben ist wie eine Zwiebel, eine Haut legt sich über die andere. Deine verschiedenen Welten sind in dieser

Kirche vereint. Die Bande des Siebten – unsere Freunde von der Insel, die wir am Siebten jedes Monats in Le Bourg bei Fred zum Essen trafen – ist vollständig versammelt. Die Mitglieder des VHFSM sind auch da – den *Verein zur Hilfe von Frauen schwächelnder Männer* habe ich mit Jean-Pierre gegründet, als wir den Ehefrauen von Freunden mit Reparaturen aushalfen, weil ihre Männer unter der Woche auf dem Festland arbeiteten. Deine Familie sitzt ganz vorn, alle mit geradem Rücken, in tadelloser Haltung. Dein Vater, der Graf, ist seit zwei Jahren tot. Deine Mutter ist bei einem Autounfall gestorben, als du zwei Jahre alt warst. Deine älteren Schwestern haben sich wie die Dalton-Brüder aufgereiht, nach Größe geordnet. Ich habe sie seit der Beerdigung deines Vaters nicht mehr gesehen. Sie sind auf dem Familienschloss geblieben, dich habe ich gekidnappt. Sie sehen dir ähnlich, aber ihnen fehlen das Sprudelnde, Sprühende, die Verrücktheiten und Träume. Deine Klassenkameraden aus der katholischen Privatschule sind treu zur Stelle. Ich erkenne sie an ihren Anzügen, Halstüchern, Mokassins und Ballerinas. Zu dieser Jahreszeit tragen unsere Freunde von der Insel warme Jacken, Hosen und derbe Schuhe. Du hast dich für den Clara-Preis eingesetzt, einen Schreibwettbewerb für Jugendliche, deren Geschichten zu Gunsten der Herzforschung veröffentlicht werden. Deine Jury-Kollegen und die jungen Preisträger sind aus Paris angereist. Mein alter Kumpel Thierry Serfaty, Chefarzt für Neurologie, ist mir zuliebe gekommen. Mein Nachfolger, der nun die Kardiologie leitet, ist nur aus Höflichkeit hier, ich konnte ihn noch nie leiden. Ich bin früh in Rente gegangen, vor zwei Jahren, um endlich das Leben mit dir zu genießen. Du hast mich aufs Schlimmste versetzt, Lou.

Du hast dich in der Nacht von Samstag auf Sonntag

davongemacht, als die Uhr auf Winterzeit umgestellt wurde. Um drei Uhr morgens haben die Franzosen ihre Uhren um eine Stunde zurückgestellt. Um mir das letzte Mal eine lange Nase zu drehen, hast du genau in jenem Moment deinen letzten Atemzug getan, die Krankenschwester machte gerade ihre Runde. Bei uns in der Bretagne kommt der Ankou und holt die Seelen der Toten in seinem knarrenden Wagen. Was hast du zu ihm gesagt? »Stell deine Uhr zurück, sonst hast du Pech gehabt!«

Wir gehen durch die große Kirchentür auf den Platz hinaus. Der Thunfisch oben auf der Kirchturmspitze glitzert in der Herbstsonne. Überall sonst sitzt ein Hahn auf dem Turm, aber Groix ist eine Insel von Seefahrern, Anfang des zwanzigsten Jahrhunderts waren wir der führende Thunfischhafen Frankreichs.

Wir haben keinen Aufbahrungsraum auf der Insel, dafür fehlt es an Kundschaft. Der Leichenzug macht sich auf den Weg Richtung Friedhof. Ich gehe diesen Weg jeden Tag, aber ausnahmsweise trinke ich keinen Kaffee bei Triskell, habe keine Zeitung unter dem Arm. Ich habe ein gebrochenes Herz und eine zerschmetterte Seele. Du hast an den Gott deines Vaters geglaubt, ich glaube an den Gott der Seefahrer. Er hat mich im Stich gelassen, ich erleide Schiffbruch auf festem Boden, ertrinke in Kummer, ohne in See gestochen zu sein.

Die Totenglocke läutet. Die Autos halten an. Die Alten bekreuzigen sich. Arthur, Freds Beagle, pinkelt an das Rad des Leichenwagens. Ich werfe ihm einen dankbaren Blick zu, er ist der Einzige, der sich normal verhält. Unsere Kinder gehen niedergeschmettert hinter mir. Ich bete, dass alles nur einer deiner komischen Streiche ist. Wir kommen am Le 50 vorbei. Jean-Louis' Karte wechselt täglich, je nach Marktangebot. Du hättest heute Tomaten-Milles-feuilles mit Taschenkrebsfleisch und Paprikasorbet genommen, ich die Suppe mit geräuchertem Seelachs und Algen. Du hättest dem Nachtisch widerstanden, ich hätte bei der Birne Helene nachgegeben, von der du mir die Hälfte stibitzt hättest. Von jetzt an werde ich mich allein vollstopfen. Dieser Gedanke zerreißt mir das Herz. Wenn ich dir ein Stück abgebe, kommst du dann zurück? Wir sind an der Gemäldegalerie von Yannick, Maurie und Perrine angelangt. Wirst du aus einer der Leinwände hervorbrechen und mich zu Tode erschrecken?

Du warst so schön, Lou, dass du einem Blinden die Sehkraft eines Kampfpiloten geben konntest, einem Querschnittsgelähmten die Schnelligkeit eines Geparden. Ich habe dich nicht tot gesehen, das wollte ich nicht. Ich wollte dieses Bild nicht, auch wenn meine Psychiaterfreunde behaupten, das sei nützlich für die Trauerarbeit. Ich trete in den Trauerstreik, Lou, ich bin ein Sozi.

Unter dem Dach der offenen Markthalle bewegt sich etwas. Aber zu hören ist nichts. Ich bleibe stehen. Alle halten an, abgesehen von dem schwarzen Wagen, der dich fährt. Ich schaue genauer hin. Tatsächlich wird unter dem Hallendach getanzt. An einem der Pfeiler hängt ein Plakat: »Stumme Disco gegen die Besteuerung der musikspielenden Gewerbetreibenden in Le Bourg«. Ich trete aus dem Zug und nähere mich der improvisierten Tanzfläche auf dem Markt, wo heute niemand etwas verkauft.

»Papa!«, flüstert Cyrian peinlich berührt.

»Großpapa!«, setzt seine Frau Albane noch eins drauf.

Ich hasse es, wenn sie mich so nennt; und sie können mich mal. Ich breite die Arme aus, drehe mich um mich selbst. Jeder Tänzer bewegt sich in seinem eigenen Tempo. Sie haben Kopfhörer, Ohrstöpsel, iPods, Handys. Ich tanze nach dem Rhythmus einer Musik, die nur ich höre: Serge Reggiani singt in meinem Kopf. Der Leichenzug wartet konsterniert. Deine Klassenkameraden reißen die Augen auf, deine Schwestern sind sprachlos. Cyrian fasst mich am Arm, ich reiße mich heftig los. Da lässt Sarah ihren Gehstock fallen. Die anderen Tänzer machen Platz. Sie umfasst mich, und wir drehen uns gemeinsam.

»Fellini ist an einem 31. Oktober gestorben«, haucht sie mir ins Ohr.

Wir tanzen schwankend, wackelig, ungeschickt, jeder im Rhythmus seiner Musik, unsere Tochter hört sicher eine Melodie von Nino Rota.

»Ich komme nach«, sage ich zu Cyrian in einem Tonfall, der keinen Widerspruch duldet.

Er tritt zurück, unzufrieden. Seine Frau presst ihre schmalen Lippen zusammen. Charlotte, ihre neunjährige Tochter, sieht aus, als ginge sie das alles gar nichts an. Ihre Halbschwester Pomme, Cyrians zehnjährige Tochter, die mit ihrer Mutter bei uns lebt, hat ein verweintes Gesicht. Sie kennt ihren Vater kaum. Seit ihrer Geburt besucht er sie auf Groix immer nur kurz, zu ihrem Geburtstag, an Weihnachten, Ostern, und am Muttertag hat er dich besucht. Maëlle, seiner Ex und Pommes Mama, geht er bei den Besuchen aus dem Weg.

Ich beende meine Strophe.

Je t'aime, toi, qui ne seras jamais,
Une grande personne,
Ne me quittes pas,
Je t'aime.

Ich liebe dich, die du niemals
erwachsen werden wirst.
Verlass mich nicht.
Ich liebe dich.

Ein letztes Mal spreche ich auf Bretonisch zu dir, *me galon*, mein Herz, *me karet vihan*, mein kleiner Schatz. Dann verbeuge ich mich vor Sarah und hebe ihren Stock auf.

»Wir müssen den Leichenzug einholen«, sage ich.

Sarah flüstert Pomme zu: »*Der Leichenzug* ist ein Gedicht von Jacques Prévert, das so beginnt: Ein alter Mann aus Gold mit einer Uhr in Trauer, die Königin des Schmerzes mit einem Mann aus England, und Arbeiter des Friedens mit Beschützern des Meeres.«

Pomme hat die Augen ihres Vaters, blau mit goldgelben Tupfern. Sie ist schlau, sie weiß, wie der Hase läuft. Wir folgen dir in Sarahs Tempo. Ein echter Insulaner ist man erst, wenn man vier Grabplatten auf dem Friedhof hat, vier Generationen Inselbewohner, die auf diesem Fleckchen Erde inmitten des Ozeans geboren und gestorben sind, gut drei Seemeilen vor der Küste von Lorient. Ich bin hier geboren, stamme von mehreren Generationen von Fischern ab. Du bist im Schloss deines Vaters zur Welt gekommen, eine würdige Nachkommin von Rittern und Jägern. Als du mich geheiratet hast, hast du das »von« verloren und Groix gewonnen. Ich bin dein Seelenverwandter geworden, dein engster Freund, dein Liebling. »Libeling« wie Pomme, unser Äpfelchen, als kleines Kind gesagt hat, und das Wort ist hängengeblieben.

Die Insel bedeutet ebenso Schutz wie Abschottung. Wer sie betritt, wird, wenn er mit ihr verbunden ist, seine verlorene Seele wiederfinden. Wer sie verlässt, nimmt ihren Schatten mit, nimmt die Erinnerung an sie mit ins Exil und lebt in der Hoffnung auf ein Wiedersehen. Groix, ein Stück greifbare Wahrhaftigkeit von acht mal vier Kilometern, macht süchtig. Sobald das Boot zwischen den beiden Einfahrtslichtern von Port-Tudy hindurchfährt und anlegt, lebt man auf. Inseln dienen ihren Bewohnern als innere Landmarke, so wie sich Schiffe auf See einen festen Orientierungspunkt an der Küste suchen. Hier kann man niemand anderes als man selbst sein.

Als Sarah und Cyrian noch Kinder waren, habe ich ihnen erklärt, dass das Herz der Bewohner von Groix von Salzwasser umspült ist. Am ersten Tag der Schulferien nahm ich sie mit, damit sie ein Glas Salzwasser tranken. Wir liefen zum Strand, bei jedem Wetter, und sahen uns in die Augen, während wir tranken. Cyrian, unser Ältester, hat das Ritual als erstes aufgegeben. Sarah hat mir zuliebe ein wenig länger durchgehalten. Ich mache mit Pomme weiter. Charlotte habe ich auch mitgenommen, bei einem ihrer seltenen Besuche hier, sie hat alles wieder ausgespuckt. Albane hat hysterisch geschrien wie eine Möwe. Ich habe es nicht noch mal versucht.

Als ich dich backbord wie steuerbord von Kerzen eingerahmt sah, musste ich an die »Totenwachen und andere tödliche Vergnügen« von Lucien Gourong, dem Weltenerzähler von Groix, denken. Das letzte Mal, als wir ihn uns angehört haben, sind wir singend nach Hause gelaufen.

Elle a perdu son berlingo dans le vallon de Kerlivio.

Sie verlor ihren Berlingo tief im Tal von Kerlivio.

Nun bin ich nicht mehr so vorlaut.

Pomme zittert, als dein Sarg in das Erdloch hinabgelassen wird. Sie will nach der Hand ihres Vaters greifen, doch er hält die Arme fest verschränkt. Charlotte hat den Blick auf ihr Handy gesenkt. Ihr Gesicht verzieht sich, kein Netz hier. Pommes Tränen verstören sie. Deine beiden Enkeltöchter könnten nicht unterschiedlicher sein. Familie ist wichtig. Sie ist entscheidend. Dieser Gedanke quält mich heute besonders. Es verblüfft mich immer, wenn die Leute in Interviews auf die Frage: »Was war der schönste Tag Ihres Lebens?« antworten: »Der Tag der Geburt meiner Kinder«. Für mich ist es der, an dem du mich das erste Mal angelächelt hast. Unsere Kinder waren eine logische Folge, sie haben sich daraus ergeben. Aber dass du mich liebst, mit deinem bezaubernden Blick und deinem umwerfenden Aussehen, das war ein Wunder. Du hattest ein hinreißendes, strahlendes Lächeln, ich bin immer noch geblendet, aber du bist nicht mehr hier, um mich zu führen.

Als mir deine frommste Schwester versichert hat, dass du nun beim lieben Gott auf ewig glücklich seiest, habe ich ihr widersprochen, denn glücklich warst du hier bei uns. Gott hat sich geirrt oder ist übers Wochenende verreist, und sein Stellvertreter hat den falschen Namen auf der Liste abgehakt.

Ich bin auf der Insel aufgewachsen. Es gab zwei Schulen, die des Teufels und die vom lieben Gott, die laizistische und die katholische. Ich habe beide besucht. Dann war ich in Lorient auf dem Internat, studierte in Rennes Medizin, arbeitete wie ein Bekloppter und absolvierte meine Assistenzzeit in Paris. Wir heirateten. Ich weigerte mich, bei deinem Vater einzuziehen, wie die netten Männer deiner gehorsamen Schwestern, das hat er mir nie verziehen. Unsere Kinder wurden geboren, erst Cyrian, dann Sarah. Ich habe mich für zwanzig Jahre verschuldet, um in Paris eine Wohnung zu kaufen, nicht weit vom Bahnhof Montparnasse, von dem aus die Züge in die Bretagne fahren. Ich entschied mich für eine Laufbahn als Kassenarzt, anstatt an Privatpatienten hundert Mal mehr zu verdienen. In den Schulferien fuhren wir immer nach Groix. Und schließlich haben wir uns hier niedergelassen, um mit unserer fröhlichen Bande von Frührentnern ganz hier zu leben. Das war ein schönes, bewegtes Leben. Wir wurden erneut frei und leicht. Bis du im letzten Frühling mit dem Unsinn angefangen hast, meine Liebste. Du warst sechsundfünfzig, und ich habe mir nichts dabei gedacht.

Cyrian und seine Familie leben in Le Vésinet, Sarah wohnt direkt in Paris, im Marais. Sie sind beide erfolgreich und haben uns immer höflich in Ruhe gelassen, selbst als du Ende Juni entschieden hast, ins Pflegeheim zu ziehen, und ich mich schweren Herzens deiner Entscheidung fügen musste. Ich habe niemandem gesagt, warum, ich war durch meine ärztliche Schweigepflicht gebunden. Das ging außer uns ohnehin niemanden etwas an, und du hättest nicht gewollt, dass sie es wissen. Unsere Freunde haben es nicht verstanden. Unsere Kinder waren unangenehm berührt, dich an diesem Ort zu wissen, haben uns aber keine Hilfe angeboten. Cyrian hat sich in seine Arbeit gestürzt und vorgeschlagen, jemanden zu bezahlen, der sich zu Hause um dich kümmert. Sarah hat sich mit Alkohol und Liebschaften getröstet. Sie haben dich ein paar Mal besucht, du hattest Besseres verdient. Am Ende kamen sie zu spät. Charlotte hast du zuletzt vor einem Jahr gesehen.

Ich bin ein Glückspilz, ich gewinne gegen Pomme bei Monopoly, finde in Paris immer einen Parkplatz, im Supermarkt schließen die Kassen direkt hinter mir. Ich habe dich getroffen, du hast mich geliebt. Ich bin unter einem guten Stern geboren, aber du hast ihn mit dir genommen, und nun ist die Nacht tintenschwarz. Du bist dein Leben lang zu spät gekommen, wir haben Flugzeuge, Züge, diverse erste Akte und Filmanfänge verpasst. Zum ersten Mal bist du zu früh dran, bist mir davongelaufen. Gerne will ich den Spaß mitmachen, den du da ausgeheckt hast. Wann lachen wir gemeinsam?

Ich weine nicht. Jedes Mal, wenn wir jemanden zusammen zu Grabe getragen haben, hast du Stan Laurel zitiert: »Wer auf meiner Beerdigung weint – mit dem rede ich kein Wort mehr!« Mir fällt Sarahs Gedicht wieder ein. Ich bin ein Witwer in Türkis mit einem untröstlichen Strickpulli. Ein türkisblauer *Libeling* mit einem einsamen Strickpulli.

1. NOVEMBER

Pomme, Île de Groix

Deine Jacke hängt immer noch an der Garderobe, Lou – keiner traut sich, sie wegzunehmen. Papa, seine Frau und Charlotte sind gestern mit ihrem Labradorwelpen Hopla aus Paris gekommen. Bevor wir zur Kirche gegangen sind, ist Albane mit ihm in den Garten gegangen und hat gesagt: »Hopla, number one!«

Und ich schwöre, der kleine Hund hat Pipi gemacht.

Dann hat sie gesagt: »Hopla, number two!«

Hopla hat sich gehorsam hingehockt. Sie hat aus ihrer Tasche eine Zange und einen grünen Plastikbeutel geholt, um den Haufen aufzusammeln. Sie hat den Hund dressieren lassen. Sie spinnt. Dann hat sie zu Charlotte gesagt: »Mach dich fertig und geh aufs stille Örtchen!«

Und Charlotte ist zur Toilette gegangen. Als sie wiederkam, konnte ich mir nicht verkneifen, ihr zuzuflüstern: »Eines Tages vertut sich deine Mama noch und sagt: ›Charlotte, number two!‹ Und holt ihre Zange raus.«

Meine Halbschwester hat sauer geguckt, aber Jos Blick hat sich kurz etwas aufgehellt.

Ich habe Papas Augen geerbt, Charlotte seinen Mund. Sie hat glatte rote Haare wie ihre Mutter, ich habe braune Locken wie Mama. Heute ist mein zehnter Geburtstag. Dieses Jahr gibt es keinen Kuchen, weil du gestorben bist. Mama hat mir heute Morgen heimlich ihr Geschenk gegeben. Ich hasse Hello-Kitty-Rosa, meine neue Uhr ist schwarz, eine Uhr in Trauer, wie in Tante Sarahs Gedicht. Ich liebe Schwarz, abblätternde Tapete, pfeifende Rohre, aufgewühltes Meerwasser, Quallen und Stechmücken. Die Île de Groix hat sich nicht vom Kontinent gelöst, sie ist vor Millionen von Jahren vom Grund des Ozeans aufgetaucht, das habe ich in der Schule gelernt. Manchmal träume ich, dass die Insel im Wasser versinkt und wir alle ertrinken. Dann wache ich weinend auf, erzähle aber niemandem davon.

Ich habe genauso viele Freunde in Primetur wie in Piwizi. Früher war die Insel zweigeteilt, in Primetur, den östlichen Teil, und Piwizi, den westlichen Teil. Jetzt darf man über die Grenze hinweg heiraten und befreundet sein. Während des Schuljahres wohne ich mit Mama in Le Bourg bei meinen Großeltern, in einem Reederhaus. Im Sommer ziehen wir nach Locmaria, in eine Fischerkate, die Mama von ihren Eltern geerbt hat. Wir vermieten Zimmer, es kommen jede Menge Touristen, und das gibt Butter für den Spinat, auch wenn ich Spinat hasse. Ich hole jeden Morgen mit dem Fahrrad frisches Brot für das Frühstück der Gäste. Mama putzt die Zimmer, wäscht ab, kocht Kaffee und Marmelade. Im Winter vermieten wir nicht, weil es keine Heizung gibt.

Ich habe schon viele Leichen gesehen, Babykaninchen, die nachts von idiotischen Rasern plattgefahren worden sind, Vögel, die die Dorfkatzen erwischt haben, und auch einen Ertrunkenen, der an den Strand gespült worden war. Ich wollte dich nicht sehen, Lou. Ich will mich lieber an dich erinnern, wie dir der Schokoladenkuchen nach dem Rezept deiner Freundin Martine misslingt. Meine Freundinnen haben Großmütter, die sie mit Tartes, *far breton* und *tchumpôt* verwöhnen. Bei dir ging sogar ein

Omelett daneben, du konntest einfach nicht kochen. Aber du hast immer alles mit so viel Liebe gemacht, dass ich es trotzdem gegessen habe.

Mama und Papa sind seit meiner Geburt zerstritten. Mama sagt, dass ich nichts dafür kann, aber sie lügt – meine Geburt hat alles durcheinandergebracht, das hat mir Charlotte mit einem gemeinen, schadenfrohen Grinsen verraten. Papa hatte gehofft, dass Mama zu ihm nach Paris zieht, aber sie wollte Groix nicht verlassen – denn woanders kann man nicht atmen. Ich weiß nicht, ob das stimmt, ich bin nie weiter als bis Lorient gekommen. Charlotte sagt, dass er ihr vorgeschlagen hat, mich wegzumachen, aber dass sie sich geweigert hat. Papa wollte mich nicht, ich bin ein Unfall. Jedes Mal, wenn er auf die Insel kommt, fährt Mama nach Locmaria, damit sie ihm nicht begegnet. Wir essen zusammen in Le Bourg zu Mittag, aber wir reden wenig. Obwohl ich ihm so viel zu sagen hätte, dass ich fast daran ersticke. Er küsst mich auf die Wange, nimmt mich aber nicht in die Arme.

Papa trägt immer einen dunklen Anzug mit Krawatte, nie Jeans wie die anderen Papas auf Groix. Er beschwert sich über die Forderungen der Gewerkschaft und seiner Angestellten, die Krise, die Steuern. Seine Frau Albane ist nie zufrieden. Sie mag die Bretagne nicht, sie fährt lieber ans Mittelmeer, wo das Wasser warm ist. Tante Sarah nennt Charlotte »den unausstehlichen Fratz«. Tante Sarah ist sehr schön und wechselt oft ihre Liebhaber. Sie hat eine *neurogenische, neurolegische* Krankheit mit einem komplizierten Namen, selten und unheilbar. Sie geht am Stock. Wenn sie einen Schub hat, braucht sie einen Rollstuhl. Auf den Unterarmen hat sie Tattoos, links Federico Fellini im Profil mit einem großen Hut und einem Schal, rechts seine Frau Giulietta Masina mit dem Hütchen und dem gestreiften Oberteil aus *La Strada.* Tante Sarah sagt, dass sie keine Zeit zu verschwenden hat, deshalb genießt sie das Leben in vollen Zügen. Sie ist sehr klug, sie war auf der École polytechnique. Auch Papa wollte da studieren, aber er hat die Aufnahmeprüfung vergeigt. Er hat wohl immer noch nicht verwunden, dass seine kleine Schwester ihn übertrumpft hat. Ich werde später mal Arzt, wie Jo. Für das Studium muss ich wegziehen, aber wenn ich fertig bin, komme ich nach Groix zurück, um hier meine Praxis aufzumachen.

Ich bin traurig, weil du tot bist, Lou, aber nicht so traurig wie letztes Jahr im Juni, an dem Tag, als etwas geschehen ist, was ich niemandem erzählen werde, das habe ich mir geschworen. Ich habe alle angelogen, sogar Mama, ich habe so getan, als wäre es die Schuld von Tribord, dem roten Kater, gewesen. Früher nannte man die Seefahrer von Groix die Greks. Wenn sie mit ihren Thunfischbooten, den großen *dundees* mit den flachen Böden und braunen Segeln *hatoup,* also mit vollen Segeln, rausfuhren, hatten sie hohe Kaffeekannen aus Email dabei, die man nach ihnen benannt hat: Greks. An dem Morgen im Juni hat der Kaffee aus unserer Grek uns verbrannt, dich und mich. Ich habe mein Gesicht und deine Hände sofort unter kaltes Wasser gehalten. Wir bekamen Brandblasen, du an den Fingern, ich im Augenwinkel, wo ich für immer eine Narbe behalten werde. Und auch dein Geheimnis werde ich für mich behalten, versprochen.

Danach bist du ins Pflegeheim gezogen. Erst dachte ich, das wäre nur für kurze Zeit, aber du bist nie zurückgekommen. Der Tod währt das ganze Leben, auf ewig. Amen. In seiner Predigt gestern hat Pater Dominique gesagt, dass wir eine Familie seien, die fest zusammenhalte. In Wirklichkeit tun wir nur so. Du warst die Einzige, die uns alle geliebt hat. Ich glaube nicht, dass Papa noch mal einen Fuß auf Groix setzen wird. Er ist immer nur deinetwegen gekommen. Als ich auf dem Friedhof meine Hand in seine gelegt habe, ist er ganz steif geworden. Da habe ich mich auf einmal geschämt und bin von ihm abgerückt. Ich wollte ihn nur trösten und weniger Angst haben. Ich bin für ihn ein Klotz am Bein. Mama arbeitet mit ihren Kolleginnen Marie-Christine und Céline in der großen Buchhandlung. Sie verdient, was wir zum Leben brauchen, Papas Geld will sie nicht. Charlotte sagt, dass ich eine Last für ihn bin, dabei koste ich ihn keinen Euro und bin ganz leicht, während sie kugelrund ist. Auch wenn sie meine Halbschwester ist, wiegt sie doppelt so viel wie ich.

Beim Gottesdienst hat einer deiner Großneffen, der Sopran in einem Pariser Chor ist, ein so schönes Lied gesungen, dass ich erschauert bin. Es heißt *Pie Jesu.* Ich kenne meine Cousins kaum. Wenn man auf einer Insel wohnt, verpasst man die Familientreffen. Jo, Papa, Albane und Tante Sarah werden morgen nach Lorient zum Notar fahren. Dann bin ich zum ersten Mal mit Charlotte alleine.

Ein paar Tage, bevor das geschehen ist, worüber ich nicht sprechen darf, haben Jo und du mir beigebracht, wie man eine Herzmassage macht. Wir mussten so lachen! Jo hat eine Puppe ausgeliehen, mit der Rettungssanitäter üben. Ich habe meine rechte Hand unter das Brustbein der Puppe gelegt, die linke darüber gekreuzt, die Arme senkrecht, und Jo hat gesagt, ich solle regelmäßig draufdrücken, mit einer Frequenz von hundert pro Minute. Ich hab mich immer verzählt, also hast du dein Handy genommen und in voller Lautstärke ein Lied gespielt, ich sollte einfach dem Rhythmus folgen. Ich werde es nie vergessen. Ein Song aus dem letzten Jahrhundert, *Stayin' Alive*, von einer Band, die Bee irgendwas heißt. Wir grölten gemeinsam: »And we're stayin' alive, stayin' alive, ah ha ha ha, stayin' alive, stayin' alive, ah ha ha ha, stayin' aliiiiive!« Das heißt am Leben bleiben. Ich habe Jo gefragt, ob sie im Pflegeheim dein Herz in diesem Rhythmus massiert haben, als es aufgehört hat zu schlagen. Er hat geantwortet, dass du friedlich geschlafen hast und dass am Leben zu bleiben nicht immer die beste Lösung ist.

Lou, dort, wohin wir alle einmal gehen

*I*ch bin tot, aber ich erinnere mich wieder. Als ob ich nach einem langen Urlaub meine Mails abrufen würde. Ich hatte mehrere Monate einen Filmriss, einen Hänger im System.

Mein Gottesdienst war schön. Das *Audite silete* und das *Pie Jesu* waren herzzerreißend. Alle, die mir wichtig sind, waren da. Meine Schwestern, die ja trotz allem meine Schwestern sind, meine Schulfreunde, meine eingeschworenen Clara-Mitstreiter, dein alter Freund Thierry, dein Nachfolger als Kalif anstelle des Kalifen und genügend Groixer Freunde, um eine Fischfangflotte mit ihnen zu besetzen.

Ich liebe dich, aber ich kann es dir nicht mehr sagen, und das zerreißt mir das Herz. Ich will dich berühren, Pommes Tränen trocknen und Charlotte das Handy wegnehmen. Sie gibt sich gleichgültig, um ihre Verzweiflung zu verbergen. Ich habe gesehen, wie du Sarah umklammert hast, mein Libeling, wie ihr euch wie ein Bootshaken und eine Boje ineinander verhakt habt. Der türkisblaue Pullover steht dir gut, ich war mir bei der Farbe nicht ganz sicher, aber ich habe eine gute Wahl getroffen. Ich habe gesehen, wie Cyrian vor Schmerz wankte, wie Pommes Hand die ihres Vaters suchte, ich habe gesehen, wie Maëlle drauf und dran war, ihn in die Arme zu schließen, ich habe gesehen, wie Albane Maëlle voller Hass musterte.

Ich spule den Film zurück, sehe noch einmal unsere Hochzeit, die beleidigten Schnuten unserer Familien und unser glückliches Lächeln. Ich spüre deine Haut auf meiner, nehme deinen Geruch wahr, deinen Geschmack, ich fliege mit dir davon, leidenschaftlich. Ich sehe deinen Stolz bei Cyrians Geburt. Und deine Glückseligkeit bei Sarahs. Deine Ernsthaftigkeit bei der Verteidigung deiner Doktorarbeit. Dein strahlendes Gesicht, als du Chefarzt wurdest. Deine unterdrückten Tränen, wenn der Tod einen deiner Patienten holte. Dein helles Lachen, wenn du einen von ihnen retten konntest. Deine Gefühle, als Thierry Sarahs Krankheit einen Namen gab. Meine Panik an dem Tag, als Pomme sich verbrannte. In meinen Händen fühle ich wieder das Jagdgewehr, wie in jener Nacht, als du mich in deinem Büro gefunden hast. Meine Ohren hören das Neujahrskonzert der Wiener Philharmoniker, das wir an meinem ersten Abend im Pflegeheim noch einmal angehört haben, eng aneinandergeschmiegt. Wieder wird mein Atem langsamer, als der letzte Augenblick naht. Ich habe nicht mal Angst, Jo. Tut ja gar nicht weh. Wie eine Welle oder Sand, der durch die Finger rinnt. Wassertropfen leiden nicht, wenn sie zu Schaum werden, Sandkörner leiden nicht, wenn sie sich am Strand verteilen.

Ich muss lächeln, als ich an den jungen Notar aus Lorient denke, dem ich eine delikate Mission anvertraut habe. Du wirst fälschlicherweise alles für einen schlechten Scherz halten. Du bist der Beste, du wirst es schaffen. Du hast mich noch nie im Stich gelassen. Nun ja, doch, einmal.

2. NOVEMBER

Jo, Lorient

Du hättest einen Notar auf Groix nehmen können. Aber nein, du musstest aufs Festland, auf den Kontinent. Musstest unbedingt die Fähre nehmen, ohne mit mir darüber zu sprechen. Als du unabhängig warst, frei beweglich, bei Bewusstsein. Als du dich daran erinnert hast, dass wir uns lieben.

Ich habe niemals an deiner Liebe zu mir und unseren Kindern gezweifelt. Eure Beziehung war symbiotisch, ich habe mich nie eingemischt, für mich war da kein Platz mehr. Ich habe die Kinder dir überlassen, sie dir anvertraut. Ich habe gearbeitet, für die Wohnung, ihre Schulen, ihr Studium, für Zahnspangen, Brillen, Musikunterricht, Mathenachhilfe, Segelkurse, modische Kleidung, Computer. Eines Tages habe ich dir gestanden, dass ich Sarah Cyrian vorziehe, weil ich mich ihr gegenüber schuldig fühle. Du hast mich wütend angefahren: »Sie ist wunderschön und aufgeweckt. Sie wird stark und glücklich sein!«

Mein Herz zieht sich zusammen, als ob es von einer riesigen Hand zusammengedrückt würde, wenn ich an den Dreckskerl von Assistenzarzt denke, der uns gesagt hat: »Ihre Tochter hat keine Erbkrankheit, aber oft besteht eine familiäre Vorbelastung. Wollen Sie wissen, von welcher Seite es kommt?« Wir haben gleichzeitig »Nein!« gerufen, um diese Last gemeinsam zu tragen.

Dass du nicht da bist, verdeckt mir die Sonne, Lou.

Kein Antidepressivum, kein Seelenklempner wird dich zurückbringen. Ich habe das Leben mit dir geliebt. Bei dem Gedanken an das Leben ohne dich wird mir schlecht. Als ob man mir von nun an bei jeder Mahlzeit den überbackenen Blumenkohl vorsetzte, den ich als Kind so verabscheut habe.

Die Prozession vorgestern, von der Kirche bis zu dem Ort, wo sie dich zur Ruhe gelegt haben, war für dich. Heute Morgen ist sie für alle Verstorbenen, von der Kirche bis zum Denkmal für die auf See gebliebenen Fischer. Dieses Jahr verzichte ich darauf. Als frisch verheiratetes Paar soll man ein Jahr lang bei Tisch nebeneinander sitzen. Als fangfrischer Witwer kümmert man sich nur um seine eigene Trauer.

»Mein Beileid, Herr Doktor.«

Der Händedruck des jungen Notars ist fest, sein Tonfall mitfühlend. Eigentlich ist sein Büro wegen des Feiertags gestern geschlossen. Doch uns empfängt er, weil deine Kinder morgen in Paris zurück zu ihrer Arbeit müssen. Über meine Schultern habe ich einen gestreiften Pullover in den Farben des Sonnenuntergangs gelegt.

Dieser Typ kennt uns nicht. Er sieht einen großgewachsenen Insulaner mit Wirbeln im Haar, einer lustigen Nase und einem orangefarbenen Strickpulli. Seinen Sohn, der ihm gleicht wie ein Ei dem anderen, in der Version des Pariser Yuppies. Seine dem Anlass entsprechend gekleidete Schwiegertochter mit karottenrotem Bob. Seine hinreißende blonde Tochter, die sich auf einen Stock stützt.

Cyrian fühlt sich in meiner Gegenwart unwohl, seit du Fersengeld gegeben hast. Sarah ist nicht so leicht aus der Fassung zu bringen. Wenn es den Leuten unangenehm ist, dass sie im Rollstuhl sitzt, flüstert sie ihnen zu: »Ich bin eine Sirene, ich habe einen langen Fischschwanz anstelle von Beinen.«

»Unser Vater ist Ihnen sehr dankbar …«, beginnt Cyrian.

Ich muss auf der Stelle mein Gebiet markieren, sonst ist es vorbei. Er wird meinen Platz einnehmen, und ich kann mich ins Pflegeheim verziehen.

»Ich bin zwar Witwer, Cyrian, aber nicht senil. Deine Mutter hat sich davongemacht, ich bin noch da. Also sprich nicht in meinem Namen. Verstanden?«

Er schluckt es. Ich beiße mir auf die Lippe. Warum habe ich »davonmachen« gesagt? Ich sehe dich vor mir, in einem Sommerkleid, sehe deine sonnengebräunten Beine, die stolze Brust, deinen vollen Mund. Alte Damen sterben, Frauen machen sich davon. Du hast dich davongemacht, Lou. Und du hast mich mit einem Loch in der Brust meinem Schicksal überlassen. Der Notar räuspert sich. Seine Jeans sitzt einwandfrei, und auf seiner Strickjacke prangt ein Krokodil. Er ähnelt deinen Neffen vom Schloss. Dein Vater hat es mir lange übel genommen, dass ich dich auf meine Insel entführt habe. Er war standhaft wie ein Fels und ist zusammengebrochen wie ein einstürzender Bergfried, allein in seinem Park, vor seinem Wassergraben und den Schwänen. Er hatte recht, darauf zu bestehen, dass wir bei ihm leben. Wäre ich da gewesen, hätte ich ihn vielleicht retten können.

Dein Notar hat einen hochnäsigen Akzent. Ich habe genauso gesprochen, wenn ich meine snobistischen Patienten beruhigen wollte. Aber in meinen Träumen spreche ich den Dialekt von Groix. Du hast es bemerkt, weil ich im Schlaf spreche.

»Die Verschiedene«, verkündet der Notar hochtrabend, »vermacht ihren Anteil an der Wohnung am Boulevard

Montparnasse ihrem Ehemann. Und ihren Anteil am Haus auf Groix vermacht sie zu gleichen Teilen ihren Kindern.«

Wir haben diese Entscheidung zusammen getroffen, um Cyrian und Sarah dazu zu bringen, auf die Insel zurückzukommen. Das Haus ist groß genug, sodass wir uns nicht auf die Nerven gehen würden, und ich könnte es für sie in Stand halten.

»Ich werde Ihnen nun ihren letzten Willen vorlesen«, fährt der Notar fort.

Cyrian und seine Frau sitzen auf der Stuhlkante. Sarah hat sich in ihrem Sessel zurückgelehnt, Federico und Giulietta sitzen rittlings auf den Armlehnen. Der Notar hat eine Augenbraue gehoben, als er die Tätowierungen bemerkte.

»Jo, Cyrian, Sarah, ich bitte euch, steht zusammen, haltet die Traditionen aufrecht, bewahrt unsere familiären Werte. Trefft euch an den Feiertagen weiter auf Groix.«

Unsere Kinder nicken gehorsam.

»Wir werden Sie an Weihnachten und Ostern nicht allein lassen, Großpapa«, ruft Albane pathetisch.

Sie hat niemals eingewilligt, mich zu duzen.

»Geht klar«, fügt Sarah hinzu und zwinkert mir verschwörerisch zu.

»Ich wünsche mir, dass Pomme und Charlotte lernen, wie man den ... *tchumpôt* meiner Freundin Lucette macht«, liest der Notar mit einem Fragezeichen in der Stimme.

Er spricht das Wort aus, wie er es liest, »tschumpott«, aber die Inselbewohner sagen »tschuuumpooot«. Das ist ein Kuchen, der vor allem aus Butter und Vergeoise-Zucker besteht, dagegen ist der *kouign amann* die reinste Diät. Er ist dir jedes Mal misslungen.

»Albane hat einen Kurs bei einem Sternekoch gemacht«, sagt Cyrian. »Sie wird Charlotte helfen.«

Der Sternekoch tut mir leid, wenn er meine Schwiegertochter ertragen musste. Im *tchumpôt* ist Liebe und Zucker, das findet man nicht in Kochkursen für die depressive Pariserin.

Der Notar wirft mir einen sonderbaren Blick zu. Mein Lächeln gefriert. Ein Schwall Extrasystole bringt meine Brust zum Beben. Unauffällig lege ich meinen linken Zeige- und Mittelfinger auf mein rechtes Handgelenk, um meinen Puls zu fühlen. Er rast, aber ich habe keine Schmerzen in der Brust. Schade. Ein Herzinfarkt beim Notar, das hätte Eindruck gemacht. Eine Zeitungsnotiz in den Lokalnachrichten wäre mir sicher gewesen. Deine Kinder sind hier, ich hätte vor versammelter Mannschaft den Löffel abgegeben. Früher hat man Sterbenden eine Tonpfeife zwischen die Zähne geschoben. Wenn sie den Geist aufgaben, sackte ihr Unterkiefer ab, die Pfeife fiel heraus und zerbrach. Ich öffne den Mund, als ob ich eine unsichtbare Pfeife loslassen würde. Sarah bemerkt es. Der Glanz in den Augen des Notars macht mir Angst. Du hast mir eine Falle gestellt, ich kenne dich.

»Die Verschiedene hat ein Kodizill speziell für Sie hinzugefügt, Herr Doktor, woran ein Vermächtnis gebunden ist.«

Da wären wir nun. Was muss ich tun, Lou? An einem Bungeeseil von den Felsen am Port Saint-Nicolas springen? Auf den Kirchturm klettern und den Thunfisch herunterholen? Das Pflegeheim rot anstreichen und mit blauen Punkten verzieren? Etwas Erheiterndes wird es bestimmt, das spüre ich.

»Zunächst soll ich Ihnen allen den ersten Absatz vorlesen.«

Er macht eine wirkungsvolle Pause. Man könnte meinen, er moderierte eine Reality-Show.

»An meinen Mann, Jo.«

Ich verziehe das Gesicht, bin peinlich berührt, als ich diesen Jungspund deine Worte aussprechen höre.

»Wir haben uns innig geliebt.«

Du beginnst mit Streicheleinheiten. Instinktiv ziehe ich den Kopf ein. Bereite mich auf den Schlag vor.

»Dennoch hast du mich betrogen, mein Liebster.«

Der Schock lässt mich wanken. Findest du das witzig? Ja, ich habe andere Frauen als dich angeschaut! Einige sind in meiner Phantasie aufgetaucht. Manche habe ich begehrt. Aber ich habe dich nie betrogen. Und damit gehöre ich nach allem, was Freunde mir anvertraut haben, zu einer aussterbenden Art. Ein verliebter Dinosaurier.

Cyrian durchbohrt mich mit Blicken. Albane macht ein angewidertes Gesicht. Sarah wirkt überrascht. Pomme und Charlotte sind sicher gerade dabei, sich auf der Insel gegenseitig umzubringen.

»Das ist lächerlich«, sage ich mit einem gezwungenen Lächeln.

Der Notar hebt die Hand. »Lassen Sie mich zu Ende lesen. ›Du hast mich hintergangen, aber ich verzeihe dir. Ich möchte nicht, dass unsere Kinder mehr wissen. Das geht nur uns etwas an. Sie sollen nun aus dem Raum gehen. Das Folgende ist nur für deine Ohren bestimmt, Jo.‹«

Der Notar deutet zur Tür. Cyrian erhebt sich, dreht mir den Rücken zu und folgt der Anweisung. Albane geht hinter ihm her, nachdem sie mich angeschaut hat, als wäre ich eine verdorbene Auster. Sarah versetzt mir beim Hinausgehen einen kleinen Schlag mit ihrem Stock. Ich zittere vor Wut. Und zugleich will ich lachen, weil es der schlechteste Witz ist, den du je gemacht hast. Das ist grottenschlecht, Lou. Unglaublich. Aber es funktioniert. Bravo, du bist die Beste. Und jetzt, wie soll ich ihnen beweisen, dass das nicht stimmt?

»Nur deinen großen Ohren«, fährt der Notar unerschütterlich fort. »Wenn du dies hörst, dann bin ich vor dir gegangen. Also ist wahr, was man erzählt: Leute mit Dumbo-Ohren leben länger. Ich wusste es!«

Du hast echt einen miesen Humor, Lou.

»Du bist verdattert und sauer. Ich nehme es dir nicht übel, Jo. Aber du hast mir gegenüber eine Ehrenschuld. Ich gebe dir einen schwierigen Auftrag. Das ist deine Strafe.«

Du machst also keine Witze? Du glaubst wirklich, dass ich dir untreu war? Hast du schon deliriert, als du zum Notar gegangen bist? Wenn ich das früher gewusst hätte! Ich hätte mich mit Freuden hingegeben! Sie waren heiße Feger, die Babysitter der Enkel unserer Freunde. Und die schwedische Touristin, deren Fahrrad ich repariert habe. Möglichkeiten hätte es genug gegeben, wenn ich gewollt hätte! Ich hätte es tun sollen, dann hättest du mich zumindest zu Recht beschuldigt, meine Liebste!

»Hier ist die Mission, die dir zufällt, mein Libeling«, fährt der Notar fort. »Libeling?«

»Familiendialekt. Lesen Sie weiter.«

»Ich verlange von dir, dafür zu sorgen, dass unsere Kinder, um die du dich nie gekümmert hast, glücklich werden. Du warst ein wundervoller Liebhaber, ein phantastischer Ehemann und ein abwesender Vater. Dein Vater und dein Großvater fuhren zur See, du hast das Familienmodell kopiert. Deine Vorfahren fingen Fische, du hattest Dienst im Krankenhaus. Unsere Kinder sind erfolgreich in ihren Berufen, aber glücklich sind sie nicht.

Wenn mein Notar dir diesen Brief vorliest, kann ich nichts mehr für sie tun. Also vertraue ich sie dir an. Cyrian ist verheiratet und Vater, Sarah ist frei und fliegt von einer Blume zur anderen. Sie wissen jedoch nichts über die Liebe. Du hast Patienten mit völlig flachem EKG das Leben zurückgegeben. Ich verlange von dir, dass du den beiden Erwachsenen, die deinen Namen tragen, das Lächeln zurückgibst. Dabei lasse ich dir freie Hand. Glück ist ansteckend. Mach dich auf eine Überraschung gefasst.«

Was soll diese Farce, Lou?

Der Notar fährt unerbittlich fort: »Cyrian und Sarah dürfen nichts davon wissen. Ich verbiete dir, es ihnen zu erzählen. Auch mit der Bande des Siebten darfst du nicht darüber sprechen. Diese Mission ist nicht unmöglich. Durch eine Sicherheitsfrist bekommst du die Zeit, die du benötigst. Der Geheimdienst wird jegliche Kenntnis dieser Operation abstreiten. Dieser Brief wird sich nicht in fünf Sekunden selbst vernichten.«

Er blickt zu mir auf. »Das ist aus einem Film mit Tom Cruise.«

»Ganz und gar nicht. Das ist aus einer Serie mit Peter Graves und Barbara Bain. Aus den Sechzigern, da waren Sie noch nicht geboren.«

»Verstehen Sie den Hinweis auf die Bande des Siebten?«

Ich nicke. »Was ist die Überraschung, auf die ich mich gefasst machen soll?«

»Ihre Frau hat Ihnen und Ihren Kindern einen Brief geschrieben. Ich werde ihn Ihnen aushändigen, sobald Sie die Mission erfüllt haben.«

Ich brülle los: »Geben Sie ihn sofort her! Sarah und Cyrian sind erwachsen, sie leben fünfhundert Kilometer von Groix entfernt, sie haben sich ihr Leben selbst ausgesucht. Lou war krank, ihr Leiden hat ihr diese absurde Idee in den Kopf gesetzt. Ich bin Arzt, ich weiß, wovon ich rede. Sie sind Notar, Sie sind nicht dafür qualifiziert, das Glück anderer zu bewerten.«

»Meine Rolle beschränkt sich darauf, Ihnen den letzten Willen der Verschiedenen mitzuteilen, Herr Doktor. Ich kann Ihre Vorgehensweise nicht bewerten.«

»Wer soll sie dann bewerten?«

»Diese Frage habe ich ihr auch gestellt. Sie hat gesagt, dass sie Ihnen vertraut.«

»Obwohl sie mir vorwirft, sie betrogen zu haben?«

Der Notar zuckt mit den Schultern. »In meinem Beruf kriegt man alles Mögliche zu sehen. Wenn Sie wüssten, was mir schon für verrückte Testamente untergekommen sind. Falls Sie guten Gewissens sagen können, dass Ihre Kinder glücklich sind, kommen Sie in zwei Monaten zurück. Dann dürfen Sie den Verschluss öffnen und den Brief lesen. Ich wünsche Ihnen gutes Gelingen, Herr Doktor.«

Er steht auf, um mir zu verstehen zu geben, dass die Unterredung damit beendet ist. Er wird nach Hause gehen, den Rest seines freien Tages genießen, den ich ihm verdorben habe. Ich werde meinen Kindern gegenübertreten müssen.

»Warten Sie mal! Sie haben von einem Verschluss gesprochen. Meinen Sie damit, dass der Umschlag versiegelt ist?«

»Es gibt keinen Umschlag.«

Der Notar öffnet eine Schreibtischschublade und holt eine Champagnerflasche heraus, die er vor mich stellt. Sie ist mit Wachs versiegelt. Ein Teil des Etiketts wurde abgekratzt, es fehlen die zwei letzten Buchstaben der Marke, nur »Merci« ist noch zu lesen. Die Flasche enthält zwei gefaltete Blätter. Ich erkenne sie sofort. Das letzte Mal habe ich sie an einem Juniabend gesehen, es war Mittsommer. Ich war noch ein überlasteter Chefarzt, Pomme war erst wenige Monate alt …

ZEHN JAHRE ZUVOR

Lou, Île de Groix

Es ist der Abend des längsten Tages im Jahr. Ich habe uns liebevoll Sandwiches gemacht, du wirst sie schwer verdaulich und geschmacklos finden. Auch wenn ich Kochkurse belegt und ein ganzes Regal mit Kochbüchern habe, wird alles, was ich anfasse, ungenießbar. Ich habe mich damit abgefunden. Da du wusstest, was dich erwartet, hast du Chips und Haribo-Erdbeeren gekauft. Wir nehmen den Roller, um am Meer zu picknicken. Wir sind ganz allein am Strand und sitzen auf einem großen Handtuch, beobachtet von einer großen Möwe, die sich über die Bescherung freut. Sie kennt uns, sie weiß, dass sie auf unsere Brote hoffen darf. Du wirst von deinem immerhin die Hälfte essen, mir zuliebe. Sarah und ihr Verlobter Patrice haben gerade die Aufnahmeprüfung für die École polytechnique bestanden. Sie sind zum Wandern nach Korsika geflogen. Ihre Hochzeit ist im Oktober, die Einladungen sind verschickt. Cyrian hat die Prüfung nicht bestanden, aber seine neue Freundin Albane tröstet ihn. Du sagst, dass ihm das den Kopf zurechtrücken wird, ich finde, dass diese Demütigung nicht nötig gewesen wäre. Du bist ein wunderbarer Arzt, mein Libeling, aber du verstehst unseren Sohn nicht. Du hast alles dafür getan, um Chefarzt zu werden. Cyrian hat solche Angst, dich zu enttäuschen, dass er wie gelähmt ist. Du hast Sarah lieber als ihn, und das spürt er. Du hältst Albane für eingebildet, nennst sie Eliane, Ariane, Morgane, kannst dir ihren Namen einfach nicht merken. Dir gefällt Maëlle besser, die er vorher geliebt hat, Mama der acht Monate alten Pomme, nach der wir verrückt sind. Ich bin eine Glucke. Wenn es meinen Küken gut geht, gackere ich vor Freude und lasse dich den Hahn spielen. Ein Kind zu lieben bedeutet, von dem Kind Abschied zu nehmen, das man sich erträumt, in seiner Phantasie ausgemalt hat, es bedeutet, das Kind so zu akzeptieren, wie es ist, nicht wie wir es uns wünschen. Du hättest dir Cyrian nicht als Freund ausgesucht. Aber er ist unser Sohn, Jo. Er ist dein Sohn, und er ähnelt dir.

Der Plage des Grands Sables ist der einzige konvexe Strand Europas, und noch dazu ein wandernder. Die Meeresströmungen entlang der Insel tragen den Sand ab und setzen ihn ein Stück weiter wieder ab. Durch die Stürme hat sich der Strand um mehrere hundert Meter nach Nordwesten verschoben und die Pointe de la Croix, die Inselspitze von Groix verlängert. Ich habe eine Flasche Mercier-Champagner und zwei Gläser mitgebracht, echte Sektgläser, keine Plastikbecher. In genau dem Moment, als die Sonne ins Meer sinkt, lässt du den Korken knallen. Über den Schultern trägst du einen passionsfruchtfarbenen Joseph. Es fehlt nur noch das *Adagio für Streicher* von Barber, dirigiert von Leonard Bernstein, dann wären wir im Paradies.

»Auf die Liebe«, wirfst du ein.

»Schau mich an, wenn du anstößt, Jo, sonst gibt es sieben Jahre schlechten Sex!«

Du gehorchst augenblicklich. Strategisch bringe ich meine Figuren in Position.

»Hast du ein Lied für diesen Augenblick, mein Libeling?«

Ich rechne damit, dass du Barbara, Reggiani oder Brel wählst. Doch du singst Serge Lama, veränderst aber den Text, sagst »Lou« statt »l'eau«, Wasser, deshalb reimt es sich nicht mehr.

Une île entre ciel et Lou!
Une île, sans hommes ni bateaux.

Eine Insel zwischen Himmel und Lou!
Eine Insel ohne Männer und Boote.

Ich antworte mit den Worten Michel Fugains und seinem *Big Bazar*:

Chante, la vie, chante,
Comme si tu devais mourir demain!

Sing, Leben, sing,
Als wenn du morgen sterben müsstest.

Das Meer geht zurück, lässt Algen und Muschelschalen am Ufer zurück. Ein Stück draußen liegt ein Segelschiff vor Anker, ein Lachen klingt zu uns herüber.

»Du bist mein Meeresschatz, Lou.«

»Heute ist die Sommersonnenwende, und alles hat eine tiefere Bedeutung. Die Hälfte des Jahres ist vorbei, genau wie die Hälfte unseres Lebens. Auch wir haben die Inselspitze verlängert.«

»Wir müssen jeden Moment auskosten, *carpe diem.* Deine Brote sind scheußlich, aber deine Küsse schmecken wunderbar.«

Du lehnst dich zu mir rüber, ich schiebe dich weg.

»Ich liebe dich seit dem ersten Tag, Jo, als unsere Blicke

sich auf der Hochzeit meines Cousins trafen. Du hast so schlecht getanzt, dass du unwiderstehlich warst.«

»Das stimmt nicht, ich bin geschmeidig und elegant. Die Mädchen haben es geliebt, wenn ich sie zum Schwofen aufgefordert habe.«

»Weil du wie ein Kloß getanzt und ihre Füße zerquetscht hast! Eng zu tanzen war weniger riskant.«

Du bist mir wegen des unpassenden Segelpullis über den Schultern aufgefallen. In meinem lächerlichen gelben Kleid sah ich aus wie ein Kanarienvogel. Ich habe mein Herz an Deck deines Schiffes gesetzt.

»Es war das erste Mal, dass ich ein Schloss betrat, Lou. Dass ich Männer im Frack und Frauen mit anderen Hüten als bretonischen Mützen sah. Ich war beeindruckt. Dann habe ich dich gesehen und wusste …«

Ich war unmöglich gekleidet, ohne Mutter wächst man anders auf. Mein Vater hatte ein Schloss, aber kein Vermögen, alles wurde in die Reparatur von Dach und Wassergraben gesteckt. Ich bin die fünfte Tochter, ich erbte die Kleider meiner älteren Schwestern, die bei ihnen schlecht saßen und an mir unbeschreiblich aussahen. Du bist zu mir getreten und hast gesagt: »Sie haben Augen in gebrochenem Blau, ich würde sie gern zusammenfügen.« Ich habe geantwortet, dass diese Farbe nicht existiere. Du hast mit Bestimmtheit entgegnet: »Doch, natürlich, das ist eine Variante von gebrochenem Weiß!«

»Du hast wirklich getanzt wie ein Elefant im Porzellanladen«, fahre ich unerbittlich fort. »Du musst mir eins versprechen, Jo.«

»Zwing mich nicht, das Sandwich aufzuessen!«

»Ich meine es ernst. Ich will auf dich zählen können.«

Ich erkläre es dir. Du lehnst ab. Ich bestehe darauf.

Wir sitzen stundenlang am Meer, diskutieren, zanken, nehmen uns in den Arm. Wir trinken den Champagner aus. Die Möwe fliegt weg, den Rest meines Sandwiches im Schnabel. Ich wiederhole mich. Du bleibst dabei. Ich argumentiere. Du hältst stand. Ich ziehe alle Register, beginne leise zu weinen. Du gibst nach. Und versprichst es mir schließlich, damit ich meine Tränen trockne. Ich küsse dich lange und innig und flüstere: »Das ist nicht der Appell vom 18. Juni, sondern das Knutschen vom 21. Juni, mein Liebster!« Ich leihe mir dein Taschenmesser, schnitze den Champagnerkorken zurecht. Ich hole ein Blatt Papier aus meiner Tasche, setze einen ordentlichen Vertrag auf, den wir beide unterschreiben. Ich schiebe ihn in die leere Flasche. Ich lege meinen Mund an die Öffnung und rufe Worte in die Flasche, die du nicht hören kannst. Dann verkorke ich sie. Anschließend kratze ich am Etikett, bis die beiden letzten Buchstaben verschwinden. Zurück bleibt nur »Merci«. Mit dem Roller fahren wir durch die laue Sommernacht zurück nach Le Bourg.

Zu Hause erwarten uns zwei Nachrichten auf dem Anrufbeantworter, die unser Leben für immer verändern werden. Die erste ist von Cyrian, der seine Verlobung mit Albane verkündet und uns im gleichen Zuge mitteilt, dass die Ankunft eines weiteren Babys in der Familie bevorsteht. Die zweite ist von Sarah, sie ist so außer sich, dass ich ihre Stimme kaum erkenne: »Papa, Mama, irgendetwas stimmt nicht, ich kann nicht mehr normal laufen, wir gehen nicht wandern. Patrice und ich nehmen den nächsten Flug nach Paris.«

Ich gerate in Panik. Du versuchst mich zu beruhigen: Sarah hat sich bei der Vorbereitung auf die Prüfung verausgabt, du wirst dich um alles kümmern. Du lässt deine Tochter von deinem Freund untersuchen, Professor Thierry Serfaty, er ist der Beste.

Thierry erstellt rasch seine Diagnose, und der Himmel stürzt über uns ein. Patrice löst die Verlobung mit Sarah, die Ratten verlassen das sinkende Schiff. Du schlägst vor, ihn auseinanderzunehmen, um dein Anatomiewissen aufzufrischen, ich halte dich davon ab. Sarah wird seinen Namen nie wieder aussprechen. Wir sagen die Hochzeit ab.

Patrice beginnt sein Studium an der École polytechnique. Sarah verliert sechs Monate im Krankenhaus, wird untersucht, durchleuchtet. Sie tritt ihr Studium ein Jahr später an. Cyrian und Albane heiraten, Albanes Eltern kümmern sich um alles. Du hättest gern, dass sie die Hochzeit verschieben, aber Albanes Bauch rundet sich, wir haben nicht mitzureden. Der Schmerz hat Sarah im Griff, doch auf den Fotos lächelt sie tapfer neben dem Brautpaar. Sie stützt sich auf einen Gehstock, den sie mit weißem Tüll und Goldpailletten verziert hat. Als sie beim Gottesdienst in der Kirche neben mir in der ersten Reihe sitzt, schiebt sie die Ärmel hoch und zeigt mir ihre frischen Tätowierungen, Federico und Giulietta. Sie werden sie nie verraten.

2. NOVEMBER

Jo, Lorient

Seitdem habe ich die Flasche mit deinem Brief und deiner Stimme darin nie wieder gesehen, Lou. Bis heute. Nun enthält sie zwei Blätter, den berüchtigten Vertrag und einen Brief an mich und die Kinder. Du hast die Flasche mit Wachs versiegelt. Endlich verstehe ich, was du mir vorwirfst. Ich habe dich nicht betrogen, aber ich habe mich nicht an unsere Vereinbarung gehalten. Schwindel erfasst mich, ich klammere mich an den Armlehnen meines Sessels fest. Der Notar ist besorgt, nicht um mich, um seinen freien Tag. Wenn ich in seinem Büro sterbe, wird ihn das aufhalten.

»Es ist ein Arzt im Raum«, sage ich, um ihn zu beruhigen.

Er kann nicht darüber lachen.

»Ich hole Ihre Kinder.«

»Nein, es geht schon. Ich bin nur etwas aufgewühlt. In der Flasche ist die Stimme meiner Frau.«

Der Blödmann hält mich für einen alten Trottel und dich für eine Tote. Ich weiß natürlich, dass deine Stimme sich mit dir davongemacht hat, dass ich sie nicht hören werde, wenn ich die Flasche entkorke. Und doch hoffe ich darauf, so wie ich als Kind meinem Vater geglaubt habe, als er mich das Meer in einer Muschel hat hören lassen. Spiralförmige Muscheln haben einen goldenen Schnitt, so wie Blumenstempel, Pyramiden und Kathedralen. Du warst mein goldener Schnitt, Lou. Ich werde deinen letzten Willen achten. Weil ich dich liebe – und wissen will, was du uns geschrieben hast. Aber du irrst dich. Unsere Kinder sind glücklich.

Wenn in Arztfamilien jemand krank wird, gibt es immer Probleme. Die Kinder bekommen Blinddarmentzündungen mit Komplikationen. Den Eltern passieren Anästhesieunfälle. Mir reicht es. Sarah hat keine multiple Sklerose, sie hat ein seltenes Leiden. Du hattest nicht Alzheimer, sondern eine seltene Krankheit, die das Gedächtnis angreift. Aller guten Dinge sind drei. Wer wird der Nächste von uns sein?

Der Notar geht unsere Kinder holen. Das wird ein Gemetzel. Du hast mir gerade die nächsten zwei Monate versaut, meine Liebste. Was bleibt mir noch, ohne dich? Die zweistellige Zahl unserer gemeinsamen Jahre und die hundertstellige unserer gemeinsamen Lachanfälle?

Das Taxi setzt uns am Hafen von Lorient ab. Das Schiff, das die Insulaner den Dampfer oder das RoRo, die Touristen die Fähre nennen, legt ab und schippert los Richtung Groix. Die Insulaner setzen sich nach drinnen, die Touristen und Wochenendinsulaner bleiben draußen, den Blick auf den Ozean gerichtet. Das Meer ist glatt, das Schiff stabil. Schade, ich hätte es tröstlich gefunden, wenn Albane sich übergeben hätte.

Sarah nimmt mit den Alten und Schwangeren den Aufzug. Sie lässt sich an einem Bullauge nieder, schiebt ihren Stock unter den Sitz. Die Männer drehen sich nach ihr um. Sie ist das gewohnt, es ist ihr egal. Sie mustern eingehend ihr blondes Haar, ihre topasfarbenen Augen, ihre taillierte Jacke, ihre Beine, die in hautengen Jeans stecken. Sie ist eine sinnliche Frau. Cyrian und Albane steigen mit den Touristen auf das obere Außendeck. Auf Groix sieht man sommers wie winters zwei Sorten Touristen: die mit Rucksack und Stock ausgerüsteten Wanderer und die Nachahmer, in neuen Windjacken und Segelschuhen, die nicht weiter als bis zum Café am Hafen kommen.

Ich bleibe an der Grenzlinie zwischen Insulanern und Touristen, draußen bei den Rauchern auf dem unteren Außendeck. Dir zuliebe habe ich meine letzte Zigarette vor zwanzig Jahren ausgedrückt, aber nun schnorre ich eine von einem jungen Mann, den ich vom Sehen kenne. Mit der Kippe im Mund, die Finger um die Reling geklammert, starre ich aufs Meer und ziehe den Rauch ein. Ich warte, bis wir auf dem offenen Meer sind, in der Courreaux-Passage, bevor ich mich neben Sarah setze. Die Touristen finden, dass ich zu alt für sie bin und schauen mich voller Verachtung an.

»Harter Tag, was Papa?«

»Ich habe deine Mutter nicht betrogen.«

Ein lustloses Lachen entfährt ihr.

»Patrice hat mich eins gelehrt, nämlich dass man niemandem trauen kann.«

Dein Verschwinden hat die Büchse der Pandora geöffnet, Lou. Gestern saßen Maëlle und Cyrian in derselben Kirche, was ich niemals für möglich gehalten hätte. Heute hat Sarah den Namen ihres Ex ausgesprochen.

»Was hat der Typ mit dem Krokodil zu dir gesagt, als wir draußen waren?«

»Deine Mutter hat mir eine Mission auferlegt. Ich darf mit euch nicht darüber sprechen.«

Wir blicken durch das Bullauge auf den Ozean. Dann dreht sich Sarah zu mir.

»Es tut mir leid, Papa. Ich habe dir nicht geholfen, als sie krank wurde, das ging über meine Kräfte. Wenn du geglaubt hast, dass sie im Pflegeheim besser aufgehoben war, war das sicher richtig so.«

»Ich habe gar nichts geglaubt, deine Mutter hat mir keine Wahl gelassen.«

»Zumindest war sie nicht allein, sie hatte dich. Allein zu sein, ist schrecklich.«

In meinem Kopf schrillt eine Alarmglocke. Ich hätte schwören können, dass meine Tochter gerne allein lebt. Das Schiff lässt sein Horn tuten, als es sein Pendant kreuzt, das von der Insel nach Lorient übersetzt.

»Ich komme an Weihnachten, Papa. Aber ich kenne Albane, sie wird Cyrian so lange bearbeiten, bis er seine Meinung ändert. Vorher hatte sie nichts in der Hand, um dir zu schaden. Jetzt wird sie den Kampf mit Freuden aufnehmen.«

Du wusstest, was mir bevorsteht, Lou. Ich schlucke mühsam. Ich denke an unsere Kinder, wie sie früher waren, miteinander verschworen, am liebsten sprachen sie im Inseldialekt. Besonders beliebt war das Schimpfwort *gast* als Schlusspunkt eines Satzes. Die Insel war »nach ihrem Geschmack«, wie man hier sagt. Über die Pariser machten sie sich lustig. In der Pubertät wurde Cyrian hochnäsig, während Sarah sanft und lustig blieb. Samstagabends gingen sie zu den *rallyes*, den von der Oberschicht erfundenen Festen, dazu gedacht, die Kinder untereinander zu verheiraten. Als Sarah an der Reihe war, eine *rallye* zu geben, hat dein Vater die Orangerie des Schlosses zur Verfügung gestellt, und der Abend wurde wunderbar. Cyrian sah in seinem Anzug schick aus, Sarah war umwerfend in ihrem langen Kleid. Dann haben sie sich auf diese verdammte Aufnahmeprüfung vorbereitet.

»Dein Bruder ist immer noch nicht darüber hinweg, dass er damals an der Prüfung gescheitert ist.«

»Und er ist sauer auf mich, weil ich es geschafft habe. Es ist schlimmer geworden, seit ich beim Film arbeite. Er sagt, ich verschwende mein Talent.«

»Du bist eine wunderbare Verschwenderin.«

»Albane ist da anderer Meinung. Weißt du, was sie gestern zu mir gesagt hat? ›Ich mach mir Sorgen um Charlotte, mit deiner Krankheit und Lous ist sie vonseiten eurer Familie wirklich schwer vorbelastet!‹«

Ich knirsche mit den Zähnen. Albanes Großeltern sind normannische Bauern, die das Land ihrer Vorfahren bearbeiteten. Ihr Vater wurde reich, indem er die Parzellen der Nachbarn aufkaufte, deren Kinder keine Bauern mehr sein wollten. Er schwor ihnen, die Tradition weiterzuführen. Seine Mauscheleien hielt er geheim, nichts war durchgesickert. Schließlich besaß er jede Menge Land. Zu spät entdeckten seine Nachbarn, dass er mit einem Immobilienspekulanten gemeinsame Sache gemacht hatte. Auf dem Boden, an dem sie so hingen, den sie ihm günstig verkauft hatten, von Bauer zu Bauer, von Mann zu Mann, wurden Hotels für die Pariser gebaut, die übers Wochenende kamen. Die betrogenen Bauern begruben den Mercedes von Albanes Vater unter einer Wagenladung Kuhmist.

»Entschuldigt die Unterbrechung«, sagt Cyrian. »Wir haben überlegt, im Hôtel de la Marine zu übernachten. Ich habe zwei Zimmer reserviert. Wir holen nur kurz Charlotte ab.«

»Ihr habt überlegt, oder Albane hat verlangt?«, knurrt Sarah.

»Misch dich da nicht ein«, entgegnet Cyrian.

»Glaubt deine Frau, dass Untreue ansteckend ist?«, frage ich angewidert.

»Wie konntest du das Mama bloß antun?«, fährt mich

Cyrian an. »Sie ins Pflegeheim stecken, damit du sie los bist und freie Bahn hast!«

Ich stecke meine Fäuste tiefer in die Taschen, damit sie nicht herausschießen.

»Hau ab. Deine Beleidigungen kann ich genauso wenig gebrauchen wie deine Hilfe.«

Cyrian ist blass vor Wut. »Normalerweise helfen Väter ihren Söhnen! Wenn ich Medizin studiert hätte, hättest du mir nur Steine in den Weg gelegt. Du musst der Chef sein, der alte Leitwolf, das Alpha-Männchen.«

Ein Satz aus der Apokalypse des heiligen Johannes taucht in meiner Erinnerung auf: *Ich bin das Alpha und das Omega, der Anfang und das Ende.*

»Der alte Leitwolf, das würde meiner Seelenklempnerin gefallen.« Sarah lacht. »Der alte Wolf hat seine Wölfin verloren, und der kleine Wolf ist sauer. Sehr freudianisch.«

Sarah macht eine Psychoanalyse? Dieser Tag steckt voller Überraschungen.

»Deine Seelenklempnerin sollte dir lieber vorschlagen, eine Familie zu gründen, anstatt mit jedem Dahergelaufenen in die Kiste zu springen«, entfährt es Cyrian.

»Moment mal«, hebe ich die Stimme.

»Mama ist tot«, fährt Cyrian zornig fort. »Sie hat sich nicht davongemacht, sie ist verreckt. Auf dem Friedhof deiner geliebten Insel begraben. Wir werden sie nie wiedersehen. Es ist vorbei. Vorbei die Weihnachtsfeste im Kreis der Familie, die Muttertage, die Rücksichtnahme. Ich setze keinen Fuß mehr auf diesen verdammten Felsen.«

»Du hast eine Tochter auf der Insel.«

»Ich nehme sie in den Ferien mit ans Mittelmeer.«

»Du zerreißt die Nabelschnur und brichst alle Brücken ab? Das ist recht radikal.«

Cyrian zögert. Albane, die weiß, wie ihr Mann tickt, eilt ihm zu Hilfe.

»Wir stehen noch unter Schock, nach dem, was wir beim Notar gehört haben, Großpapa.«

»Wir brauchen ein wenig Abstand«, fügt Cyrian hinzu.

Meine linke Hosentasche zerreißt langsam unter dem Druck meiner Faust. Ich denke an die versiegelte Flasche, an den Strand, an die Mission, die du mir auferlegst hast, an deinen verdrehten Sinn für Humor.

»Abstand gewinnen, das sagt man bei einer Trennung, wenn man sich nicht mehr liebt. Daraus schließe ich, dass wir uns geliebt haben.«

Das Schiffshorn ertönt, als wir in den Hafen fahren. Die Passagiere sammeln ihre Sachen zusammen, um an Land zu gehen. Cyrian und Albane gehen zur Treppe. Ich warte mit Sarah auf den Aufzug.

Pomme, Île de Groix

Jo, Papa, Albane und Tante Sarah sind nach Lorient gefahren. Ich würde meine neue Uhr dafür geben, um zu wissen, wo du jetzt bist, Lou. Für mich ist Groix das Paradies.

»Glaubst du an Himmel und Hölle?«, frage ich meine Halbschwester.

Sie zuckt mit den Schultern. »Mama glaubt daran. Papa sagt, die Hölle, das sind die anderen.«

»Was glaubst du, wo Lou jetzt ist?«

»In der Küche jedenfalls nicht, zum Glück!«, prustet sie.

Wenn jemand etwas Böses sagt, muss man herausfinden warum, das hast du mir beigebracht. Oft sind die Leute böse, weil sie Angst haben oder unglücklich sind.

Charlotte hat Glück, weil sie bei Papa leben darf. Ich habe Glück, weil ich bei Mama und Jo lebe und früher auch bei dir. Wir sind Schwestern, aber haben uns nichts zu sagen. Mama arbeitet bis heute Abend. Ich habe schulfrei, also muss ich sie ertragen.

»Wir könnten ins Kino gehen«, schlägt Charlotte vor.

»Das können wir nicht.«

»Warum?«

Manchmal frage ich mich, ob wir wirklich denselben Papa haben.

»Wir haben gerade Lou begraben.«

»Was hat das damit zu tun?«

»Ins Kino zu gehen, wäre respektlos. Fehlt sie dir nicht?«

»Ich hab sie dreimal im Jahr gesehen. Papa sagt, dass sie ihn letzten Monat nicht einmal erkannt hat.«

»Aber er war seit August nicht mehr auf der Insel«, sage ich überrascht.

»Natürlich, seit sie ins Pflegeheim gekommen ist, hat er sie einmal im Monat besucht. Er ist am selben Tag hin- und zurückgefahren.«

Das muss ich erst mal verdauen. Also haben wir wirklich nicht denselben Papa. Sie sieht ihren jeden Tag. Meiner kommt nach Groix, ohne mich zu besuchen.

»Das habe ich nicht gewusst«, sage ich mit unsicherer Stimme.

»Zumindest müssen wir jetzt nicht mehr herkommen. Hier gibt es ja noch nicht einmal einen Pool!«

»Reicht dir der Ozean nicht?«

Sie schaut mich an, als wäre ich verrückt.

»Das Wasser ist eiskalt. Papa sagt, deine Mutter ist eine Napfschnecke.«

Die Napfschnecke ist eine kleine spitze Muschel, die

sich von den Algen ernährt, die sie auf den Felsen findet. Sie klebt mit ihrem Schalenmuskel am Fels, ihr Gehäuse verkeilt sich in den Rillen und bietet so den Wellen Widerstand. Mama hat sich wie Jo und ich in Groix festgesetzt. Das ist keine Beleidigung, das ist tatsächlich so. Ich bin hier zu Hause, also muss ich mich gastfreundlich zeigen.

»Hättest du Lust auf ein Picknick an der Pointe des Chats?«

Das ist eine Landzunge direkt hinter dem Gästehaus Semaphore de la Croix, dort wo ein kleiner Leuchtturm mit roter Kappe steht und die unberührte Küste beginnt, im Naturschutzgebiet François-Le-Bail. Die Felsen glitzern in der Sonne, es glänzt unter den Füßen.

»Wie sollen wir denn dahin kommen?«

»Mit dem Fahrrad! Ich nehme das von Mama, und du kannst meins haben.«

»Ich kann nicht Fahrrad fahren«, gibt Charlotte verlegen zu.

»Du machst Witze!«

Nein. Sie hat noch nie auf einem Fahrrad gesessen.

»Dann nehme ich dich auf den Gepäckträger.«

Ich kümmere mich um die Verpflegung. Charlotte hat in der Küche zwei linke Hände. Ihre Mutter lässt sie nichts anfassen, nicht mal das Brotmesser.

»Magst du Andouillette-Wurst?«

Hopla probiert zuerst, er mag sie. Meine Schwester kostet und nimmt sich sofort nach. Ich erkläre ihr lieber nicht, dass sie auf Holzfeuer geräucherte Schweineinnereien isst. Ich belege unsere Brote mit der Wurst. Außerdem packe ich Äpfel und eine Flasche Wasser ein. Charlotte trägt einen rosafarbenen Rollkragenpulli und Lederstiefeletten. Ich leihe ihr einen Fleecepulli, eine warme Jacke und mein altes Paar Chucks.

Wir streicheln Hopla zum Abschied, er darf nicht mit. Ich steige aufs Fahrrad.

»Steig hinten auf! Halt dich am Gepäckträger fest und strecke die Beine zur Seite, damit sie nicht in die Speichen kommen. Und halt still – wenn du wackelst, bringt mich das aus dem Gleichgewicht. Keine Sorge, ich fahre vorsichtig.«

Mama braucht mich, und außerdem hänge ich am Leben.

Es gibt auf Groix keine Ampeln, aber Kreuzungen mit Stoppschildern. Anfangs fahre ich langsam, dann werde ich mutiger. Wenn Charlotte sich wehtut, wird Papa mich noch weniger lieb haben. In der Nacht hat es geregnet. Die Sonne scheint, ich fahre extra durch die Pfützen und hebe die Beine hoch. Charlotte macht es mir nach, wir lachen, auch wenn es mir das Herz bricht, dass Lou nicht mehr da ist. Zum ersten Mal sind wir eine eingeschworene Gemeinschaft.

»Wir machen einen Abstecher nach Port-Lay. Ich stell dir ein paar Freunde vor.«

Ich habe Freunde von der Insel und Freunde, die nur in den Ferien kommen. Die Zwillinge sind so alt wie ich, sie wohnen in Paris. Sie heißen Elliot und Solal. Ihre Großeltern Gildas und Isabelle sind mit meinen befreundet. Früher gab es in Port-Lay eine Konservenfabrik für Thunfisch und Sardinen und die erste Fischfangschule Frankreichs. Ich fahre den Weg entlang und weiche den Ankerketten aus. Es ist Niedrigwasser, die Schiffe sind auf Grund gelaufen. Ich lege mein Fahrrad ins Gras. Wir gehen zu dem weißen Haus direkt am Meer. Die Zwillinge tanzen gerade auf der Terrasse.

»Hallo! Wir warten auf Boy und Lola«, sagt Solal.

»Sie kommen gleich, das wissen wir«, fügt Elliot hinzu.

Sie sagen immer »wir«, niemals »ich«. Sie nennen ihre Großeltern beim Vornamen, wie ich. Charlotte sagt Grampy und Granny. Elliot und Solal sind lustig, und sie sind zu zweit.

»Wer sind Boy und Lola?«, fragt Charlotte neugierig.

»Freunde.«

»Aus Groix oder Paris?«

»Weder noch«, antworte ich lachend.

»Boy, ist das englisch? Haben ihre Eltern ein Haus hier?«

»Sie sind obdachlos«, erklärt Elliot.

»Mama ist in einem Verein, der sich um die Obdachlosen von Le Vésinet kümmert«, sagt Charlotte. »Betteln eure Freunde?«

»Sie brauchen kein Geld. Da sind sie!«

Hungrig und pünktlich um zwölf tauchen Boy und Lola auf. Sie kreisen kurz über uns und landen dann auf der Terrasse.

»Boy und Lola sind Möwen!«, ruft Charlotte verblüfft.

»Silbermöwen«, präzisiert Solal. »Lachmöwen haben eine schwarze Schnabelspitze, Silbermöwen einen gelben Schnabel mit einem roten Punkt.«

»Die Kleinen picken auf den roten Punkt, und die Mama-Möwe würgt hoch, was sie gegessen hat, um sie zu füttern, echt eklig. Die Eltern sind weiß, die Jungen grau«, fährt Elliot fort.

Johana, die ältere Schwester der Zwillinge, bringt geröstete Weißbrotstückchen mit Kräuterfrischkäse heraus. Mit ihren langen Haaren und dem schlanken Körper sieht sie aus wie eine Meerjungfrau.

»Sie mögen auch Salami, Krabben, Fisch, Kuchenreste, alles, was fettig ist«, sagt sie.

Boy, das große Männchen, schnappt sich ein Stück Brot und tippelt dann zurück, damit sich die zierlichere Lola bedienen kann, in einem einstudierten Pas de Deux. Johana geht näher heran, doch die Vögel kreischen und flattern ein Stück weg.

»So schreien sie, wenn Gefahr droht«, erklärt Solal. »Sie haben auch einen speziellen Schrei, um Futter zu verlangen und einen, mit dem sie die anderen verjagen, außer Julie.«

»Wir dachten, Julie ist ein Mädchen«, erklärt Elliot. »Aber Isabelle hat entdeckt, dass sie ein Junge ist. Gildas frisst sie aus der Hand.«

»Da ist sie!«, ruft Johana und zeigt auf eine weiße Möwe mit grauem Rücken, die auf der Terrasse landet.

Boy und Lola machen Platz. Julie stößt einen schrillen Schrei aus. Der Großvater der Zwillinge kommt mit Brot. Er hält dem Vogel ein Stück hin, der es schnappt und dann zurückweicht, noch eins schnappt und wieder zurückweicht und dabei weiter kreischt.

»Wenn wir drinnen essen«, erzählt Gildas, »klopft Julie mit dem Schnabel an die Scheibe. Dann öffnen wir das Fenster und stellen einen Hocker davor. Vom Hocker springt sie auf die Fensterbank, um zu fressen. Ohne den Hocker kommt sie nicht herein. Wir vermuten, dass Boy und Lola ihre Kinder sind.«

Ich lade die Zwillinge zu unserem Picknick auf der Landzunge ein, aber sie wollen zur Reitschule. Ich schlage Charlotte vor, sie zu begleiten. Aber sie will nicht, sie hat Angst vor Pferden.

»Dein Großvater ist von hier, also bist du von der Abstammung her eine echte Insulanerin«, bemerkt Solal bewundernd.

»Mir gefällt die Côte d'Azur besser, da ist es viel schöner!« entgegnet Charlotte in ihrem leicht arroganten Tonfall.

Damit sie mich nicht noch mehr blamiert, ziehe ich sie rasch mit mir.

An der Pointe des Chats setzen wir uns auf einen silbrigen Felsen, um in der Sonne zu essen.

»Mama sagt, dass es in der Bretagne immer regnet«, wundert sich Charlotte.

»Das stimmt nicht, wir haben hier genauso viele Sonnenstunden im Jahr wie Cannes.«

»Papa sagt, dass das Schiff bei Sturm nicht fährt. Dann sitzt man auf der Insel fest.«

»Das kommt selten vor und dauert nie lange.«

»Hast du hier schon Promis gesehen, du weißt schon, die aus den Zeitschriften und dem Fernsehen?«

»Ich kenne ein paar Künstler und zwei Öko-Aktivisten.«

»Hast du sie nach einem Autogramm gefragt?«

»Nein, ich will sie nicht nerven. Jo hat mir ein Rätsel gestellt«, sage ich, um das Thema zu wechseln. »Wenn es kein Wasser gibt, trinkt man Wasser, wenn es Wasser gibt, trinkt man Wein.«

»Das hat doch keinen Sinn, das ist dämlich.«

»Denk nach. Vor langer Zeit gab es auf Groix kein Hafenbecken. Die Fischerboote konnten nur bei Flut in den Hafen einlaufen. Wenn sie bei Niedrigwasser am Hafen eintrafen, mussten die Seeleute auf ihren Schiffen ausharren, sie tranken Wasser, bis das Wasser stieg. ›Wenn es kein Wasser gibt, trinkt man Wasser.‹ Verstehst du? Bei Hochwasser, wenn die Boote in den Hafen fahren konnten, gingen die Seeleute an Land und stürmten in die Bistros. ›Wenn es Wasser gibt, trinkt man Wein.‹ Lustig, oder?«

Charlotte sind die Seeleute und die Gezeiten egal.

»Wie ist das passiert?«, fragt sie und zeigt auf die Narbe an meinem Auge.

»Tribord hat die Kaffeekanne umgestoßen, und ich habe mich verbrannt.«

Das Märchen habe ich auch Papa erzählt. Er hat mir geglaubt. Ich berühre leicht die Narbe, doch ich spüre nichts mehr, Jo ist sich sicher, dass die Nervenenden sich wieder erholen werden.

»Meine Freunde sagen, ich sehe jetzt aus wie Harry Potter, nur dass meine Narbe nicht blitzförmig ist.«

»Du hast auch Freunde, wie Grampy und Granny?«, fragt Charlotte nachdenklich, während sie nach einer Scheibe Wurst greift.

»Natürlich, du etwa nicht?«

»Nein. Ich habe Mama. Und Mama hat mich.«

Sie greift nach einem Kiesel, den sie wütend wegschleudert.

Was sie sagt, macht mich traurig.

»Wir können Freunde sein, wenn du willst. Schwestern sind wir ja schon.«

»Nur Halbschwestern. Und noch nicht einmal das ist sicher. Mama sagt, dass Papa sich von deiner Mutter manipulieren lässt, er hat nie einen Vaterschaftstest verlangt.«

Ich starre sie entgeistert an. Wenn Papa nicht mein Papa ist, dann sind Jo und du nicht meine Großeltern. Müssen wir dann das Haus in Le Bourg verlassen? Darf ich dann nicht mehr um dich weinen? Nimmt mich Papa deshalb fast nie in den Arm und kommt so selten auf die Insel?

»Mama sagt, dass du eifersüchtig auf mich bist«, fügt Charlotte hinzu.

»Warum sollte ich auf jemanden eifersüchtig sein, der deine Mutter hat statt meiner!«, sage ich verärgert.

»Lass uns tauschen.«

»Magst du deine Mama nicht?«

»Niemand mag sie, außer Hopla. Ich hau ab, wenn ich achtzehn bin. Papa wird nicht einmal merken, dass ich nicht mehr da bin.«

Das Bild der perfekten Familie zersplittert.

»Du siehst ihn doch jeden Tag?«

»Wenn er abends nach Hause kommt, schlafe ich schon. Und morgens geht er, bevor ich aufwache.«

»Aber am Wochenende siehst du ihn?«

»Samstags geht er ins Büro. Am Sonntag joggt er am Lac des Ibis, und danach liest er und hört Jazz. Ich bleibe in meinem Zimmer und schaue Serien. Ich darf keine Freunde nach Hause einladen, und ich darf auch nicht zu den anderen gehen.«

Ich bin verblüfft. »Ich gehe zu meinen Freunden, oder sie kommen zu mir, und Mama macht uns Crêpes. Ich lese gerne; Jules Verne, Rudyard Kipling, Enid Blyton, ich habe alle sieben Bände von Harry Potter und die drei Bände des Tagebuchs von Crac dem Pferd gelesen.«

Charlotte zuckt nur mit den Schultern. »Ich habe private Tanzstunden, ich allein mit der Lehrerin. Ich habe ein Abo für die Comédie Française und die Pleyel-Konzerthalle, da gehe ich mit Mama hin. Sie sagt, dass man keine Freunde braucht, wenn man seine Mutter liebt. Sie bringt mich zur Schule und holt mich auch ab. Ich will lieber in der Kantine essen, aber sie lässt mich nicht.«

»Uff, dein Leben klingt wirklich nicht lustig.«

»Ich dachte, allen Kindern geht es so. Findest du dein Leben etwa besser? Auf deiner einsamen Insel ist doch nichts los!«

Ich verschlucke mich fast. »Nichts los? Machst du Witze? Jo sagt, Groix ist das Nirwana und der Olymp. Ich gehe das ganze Jahr über baden. Ich spiele Theater. Ich bin im keltischen Tanzkreis. Ich sammle Treibholz am Strand. Mit Jo gehe ich Pilze und Brombeeren suchen. Im Sommer gibt es Freiluftkonzerte, das Klavier wird auf einem Anhänger transportiert. Mittags treffen sich alle bei Georges im Hangar, er baut tolle Wohnwagen. Dann gibt es das Ökologiemuseum. Ich helfe beim Wohltätigkeitsbasar der Gemeinde, bei der Schulkirmes, beim Flohmarkt des Dojos. Im Hochseilgarten spaziere ich auf freihängenden Netzen zwischen den Bäumen. Ich habe im Musikvideo von Laurent Morisson, *Caballitos*, mitgespielt, ich war Statistin bei der Dorfkirmes, der Dreh war nachts, das war echt cool!«

»Du hast es ja gut! Papa sagt, dass du Ärztin werden willst wie Grampy, stimmt das?«

Ich nicke, verwundert, dass er Bescheid weiß. »Was willst du später mal machen?«

»So weit weg gehen wie möglich.«

Ihre Antwort tut mir weh. Um sie zu trösten, schlage ich vor: »Willst du ganz viele Boys, Lolas und Julies sehen?«

Im Frühling darf man die Vögel in Pen-Men nicht stören, wenn sie auf den Felsen nisten. Aber im November darf man zu ihnen, wenn man vorsichtig ist. Charlotte steigt wieder auf den Gepäckträger, und ich radle los. Die Strecke ist lang, meine Waden fühlen sich an wie Blei. Als wir angekommen sind, tasten wir uns langsam vor. Ich kenne die Namen der verschiedenen Arten, Eissturmvogel, Mantelmöwe, Heringsmöwe, Krähenscharbe, Silbermöwe.

»Sie bleiben jahrelang als Paar zusammen, bauen ihr Nest zwischen April und Mai und brüten abwechselnd ihre Eier aus. Sie beschützen sie und greifen die Dummköpfe an, die sich ihnen nähern. Wenn die Jungen vierzig Tage alt sind, bringen sie ihnen das Fliegen bei.«

Wir gehen zu dem sonnenbeschienenen Felsen, auf dem sich die Vögel versammelt haben. Plötzlich brüllt Charlotte los, mit weit ausgebreiteten Armen und verzerrtem Gesicht springt sie auf die Vögel zu. Die Möwen fliegen mit wild schlagenden Flügeln davon. Sie kreischen, stürzen Richtung Boden und drehen im Tiefflug ab. Charlottes Arme sind voller Guano. Da hält sie inne, wie eine Marionette, deren Fäden man abgeschnitten hat. Sie ist nicht mehr hochrot im Gesicht und hat aufgehört zu schreien. Die Vögel lassen sich nieder und beäugen sie.

»Warum hast du das gemacht?«

»Zum Spaß«, sagt sie, während sie ihre Arme mit einem Papiertaschentuch abwischt, das sie anschließend auf die Erde wirft.

»Wären noch Junge in den Nestern gewesen, hättest du sie erschreckt.«

»Das hätte noch mehr Spaß gemacht! Baby-Möwen haben Glück«, knurrt sie. »Ihre Eltern brüten sie aus und beschützen sie, dann bringen sie ihnen das Fliegen bei, damit sie frei sind.«

Sie erstickt vor Eifersucht, und Albane erdrückt sie. Papa kümmert sich nicht um sie. Ihr fehlt die Zuneigung unserer Großeltern oder die Zärtlichkeit meiner Mama, um vertrauensvoll loszufliegen. Niemand bringt Charlotte das Fliegen bei. Ein dumpfer Ton zerreißt die Stille. Das Schiffshorn. Wir haben nicht bemerkt, wie die Zeit verflogen ist.

Ich trete in die Pedale, bringe uns zurück nach Le Bourg. Charlotte auf dem Gepäckträger ist schwer. Ich schiebe mein Fahrrad in den Schuppen und drücke die Haustür auf. Albane kommt mir entgegen.

»Wo wart ihr?«, fragt sie in eiskaltem Ton.

»An der Pointe des Chats und dann am Pen-Men.«

Ich halte nervös Ausschau nach Jo.

»Ist Grampy nicht da?«, wundert sich Charlotte.

»Wir schlafen im Hôtel de la Marine. Ich habe deine Tasche schon gepackt. Was ist das für ein schrecklicher Gestank? Sind das deine Finger, Charlotte? Was hast du angefasst?«

»Wir haben Andouille-Wurst gegessen«, sagt meine Schwester.

Albane schaut mich an, als hätte ich ihrem Töchterchen Arsen verabreicht. Dann mustert sie abschätzig Charlottes Aufzug, meinen Fleecepulli und die ausgelatschten Converse. Wo sind der feine rosa Rollkragenpulli und die hübschen Stiefelchen?

»Du hast dich ja herausgeputzt, du siehst aus wie …« Ihr fehlen die Worte, um ihre Tochter zu beschreiben, die aussieht wie ich. Sie runzelt die Stirn. »Und wie seid ihr zur Pointe des Chats gekommen?«

»Mit dem Fahrrad«, posaunt Charlotte aus.

Albane erbleicht, aber ihre Tochter merkt nichts.

»Du … bist … mit dem Fahrrad … auf der Straße … gefahren?«, sagt sie im Stakkato.

»Pomme hat mich auf den Gepäckträger genommen«, antwortet Charlotte sorglos.

Da stürzt sich Albane auf mich, packt mich am Arm, schüttelt mich wie einen Pflaumenbaum. Ich bin so überrascht, dass ich nicht reagieren kann.

»Wie kannst du es nur wagen?«, schreit sie.

»Sie tun mir weh«, rufe ich und versuche mich loszureißen.

Papa kommt, aufgeschreckt durch den Lärm, hereingestürzt. »Was ist hier los?«

»Diese Verrückte ist mit unserer Tochter auf der Straße Fahrrad gefahren!«, schreit Albane und bohrt ihre Fingernägel in meinen Arm.

»Wir waren nur picknicken, lassen Sie mich los!«

»Charlotte geht es gut, Albane«, greift Papa ein. »Sie konnte es doch nicht wissen.«

»Was konnte ich nicht wissen?«, fragt Charlotte mit dünner Stimme.

»Beruhige dich, Albane, den beiden geht es gut«, wiederholt Papa.

»Ich hätte sie nicht allein lassen dürfen! Deine Tochter ist mir völlig egal, um meine mache ich mir Sorgen, deine kann von mir aus verrecken!«

Papa erbleicht. Er fasst seine Frau an den Schultern, löst dann mit Gewalt ihre Finger und befreit mich. Ich reibe mir den Arm. Wenn Jo da wäre, würde er Albane vor die Tür setzen. Wenn Sarah das gesehen hätte, hätte sie mit ihrem Stock auf sie eingeschlagen. Auch wenn Mama dieses Spektakel mitbekommen hätte, wäre es übel ausgegangen.

»Wir haben nur einen Ausflug gemacht«, sage ich verschreckt.

Charlotte weicht meinem Blick aus und wird wieder zu dem unausstehlichen Fratz von vorher.

»Sie hat mich gezwungen, Mama«, jammert sie weinerlich.

Armes Baby. Albane macht auf dem Absatz kehrt und verlässt den Raum. Papa folgt ihr.

Ich sage zu Charlotte: »Du miese Verräterin!«

»Ich muss sie das ganze Jahr ertragen. Du weißt nicht, wie gut du es hast.«

Mit gesenktem Kopf geht sie ihrer Mutter hinterher. Ich lasse mich auf den Boden sinken, Tränen steigen mir in die Augen. Lou liegt auf dem Friedhof. Ich weiß nicht, wo Jo und Sarah sind. Mama, die glaubt, dass Papa die Nacht hier verbringt, schläft in Locmaria mit einem elektrischen Heizlüfter, einer Daunendecke und langer Unterwäsche vom Schifffahrtsverband. Papa kommt zurück, beugt sich über mich. Die Welt beginnt sich wieder zu drehen.

»Hat sie dir wehgetan?«

Er untersucht meinen Arm. In seinen Augen glitzern Sterne, und seine Stimme ist ungewöhnlich weich. Seine Furie darf mich von mir aus jeden Tag schütteln und mir beide Arme und Beine brechen, wenn er sich danach so um mich kümmert.

»Entschuldige, Pomme. Das hätte sie nicht tun dürfen. Sie meint nicht, was sie gesagt hat. Sie hatte Angst, das wird nicht mehr vorkommen, versprochen. Wir schmieren Arnika drauf. Los, hopp, hoch mit dir.«

Der Gnadenmoment ist vorüber. Er hilft mir auf. Dann schaut er in den Arzneischrank, findet die Salbe, schmiert mir den Arm ein. Der Zweifel hat sich wie Gift in meinen Adern verteilt, ich muss die Wahrheit wissen.

»Bin ich deine Tochter, Papa?«

»Natürlich!«

»Bist du sicher?«

»Ja, was ist das für eine lächerliche Frage! Weißt du, wo der Schlüssel zum Speicher ist?«

»Auf dem Regal in der Waschküche.«

Jo ist der Einzige, der dort hinaufgeht. Ich höre, wie Papa die Treppe hochsteigt, die in das Reich der Spinnen führt.

Es rumort unter den Dachbalken. Mein Arm brennt. Staubbedeckt taucht er wieder auf, mit einem schwarzen Koffer in der Hand.

»Was ist da drin?«

»Das ist Baz. Ich hätte ihn schon viel früher holen sollen. Dein Arm wird bald nicht mehr wehtun. Kümmere dich um deinen Großvater, er wird sich einsam fühlen.«

»Er ist wie eine Napfschnecke auf einem Felsen.«

Papa verschwindet in der Nacht. Ich bleibe mit meinem tauben Arm in der Tür stehen und frage mich, was der schwarze Koffer wohl enthält. Eine Bauchrednerpuppe? Ich stelle mir Papa vor, wie er auf einem Stuhl vor Publikum sitzt, mit einer Puppe namens Baz, die an seiner Stelle die Worte ausspricht, die er nicht zu sagen wagt. In meinem Kopf dröhnt Albanes hasserfüllte Stimme. Ich bin ihr völlig egal, um ihre Tochter macht sie sich Sorgen, ich kann verrecken.

Jo, Île de Groix

Ich gehe mit Sarah von Bord. Wir sind eine sonderbare Familie. Du warst unser Mörtel, Lou. Ohne dich bröckelt das Gebäude, wankt, um mit großem Getöse einzustürzen. Ich kann nicht nach Hause, muss Cyrian Zeit geben, um seine Tochter und seine Sachen zu holen. Ich hätte mich gerne von Charlotte verabschiedet, aber was soll's. Und noch etwas steht mir heute bevor, mit Sarahs Hilfe wird es leichter sein.

»Ich muss ins Pflegeheim und das Zimmer deiner Mutter leerräumen. Begleitest du mich?«

Täglich habe ich dich dort besucht, auch wenn du mich im letzten Monat nicht mehr erkannt hast. Ich war bei der Lou von früher, nicht bei dieser Frau, die darüber erstaunt war, mich vergessen zu haben, bebend vor unkontrolliertem Zorn, zitternd vor unnützer Liebe. Ich nahm deine Hand, du zogst sie heftig wieder weg oder errötetest wie ein junges Mädchen – ich wusste nie, was mich erwartete. Zusammen schauten wir deine Lieblingsfilme: *Jenseits von Afrika, König der Fischer, Babettes Fest* und *Dr. House*, über dessen schrägen Humor wir Tränen lachten. Wir schauten noch einmal alle Staffeln von *Downton Abbey* – das Leben auf dem Schloss deines Vaters sah deutlich anders aus, nur die alte schnurrbärtige Köchin Jeanette hielt alles in Schuss. An den Tagen, an denen du dich wie ein wütendes Häufchen Elend zusammengekauert hast, legte ich Musik auf, Bachs *Italienisches Konzert*, Mozarts *Zauberflöte*.

Jetzt bedanke ich mich bei den Schwestern, denen ich begegne, sie haben sich trotz der niedrigen Löhne rührend gekümmert. Ich unterzeichne Papiere, schüttele Hände, stelle Sarah vor. Ich bin ein Glückspilz, ich habe eine wunderschöne Frau gehabt und habe eine ebensolche Tochter. Aber meine Frau ist verduftet, und meine Tochter wird nie den New-York-Marathon laufen.

Ich muss das Zimmer ausräumen, eine andere Familie wartet schon ungeduldig darauf. Pflegeheime sind wie Lebensrenten: Das Unglück der einen ist das Glück der anderen. Das Zimmer ist hell, ich habe es mit deinen liebsten Möbeln eingerichtet, mit gerahmten Fotos, Stoffen in schillernden Farben und deiner Tiffany-Lampe. Du hast ganz allein entschieden herzukommen, aber danach hast du es vergessen und bist langsam in dir versunken. Die Ärzte nennen das die Phase der Akzeptanz. Es bedeutet, dass man keine Lust mehr hat zu leben und sich wie eine Welle bei Ebbe vom Strand tragen lässt.

»Ich will nichts davon mit nach Hause nehmen. Wenn du irgendetwas haben willst, sag es ruhig, Sarah.«

Sie schüttelt den Kopf. Ich schenke alles dem Personal, das dich bis zum Ende begleitet hat. Als wir zum Ausgang gehen, hält mich eine alte Insulanerin auf. Sie hat mit dir Scrabble gespielt, als die Worte noch deine Freunde waren, und auch *Vache,* ein Kartenspiel von der Insel, bei dem man wie beim Poker bluffen muss.

»Warten Sie, ich habe etwas für Sie! Ich gehe es holen.«

Wir warten. Sarah setzt sich, ich bleibe stehen. Eine Ewigkeit vergeht, bevor die Frau und ihr Rollator zurückkommen. Sie hält mir eine Tüte hin, in der dein ledergebundener Terminplaner mit dem Kalendarium des laufenden Trimesters und die losen Kalenderblätter der letzten fünf Jahre liegen.

»Lou hat mir das an einem ihrer hellsichtigen Tage anvertraut. Sie hat gesagt, ich solle es für Sie aufheben.«

Zu Hause kommt uns Pomme entgegen.

»Sie sind ins Hotel gefahren. Habt ihr euch gestritten?«

»Wir sind heute alle etwas gereizt. Ich bin müde, mein Schatz, und wäre eine jämmerliche Gesellschaft für euch. Ich habe keinen Hunger. Geh mit Sarah und deiner Mama im Le 50 essen.«

»Komm mit uns, bleib nicht alleine hier!«, versucht es Sarah.

»Wir sehen uns morgen. Das ist mir lieber. Wirklich.«

Ich knuffe Pomme in die Schulter, woraufhin sie das Gesicht verzieht.

»Tut dir der Arm weh? Zeig mal her.«

»Da ist nichts, nur ein blauer Fleck.«

»Ist es mit Charlotte gut gelaufen?«

»Nirwana und Olymp.«

Du bist allein los, um den Ort auszukundschaften, wohin wir alle einmal gehen, du wirst dort sein, um mich zu empfangen. Koche nicht für mich, oder beleg dort oben einen Kurs, meine Liebste. Mach ihnen Engelshaar, Paradiesfische, Höllenfleisch, vergifte die Apostel, flöße den Verdammten der Erde deine Schleimsuppe ein. Gestern nach dem Friedhofsbesuch ist deine Freundin Martine mit einem Schokoladenkuchen vorbeigekommen, ihrem berühmten Kuchen ohne Mehl, der das Leben kakaofarben macht, *the magical cake.* Wir haben ihn heute Morgen verschlungen, bevor wir nach Lorient gefahren sind. Ich habe dir ein Stück übrig gelassen, niemand hat gewagt, es anzurühren. Der Kuchen ist so weich, dass man glaubt, eine Wolke zu kauen. Er ist ganz aus Schokolade, Zuneigung und Lachen.

An diesem Abend, im knarrenden Haus, beiße ich in deinen Kuchen. Ich öffne deinen Kalender. Du hast Telefonnummern, Adressen, Namen aufgeschrieben, dann durchgestrichen. Warum wolltest du, dass die Frau mir deinen Kalender gibt? Ich stoße auf das Datum unseres Hochzeitstages. Nun werde ich allein feiern. Ich werde den Tisch für zwei decken, werde einen guten Wein entkorken, die Kristallgläser hervorholen und mich betrinken. Guter Wein ist gut fürs Herz, das habe ich meinen Patienten immer wieder gesagt. Viele haben mir welchen geschenkt. Wir haben genug davon für die nächsten Jahrhunderte, aber ohne dich ist das alles uninteressant. Ich denke an die Flasche im Schreibtisch des Notars. Und an den Song von Sting, den du so gern mochtest.

I'll send an SOS to the world,
I hope that someone get's my message in a bottle …

Pomme, Île de Groix

Mama, Tante Sarah und ich essen im Le 50 zu Abend, an dem runden Tisch ganz rechts. Sie fragen mich über den Tag mit Charlotte aus.

»Wir waren in Port-Lay, an der Pointe des Chats und in Pen-Men.«

Mama kennt mich in- und auswendig.

»Ist irgendwas passiert?«

»Sie hat mit Absicht die Vögel erschreckt. Ihre Mutter erdrückt sie. Charlotte ist ohne sie erträglicher.«

»Der unausstehliche Fratz ist der reinste Janus«, sagt Tante Sarah.

»Wer ist das?«

»Der römische Gott der Wahl und der Türen hat zwei Gesichter, ein trauriges und ein lachendes, eines für die Vergangenheit und eines für die Zukunft.«

Die lachende Charlotte und die weinende Charlotte. Mama bemerkt, wie sonderbar ich meine Gabel halte.

»Tut dir der Arm weh?«

»Ich habe mich gestoßen. Ich bin müde, ich gehe nach Hause und lege mich schlafen.«

Mir wird nichts passieren, ich wohne nur dreihundert Meter entfernt. Es ist noch nicht die Zeit der Matrosen auf Landgang, und sie sind ohnehin nur für sich selbst eine Gefahr, wenn sie auf dem Weg zu ihrem Schiff ins Wasser fallen.

Ich gehe über den Platz, lasse die Thunfischkirche hinter mir. Ich komme zum Hôtel de la Marine, werfe einen Blick in die hell erleuchteten Fenster. Eine Gestalt tritt aus dem Eingang zur Bar, ich verstecke mich hinter dem

Lieferwagen des Bäckers. Der Mann, dessen Gesicht ich nicht erkennen kann, trägt einen Koffer. Er geht unter einer Straßenlaterne her. Es ist mein Papa. Er geht um die Post herum und tritt unter das Dach der Markthalle. Er bleibt stehen. Das wilde Klopfen meines Herzens wird den ganzen Ort aufwecken.

Langsam taste ich mich durch die Nacht, habe panische Angst, er könnte mich entdecken. Er stellt den Koffer auf die Mauer. Dann öffnet er ihn. Ich nutze den Moment, als er mir den Rücken zudreht, um mich dort zu verstecken, wo im Sommer der Pizzawagen steht. Papa macht komische Bewegungen, er führt etwas an den Mund, setzt ein Teil auf das andere. Baut er ein Gewehr zusammen? Er geht nicht auf die Jagd. Er wird sich doch nicht umbringen! Er will doch wohl niemanden umbringen!

Das Atmen fällt mir schwer. Mein Vater ist weder verzweifelt noch kriminell, doch er zieht etwas aus dem Koffer, was der Kolben sein könnte. Er greift nach einem anderen Stück, das lang wie ein Gewehrlauf ist. Er steht immer noch mit dem Rücken zu mir. Er legt etwas um seinen Hals. Er macht ein paar Schritte, mitten in der Markthalle dreht er sich um. Ich sehe ihn im Profil, ein Schattenriss.

Ich seufze erleichtert. Er hat kein Gewehr, sondern ein Saxophon in den Händen. Er ist nicht gekommen, um seinem Leben oder dem eines anderen ein Ende zu setzen, sondern um zu spielen. Nicht mein Herz wird den schlafenden Ort aufwecken, die Musik wird die Leute aus den Betten scheuchen!

Ich wusste nicht, dass Papa Saxophon spielt, nur, dass er gern Jazz hört. Das also war in dem Koffer vom Speicher. Baz ist keine Person, sondern ein Instrument. Im Schein eines Autoscheinwerfers sehe ich Papa, er hat die Augen geschlossen, hält die Ellenbogen am Körper, die Finger der linken Hand auf den oberen Tasten, die der rechten Hand auf den unteren Tasten. Er bläst nicht hinein, er wiegt sich vor und zurück, seine Hände bewegen sich. Das Miauen einer Katze zerreißt die Stille. Papas Finger tanzen über die Tasten, sein Körper schwingt, ohne einen einzigen Ton. Auf einmal verstehe ich. Er hat gestern, als Jo und Sarah unter dem Hallendach getanzt haben, nicht am stillen Konzert teilgenommen. Er hat sich nicht zu ihnen gesellt, wegen Tante Albane oder weil er kein Saxophon hatte oder aus Angst, was die Leute sagen würden. Aber in der Nacht ist er allein, er ist frei. Und jetzt spielt er für dich, Lou. Vorsichtig ziehe ich mich zurück. Ich gehe nach Hause. Unter Jos Tür dringt ein Streifen Licht hervor. Ich flüchte mich in mein Zimmer, schlüpfe unter die Decke. Auch Papa ist wie Janus. Auch Papa hat zwei Gesichter, der lachende Papa und der weinende Papa.

3. NOVEMBER

Jo, Île de Groix

Soaz, eine junge fröhliche Brünette, führt das L'Escale, das letzte Café vor Lorient. Das letzte, weil es sich am Ende der Rampe befindet, wenige Meter vom Kai entfernt, an dem das Schiff zum Kontinent ablegt. Sie ist nicht hier geboren, sie kommt von der anderen Seite, aber die Seeleute haben sie adoptiert. Sie hat sich ihre Sporen verdient an den kalten Wintermorgen, an denen sie den Insulanern, die nach Lorient zur Arbeit fahren, Kaffee serviert, an den warmen Sommernächten, in denen sie den besoffenen Seglern und betrunkenen Touristen standhält.

Ich habe mich vor Abfahrt des ersten Schiffes vor das Café gesetzt, um meinen Sohn nicht zu verpassen. Nach einem Missverständnis ohne ein Wort auseinanderzugehen, ist dumm. Heute Nacht, zwischen zwei Albträumen, habe ich entschieden, jedem der Kinder eine Erinnerung an dich mitzugeben. Du trugst die Jaeger-LeCoultre deines Vaters, sie wird perfekt an Cyrians Handgelenk passen. Die Perlen deiner Mutter sind für Sarah. Behalten habe ich deine beiden Ringe, den Saphir und den Rubin, Pomme und Charlotte sollen sie zum achtzehnten Geburtstag bekommen. Ich habe deine Uhr um mein Handgelenk gelegt, damit ich sie nicht verlieren kann, somit trage ich zwei, man wird mich für verrückt halten. Sie gefällt mir, aber noch lieber mag ich die extradünne, die du mir zu unserem dreißigsten Hochzeitstag geschenkt hast.

Ich grüße die Stammgäste an der Bar. Die Lokalzeitungen werden herumgereicht.

»Kaffee?«, bietet Soaz an.

»Champagner!«

Ich feiere den Moment mit deinem Lieblingsgetränk. Die Übergabe der Macht deiner Uhr, das ist schließlich etwas.

»Ich bring dir ein Glas«, sagt sie, ohne eine Miene zu verziehen.

Sie kommt zurück, stellt ein Glas Champagner vor mich hin. Ein zweites, kaum gefülltes, steht auf dem Tablett.

»Man soll nicht allein trinken«, sagt Soaz und stößt mit mir an.

»Auf Lou«, sage ich.

»Auf Lou!«

Soaz hatte einen großen Hund, Torpenn, den Idioten vergiftet haben. Du bist kurz aus deinem Nebel aufgetaucht, um zu brummen, dass man sie auch vergiften sollte, Auge um Auge, Gift um Gift. Ich habe daraus geschlossen, dass du doch noch alle Tassen im Schrank hast.

Ein Tourist kommt herein und bestellt einen Muscadet. Soaz bedient ihn.

Er grummelt: »Das ist ein winziger Muscadet, ich will aber einen normalen.«

Sie schenkt ihm ein zweites Glas ein und erklärt: »Das ist die übliche Menge hier, sechs Zentiliter.«

»In Lorient sind die Gläser größer!«

»Sie enthalten zwanzig Zentiliter und sind teurer. Auf Groix servieren wir den Wein in kleinen Gläsern. Um den Schaden zu begrenzen, wenn die Seefahrer früher von Bistro zu Bistro zogen.«

Ich sitze vor dem L'Escale und warte auf unseren Sohn, Lou. Ich lausche dem Wind in den Wanten der Segelboote, den Gesprächen an den Nachbartischen, dem Klirren der Gläser. Die Fußgänger gehen die Rampe hoch, die Insulaner haben die Hände in den Taschen vergraben, die Touristen sind beladen wie Packesel. Die Autos verschwinden im Bauch des Schiffes. Die Passagiere gehen die Treppe hinauf. Cyrian ist nicht darunter. Das RoRo legt vom Ufer ab. Ich bezahle.

»Ich komme später wieder!«

An die Seite meines Motorrollers habe ich einen Golfschläger gehängt. Ich bin der einzige Arzt auf der Welt, der Golf nicht ausstehen kann. Das gebe ich aber nicht zu, sonst schließen sie mich noch aus dem Verband aus. Ich verstehe nicht, was meinen Kollegen daran gefällt, sich den Rücken kaputtzumachen und entzündete Schultern und Ellenbogen zu riskieren. Ein abartiges, Herzinfarkt verursachendes Spiel, Kardiologen lieben es. Ich sehe nur einen Vorteil: Man kann sich abreagieren. Heute Morgen bin ich der Einzige auf dem Felsen. Ich habe Übungsbälle mitgebracht, die ich mit aller Kraft abschlagen kann.

Bevor das nächste Schiff ablegt, gehe ich zu Soaz zurück. Ich suche den Hafen mit den Augen ab. Loïc, den du »den schönen Metzger« nanntest, trinkt einen Kaffee am Tresen. Er bemerkt die Uhren an meinem Handgelenk.

»Cyrian soll die Uhr von Lous Vater bekommen«, erkläre ich.

Loïc, der seinen Hosenboden an derselben Schulbank wie ich abgerieben hat, hebt seine Tasse.

»Auf diesen Moment!«

So ist Groix – keine Sentimentalitäten, sondern Gefühl, kein Geschwätz, sondern Taten, keine Einsamkeit, sondern Gemeinsamkeit. Man wird geboren, man stirbt, und dazwischen navigiert man dahin, man liebt, man angelt, man kämpft, *entre ciel et l'eau* – zwischen Himmel und Wasser. Maëlles apfelgrüner Twingo hält vor uns. Sarah steigt aus. Als sie mich erblickt, hellt sich ihr Gesicht auf.

»Ich habe dich gesucht, um mich zu verabschieden, ich hatte Angst, dich zu verpassen. Ich habe dich bestimmt zwanzig Mal angerufen. Das rechteckige Ding in deiner Tasche, das nennt man ein Telefon, und wenn es klingelt, geht man ran.«

Ich bestelle zwei Gläser Champagner. Egal, wenn es nicht deine Lieblingssorte ist. Einmal, als man uns auf einem Fest einen edlen Dom Pérignon servierte, hast du eine ganz entzückende Schnute gezogen und gefragt: »Haben Sie keinen Mercier Blanc de Noirs?« Ich dachte, der Sommelier bekommt einen Herzanfall.

Sarah entdeckt ihre Kindheitsfreundin Morag und begrüßt sie, ignoriert meine Augenringe, stößt mit mir an. Die Touristen, von ihr in Bann gezogen, wissen nicht, dass ich ihr Vater bin, und werfen mir vernichtende Blicke zu.

»Ich habe ein Geschenk für dich«, sage ich.

Ich fahre mit der Hand in die Hosentasche, dein Perlencollier rieselt auf den Tisch. Sarah lächelt. An anderen jungen Frauen wären solche Perlen unpassend. An ihrem Hals werden sie großartig aussehen. Es gefällt mir, inmitten der Fischerboote und Segelschiffe, im Lärm der Reisenden unserer Tochter dieses Collier zu schenken, das in deiner Familie von Generation zu Generation weitergegeben wird. Eine deiner Vorfahrinnen wollte damit begraben werden, der Familienrat hat ihr Anliegen abgeschmettert.

»Als ich klein war, hat Mama es mir an meinem Geburtstag geliehen, ich bin mit den unter meiner Kleidung versteckten Perlen zur Schule gegangen.«

»Ach wirklich?«

Der verrückte Einfall, einem Kind eine so wertvolle Halskette anzuvertrauen, sieht dir ähnlich.

»Hilfst du mir?«

Sarah hebt ihr Haar hoch, um ihren Nacken freizulegen. Ich schließe das Häkchen. Sie sieht so umwerfend aus wie du. Ich straffe mich, um vor unserer Tochter keine Risse zu zeigen.

»Du solltest besser an Bord gehen«, sage ich. »Ich warte auf Cyrian. Ich will ihm die Uhr deiner …«

»Sie sind schon weg, Papa.«

»Das ist unmöglich, ich war vor dem ersten RoRo hier!«

»Ich bin heute Morgen ins Hôtel de la Marine. Sie haben sich gestritten. Cyrian wollte das RoRo nehmen, Albane das Taxiboot. Ich habe mich über sie lustig gemacht. Ich habe ihr erklärt, dass das Taxiboot für Notfälle reserviert ist. Sie hat geantwortet, für sie sei es ein Notfall, die Insel sofort zu verlassen.«

Ich nehme deine Uhr ab und lege sie auf den Tisch.

»Ich vertraue sie dir an, Sarah. Sonst schmeiße ich sie noch in einem Wutanfall in die Bucht.«

»Ich bewahre sie für dich auf, bis du sie ihm schenkst.«

»Dieser Dummkopf wird sie von mir nicht entgegennehmen wollen. Gib du sie ihm.«

Sie lässt sie in ihre Handtasche fallen.

Mit Hilfe ihres Stocks geht unsere Tochter an Bord. Unser Sohn fährt in seinem schwarzen Panzer nach Paris. Wo bist du, meine Lou? An welchem toten Himmelskörper bist du vertäut? Das Schiff tutet, um seine Abfahrt anzukündigen. Man hört es auf der ganzen Insel, jeder erstarrt kurz, bevor er seine Arbeit wieder aufnimmt. *Qui voit Groix, voit sa joie*, wer Groix erblickt, erblickt seine ganze Freude, sagt das Sprichwort. Es tut gut zu wissen, dass eine junge Frau von unerhörter Schönheit mit Perlen um den Hals und einem Stock in der Hand zum Kontinent schippert und um dich weint. Ich hätte meinen Hals verwettet, dass sie Patrice vergessen hat. Du wusstest, dass das nicht der Fall ist?

Cyrian, auf der Straße von Lorient nach Paris

Ich fahre mit Wut im Bauch, meine Hände umklammern das Lenkrad. Was müssen diese Idioten mit ihren lächerlich kleinen Autos links fahren, da hilft nur die Lichthupe, haut ab, ihr lahmen Enten, macht Platz, macht die Spur frei, ich habe mehr Pferdestärken unter der Haube als ihr.

Ich wusste, dass du mir fehlen wirst, Mama, aber ich habe nicht gewusst, dass deine Abwesenheit mich umbringen würde. Ich will allen aufs Maul hauen. Dabei bin ich keiner, der Ärger macht. Das einzige Mal, dass ich mich geprügelt habe, war auf der Hochzeit einer deiner Nichten. Weil ein Arschloch aus der Familie des Bräutigams sich über meine Schwester lustig gemacht hat. Der Blödmann entdeckte Sarah und bekam sofort Glupschaugen, die Zunge hing ihm heraus wie dem Wolf von Tex Avery. Dann sah er sie gehen. Daraufhin sagte er verächtlich zu seinen Freunden: »Sie ist ein heißer Feger, aber läuft wie ein bekloppter Hampelmann. Das mag in der Horizontalen angehen, aber in der Vertikalen, *no way*!«

Meine Faust hat sich selbstständig gemacht, raste geradewegs auf die Nase von dem Typen. Das hat ein nettes kleines Geräusch gegeben, als der Knorpel zerquetscht wurde und das Blut hervorquoll. Der Kerl brach heulend zusammen. Ich habe seinem Kumpel gesagt, er solle ihn hinausbefördern, habe ihm erklärt, dass ich Sarahs Bruder sei und seinen widerlichen Kommentar gehört habe. Er hat sich mit eingekniffenem Schwanz und einem blutigen Taschentuch auf der gebrochenen Nase davongeschlichen. Mir tat eine Woche lang die Hand weh.

Jemanden zu schlagen, würde mir heute guttun. Ich bereue, das Taxiboot genommen zu haben, ich habe heute Morgen eingelenkt, damit Albane endlich Ruhe gab. Ich habe Groix nie verziehen, dass es dich mir genommen hat, Mama. *Qui voit Groix, voit sa croix,* wer Groix erblickt, erblickt sein Kreuz, sagt das Sprichwort. Als ihr noch in Montparnasse gelebt habt, haben wir beide einmal in der Woche zusammen zu Mittag gegessen, ich konnte dir meine Sorgen anvertrauen, und du hast mich mit deinem Lachen angesteckt. Und dann nahm dich dieser Idiot von Systole auf seinen Felsen mitten im Ozean mit, auf seine Insel voller Feen und Hexen, und ich blieb allein zurück. Systole ist die medizinische Bezeichnung für die Kontraktion der Vorhöfe und der Herzkammern. So nenne ich meinen Vater seit meiner Jugend. Das passt: Eine Kontraktion, ein Wutanfall, ein Zornausbruch. Auf seiner Station ließ Systole alle nach seiner Pfeife tanzen. Nur die Stationsschwester hielt dagegen, vielleicht ist sie es, mit der er dich betrogen hat? Er liebt nur dich, Groix, seine Patienten, seine Freunde, Sarah, Pomme und Maëlle. Er hat sein Leben damit verbracht, Herzen zu heilen, doch selbst hat er keins. Ich rette keine Leben wie er, ich verkaufe hochwertige Badeinrichtungen. Ich habe ihn zu einem seiner Freunde sagen hören: »Meine Tochter bringt die Männer mit ihren Filmen zum Träumen, mein Sohn bringt sie mit seinen Kloschüsseln zum Wasserlassen.«

Maëlle in der Kirche zu sehen, hat mir einen Schlag versetzt. Pomme sieht ihr so ähnlich. Ich werde nie mehr auf diese Insel zurückkehren. Ich werde für dich in Paris jedes Jahr eine Messe lesen lassen. Ich werde eine Anzeige in den *Figaro* setzen. Ich werde mich an die schönen Dinge erinnern. Systole werde ich vergessen. Wie konnte er dich nur betrügen? Wie konntest du ihn trotzdem lieben?

Meine Frau döst auf dem Beifahrersitz. Sie ist loyal, stabil, sie hat mir geholfen, mich nach der verpatzten Aufnahmeprüfung wieder zu berappeln. Ich hätte sie nie geheiratet, wenn sie nicht schwanger geworden wäre. Albane war so glücklich, als sie mir verkündet hat, dass sie ein Kind erwartet. Seit dem Tod ihres Bruders hat sie nicht mehr so froh gelächelt. Wenn ich von ihr verlangt hätte abzutreiben, wäre sie daran zerbrochen. In den Augen aller bin ich der Dreckskerl, der Maëlle schwanger hat sitzen lassen, obwohl ich in Wirklichkeit davon träumte, sie zu heiraten und mit ihr nach Paris zu gehen. Ich wollte einer von den Guten sein, ein sensibler Ehemann, ein zuverlässiger Vater, ein guter Kerl.

Charlotte schlummert auf dem Rücksitz. Hopla bewegt die Pfoten im Traum. Ich singe:

Oh Danny boy,
The pipes, the pipes are calling,
From glen to glen,
And down the mountain side.

Albane richtet sich auf ihrem Sitz auf und sagt mit verschlafener Stimme: »Du hast mich geweckt, ich habe so gut geschlafen. Das hast du damals in diesem verrauchten Keller gespielt.«

Als wir für die Aufnahmeprüfung lernten, haben Sarah, Patrice und ich eine Band gegründet. Ich habe mein Saxophon Baz genannt, weil der Freund, der es mir verkauft hatte, Antoine-Basile hieß. Sarah tobte sich am Klavier aus, Patrice am Schlagzeug. Wir übten im Keller seiner Eltern und rauchten Joints dabei. Die Band hat sich nach meinem Scheitern aufgelöst.

»Ich habe Baz vom Speicher geholt«, sage ich, ohne die Straße aus den Augen zu lassen.

»Hab ich gesehen. Unsere Nachbarn werden nicht begeistert sein.«

Die Nachbarn können mich mal. Die rechts von uns haben ein Schreibaby. Die Nachbarin links ist taub und stellt den Fernseher auf volle Lautstärke.

»Ich werde wieder anfangen.«

»Wir sehen dich sowieso so selten …«, murmelt Albane.

»Ihr hört mich dann«, sage ich zornig.

Was soll nur aus mir werden ohne dich, Mama? Nach der Systole kommt die Diastole, wenn das Herz nach der Kontraktion erschlafft. Erschlaffung, Entspannung, Gelassenheit, Behutsamkeit. Du warst meine Diastole, die Einzige, mit der ich über alles reden konnte, sogar über Dany, nicht Danny boy, mein Dany girl. Ich misstraue meinen Kollegen. Wenn ich nachlasse, werden sie meinen Platz einnehmen, darauf warten sie nur. Als Chef hat man keine Freunde. Die Arbeit hat mich in den letzten Jahren so sehr in Anspruch genommen, dass ich meine Freunde von früher verloren habe. Sogar Hopla zieht Albane vor, die seine Futterschüssel füllt. Pomme weitet angsterfüllt die Augen, wenn ich mit ihr spreche. Charlotte bin ich egal. Sarah kann Albane nicht ertragen. Und ich bin unfähig, mich zwischen den beiden Frauen zu entscheiden, die mich lieben. Ich will kein schlechter Kerl sein, ich will doch nur ein glücklicher Mann sein.

5. NOVEMBER

Pomme, Île de Groix

Bald sind die Herbstferien vorbei. Dann wird es wieder ruhig auf der Insel. Bis Weihnachten werden die Straßen leer sein, der Regen wird die Schritte der Passanten übertönen. Bei Loïc werden weniger Leute den *Lard des Thoniers* bestellen, er wird den Parisern nicht mehr erklären müssen, dass es mittwochs Blutwurst gibt und sonntags Brathähnchen. Im Fischgeschäft von Thierry und an Anne-Sophies Stand auf dem Marktplatz, in den zwei Bäckereien, bei der Post, in den drei Buchhandlungen und in den Crêperien wird es nicht mehr so voll sein. Weniger Kunden werden nach Gwenolas *far breton* und Corinnes Kosmetikprodukten anstehen. Le Bourg wird in den Winterschlaf fallen.

Ywes und Jacote sind Freunde von Jo. Klavierklänge dringen durch ihre Tür, ich warte, bis wieder Stille herrscht, um nicht zu stören. Ywes dirigiert die Blaskapelle Chat-Thons, der Name kommt vom Leuchtturm an der Pointe des Chats und vom Thunfisch auf der Kirche. Es gab schon früher zwei Blaskapellen auf der Insel, die *Lyre groisillonne*, gegründet 1895, und die *Harmonie groisillonne* von 1913. Das Klavier verstummt. Ich klingele. Ywes öffnet.

»Guten Tag, Pomme. Hat Jo dich geschickt?«

Verschüchtert schüttele ich den Kopf. »Ich möchte Unterricht nehmen. Saxophon.«

»Ich kann einen Lehrer vom Konservatorium in Lorient fragen, der regelmäßig herkommt …«

»Nein, bei Ihnen.«

Ywes trägt Bart, Karohemd, Jeans und ein Lächeln in den Augen.

»Pomme, die Musik gehört zu meinem Leben, ich spiele mehrere Instrumente, aber ich unterrichte nicht.«

»Bitte! Ich habe kein Geld, aber ich kann Dinge für Sie erledigen, ich kann putzen, bügeln, den Rasen mähen. Es soll eine Überraschung sein.«

»Eine Überraschung?«

»Mein Papa hat früher Saxophon gespielt. Wir kennen uns kaum. Ich will es lernen, um mit ihm spielen zu können, wenn er eines Tages wiederkommt. Niemand darf davon wissen, weder Mama noch Jo.«

Die Worte bleiben in meinem Innern stecken, dort, wo die Ungeheuer hausen, die die Insel unter Wasser drücken, solche wie Albane, die sagen, dass ich verrecken kann. Ich denke an Papa, wie er in der dunklen Nacht spielt. Ywes wechselt einen Blick mit Jacote.

»Willst du es wirklich lernen?«

Ich nicke so überzeugend wie möglich. Ywes' Wohnzimmer ist voll mit Instrumenten, die Tische sind mit Notenblättern bedeckt.

»Öffne dieses Etui, Pomme.«

Er zeigt mir einen abgenutzten Koffer. Ich hebe den Deckel an. Ein zerstückeltes Saxophon liegt auf dem Samt.

»Ist es kaputt?«

»Nein, es schläft. Wir werden es aufwecken.«

Er holt ein flaches Holzstück aus einer Schachtel und hält es mir hin.

»Dieses Blättchen aus Schilf nennt man Rohrblatt. Ich nehme es in den Mund, um es anzufeuchten. Dann lege ich es auf das Mundstück, auf den sogenannten Tisch des Mundstücks. Dann schiebe ich diesen Ring drüber, die Blattschraube, und passe dabei auf, das Blättchen nicht zu beschädigen. Und dann schraube ich zu. Verstanden?«

Nein, aber ich nicke. Er nimmt alles wieder auseinander, legt die Stücke auf den Tisch.

»Jetzt bist du dran. Der Ton, den du fabrizierst, hängt von der Art und Weise ab, wie du dein Saxophon zusammengebaut hast. Pass auf das Blättchen auf, es ist empfindlich.«

Ich probiere es, vertue mich. Er zeigt es mir noch einmal. Das wirkt so kompliziert wie die Seemannsknoten in der Segelschule, aber eigentlich muss man es nur einmal richtig verstehen.

»Dann setzt man das Mundstück auf das Korkteil des S-Bogens. Genau so, nicht weiter. Siehst du?«

Ich mache mich ans Werk.

»Perfekt.«

Er zeigt auf die zwei großen Teile.

»Das sind der Korpus und der Schallbecher. Du steckst sie aufeinander. Und du schraubst den S-Bogen drauf. Das Saxophon ist ein Blasinstrument, es gehört zur Familie der Holzbläser, obwohl es aus Metall besteht. Dies ist ein Alt-Saxophon.«

Er schnappt sich ein Band mit einem Haken am Ende, legt es sich um den Hals, hängt das Saxophon daran. Dann legt er wie Papa in jener Nacht seine Finger an, die linke Hand oben, die rechte unten. Und er bläst in das Mundstück. Vom Klang bekomme ich eine Gänsehaut. Als Ywes aufhört zu spielen, tut es mir im Herzen weh.

»Das ist das Stück, das wir mit der Kapelle zurzeit üben: *Mon amant de Saint-Jean.* Viele der Mitglieder haben nie zuvor ein Instrument in den Händen gehalten.

Nach wenigen Monaten waren sie fähig, zusammen ein Stück zu spielen.«

Ich bin beeindruckt. Ywes nimmt das Band, legt es um meinen Hals, führt meine Hände auf das Instrument und lässt los. Ich habe nicht erwartet, dass es so schwer ist.

»Bevor du es einpackst, musst du dein Saxophon putzen, Pomme.«

»So wie man ein Pferd striegelt, nachdem man es geritten hat?«

Wird mich Ywes jetzt vor die Tür setzen, weil ich es an Respekt habe fehlen lassen? Jacote und er haben eine Katze, also mögen sie Tiere.

»So habe ich es noch nie gesehen, aber ja, das ist das Gleiche.«

Er zieht ein Tuch, das an einen Faden gebunden ist, durch den Hals des Saxophons und reinigt den Korpus mit einem Pfeifenputzer. Er erklärt mir, dass beim Spielen Speichel in das Instrument dringt.

»Wozu sind die Wäscheklammern da?«

»Das sind die Klappen. Wenn man ins Mundstück bläst und gleichzeitig auf eine oder mehrere Tasten mit den Fingern drückt, entstehen Töne.

Ywes schaut auf die Uhr.

»Ich muss zur Probe.«

»Aber werden Sie mir Unterricht geben?«

»Du hast gerade deine erste Stunde beendet.«

»Was kann ich als Bezahlung für Sie tun?«

»Ich habe eine wichtige Aufgabe für dich, ich hoffe, du bist ihr gewachsen.«

Ich bin im Staubsaugen besser als im Bügeln. Ich mähe den Rasen, aber Mama hat mir verboten, danach den Rasenmäher sauberzumachen.

»Ich will, dass du dich um deinen Großvater kümmerst«, sagt Ywes mit ernster Miene. »Er hat mich einmal behandelt, ich schulde ihm einiges. Ich habe Angst um ihn.«

»Aber das ist kein Gefallen, das mache ich doch sowieso, ich hab ihn schließlich lieb!«

»Ich kann besser schlafen, wenn ich weiß, dass du auf ihn aufpasst. Also abgemacht«, erklärt Ywes und schüttelt mir die Hand.

7. NOVEMBER

Jo, Île de Groix

An dem Abendessen am Siebten führt kein Weg vorbei. Die Trauer befreit mich nicht von der Pflicht, unsere Freunde zu treffen. Ich wette, du wärst auch hingegangen, wenn ich tot wäre. Freds Haus ist mit ihren Werken und denen ihrer Familie vollgestellt. Sie ist eine großartige Künstlerin und Dekorateurin. Alle bringen etwas zu essen und zu trinken mit. Du hattest immer deinen Lieblingschampagner dabei. Deine Sprudelbläschen glichen den Rest aus, deine trockenen Quiches und unfertigen Kuchen. Du wolltest nicht mit Isabelles Meerspinnen-Kanapees, Marie-Christines Datteln mit Chorizo-Minz-Füllung, Renatas Tiramisu oder Moniques Apfeltarte konkurrieren. Ich kippte die Frucht deiner Bemühungen diskret in den Abfalleimer, und du gingst mit deiner leeren Schüssel glücklich nach Hause.

»Schau mal, Jo, es hat ihnen geschmeckt, sie haben nichts übrig gelassen!«

Meine Freunde zerquetschen mir die Pranke, um mir ihr Mitgefühl auszudrücken. Sie überschlagen sich vor Freundlichkeit:

»Du gehörst zur Familie, Jo.«

»Komm zum Essen, wann immer du willst.«

»Komm einfach vorbei, jederzeit.«

»Meine Frau ist zwar nicht so schön wie deine, aber sie

kocht viel besser«, flüstert mir ein Freund zu, damit ich mich entspanne.

Du warst die Schönste. Du hast mir beigebracht, glücklich zu sein und mich überall wohlzufühlen. Ohne dich bin ich ein Trottel.

Heute Abend habe ich keinen Champagner mitgebracht, ich traue mich nicht, deine Flaschen zu stibitzen. Bei der größten Buchhandlung vor Ort hast du eine offene Rechnung, ich lasse weiterhin alles darauf setzen und habe so das Gefühl, dass du mir meine Zeitungen schenkst.

Erdrückender Kummer verlangt nach vollmundigem Wein. Ich habe einen Cairanne ausgesucht, *le G* von den *Domaines de la Gayère.* Dank George und Geneviève sind die Burgunder-Vorräte heute Abend gut gefüllt. Die Männer geben mir zu trinken. Die Frauen geben mir zu essen. Meine Augen suchen dich, ich habe für den Bruchteil einer Sekunde vergessen, dass du nicht da bist.

»Wie geht es deinen Kindern, Jo?«

»Unsere« Kinder sind »meine« Kinder geworden. Ich schlucke das.

»Gut, ich meine, so schlecht wie immer.«

»Warst du beim Notar in Lorient?«

Auf einer Insel wissen alle alles, jemand hat das Auto gesehen, man läuft sich auf der Fähre über den Weg, man weiß, dass jemand Gäste hat, weil er mehr Brot als üblich kauft, man weiß, ob es bei dem anderen Fleisch oder Fisch zum Abendessen gibt, welche Zeitung er liest. Die Kinder unserer Freunde leben auch nicht auf Groix, sie kommen in den Ferien, aber die Besuche sind kompliziert, die Abfahrtzeiten der Züge und des Schiffs sind nicht aufeinander abgestimmt, ein boshafter bretonischer Korrigan muss sie durcheinandergebracht haben, um uns das Leben schwer zu machen. Wir verlassen uns mehr aufeinander als auf unsere Familien. Während der Sommermonate sehen wir uns selten, unsere Häuser füllen sich mit Kindern und Enkeln. Im September kehrt dann wieder Frieden ein. Wir sind betrübt, wenn sie abfahren, aber wir nehmen unseren normalen Rhythmus und unsere Treffen wieder auf, können durchatmen.

»Lou ist mit einem jungen Kerl vom Festland durchgebrannt«, sage ich.

»Du brauchst doch kein Geld, Jo?«

»Wir sind für dich da, weißt du.«

»Du kannst uns um alles bitten.«

»Wie gut, dass es euch gibt, danke.«

Wie gern würde ich ihnen von dem bösen Streich erzählen, den du mir gespielt hast, aber du hast mir verboten, darüber zu sprechen. Obwohl es Leben in die Bude bringen würde, ich wäre Witwer und Stimmungskanone in einem. Stattdessen frage ich die Freunde frei heraus: »Glaubt ihr, dass eure Kinder glücklich sind?«

Die Gespräche verstummen. Erstauntes Schweigen folgt auf meinen Satz.

»Was für eine merkwürdige Frage!«

»Du bist wirklich ein kleines Rindvieh«, sagt Mylane, die diejenigen, die sie liebt, zärtlich beleidigt.

»Verdammt, Jo, du überraschst uns immer wieder.«

Jetzt versuchen sie mir zu beweisen, dass ihre Kinder tatsächlich glücklich sind, ein geschiedener Sohn hat eine wundervolle Frau getroffen, eine Tochter hat eine neue Stelle gefunden, mit der sie höchst zufrieden ist, ein anderer Sohn ist nach Spanien gezogen, eine Tochter nach Dubai.

Ich gebe mich nicht geschlagen.

»Und was ist mit euch? Seid ihr glücklich?«

Meine Frage macht sie verlegen. Sie schweigen betreten. Man trägt sein Glück nicht vor einem frischgebackenen Witwer zur Schau. Anne-Marie, die ihren Mann verloren hat, lächelt mich an, ohne zu antworten. Bertrand spricht von der Freude, die ihm seine Söhne bereitet haben, als sie ihn auf der letzten Etappe des Jakobswegs begleitet haben. Er hat Monate gebraucht, um Compostela zu erreichen, der harte Kern der Bande des Siebten ist an seinem Geburtstag zu ihm gestoßen. Wir wären auch hingefahren, wenn dein Gedächtnis nicht schlapp gemacht hätte.

Wie soll man das Glück vermehren, Lou? Ich hatte ein eigenartiges Gefühl, als Sarah Patrice erwähnt hat. Ist es das, was du willst, Lou, du riesengroßes Rindvieh? Dass ich Patrice wiederfinde und Sarah und er wieder zusammenkommen? Warum hast du nie mit mir darüber gesprochen? Ein Typ, der abhaut, als er erfährt, dass seine Frau krank ist – das nenne ich persönlich ein faules Ei. Glaubst du, dass sie mit ihm glücklicher wäre?

Lou, dort, wohin wir alle einmal gehen

Unsere Kinder sind unglücklich. Cyrian ist zwischen zwei Frauen hin- und hergerissen. Ich will nicht, dass Sarah und Patrice wieder zusammenkommen. Ich habe dir einen Hinweis gegeben, du musst dich allein auf die Suche machen.

Ich habe kein Netz, keine Verbindung, keinen Akku mehr. Ich würde alles dafür geben, deine Wange zu berühren.

Ich habe gesehen, wie du im Keller gezögert hast, mein Libeling, du hättest von dem Champagner nehmen sollen, was mein ist, ist auch dein.

9. NOVEMBER

Pomme, Île de Groix

Die Katze von Ywes und Jacotes liegt auf den Notenblättern.

»Wie heißt sie?«

»Sie heißt Mademoiselle Peugeot, weil sie schnurrt wie ein Diesel.«

Ywes öffnet den abgenutzten Koffer.

»Setz das Saxophon zusammen, Pomme.«

Ich nehme ein Blättchen aus der Schachtel, lutsche daran wie an einem Eskimoeis.

»Heißt es Rohrblatt, weil das Saxophon ein Rohr hat?«

»Nein, weil es aus Schilfrohr ist. Dein Atem versetzt das Blatt in Vibration, und so entsteht ein Ton. Leg es auf das Mundstück. Es steht zu weit über, schieb es noch weiter. Nimm die Ligatur, die Blattschraube. Andersherum. Dreh die kleine Schraube zu.«

Bisher habe ich gedacht, dass man ein Saxophon wie eine Gitarre nur in die Hand nehmen müsste, um loszuspielen.

»Steck das Mundstück auf den Korkteil des S-Bogens. Ohne auf das Rohrblatt zu drücken.«

Ich bin ungeschickt, meine Finger sind zu klein.

»Du machst das gut. Setz den Korpus und den Schallbecher zusammen. Nimm das Mundstück zwischen die Lippen. Die oberen Zähne müssen auf der Hälfte der Schräge sitzen. Das Mundstück muss auf deiner Unterlippe liegen und nur leicht an deinen unteren Zähnen.«

Was? Es reicht nicht, den Mund zu einem O zu formen und zu pusten?

»Entspann deine Schultern. Lass sie unten. Blas nicht die Backen auf. Los, blas hinein.«

»Das schaffe ich nie! Ich dachte, ich müsste nur die Noten lernen wie beim Klavier«, sage ich entmutigt.

Ich probiere es noch einmal. Wenn es jetzt nicht klappt, gebe ich auf. Und als ich schon nicht mehr daran glaube, kommt ein Ton aus dem Instrument und erzeugt von meinen Zehen bis zu den Haarspitzen eine Vibration. Ich lache vor Glück auf. Hast du das gehört, Lou?

»Siehst du, das schaffst du!«

Ich stoße einen Freudenschrei aus. Ich probiere es noch einmal. Ohne Erfolg.

»Ich gebe auf. Das ist zu schwierig.«

Ywes versucht nicht, mich zu überreden. Er nimmt das Saxophon und beginnt zu spielen. Ich setze mich aufs Sofa und lausche der Musik, die mich in kleine Stücke reißt. Mit geschlossenen Augen versetzt Ywes mich nach Pen-Men, es ist der Tag, an dem die Babymöwen unter dem Blick ihrer Eltern davonfliegen. Ich habe keine zerrüttete Familie mehr, keine böse Stiefmutter, keine doppelgesichtige Halbschwester, keinen traurigen Papa, keine tote Großmutter. Ich habe zwei ungeschickte Flügel, Erwachsene, die mich beschützen, und die Weite des Himmels. Ich bin Julie, Boy und Lola. Ich fliege über die Felsen und den Ozean. Die Musik raubt mir den Atem. Ywes hört auf zu spielen.

»Das Stück heißt *Amazing Grace.* Wenn du jeden Tag übst, kannst du es an Weihnachten spielen.«

Jo, Île de Groix

Jean-Pierre und Monique haben mich zum Essen nach Locqueltas eingeladen. Ich nehme an, damit ich Maëlle nicht zu sehr zur Last falle. Seit Juni warst du im Pflegeheim, du hast mir gefehlt, aber ich konnte mir vorstellen, du würdest eines Tages zurückkommen, daran konnte ich mich festhalten. Was klammere ich mich nun an eine Flasche Mercier mit deiner Stimme und einem Brief darin, die in der Schublade eines Notars liegt, der so jung ist, dass er mein Sohn sein könnte?

Der Ozean tost hinter den Fenstern, und die Bäume biegen sich im Wind. Die Katze Misty bewegt ihre Pfoten im Schlaf. Monique hat dein Lieblingsgericht gekocht.

Ihre Tochter hängt sehr an der Insel, sie kommt, wann immer sie kann.

»Früher hatte ich ein enges Verhältnis zu Cyrian und Sarah, dann bin ich Chefarzt geworden, habe wie verrückt gearbeitet, und wir haben uns voneinander entfernt. Mit Magali habt ihr Glück. Wie schafft ihr es bloß, dass ihr euch so gut versteht?«

»Sie ist unsere Tochter. Wir lieben uns.«

»Frag sie nach ihrer Arbeit, ihren Freunden, ihren Plänen«, schlägt Monique vor.

»Sie schweigen besser als jedes Grab.«

Ich verziehe das Gesicht, was habe ich da gesagt?

»Du solltest einen Google Alert einrichten. Dann wirst du per Mail informiert, sobald der Name eines deiner Kinder im Netz auftaucht.«

Ich überlege. Mir kommt es vor, als würde ich so ihre Privatsphäre verletzen, aber es wäre für eine gute Sache. Jean-Paul zweifelt nicht an meinen Beweggründen. Er fährt seinen Computer hoch und erstellt zwei Google Alerts.

Jean-Paul und Monique sind feinsinnige Freunde, großzügige Menschen, hell, sanft, unersetzlich. Ihr Gästehaus ist ein friedvoller Ort. Sie teilen mit den Touristen ihren Garten, ihre hausgemachte Marmelade, ihren freien Blick auf den Ozean. Ich verlasse sie satt und sternhagelvoll. Du hast dich immer ans Steuer gesetzt, wenn wir von Freunden nach Hause gefahren sind. Ich saß auf dem Todessitz, und doch bin ich am Leben, nicht du. Ich starte den Wagen. Die Polizisten kontrollieren im Sommer an strategischen Punkten, wie vor der Bar L'Apéritif. Zu dieser Stunde und Jahreszeit bleiben sie lieber im Warmen. Schade. Wenn ich zur Ausnüchterung auf der Wache landete, könnte ich ihnen von dir erzählen.

Auf einer Insel zu wohnen, die man in kaum zehn Minuten durchfährt, ist ein großes Glück. Einmal habe ich die Lebensstunden gezählt, die ich in Pariser Staus verbracht habe. Tausende von vergeudeten Stunden, die ich mit dir hätte verbringen können. Ich blicke auf die Straßenlaternen auf dem kleinen Platz. Strom gibt es hier seit 1959, Telefon seit 1965. Vor dem Siegeszug des Fernsehens in den sechziger Jahren kamen die Dorfbewohner in den Abendstunden zusammen, nun heißt es jeder für sich und allein vor dem Gerät.

Ich mache das Radio an, um nicht am Steuer einzuschlafen. Renaud singt.

Eh déconne pas Manu,
va pas t'ailler les veines,
une gonzesse de perdue,
c'est dix copains qui r'viennent.

He, Manu, dreh nicht durch,
stürz dich nicht vom Dach.
Eine Frau, die geht,
bringt zehn Kumpels zurück.

»Ich hätte dich abholen können«, sagt Maëlle, die noch wach ist, weil sie auf mich gewartet hat.

»Mach dir keine Sorgen. Ich komme schon klar.«

Manchmal bin ich überwältigt von all dem, was du nicht mehr erleben kannst. Die brechenden Wellen am Strand, die auf dem Sand Schlagzeug spielen. Der Schaum, der in die Gärten fliegt und sich an die Hecken hängt wie Schlagsahne auf einem *Irish Coffee.* Die Bücher, die du nicht mehr lesen wirst, die Musik, die du nicht mehr hören kannst, das Lachen, in das du nicht mehr einstimmst, Pommes klarer Blick, den du nie mehr sehen wirst.

Ich ziehe mich in unser Zimmer zurück, das nun nur noch mein Zimmer ist. Ich schaue das Bild von Perrine an, das ich von dir bekommen habe, ein Segelpulli auf roher Leinwand. Und das von Yannick, das ich dir geschenkt habe, eine Insel mit einem roten Segelboot inmitten des Ozeans. Das iPad gibt einen munteren Signalton von sich, um mich zu warnen, dass ich es seit zehn Tagen nicht mit meinem Computer synchronisiert habe. Seit deiner allerletzten Nacht. Eine absurde Hoffnung erfüllt mein Herz bei dem Gedanken, dass du mir eine Nachricht hinterlassen haben könntest, aber nein. Ich räume in meinen Mails auf, sortiere aus, Werbung für Reisen, die wir nicht mehr zusammen unternehmen werden, landet im virtuellen Papierkorb, eine Unmenge an Angeboten, die dich nicht mehr reizen können.

Deine Post stapelt sich im Hausflur, ich kann mich nicht dazu entschließen, sie wegzuwerfen. Man bietet dir Zeitungsabonnements an, ein Hörgerät, einen Bestattungsvertrag. Du hast eine Reise gewonnen, eine Mikrowelle und einen Tabletcomputer, du hättest all dem widerstehen müssen. Deine Jacke hängt an der Garderobe, deine Stiefel mit dem psychedelischen Muster stehen bei unseren neben der Tür. Du hast bei den Kaufleuten vor Ort eingekauft und warst bemüht darum, keine Eifersucht zu schüren, warst ganz gerecht, du hast dein Brot bei beiden Bäckern gekauft, deine Bücher bei allen drei Buchhändlern, deine Lebensmittel in den drei Supermärkten. Du bist im Oktober von uns gegangen, Steuern wirst du nur für zehn Monate zahlen. Ich habe der Sozialversicherung das Attest des Kollegen geschickt, der deinen Tod festgestellt hat. Du hast ein Schreiben erhalten, an deinen Namen gerichtet, das dir mitteilt, dass deine Versicherung die Kosten nicht übernimmt, weil du tot bist.

11. NOVEMBER

Jo, Île de Groix

Wir feiern den Geburtstag von Mimi, die mit ihrem Mann Pat die *Boutique de la Mer* führt. Der Tisch vor dem Kamin ist gedeckt. Dein verdammter Teller fehlt.

»Heute Abend bleibt euch der Kuchen meiner Frau erspart«, sage ich, um keine Risse zu bekommen.

Wer uns kannte, lehnte dankend ab, doch Handwerker oder neue Bekannte tappten in die Falle.

»Er blieb sogar hart, wenn man ihn in den Kaffee tunkte.«

»Nicht einmal der Hund des Gärtners hat ihn angerührt.«

Wir rufen uns wichtige Momente mit dir in Erinnerung, während wir uns das Cola-Huhn schmecken lassen, das als Versuchskaninchen für das Silvesteressen herhalten musste. Jedes Jahr geben Pat und Mimi eine Mottoparty. Fotos von uns allen in Kostümen zieren die Wände ihres Wohnzimmers. Dein blauäugiger Blick zielt auf meine Seele. Ich drehe ihm den Rücken zu, weiß aber, dass du dich unter deinem Cowboyhut kaputt lachst, einen Colt am Gürtel, damals vor drei Jahren, neben Betty als Saloon-Bardame.

Mimis Geburtstag fällt auf den Tag des Waffenstillstands von Compiègne und auf den Tag, an dem das Beudeff zugemacht hat. Alain war der Chef des Ty Beudeff, ein Bistro für Reisende aus aller Welt, das auf Groix Kult war, der berühmteste Pub zwischen den Scillys und den Azoren. Das Bier und der Rum schmeckten nach Freundschaft und Abenteuer, Seemannslieder erklangen, die Gäste ritzten ihre Namen ins Holz. Generationen haben hier die Welt neu erschaffen. Nur wenige Meter vom Hafen den Hang rauf, haben sie sich gepflegt einen angetrunken, bis zum Ende unvergesslicher Nächte. Kapitän Alain und sein erster Steuermann Jo waren Stimmungskanonen, Lebenskünstler, schlugen dem Tod ein Schnippchen. Als Alain starb, übernahm seine Tochter das Ruder. Warum wollen unsere Kinder nicht nach Groix kommen, Lou? Was habe ich nur falsch gemacht?

»Ich muss leider gehen. Danke«, sage ich und stehe auf.

»Black dog«, vermutet Pat.

So nannte Churchill seine Depressionen. Pat kennt mich, der *black dog* nagt an meiner Seele.

»Eine Runde mit dem Zug, bevor du gehst, Ko?«

»Ko«, das ist auf der Insel die Abkürzung für »Kompagnon«. Wir lassen die anderen am Feuer sitzen, und ich folge ihm in das Zimmer, das ganz seiner elektrischen Eisenbahn gehört. Wir ducken uns unter den Schienen durch und finden uns im Zentrum der Strecke wieder. Er legt die Schalter um, und die Lokomotiven setzen sich in Bewegung. Ich werde zu einem staunenden Kind. Einen Augenblick lang vergesse ich dich, Lou. Pats Züge flicken mein Inneres zusammen. Ich schaue ihnen beim Vorbeifahren zu und höre *Go West.* Ich bin mit dir auf den fahrenden Zug aufgesprungen, ohne zu wissen, wohin die Reise geht. Lou, ich bin bei dir eingestiegen. Es war ein schönes Abenteuer, Ko.

Ich gehe allein nach Hause. Ich lächele, als ich am Fischladen vorbeigehe. In der Zeit, als Albane noch mit nach Groix kam, hattest du dich mit ihr in die Schlange gestellt, die Insulaner kommentierten während des Wartens die Geschehnisse auf der Insel, Geburten, Todesfälle, Unfälle, Bauarbeiten, Fahrpläne, Nachbarschaftsstreit. Albane, die sich in Paris wähnte, fragte den Fischhändler mit ihrer schrillen Stimme:

»Haben Sie Seebarsch? Ich will mich nicht vordrängeln, ich möchte nur wissen, ob es sich lohnt zu warten, ich habe es etwas eilig …«

»Sind Sie nicht im Urlaub?«, wunderte sich eine Insulanerin.

»Ja, aber ich will keine Zeit verlieren …«

»Sie will keine Zeit damit verlieren, sich mit uns zu unterhalten, Ko!«, mischte sich eine andere Insulanerin ein.

»Es ist nur, dass wir an den Strand müssen, bevor die Ebbe kommt, Madame Ko. Nicht wahr, Lou?«

Angesichts der lachenden Insulanerinnen hast du zu deiner eigenen Schwiegertochter gesagt: »Kennen wir uns, Madame? Sie müssen mich mit jemandem verwechseln.«

26. NOVEMBER

Jo, Île de Groix

Ich habe Google Alerts zu den Kindern erhalten. Cyrian war ohne Albane bei einer Preisverleihung. Sarah hat an der Vorpremiere eines Films teilgenommen. Unsere Kinder sehen gut aus auf den Fotos zu den Artikeln, Lou. Mit dir habe ich mich jung gefühlt, ich war der Kerl, den man nach seinem Ausweis fragt, weil man glaubt, er schummelt, um den Seniorenrabatt zu bekommen. Jetzt gebe ich mir alle Mühe, ein AAW zu werden, ein Alter Angetrunkener Witwer. Aber würdevoll, wegen Pomme. Ich nehme mit großer Ernsthaftigkeit am Wettbewerb für die beste Schnapsdrossel teil. Ich habe gesehen, wie mein Vater aus voller Überzeugung trank, wenn er vom Fischfang wiederkam. Ich habe seine Kompagnons auf sein Andenken trinken sehen, als sein Boot ohne ihn zurückkam, da war ich so alt wie Pomme. Sie tranken, um sich lebendig zu fühlen. Ich trinke, um dich nicht mehr tot zu fühlen.

Ich bin morgens betrübt, mittags betrunken, abends nicht mehr vorzeigbar. Ich laufe auf Single-Malt, rotem Landwein, trockenem Weißen, niemals Bier, aus Prinzip. Ich werde nie den Patienten vergessen, den ich gefragt habe: »Trinken Sie Wein?«, und der mir geantwortet hat: »Niemals Alkohol, Herr Doktor, das ist schlecht fürs Herz. Ich trinke nur Bier, zehn Dosen täglich, aber nie Wein, ich hänge am Leben!«

Die Freunde haben Mitleid, aber danken Gott, dass er

dich und nicht ihre Frauen geholt hat, das ist nur menschlich. Maëlle zwingt mich zum Essen, um den Schaden zu begrenzen. Ich gehe Pomme aus dem Weg. Serge Reggiani singt in Endlosschleife *La Chanson de Paul* in meinem Kopf.

Je bois, à ces maisons que j'ai quittées,
aux amis qui m'ont fait tomber,
mais à toi, qui m'a embrassé.

Ich trinke, auf die Häuser, die ich verließ,
auf den Freund, der mich fallen ließ,
aber auf dich, die mich dich küssen ließ.

Ich trinke auf dich, die mich geküsst hat. Bin ich wirklich der Einzige, der dich geküsst hat, Lou? Alkohol macht paranoid. Ich nehme mir noch mal deinen Kalender vor. Was hast du da durchgestrichen? Warum sind manche Wörter unlesbar? Du hast etwas für den 3. Dezember geplant. Ich kann es nicht entziffern, die Schrift ist zu klein, ich bräuchte eine Lupe. Ich nehme mein Handy, fotografiere die Seite, ziehe die Finger auf dem Bildschirm auseinander, um das Bild zu vergrößern. Und lese: »9.30 Uhr brkfst Dan«, dazu die Adresse eines Hotels in der Rue Mongue im Quartier Latin. Brkfst bedeutet Breakfast, Frühstück. Wen wolltest du in diesem verfluchten Hotel treffen? Wer ist dieser Dreckskerl, dieser Dan?

30. NOVEMBER

Pomme, Île de Groix

Heute ist dein Geburtstag, Lou. Seit du nicht mehr da bist, ist Jo wie einer der Hummer im Hafenbecken. Zwar am Leben, aber als ob er auf den Kescher wartete, der ihn herausfischen wird, damit er nach armorikanischer Art verspeist werden kann. Er trinkt zu viel, hat Augen wie ein weißer Hase, sein Gang ist unsicher, seine Hände zittern. Er kommt zum Kaffee zu mir in die Küche. Sein Lächeln ist rissig. Er legt eine Packung Mehl, Butter, Eier, Crème fraîche, Joghurt und Vergeoise-Zucker auf den Tisch.

»Lou will, dass du lernst, wie man *tchumpôt* macht. Und deine Schwester auch. Lucette aus Locqueltas hat mir das Rezept gegeben.«

Ich schütte das Mehl in eine Schüssel, füge Salz, Crème fraîche, Joghurt und Eier hinzu. Ich breite ein Handtuch auf dem Tisch aus, schütte dann den Inhalt der Schüssel darauf und knete den Teig durch. Ich schütte den Zucker in die Mitte und füge die Butter hinzu. Dann falte ich den Teig zusammen und lege die Tasche in ein Geschirrtuch. Ich lasse den *tchumpôt* in heißes Wasser sinken.

»Essen wir ihn danach zusammen?«

Der Jo von früher ist nicht ganz verschwunden, seine Miene hellt sich auf.

»Ja, mein Äpfelchen.«

Ich beuge mich über den Topf, um zu prüfen, ob alles gut geht.

»Achtung, verbrenn dich nicht!«

Er unterbricht sich. Er schaut auf die Narbe an meinem Auge. Wir haben nie mehr darüber gesprochen. Er hat mich für meine Reaktion gelobt, mein Gesicht und deine Hände unter kaltes Wasser zu halten. Er hat unsere Verbrennungen dick mit Salbe eingeschmiert. Danach war das Thema tabu.

»An dem Tag, als die Katze die Kaffeekanne umgeschmissen hat«, beginnt Jo und schaut mir tief in die Augen.

»Das ist so lange her.«

»Ihr habt euch verbrannt, deine Großmutter und du.«

»Im Kaffee hat sich etwas gespiegelt, Tribord dachte, dass das eine Maus ist. Ich werde traurig, wenn ich daran denke, Jo ...«

Er bohrt nicht weiter nach. Mama kommt von der Arbeit nach Hause, als wir gerade den *tchumpôt* aus dem Wasser holen. Wir können nicht viel davon essen, der Kuchen ist zu mächtig, und Jo sagt, dass er die Arterien verstopft, aber einfach zu gut schmeckt. Wir werden ihn morgen aufessen, in dicken, in warme Butter getauchten Scheiben.

Jo schickt mich mit dem Fahrrad los, damit ich ein Stück *tchumpôt* im Pflegeheim abgebe, für die Dame, die mit dir Karten und Scrabble gespielt hat.

Charlotte, Le Vésinet

Mama hat mich von der Schule abgeholt. Ich werfe meinen Rucksack in den Flur und laufe in die Küche. Ein Umschlag mit meinem Namen liegt auf dem Tisch. Er kommt aus Groix, die Schrift erkenne ich nicht. Granny hat mir geschrieben, Grampy hat immer nur seinen Namen druntergesetzt.

»Mein Schalottchen, heute ist der Geburtstag deiner Großmutter. Sie will, dass du und Äpfelchen einen *tchumpôt* backt. Ich habe dir das Rezept abgeschrieben. Ich umarme dich.«

Ich zeige Mama den Brief.

»Deine Großmutter hatte am Ende ihres Lebens nur noch verwirrte Einfälle, mein Schatz. Schau lieber Fernsehen. Was für ein absurder Gedanke, Kinder können nicht kochen, das ist gefährlich!«

»Grampy hat gesagt heute.«

»Wir haben keinen Vergeoise-Zucker.«

»Doch, oben im Schrank, Granny hat welchen mitgebracht. Papa liebt *tchumpôt.*«

Sie seufzt, sie ist sich meines Tricks bewusst.

»Na gut. Ich werde ihn machen, und du schaust zu.«

»Pomme wird sich nicht mit Zuschauen zufriedengeben.«

»Hast du die Verbrennung an ihrem Auge gesehen? Das passiert, wenn man Kinder mit dem Gasherd spielen lässt! Du kannst die Butter auspacken. Nimm dein Messer mit der runden Spitze. Und bleib vom Herd weg.«

Enttäuscht schaue ich zu, wie sie sich ans Werk macht.

»Essen wir ihn heute Abend zusammen?«

»Papa kommt erst spät nach Hause, dann bist du schon im Bett. Meine Leber verträgt keine Butter. Von Zucker kriegt man Pickel. Du kannst ein ganz dünnes Stück essen.«

Ich bin wütend auf mich, weil ich Pomme gesagt habe, dass wir vielleicht keine Schwestern sind. Manchmal verhalte ich mich absichtlich so, dass die Leute mich hassen. Anderen wehzutun, fühlt sich dann gut an.

»Wann fahren wir das nächste Mal nach Groix? Ich will Pomme wiedersehen!«

Mama hat ihr nicht verziehen, dass sie auf der Straße gefahren ist mit mir auf dem Gepäckträger.

»Sie hat einen schlechten Einfluss auf dich. Du brauchst keine Freunde, schließlich hast du ja mich. Man hat nur eine Mama, weißt du?«

Lou, dort, wohin wir alle einmal gehen

Heute ist mein Geburtstag. Ich bin am gleichen Tag wie Winston Churchill geboren. Gern hätte ich den *tchumpôt* meiner Enkeltöchter gekostet. Willst du mir ein Geschenk machen, Jo? Dafür brauchst du keine Farbe oder Größe zu wissen. Hör einfach auf, dir langsam den Garaus zu machen. Trink Wasser.

3. DEZEMBER

Jo, Paris, Rue Monge

Am Morgen nach deinem Geburtstag war mir übel, und ich bin den ganzen Tag im Bett geblieben. Mein Kollege Alexis hat mich daran erinnert, dass Leberzirrhose nicht die angenehmste Art zu sterben ist. Nachdem er gegangen war, habe ich deinen Kalender geöffnet wie ein Schiffbrüchiger, der sich aufs rettende Floß stürzt. Wie mein Vater, als er aus seinem Fischerboot fiel, sich vielleicht an eine Holzplanke geklammert hat, bevor er unterging.

Bis ins Frühjahr hinein hast du mir Glück beschert. Im Januar hast du begonnen zu vergessen, aber ich habe nichts bemerkt, im März hast du gesponnen, aber ich wollte es nicht wahrhaben, im Juni hast du den Verstand verloren und bist ins Pflegeheim gezogen. Wir haben deine erste Nacht dort nebeneinander in deinem neuen Bett verbracht. Mit sechsundfünfzig Jahren warst du im Heim das Nesthäkchen. Niemand verstand deine Entscheidung, außer deinem Arzt und mir. Wir haben die Ouvertüre der Oper *Die Macht des Schicksals* von Verdi gehört, während wir Brot mit Hummerpaste aßen. Ich habe dich angefleht, zu uns zurückzukommen. Du hast abgelehnt. Pomme und Maëlle waren für den Sommer nach Locmaria gezogen, warum wolltest du nicht bei mir in Le Bourg bleiben? Du bliebst störrisch. In Italien sagt man, um Glück zu wünschen: *in bocca al lupo*, im Maul des Wolfs. Das Gegenüber antwortet: *crepi il lupo.* Soll der Wolf sterben. Ich spreche schlecht Italienisch, ich hätte wünschen sollen: *crepi Lou.*

Ich habe dich nicht betrogen, Lou. Gilt das ebenso für dich? Ich bin in der Straße angekommen, wo du heute Morgen um 9.30 Uhr in diesem verfluchten Hotel eine Verabredung zum brkfst hast. Wer ist das, dieser Dan? Ich konnte nicht einfach zu Hause von einem Fuß auf den anderen treten, ohne es je zu erfahren.

Ich trete in den Speisesaal mit den ockerfarbenen Wänden und einem großen Büfett in der Mitte. Familien laden Speisen auf ihre Teller, Touristen verstecken das Gebäck in ihren Servietten, das sie knabbern werden, wenn sie später Hunger bekommen. Ich setze mich an ein Fenster. Ich bestelle einen Espresso. Ich warte. Ein Typ in meinem Alter taucht auf, nach hinten gegeltes Haar, schmal geschnittener Anzug, spitze Schuhe. Ich versuche, einen Wirbel auf meinem Kopf glattzustreichen, aber das ist vergebliche Liebesmüh. Er setzt sich, schaut auf seine Uhr, wirft einen prüfenden Blick auf sein Telefon. Wartet er auf dich? Weiß er nicht, dass du dich davongemacht hast? Er hat Hunger, der Aufschneider, beim Anblick des Büfetts läuft ihm das Wasser im Mund zusammen, doch er geduldet sich weiter.

Er schreibt eine SMS. Du wirst ihm wohl nicht antworten. Er verzieht das Gesicht. Er mag es nicht, wenn Frauen zu spät kommen. Wegen dieser Nichtigkeit würde er dich anschnauzen. Wo war er vor einem Monat, als wir dich begraben haben, der Nichtsnutz? Wie hast du ihn kennengelernt? Ist er einer deiner Exfreunde, ein ehemaliger Liebhaber, den du jedes Jahr am selben Tag im selben Hotel triffst? Macht ihr es mit oder ohne Vorspiel? In welcher Position? Schweigt er, redet er, knurrt er, kommentiert er? Er trägt keinen Ehering. Hast du darüber nachgedacht, mich für ihn zu verlassen? Meine Hand zittert, und ich verschütte Kaffee auf dem Tisch und auf meiner Hose. Die Kellnerin eilt herbei. Dein Dreckskerl schert sich nicht darum, ich werde ihn mit Vergnügen umhauen. Ich erhebe mich, wie grotesk, mit Kaffeeflecken auf dem Bein. Meine Füße sind tonnenschwer. Ich werde mich teuflisch lächelnd über ihn beugen und ihm meine Daumen fest auf die Halsschlagadern drücken. Das wird seinen Herzschlag verlangsamen und weniger Blut in sein Gehirn pumpen. Ich werde brüllen: »Ich bin Arzt, treten Sie zurück« und seinen Sturz auffangen. Dann sehe ich weiter. Dein Gegelter ist voll auf sein Telefon konzentriert, er sieht mich nicht kommen. Ich strecke meine Hände aus wie ein Playmobilmännchen. Da läuft eine kantige Frau in rotem Mantel und mit spitzer Nase um mich herum und wirft sich in seine Arme.

»Ich saß in der Metro fest, irgendein Depp hat sich auf die Schienen geworfen!«, ruft sie mit gellender Stimme.

»Ich wollte gerade gehen«, brummt der Gegelte. »Ich hatte Probleme heute Morgen, meine Frau wollte mich nicht gehen lassen.«

»Mein Mann hat mir auch hinterherspioniert«, schrillt die Spitznase.

»Diese Selbstmörder gehen mir wirklich auf die Nerven, die denken nur an sich!«

Das wäre eine schöne Grabinschrift. Wie hatte ich nur glauben können, dass du mich mit so einer Niete betrügst?

»Herr Doktor?«

Überrascht drehe ich mich um. Eine junge Frau mit prachtvollen Brüsten, in einem engen Kleid und auf hochhackigen Schuhen lächelt mich an.

»Mein herzliches Beileid.«

»Kennen wir uns?«

»Ich sollte heute Vormittag Ihre Frau treffen. Ich bin Dany.«

Meine Nerven flattern. Dan steht für Dany. Ich habe dich zu Unrecht verdächtigt. Sie deutet auf den leeren Stuhl vor mir.

»Darf ich?«

Ich nicke. Wer ist sie?

»Wie haben Sie mich erkannt?«, frage ich neugierig.

Sie zeigt auf den orangefarbenen Joseph auf meinen Schultern.

»Ihr Markenzeichen. Und Sie sehen aus wie Cyrian. Nun, er sieht aus wie Sie.«

Sie kennt also unseren Sohn. Die Kellnerin erscheint neben uns und flüstert etwas in ihr Ohr.

»Ein Problem mit einem Kunden, ich komme gleich wieder.«

Ich erkundige mich bei der Kellnerin: »Die junge Frau arbeitet hier?«

»Sie ist die Managerin, Monsieur.«

»Können Sie mir ihren Namen sagen?«

Ich hole mein Handy raus und tippe ihren Namen zusammen mit dem von Cyrian ein. Google präsentiert mir einen Link. Ich klicke drauf. Es ist ein Thinktank, eine Gruppe von Fachleuten, die Ideen austauschen. Der Club trifft sich einmal im Monat in diesem Hotel. Ich klicke durch die Fotos von Männern in Anzug und Krawatte. Eine Frau im strengen Kostüm. Eine weitere Frau mit schwindelerregendem Dekolleté. Es ist Dany. Ich klicke immer weiter und plötzlich verstehe ich. Danys Bein an das unseres Sohnes geschmiegt. Nicht du hattest einen Liebhaber, Lou. Ich betrachte Cyrians Gesicht. Er scheint wie verwandelt. Wolltest du deshalb, dass ich in deinen Kalender schaue? Damit ich Cyrian helfe, Albane zu verlassen und mit Dany glücklich zu sein? Wenn ich an den Zirkus denke, den er veranstaltet hat, als der Notar verkündete, ich hätte dich betrogen!

»Entschuldigen Sie«, sagt Dany und setzt sich wieder.

Ihr Lächeln und ihre Brüste sind unwiderstehlich. Sie und Albane spielen nicht in derselben Liga.

»Lieben Sie meinen Sohn?«

»Sie sind wohl von der direkten Sorte.«

»Ich bin Arzt.«

»Sind Ärzte immer so indiskret?«

»Sie sind gezwungen, ihre Patienten nach ihrer Intimsphäre zu befragen. Ich bin Kardiologe, spezialisiert auf Herzensangelegenheiten.«

»Sind Sie schockiert darüber, dass Ihr Sohn seine Frau betrügt?«

»Ich bin überrascht. Ich muss Ihnen eine Frage stellen.«

»Ob ich eine Ehebrecherin bin?«

»Ist mein Sohn glücklich?«

Ich würde viel dafür geben, dass sie ja sagt. Sie schüttelt den Kopf.

»Er ist hin- und hergerissen zwischen mir und seiner Frau. Verheiratete Männer haben Geliebte, seit die Welt existiert. Das macht ihr Leben nicht besser, aber aufregender. Mir liegt weder daran, Cyrian zu heiraten noch einen Haushalt zu führen. Ich bin eine unabhängige Frau. Will mich nicht anketten lassen, keine Versprechungen machen, keine feste Bindung eingehen, und vor allem will ich keine Kinder. Aber ich hätte gern, dass er mir zur Verfügung steht.«

»Also wird er unglücklich bleiben?«

»Das ist wohl eine Obsession von Ihnen«, sagt Dany mit einem einstudierten, sinnlichen Lachen.

»Nein, es ist eine Mission«, sage ich, mich erhebend.

Sarah, Paris, Rue de Sévigné

Meine Wohnung ist ein ehemaliges Atelier im Marais. Die Bank wollte mir wegen meiner Krankheit keinen Kredit geben, ich musste eine spezielle Versicherung abschließen. Ich verdiene mehr, als Papa dafür verdiente, Leben zu retten, das ist mir peinlich. Ich spare nicht, schließlich werde ich nie Kinder haben. Ich wohne im obersten Stock. Der Aufzug ist breit genug für mich und meinen Rollstuhl. Papa empfange ich in meinem neuen, paillettenbesetzten Gefährt. Heute ist ein schlechter Tag, das Gehen fällt mir schwer.

»Ich trainiere für den nächsten Videospielabend, schau mal!«

Ich zeige ihm die futuristische digitale Steuerung, mit der ich diesen Prototyp, *made in USA*, lenke. Davon existieren nur zwei Exemplare, meiner und der eines berühmten amerikanischen Schauspielers, der Parkinson hat. Wenn wir uns bei den Oscars sehen, werden wir darum wetteifern, wer die raffiniertesten Pirouetten hinbekommt.

»Ich kann dich nicht zum Abendessen einladen, Papa, ich erwarte einen Liebhaber.«

»Deinen Freund?«

»Number is safety. Man sollte lieber mehrere haben, die amüsant und charmant sind, als einen, der eifersüchtig und pünktlich ist.«

»Magst du keine pünktlichen Leute?«

»Nein. Ich mag die Unvorhersehbaren, die Abenteurer. Wirklich, ich meine es ernst, ich treffe keinen Mann öfter als zwei Mal. Ich sage nie ›Ich liebe dich‹, du hast mir beigebracht, nicht zu lügen.«

»Du kannst von mir aus tun, was du willst, du bist erwachsen.«

Mein hautenges Kleid schockiert ihn. Er ist vorbeigekommen, ohne vorher Bescheid zu sagen, selber schuld. Du hättest das nie gemacht, Mama. Ich serviere ihm einen Single Malt, den mir ein japanischer Regisseur geschenkt hat.

»Weißt du, dass dein Bruder eine Geliebte hat?«, fragt er unvermittelt.

»Und woher weißt du das?«

»Ich habe in den Kalender deiner Mutter geschaut. Und ich habe Dany heute Morgen kennengelernt.«

»Sie hat brillante und begehrte Männer für die Rolle ihres Liebhabers gecastet. Und dann hat sie sich Cyrian ausgesucht.«

»Man castet die Männer heutzutage wie für einen Film?«

»Du hast auf der Hochzeit, bei der du Mama kennengelernt hast, genau das Gleiche getan. Alles nur eine Frage der Wortwahl. Du hast die anwesenden Mädchen abgecheckt und dann deine Scheinwerfer auf sie gerichtet.«

»›Geschmack und feine Lebensart im Bund‹!«

»Courteline? Labiche?«

»Molière, *Der Menschenfeind.* Ist Cyrian verliebt? Macht Dany ihn glücklich?«

»Das ist kompliziert. Albane hat er nicht gecastet, sie hat ihn gerettet, sie ist schwanger geworden, er ist ihr dankbar. Sie schlafen nur selten miteinander.«

»Sarah!«

»Du hast gefragt! Keine von ihnen gibt ihm, was die andere nicht hat. Albane vergöttert Charlotte und hasst Pomme. Dany will keine Kinder und schert sich nicht um die der anderen. Cyrian liebt seine Töchter.«

»Das merkt man ihm aber nicht an.«

»Er kann seine Gefühle nicht ausdrücken. Er ist schließlich dein Sohn.«

So offen haben wir noch nie miteinander gesprochen.

»Und du, Sarah? Ist dein Leben auch kompliziert?«

»Du hast eine Zukunft, Papa. Aber ich habe eine Gegenwart und lebe damit.«

»Und bist du in dieser Gegenwart glücklich?« Ich hebe mein Glas.

»Mein Glück ist wie der Whisky in deinem Glas: angesagt und schweineteuer. Dein Glück mit Mama war ein traditionelles, gereift in Eichenfässern. Ich bin der Schwarm der kleinen französischen Filmwelt. Sobald ich welk werde, bin ich weg vom Fenster, also koste ich es aus. Dieses Wunder in meinem Glas stammt aus einer Destillerie mit pagodenförmigen Kaminen. Ich bin eine Pagode im Hightech-Rollstuhl.«

»Hübsche Metapher. Du hast meine Frage nicht beantwortet.«

»Du wirst ohne Mama nicht glücklich sein. Sie hat ein Stück von dir mit sich genommen. Aber du wirst schöne Momente erleben. Patrice hat etwas in mir zerbrochen. Nicht er fehlt mir, sondern die Sorglosigkeit und die Gewissheit, geliebt zu werden, das Vertrauen. Vor ihm war mein Herz leicht, jetzt bin ich ein leichtes Mädchen. Mein Kavalier für heute Abend wird nicht mehr lange auf sich warten lassen. Er führt mich aus in ein Pop-up-Restaurant, wo man in absoluter Stille speist. Man zahlt Unsummen, um nur mit den Augen zu kommunizieren.

Ganz Paris zieht es dorthin, man muss Monate im Voraus reservieren.«

»Die Leute spinnen. Arbeitet er beim Film? Ist er Schauspieler?«

»Ich schlafe nicht mit Männern, die dadurch eine Rolle zu ergattern versuchen, das ist unmoralisch.«

»Deine Moral ist tadellos, mein Kind.«

4. DEZEMBER

Jo, Île de Groix

Im Zug zurück nach Lorient lese ich, dass ein Mann, der seine Frau verliert, gute Chancen hat, im darauffolgenden Jahr zu sterben. Dasselbe gilt für einen Oberschenkelhalsbruch. Ein Witwer, der sich das Bein bricht, ist doppelt gefährdet, ich sollte aufpassen.

Mein Handy klingelt, als das Schiff andockt.

»Papa?«

»Schön, deine Stimme zu hören, Cyrian.«

»Kann ich auf deine Diskretion zählen?«

»Rufst du mich deshalb an?«

»Ja.«

Ich kenne ihn, er hat auf ein Blatt Papier mit einer Linie zwei Spalten gezeichnet: Ja, ich rufe meinen Vater an. Nein, ich rufe meinen Vater nicht an. Ja hat gewonnen.

»Du kannst dich auf mich verlassen. Du kannst dich immer auf mich verlassen, Cyrian. Auch deine Mutter konnte sich auf mich verlassen.«

Er verweigert sich diesem Thema.

»Mein Privatleben geht dich nichts an, Papa.«

»Richtig.«

»Du wirst mit meiner Frau nicht über Dany sprechen?«

»Über wen?«

»Die Managerin des Hotels in der Rue Monge.«

»Wer bitte? Wo bitte? Ich hab es schon wieder vergessen, Cyrian.«

»Danke.«

Und er legt auf.

In der Bibel deutet mein Namensvetter Josef, Jakobs Sohn, die Träume des Pharaos. Ich bin nicht in der Lage, deine zu verwirklichen. Im Trubel der Hauptstadt fiel deine Abwesenheit weniger auf. Dein Fehlen überrollt mich, als ich durch den Hafen gehe, der Boden schwankt nach der Überfahrt unter meinen Füßen.

Maëlle lächelt, als sie mich sieht. Pomme wirft sich mir in die Arme. Auf dem Tisch steht ein Teller für mich, ich esse mit Appetit die Suppe, auf Wein verzichte ich. Ich erzähle ihnen von der Stadt und der Weihnachtsbeleuchtung, mache ihnen etwas vor. Ich werde meine Traurigkeit mit ins Bett nehmen, zumindest sind wir dann zu zweit. Als Pomme schlafen geht, spreche ich unter vier Augen mit Maëlle.

»Wenn du eines Tages woanders leben willst, in Locmaria oder in einem anderen Haus in Le Bourg, lass dich bitte nicht meinetwegen davon abhalten. Ist das klar?«

»Willst du, dass wir gehen?«

»Ich will euch nicht zur Last fallen. Ich bin weder dein Vater noch dein Schwiegervater.«

»Du bist Pommes Großvater. Meine Eltern leben nicht mehr. Wir haben nur noch dich.«

5. DEZEMBER

Pomme, Île de Groix

Ich dachte, ich würde es nie schaffen, das Saxophon zusammenzubauen, jetzt geht es schon wie von selbst. Ich arbeite an meinem Ansatz. Ich setze meine Zähne auf das Bissgummi, entspanne die Schultern, blase meine Backen nicht auf. Um einen Ton hervorzulocken, forme ich mit der Zunge ein »Tü«. Ich kenne die hohen Noten für die linke Hand – C, H, A, G – aber es fällt mir schwer, sie zu spielen. Meine Zähne rutschen ab, meine Zunge stört, ich schiebe das Mundstück zu tief rein, ich ziehe die Unterlippe zu sehr ein. Und wenn dann ein Ton erklingt, klar und vibrierend, möchte ich nichts anderes mehr tun, nur noch spielen, immer und immer weiter.

Tanzend laufe ich nach Hause. Ich besuche dich auf dem Friedhof und mache »Tü«, um dir zu zeigen, wie schwierig das ist. Die Sänger haben ihre Stimme. Pianisten legen ihre Finger auf die Tasten. Saxophonisten spielen mit ihrem ganzen Körper. Es hat mich gepackt. Ich werde es schaffen. Es macht mich überglücklich, wenn ich richtig spiele, mein Innerstes sprudelt dann wie die Meeresflut bei Tagundnachtgleiche.

Jo, Île de Groix

Ich habe weitere Google Alerts erhalten. Ein Kerl aus Cyrians Thinktank hat ein Verfahren am Hals. Ich hoffe, dass sich unser Sohn nichts vorzuwerfen hat. Sarah ist auf den Fotos der Premierengalas ebenso schön wie die Stars aus den Filmen, die sie produziert hat.

Als du klein warst, bekamen die braven Kinder im Schloss deines Vaters am 6. Dezember Süßigkeiten und die widerspenstigen Kinder Schläge mit der Weidenrute. Der Nikolaus kam auf seinem Esel durch den Kamin geritten, begleitet von seinem bösen Kumpan Knecht Ruprecht. Deine vier älteren Schwestern aßen zufrieden ihren Nikolaus aus Früchtebrot. Du dagegen warfst deine Rute in den Abfalleimer, traurig und gekränkt. Abends wurden Linsen auf Watte gesät und die Sprösslinge am Weihnachtsabend neben die Krippe gesetzt. Deine Schwestern gossen ihre Linsen, ohne dass ein Tropfen Wasser danebenging. Aus deiner Untertasse schwappte es auf das Spitzendeckchen. Der Intarsientisch bekam Wasserflecken, Pfützen bildeten sich auf dem antiken Parkett. Du hast die Tradition mit Cyrian und Sarah fortgeführt, aber ohne Knecht Ruprecht und seine Sadomaso-Rute. Unsere Kinder säten ihre Linsen auf einen angeschlagenen Teller, der auf der Arbeitsplatte in der Küche stand, um die es nicht schade war. Ich nehme einen bretonischen Sammelteller von der Wand und streue Pommes Linsen darauf, um dich herauszufordern.

Ich werde dem heutigen Tag Sinn verleihen. Mein Plan hält stand. Pomme ist in der Schule. Maëlle arbeitet. Draußen ist es neblig, das Meer ist aufgewühlt, handfeste

Wetterbedingungen, da jagt man keinen Seemann vor die Tür. Ich werde deinen Gott herausfordern, ihm einen fairen Deal anbieten. Die Ritter warfen ihren Gegnern den Fehdehandschuh hin, Gott wird sich dem Duell stellen. Er hat dich als Geisel genommen. Ich biete mich ihm an deiner statt an. Ich gebe ihm meine erbärmliche Existenz im Tausch gegen deine. Ich bringe mich nicht um, ich biete mich an. Ich brauche keine Rückfahrkarte von da oben, die bekommst du und führst dein Leben hier unten fort. Vom Zenit geradewegs zum Nadir, das Gleichgewicht wird nicht gestört. Als wir geheiratet haben, habe ich versprochen, dich zu beschützen, und ich halte meine Versprechen. Unsere Familie braucht dich viel mehr als mich. Sie haben sich dort oben geirrt, sie haben dich statt meiner mitgenommen. Ich werde ihren Irrtum berichtigen. Du bist so viel mehr wert als ich. Ich war dein Ritter mit Stethoskop, ohne meinen weißen Kittel bin ich zu nichts nutze.

Ich steige in meine Stiefel – so wird mich das Wasser ruck, zuck zum Grund ziehen, wenn ich über Bord gehe – und lege einen gestreiften Joseph über die Schultern. In die Hosentasche stecke ich eine in Plastik gepackte Karte mit meinem Namen, um meine Identifizierung zu erleichtern. Ein Erwachsener in guter körperlicher Verfassung kann in acht Grad warmem Wasser zwanzig Minuten durchhalten. Die Hypothermie wird meinen Herzschlag verlangsamen. Die Strömungen tragen die Körper nach neun oder zehn Tagen wieder an die Küste. Mir ist wichtig, dass man mich findet. Ich bin nicht mein Vater.

Ich fahre zum Hafen runter und parke mit Absicht weit weg vom *L'Escale.* Mir fällt Jacqueline Tabarlys Hommage an ihren Mann im Jahr 1998 ein, am Morgen der Sommersonnenwende, dem Ozean zugewandt: »Das Meer ist nicht böse, das Meer hat genommen, es hat nicht gestohlen.«

Ich habe Tag und Uhrzeit so gewählt, dass ich weder dem RoRo noch den Fischern noch den Seglern begegne. Das Licht nimmt ab, der Hafen liegt verlassen da, der Nebel breitet sich aus. Ich leihe mir das Boot eines Freundes, schiebe Scheine in einen Umschlag mit seinem Namen, den ich hinters Lenkrad klemme; wir schließen hier die Autos außerhalb der Saison nie ab. Das Boot schwankt auf den Wellen, draußen wird uns die hohe See noch viel schlimmer zusetzen. Ich schaue mich sorgfältig um, ob mich auch niemand gesehen hat – ich bin keiner der Verantwortungslosen, die bei schlechtem Wetter rausfahren und die Retter in Gefahr bringen.

Keine Menschenseele ist zu sehen. Ich bin nicht sicher, selbst noch eine intakte Seele zu haben. Ich wrigge zur Hafenausfahrt. Ein Freizeitsegler tritt auf sein Deck, als ich steuerbord an ihm vorbeifahre. Ich halte den Atem an. Er pinkelt backbord und verzieht sich dann wieder in seine Kajüte. Mein Vater hat mir beigebracht, nachts achtförmig zu wriggen. Er wartet auf mich unter Wasser. Als ich den geschützten Hafen verlassen habe, kämpfe ich mit dem Meer. Mein Boot ist nicht mehr als eine Nussschale auf den Wellen. Ich entferne mich vom Deich. Die Strömung zieht mich aufs offene Meer vor Port-Lay. Die Fenster im Haus von Gildas und Isabelle sind erleuchtet, der Schornstein raucht. Ich stelle sie mir in ihrem Wohnzimmer vor, sehe die tiefen Sessel, den Couchtisch mit den Meerspinnen-Kanapees auf einem Teller, höre Isabelles Lachen und Gildas' Musik. Das alles wird ohne uns weitergehen, gestern ohne dich, morgen ohne mich.

Ich habe Herzen wieder schlagen sehen, die ich verloren geglaubt hatte. Ich habe Patienten wieder laufen sehen, bei denen ich hätte schwören können, dass sie keine Chance haben. Wunder geschehen. Ich schreie wild gegen den Wind an. Ich beginne ein Lied von Barbara zu singen, in Bruchstücken wegen der Anstrengung. Ich brülle über die Wellen.

Quand ceux qui vont s'en vont aller,
eux qui n'avaient rien demandé,
mais qui savaient s'émerveiller,
d'être venus sur terre.
Qu'on leur laisse choisir au moins,
le pays fut-il lointain,
de leur heure dernière.

Wenn die gehen,
die um nichts baten,
sich aber zu freuen wagten,
über das Wunder auf Erden zu sein.
Lasst sie zumindest wählen,
in welchem Land, wenn auch fern,
sie ihre letzten Stunden zählen.

Atemlos verstumme ich. Mein fragiles Boot stößt im Nebel an einen Felsen. Ich habe keine Zeit, mich festzuhalten, fliege im hohen Bogen über Bord.

Ich bringe mich nicht um. Ich habe einen Pakt geschlossen. Hoffentlich halten sich die da oben an die Abmachung, mein Leben gegen deines. Mein Kopf taucht aus dem Wasser. Aus dem Wintermeer, mächtig und eiskalt. Als Kind bin ich nachts aufgewacht und wollte wissen, wie sich das für meinen Vater angefühlt hatte. Als ich in Paris Assistenzarzt im Krankenhaus war, sah ich die Ertrunkenen aus den öffentlichen Schwimmbädern und die Verzweifelten aus der Seine. Ich will lieber in meinem Ozean zugrunde gehen, das macht mehr Eindruck. Ich will lieber sterben und dich leben lassen.

Pomme, Île de Groix

Mein Großvater war sonderbar heute Morgen. Ich renne als Erste aus dem Schulgebäude, ohne mich verabschiedet zu haben, und trete auf dem Nachhauseweg mit aller Kraft in die Pedale. Wir müssen heute die Linsen säen. Der Teller steht auf dem Küchentisch bereit. Jo ist weder in seinem Büro noch in seinem Zimmer. Sein Roller steht da, aber das Auto nicht. Ich fahre zum Friedhof. Du bist dort, aber er nicht. Alte Damen reden mit ihren toten Männern, die nicht antworten. Mütter legen Blumen zu ihren Kindern, die nicht mehr wachsen werden. Ich streue schnell eine Handvoll Linsen auf deinen Stein und suche weiter nach Jo.

Ich fahre bis zu seinem Lieblingsstrand. Er ist menschenleer. Ich fahre zum Hafen. Da steht sein Auto, uff. Ich gehe zu Soaz rein, die Jo nicht gesehen hat. Ich schaue am Fährbahnhof nach, in der Reederei, bei der Touristeninformation. Die Kleiderboutiquen, die Eisdiele und der Radverleih haben geschlossen. Ich kehre zu seinem Auto zurück, bemerke den Umschlag hinter dem Lenkrad. Das Boot seines Freundes ist nicht mehr da. Wenn Jo nicht auf dem Steg ist, dann ist er auf See. Ich habe dich verloren, Lou, ich konnte nichts tun, um dir zu helfen. Ich habe auch Papa verloren, der nicht zurückkommen wird. Ich darf nicht noch jemanden verlieren, den ich liebe.

Von hier aus strömt das Wasser Richtung Port-Lay. Ich renne bis zum Ende des Stegs, kneife die Augen zusammen, suche das Meer ab. Nichts. Dort vielleicht? Nein, das ist eine Netzboje. Da? Nein, ein Vogel. Da! Weit entfernt treibt ein Boot. Ich sehe niemanden darin. Ist mein Großvater umgekippt? Liegt er im Boot, oder ist er ins Wasser gefallen? Ich renne auf Soaz' Café zu, aber lege vor dem Eingang eine Vollbremsung hin. Jo wäre sauer. Die Männer von der Seerettung sind seine Freunde. Ihr Starschiff *Notre Dame du Calme* wurde im Jahr meiner Geburt zu Wasser gelassen. Ich muss mir etwas anderes ausdenken. Wenn ich sie rufe, wird er mir das nicht verzeihen. Wenn er stirbt, werde ich mir das nicht verzeihen.

Ein schriller Schrei lässt mich zusammenzucken. Zwei Möwen spielen im Wind. Boy? Lola? Sie kreisen über mir und fliegen dann in Richtung des Hauses davon, in dem die Großeltern von Johana und den Zwillingen leben.

»Ich hab' verstanden! Danke!«

Ich beeile mich, trete aufrecht stehend in die Pedale. Ich bin schweißgebadet und wütend. Wenn meine Lungen explodieren, kann ich nie mehr Saxophon spielen. Meine Oberschenkel und Waden brennen. Ich düse den Weg hinter dem Hafen hinab, gerate ins Schlingern, rutsche ab und kann gerade noch vermeiden, einen Kopfsprung ins dunkle Wasser zu machen oder auf ein unter mir treibendes Boot zu prallen. Ich reiße den Lenker wieder hoch. Ich bin am Haus angelangt, klopfe atemlos an die Tür. Gildas sieht mich durchs Fenster und kommt heraus.

»Das Boot ... Jo ... dort hinten ...«

Zu sehr außer Puste, um sprechen zu können, gestikuliere ich. Ich bin noch nicht wieder zu Atem gekommen, als Gildas und Isabelle bereits zu ihrem Boot rennen. Die

Nacht bricht herein, ich sehe das Boot nicht mehr. Der kalte Wind lässt mich zittern. Ich setze mich ans Ende des Deichs, lasse die Beine ins Leere baumeln.

Jo, Île de Groix

Meine Finger sind vereist, mein Körper gefroren. Ich wiederhole aus dem Gedächtnis, was ich als Assistenzarzt über das Ertrinken gelernt habe. Der menschliche Körper kühlt im Wasser fünfundzwanzig Mal schneller ab als an der Luft. Die Körpertemperatur sinkt. Die Gefäße ziehen sich zusammen, um den Kalorienverlust zu reduzieren. Das Blut aus den Gliedmaßen fließt in die Körpermitte, was den arteriellen Druck erhöht. Die Herzfrequenz sinkt, um gegen die Hypertonie zu kämpfen. Das Gehirn wird immer schlechter mit Sauerstoff versorgt, bis man das Bewusstsein verliert. Danach erleidet man entweder einen Herz-Lungen-Infarkt oder man stirbt am Kälteschock – dann wird man zu einer wunderbar weißen Leiche. Oder man schluckt Wasser und stirbt an Asphyxie – dann wird man zu einer wunderbar blauen Leiche.

Ich bin ganz allein im Wasser und denke an meinen Vater, der zwischen Fischen, die nicht seine Sprache sprachen, zum Meeresgrund sank. Ich verjage ihn aus meinen Gedanken, mein letzter Gedanke gilt dir. Meine steifen Finger krallen sich nicht mehr an den Felsen, sie reagieren nicht mehr auf die Befehle meines vernebelten Gehirns. Ich wandere weit in die Vergangenheit, bis zu dieser Hochzeitsfeier, auf der ich dir verkündet habe, ich wolle deine gebrochen blauen Augen zusammenkleben. Ich werde sinken, und du wirst an meiner Stelle im Boot erwachen. Nur Daumen und Zeigefinger halten mich noch am Fels. Als ich loslasse, streicheln meine Finger über den Stein, als berührten sie deine Haut.

Ein Motorengeräusch dringt durch das Tosen der Brandung. Sicher eine Fata Morgana, die dem sinkenden Sauerstoffgehalt in meinem Gehirn geschuldet ist. Ich entferne mich vom Felsen, lege meine Arme an den Körper, werde ein Soldat der See; der kleine Finger liegt an der Hosennaht, der Mund im Wellengang, meine im Salzwasser brennenden Augen sind auf die blaue Wasserlinie gerichtet. Die Strömung wird mich forttragen, meine Liebste. Du da oben schnürst dein Bündel, verabschiedest dich von deinen neuen Freunden. Bist du meinem Vater begegnet? Hast du unseren Freund Jacques getroffen? Deine Mutter wiedergesehen?

»Jo, um Gottes willen!«

Wird im Paradies etwa geflucht?

»Jo, hörst du mich? Nimm den Bootshaken! Halt dich an ihm fest!«

Das kommt nicht aus dem Himmel. Gildas steuert sein Boot, Isabelle hält mir den Haken hin.

»Lasst … mich in … Frie…«

Sie werden alles verderben. Ich stelle mir vor, wie du dich anschickst, über die Brüstung zu klettern. Der Weg ist frei, Lou, komm herunter!

Gildas zieht sich aus und gleitet zitternd ins Wasser. Mit zwei kräftigen Schwimmzügen ist er bei mir.

Ich stammele: »Ich will … Lou … retten … Ich habe … einen Pakt … geschlossen.«

»Wenn du dich wehrst, schlage ich dich bewusstlos, Jo!«, brüllt er durch die Wellen.

Er packt mich unter den Armen. Ich habe nicht mehr die Kraft, mich zu wehren, lasse mich wie eine Stoffpuppe mitziehen. Das war's. Du wirst nicht herabsteigen. Gott hat den Austausch abgelehnt. Gildas hievt mich ins Boot. Ich liege reglos, Isabelle wickelt mich in Decken.

Sie stützen mich, als wir an Land und zu ihrem Haus gehen. Erschöpft schlafe ich ein und wache auf dem Sofa vor dem Kamin wieder auf. Die Kleider an meinem Körper gehören Gildas. Isabelle reicht mir einen dampfenden Becher.

»Trink, das wird dich aufwärmen.«

Ich gehorche. Der Grog holt mich endgültig zurück unter die Lebenden. Pomme sitzt neben mir, ihre aufgerissenen Augen füllen ihr ganzes Gesicht aus.

Ich murmele: »Was machst du denn hier?«

»Sie hat dir das Leben gerettet, Jo, sie hat uns Bescheid gesagt«, sagt Gildas.

»Ich hatte solche Angst, Großvater!«

So hat sie mich noch nie genannt. Ich strecke die Hand nach ihr aus, und sie schmiegt sich in meinen Arm. Ihre Kinderaugen vertäuen mich in der Gegenwart, die Sehnsucht nach dir läuft langsam aus. Dein Gott ist übers Wasser gegangen, aber mir nicht auf den Leim. Ich habe den Teufel in Versuchung geführt, er hat abgelehnt. Ankou hatte Besseres zu tun. Ich sollte Pomme ein guter Großvater sein, der ihr Sicherheit gibt, ein ruhiger, Boule spielender Rentner. Ich war ein schlechter Vater, nun bin ich auch noch ein scheußlicher alter Mann.

»Hast du das mit Absicht gemacht?«, fragt sie mit belegter Stimme.

»Nein.«

Gildas schweigt, weil Pomme da ist. Ich ahne, was er denkt: Du kannst jeden Morgen und jeden Abend dorthin zurückkehren, bis der Ozean dich schließlich verschlingt.

Man kann niemanden zum Leben zwingen. Ich könnte deine Kinder informieren und den zuständigen Arzt rufen. Er würde dir Antidepressiva verschreiben, dich einweisen. Irgendwann kämst du zurück, und das Meer wird dich wieder in Versuchung führen.

»Ich wollte mir kein Ende setzen.«

Genauso sah es aber aus, erwidern mir Isabelles Augen.

»Ich habe einen Pakt geschlossen. Ihr habt mich gerettet. Der Deal ist ins Wasser gefallen.«

Dir hätte mein Humor gefallen.

»Ihr müsst mir versprechen, dass niemand anderes davon erfährt. Weder meine Kinder noch Maëlle oder Charlotte. Kann ich auf dich zählen, Pomme?«

Sie nickt mit einer Ernsthaftigkeit, die nicht ihrem Alter entspricht. Ich wende mich an meine Retter.

»Auch keiner aus der Bande des Siebten, in Ordnung?«

Sie nicken.

»Boy und Lola wissen es, weil sie mich gewarnt haben, aber sie werden dein Geheimnis bewahren«, sagt Pomme. »Schwöre, dass du das nicht wieder tun wirst!«

»Ich schwöre es.«

Pomme, Île de Groix

Gildas fährt uns nach Le Bourg zurück. Mein Fahrrad hole ich morgen ab. Jo hat ein heißes Bad genommen und sitzt jetzt vor dem Feuer. Mama ist noch nicht zu Hause. Sie macht heute Abend Inventur in der Buchhandlung.

»Du hast mir das Leben gerettet, Pomme. Ich stehe in deiner Schuld«, sagt Jo.

»So wie der kleine Junge aus dem Himalaya in deiner Schuld steht?«

An dem Tag, als Jo mir die Geschichte erzählt hat, haben wir in der Küche zu Abend gegessen. Er hat seine Hände flach neben den Teller gelegt und gesagt: »Einmal habe ich einen kleinen Jungen in deinem Alter gerettet, dank eines Instruments, das hier auf dem Tisch liegt.«

»Das Messer?«

»Nein.«

»Eine Gabel? Ein Löffel?«

Dann hat er mir seine Hände hingehalten und erklärt. Als ich ein Baby war, habt ihr eine Reise gemacht, Lou, nach Bhutan, das Land des BGP, des Bruttoglückprodukts, zwischen China und Indien. Ihr wart in einem Jeep mit Chauffeur und einem Führer unterwegs. Ihr habt angehalten, um bei einem Bogenschießturnier zuzuschauen, das ist ihr Nationalsport. Die Bhutaner, in gestreiften Kimonos und Turnschuhen, spannten ihre Bambusbögen und zielten in die Ferne. Ihr bliebt ein Stück entfernt stehen und bewundertet die Schützen. Eine mit Gebetsfahnen geschmückte Hängebrücke führte über den ausgetrockneten Fluss, ein Yak glotzte euch an, alle waren glücklich. Und dann geschah das Unglück. Ein Pfeil traf einen kleinen Jungen mitten in die Brust. Er fiel auf den Rücken. Die Dorfbewohner umkreisten ihn, seine Mutter eilte herbei und streckte die Hand nach dem Pfeil aus, der im Körper ihres Sohnes steckte.

Jo schrie, um sie davon abzuhalten, aber ihr wart zu weit weg. Sie verstand kein Französisch und zog den Pfeil heraus. Das hätte sie nicht tun sollen, denn er verhinderte, dass der Junge verblutete. Er hätte an Ort und Stelle bleiben müssen, und das Kind hätte mit dem Pfeil in seinem Herzen ins Krankenhaus gebracht werden müssen, wo der Chirurg ihn auf dem Operationstisch herausgeholt hätte.

Jo lief zu dem Kind, dessen Herz zu bluten begann. Er steckte seine Finger in die Wunde. Die Bhutaner, Buddhisten, die an Karma glauben, stießen entsetzte Schreie aus. Jo konnte die Blutung stoppen. Und du bist eingeschritten, Lou. Du sprachst mit der Himalaya-Mama, batest euren Führer zu übersetzen, erklärtest ihr, dass dein Mann Arzt sei, dass er das Herz ihres Sohnes daran hindere auszubluten. Die Mutter sagte dir, dass er Tachi heiße. Sie vertraute ihn euch an. Ihr brachtet ihn in eurem Jeep ins Krankenhaus, mit Jos Fingern in seiner Brust, bis er im Operationssaal angekommen war. Der Chirurg operierte Tachi und rettete ihn. Jedes Jahr bekommt ihr eine Karte aus dem Land des Donnerdrachen. Tachi ist gerade achtzehn geworden.

Ich habe Jo nicht mit meinen Fingern gerettet, ich habe ihn heute mit meinen Beinen gerettet, indem ich fast mit Lichtgeschwindigkeit nach Port-Lay geradelt bin.

Lou, dort, wohin wir alle einmal gehen

Wie konntest du nur, Jo? Die anderen lassen sich vielleicht hinters Licht führen, aber ich kenne dich. Ein Austausch zwischen Himmel und Erde, so ein Schwachsinn! Du bist Arzt, du kennt die natürlichen Abläufe: Das Blut gerinnt, die Körpersäfte fließen aus, das Fleisch fällt vom Knochen, alles zersetzt sich. Und du willst mir weismachen, du wolltest dich nicht umbringen? Wenn ich nicht tot wäre, würde ich davon Magengeschwüre bekommen. Du hältst unsere Freunde und unsere Enkeltochter wohl für bescheuert. Ich vertraue dir eine Mission an, und du machst dich vom Acker! Stellst deinen Kummer über das Glück unserer Kinder. Das ist alles andere als ein

Liebesbeweis. In Bhutan hast du mir gesagt, ich sei dein BIG, dein Bruttoinselglück. Ich habe mich nicht davongemacht, bin nicht auf die andere Seite des Spiegels gegangen, ich bin gestorben, Jo. Das ist mein Karma, mein Schicksal, ich kann nicht zu euch zurückkommen. Du musst leben.

7. DEZEMBER

Jo, Île de Groix

Ich habe meine Brille im Meer verloren. Also fahre ich zu Bruno und Florence, die du die Optinsulaner genannt hast. Florence hat ihre roten Haare hoch aufgetürmt, trägt eine bunte Brille mit einem runden und einem eckigen Glas und leuchtende Kleidung. Vor ihrer Ankunft musste man nach Lorient, um klar zu sehen. Seit sie da sind, sehen die Insulaner die Welt bunt.

»Ich brauche Ihre Hilfe, meine Augen liegen auf dem Meeresgrund.«

Sie glauben, dass ich mit meiner Brille schwimmen gegangen bin. Ich lasse sie in dem Glauben.

»Wir werden uns beeilen.«

Bruno leiht mir eine Ersatzbrille. Ich habe mich gestern verkühlt. Nicht der Tod, aber eine Erkältung hat mich erwischt. Ich blättere in deinem Kalender. Eine Notiz vom Frühjahr lässt mir das Blut in den Adern gefrieren. Du hast einen Stammbaum gemalt, der die Verbindungen zwischen dir, mir, unseren Kindern und unseren Enkeln zeigt. War deine Krankheit derart fortgeschritten?

Du hast mich in Verlegenheit gebracht, Lou. Du hast erste Aussetzer bekommen. Hast vergessen, wo du das Auto abgestellt hattest. Hast mehrmals dieselbe Rechnung bezahlt und andere versäumt zu begleichen. Auf dem Weg nach Paris zur Jurysitzung des Clara-Preises bist du in den falschen Zug gestiegen. Du hast jemandem geantwortet, dass du keine Kinder hättest, doch als du mein Gesicht sahst, fiel alles wieder an seinen Platz, und du gabst vor, nur einen Scherz gemacht zu haben. Dann ist geschehen, was geschehen ist. Du bist umgezogen, bist jemand anderes geworden.

Ich öffne deine alten Kalender, und unsere verstorbenen Freunde erwachen wieder zum Leben. Jacques findet seinen trockenen Humor wieder. Beudeff zapft Bier. Jean-Luc geht auf Reportagereise. Jean-Louis sortiert seine Postkarten. Michel malt Aquarelle. Manu repariert einen Fernseher. Véroniques Vater steuert sein Boot. Marion geht in Le Bourg spazieren. Florent führt seinen Hund Olaf aus. Die beiden Ehemänner von Jeanne werkeln zu Hause herum.

Ich blättere die Seiten um, drehe die Zeit zurück. Seit Sarah erwachsen ist, feiert sie nicht mehr Heiligabend mit uns, sondern kommt erst am ersten Weihnachtstag. Ich habe sie nie gefragt, was sie am Vorabend macht. Du wusstest es sicher. Letztes Jahr hast du unter dieses Datum geschrieben: »Sarah Princ« und die Wörter rot umkreist. Verbrachte Sarah den Weihnachtsabend an der Princeton-Universität in New Jersey? Mit einem Prinzen? Ich schaue in den älteren Kalendern nach. Immer wieder: Princ. Sarah sieht keinen Mann öfter als zweimal. Vielleicht ist das die Ausnahme von der Regel, der weihnachtliche Liebhaber? Auf jeden Fall ist es nicht Patrice. Am 23. Dezember hast du dir notiert: »Cyr + Dan«. Am 24. Dezember steht: »Cyr + Alb«. Welche von ihnen wird unseren Sohn glücklich machen? Man hat nur ein Leben, Lou. Er schafft es nicht zu wählen. Ich kann nicht für ihn entscheiden. Ich kann nicht für Sarah entscheiden. Was willst du? Dass ich Patrice wiederfinde? Dass ich Albane ausschalte? Gib mir einen Hinweis!

Ich treffe gleichzeitig mit dem Großteil der Truppe bei Fred ein, zu meinem zweiten Essen des Siebten ohne dich. Jean-Paul fragt mich, ob mich die Alerts weitergebracht haben, und ich erzähle ihm von meiner Begegnung mit Dany. Ich gebe Gildas unauffällig seine Kleider zurück. Ich esse, ich trinke, ich nerve meine Freunde.

»Woher wisst ihr, ob eure Kinder den richtigen Partner gefunden haben?«

»Geht das schon wieder los!«

»Ernsthaft, ich brauche eure Hilfe.«

Sie fangen alle gleichzeitig an zu sprechen.

»Wir mischen uns nicht in ihr Privatleben ein.«

»Wir haben sie beschützt, als sie klein waren, jetzt haben sie ihr eigenes Leben.«

»Der Mann meiner Tochter ist ein guter Kerl.«

»Die Freundin meines Sohnes ist reizend.«

Die Partner ihrer Kinder sind tolerant, aufmerksam, großzügig. Links, natürlich. Oder konservativ, keine Frage. Weder Antisemiten noch Rassisten. Keine Idioten jedenfalls.

Fred bringt eine Schüssel mit Curry herein. Das Gespräch bricht ab, Teller werden hingehalten. Ich muss daran denken, was mein Vater über seine Besatzung sagte. Das Wichtigste war nicht, der beste Fischer zu sein, sondern ein Mann, auf den man an stürmischen Tagen, wenn keine Sonne schien, es keinen Fisch und keine Bezahlung gab, zählen konnte. Ich erinnere mich an meine Assistenzzeit. Am wichtigsten war nicht, besonders begabt zu sein, sondern besonders menschlich. Ist es das, was du willst, Lou? Dass ich herausfinde, ob Albane, Dany und Patrice gute Menschen sind? Ich soll die Welt durch eine rosarote Brille betrachten?

10. DEZEMBER

Dany, Paris, Rue Monge

Ich bin die Managerin, ich zähle keine Überstunden. Meine Arbeit trägt Früchte, der Umsatz steigt trotz der Krise. Ich bin in den sozialen Netzwerken präsent, organisiere Themenabende, hofiere Clubs und Gesellschaften, die ihre Sitzungen im Hotel abhalten, ich bin rund um die Uhr zu erreichen. Ich erlaube mir nur wenig Freizeit, aber heute Abend hat mich mein Liebhaber zum Essen in die alte Eislaufbahn Molitor eingeladen. Ich soll ihn dort treffen.

Als ich die Tür zur Straße aufstoße, knallt sie gegen einen Mann. Ich schaffe es, auf den Beinen zu bleiben, ein Kunststück auf diesen Stilettos. Der Mann geht zu Boden.

»Entschuldigen Sie, ich habe Sie nicht kommen s…«

Ich hoffe, das ist kein prozessfreudiger Gast, der mich auf Schadensersatz verklagt. Der Typ ist groß und mager, hat einen Bart, sein Alter ist schwer zu schätzen. Seine tropfenden Kleider stinken. Das ist kein Gast, sondern ein Obdachloser. Was für eine Erleichterung! Er bleibt auf dem nassen Pflaster liegen.

»Ist alles in Ordnung, Monsieur? Stehen Sie bitte auf, Sie versperren den Durchgang.«

Er hat seit Ewigkeiten keine Badewanne mehr gesehen.

»Ich habe mich am Bein verletzt«, jammert er.

Er stinkt nach Alkohol.

»Versuchen Sie aufzustehen.«

Ich weiche zurück, damit mein Mantel nicht seinen zerfetzten, zum Himmel stinkenden Überwurf streift.

»Ich kann nicht auftreten.«

»Sie können da nicht liegenbleiben«, sage ich mit fester Stimme.

Der Rezeptionist ist beschäftigt. In der Hotellobby ist niemand. Der Regen prasselt auf die menschenleere Rue Monge. Niemand hat unseren Zusammenstoß beobachtet.

»Ich glaube, mein Bein ist gebrochen«, sagt der Typ mit schmerzverzerrtem Gesicht.

»Nein, das ist eine einfache Verstauchung. Das Krankenhaus Pitié-Salpêtrière ist direkt um die Ecke.«

»Ich kann nicht laufen, wie soll ich dorthin kommen, soll ich etwa fliegen?«, brummt der Typ.

Ich werde nervös. Cyrian hasst es, wenn ich zu spät komme.

»Hören Sie, ich wähle den Notruf, dann bringt man Sie in die Notaufnahme.«

»Ich werde im Hotel auf sie warten, da ist es trocken.«

Ich schüttele den Kopf. Der Dreck widert mich an.

»Das geht nicht, Monsieur, das ist kein öffentlicher Platz.« Ich zeige die Straße hinunter auf ein Restaurant, das heute geschlossen hat. »Stellen Sie sich unter die Markise.«

»Ich werde im Hotel fragen, ob ich mich dort aufwärmen kann, mir ist eiskalt!«

»Ich kenne die Leute, sie werden Sie wegschicken. Stehen Sie auf …«

Er rappelt sich hoch und stellt sich auf einem Bein vor den Eingang, wie ein großer verletzter Kranich. Seine stechend blauen Augen bringen mich durcheinander. Seine

Gesichtszüge sind hinter dem wilden Bart nur schlecht zu erkennen, aber er muss einmal gut ausgesehen haben, bevor er so tief gefallen ist. Er humpelt mit Mühe zum Restaurant. Ich öffne meine Handtasche, hole einen Zehner und einen Fünfer heraus.

»Hier, nehmen Sie.«

»Ich habe Sie um nichts gebeten«, sagt er, als seine Finger sich darum schließen.

»Sie können mit dem Taxi zur Notaufnahme fahren.«

»Es wird mich keins mitnehmen, das ist zu nah.«

Sie werden ihn nicht mitnehmen, weil er zu schmutzig ist. Mein kleines Fiat-Cabrio ist auf der anderen Straßenseite geparkt, aber meine Sitze zu besudeln, kommt nicht in Frage.

»Ich bin so allein«, seufzt er. »Früher hatte ich einen Hund. Seit ich im Krankenhaus war, weiß ich nicht, was aus ihm geworden ist. Wahrscheinlich wurde er überfahren, oder ein Labor hat ihn für schreckliche Experimente geklaut.«

Ich hasse Hunde und Gäste, die in ihre Kacke getreten sind und meine Lobby verschmieren.

»Hunde verschmutzen die Bürgersteige und sind voller Flöhe. Wenn Sie gerade aus dem Krankenhaus kommen, liegt es dann vielleicht gar nicht an Ihrem Sturz, dass Ihnen das Bein wehtut? Wollen Sie mich etwa verarschen?«

»Nein, ich war in der Kardiologie, mein Herz macht Faxen. Sie wollten mir die Brust aufschneiden und mich auseinandernehmen, ich habe ›Hände weg‹ zu denen gesagt. Aber ich habe immer öfter Anfälle. Jetzt zum Beispiel zieht es hier …« Sein Gesicht verzieht sich, seine rechte Hand krallt sich in seine linke Brust.

»Ich kriege keine Luft mehr, wirklich!«

Er lehnt sich an die Mauer, lässt sich zu Boden gleiten. Ich trete zurück, krame in meiner Handtasche.

»Ich glaube Ihnen nicht. Ich habe eine wichtige Verabredung. Ich gebe Ihnen noch zehn Euro, dann gehe ich. In Ordnung?«

»Mein Herz rast. Ich habe Angst. Lassen Sie mich nicht allein!«

Er spielt den ängstlichen Jungen, aber mich kriegt er damit nicht. Ich drücke ihm den Schein in die Hand.

»Ich bin kein Arzt, Monsieur. Ich verspreche Ihnen, den Notruf zu wählen, sie werden schnell hier sein.«

Ich drehe auf dem Absatz um und gehe davon, schaue über die Schulter, ob er mir auch nicht folgt. Ich flüchte mich in mein Auto, verriegele die Türen, starte den Wagen und biege an der ersten Kreuzung rechts ab. Ich parke vor einer Einfahrt, desinfiziere meine Hände mit einem Reinigungstuch und wähle den Notruf.

»Sie haben den Notruf gewählt. Bleiben Sie am Apparat.«

»Guten Abend, ein Herr ist in der Rue Monge zusammengebrochen. Ich bin im Bus, Sie sollten einen Krankenwagen schicken.«

Ich gebe die genaue Adresse des Restaurants durch und lege auf. Niemand kann mich wegen unterlassener Hilfeleistung belangen, da ich im Bus sitze.

Rasch fahre ich zum Molitor, mein Gewissen ist rein. Ich habe die Polizei verständigt, der Typ ist kein Hotelgast, er war vermutlich betrunken und voller Ungeziefer. Ich bin nicht die Heilsarmee, mit den fünfundzwanzig Euro habe ich mich mehr als großzügig gezeigt. Ich beschließe, Cyrian nichts von dem Vorfall zu erzählen. Wir werden einen romantischen Abend zusammen verbringen, alles um uns herum vergessen, indem wir die Regeln beachten, die wir in den zwei Jahren, in denen wir zusammen sind, aufgestellt haben: Es ist verboten, das Hotel zu erwähnen, verboten, über seine Frau oder seine Töchter oder seine Eltern zu sprechen. Es gibt nur noch uns. Der Rest der Welt existiert nicht.

Thierry, Paris, Rue Monge

Das rote Fiat-Cabrio ist an der Kreuzung abgebogen. Ich warte noch fünf Minuten, dann stehe ich auf. Mein Blick fällt auf mein Spiegelbild in einem Schaufenster, mit diesem Holzfällerbart erkenne ich mich selbst kaum wieder. Ich gehe mit großen Schritten davon, ziehe einen gelben Müllsack für medizinische Abfälle aus meiner Tasche und stopfe den verdreckten und zerrissenen Überzieher hinein, der bestialisch nach Schnaps stinkt. Meine Hände desinfiziere ich mit antiseptischem Gel. Den Mantel habe ich einem Obdachlosen abgekauft, der wegen eines extra-duralen Hämatoms auf der Neurologischen Station eingeliefert worden war. Ich bin dort Chefarzt. Am Boden zerstört kam er herein, und aufrecht, in einen warmen Mantel gehüllt, den ich ihm geschenkt hatte, ist er wieder hinaus. Die Stationsschwester hielt mich für verrückt, als sie von dem Handel erfahren hat.

Ein Stück die Straße runter gehe ich in ein Café. Durch die Scheibe sehe ich einen Krankenwagen mit Blaulicht und Sirene kommen. Ich lächle den Stammgästen am Tresen zu. Ich stecke dem Barmann die fünfundzwanzig Euro zu.

»Eine Runde für die Herren!«

11. DEZEMBER

Albane, Le Vésinet

»Hopla, Gassi gehen, es ist Zeit!«

Er holt seine Leine und bringt sie mir mit lächelndem Maul. Charlotte liegt im Bett. Ich habe Hunger, aber ich will nicht wieder allein vor dem Fernseher essen. Ich kann Cyrian nicht vorwerfen, dass er so viel arbeitet. Frankreich steckt in der Krise, jeder muss tausend Prozent geben. Aber wir sehen uns immer seltener, ich bin mit einem Geist verheiratet. Gestern Abend habe ich geschlafen, als er von seiner Versammlung mit den Gewerkschaftsvertretern nach Hause kam. Er schläft nicht mehr mit mir, ich habe verführerische Unterwäsche gekauft, aber er hat es nicht einmal bemerkt.

Ich werde nur bis zum Ende der Straße gehen. Hopla ist so gut erzogen, dass ich ihm befehlen könnte, sich im Rinnstein vor der Tür zu erleichtern und direkt zurückzukommen, Hopla number two! Aber er soll sich ein bisschen austoben. Cyrian wird sicher bald da sein. Ich habe einen Retsina kaltgestellt, wie früher. Der Wein wird uns in Stimmung bringen. Ich hoffe, dass ihn das auf andere Gedanken bringt. Seit dem Tod seiner Mutter ist er nicht mehr er selbst. Eine Gestalt tritt aus dem Dunkeln. Ich erschrecke.

»Sie müssen keine Angst haben, werte Dame!«

»Ich war nur überrascht. Guten Abend, Monsieur.«

Der Mann ist schlank, er hat runde blaue Augen, wie

Smarties, einen dichten und schmutzigen Bart. Er scheint sich seit ewigen Zeiten nicht mehr gewaschen zu haben. Ich arbeite ehrenamtlich in der Obdachlosenhilfe, aber ihn kenne ich nicht.

»Nachts spazieren zu gehen ist gefährlich.«

Seine Stimme klingt nicht bedrohlich, dennoch wird mir bei seinem Satz unbehaglich.

»Bleiben Sie von meinem Hund weg, er ist aggressiv«, sage ich also, obwohl Hopla keiner Fliege was zuleide tun kann.

Der Mann bleibt an der Mauer stehen.

»Ich habe Hunger«, sagt er mit rauer Stimme.

»Ich habe mein Portemonnaie nicht dabei.«

»Ich bitte Sie nicht um Geld, nur um etwas zu essen. Ich fühle mich allein. Früher hatte ich auch einen Hund. Ich hatte einen Infarkt, da hat man mich ins Krankenhaus gebracht. Ich bin gerade wieder raus, ich weiß nicht, was aus ihm geworden ist. Vielleicht ist er überfahren worden, oder ein verdammtes Labor benutzt ihn für widerliche Experimente.«

Ich fröstele bei dem Gedanken. »Hat er keine Marke, einen Chip, eine Tätowierung? Haben Sie den Hundeverein kontaktiert?«

»Er hat nur einen Haufen Flöhe … Haben Sie keine Reste vom Abendessen, die Sie mir geben können?« Auf einmal verzieht er das Gesicht, greift sich mit seiner rechten Hand krampfhaft an die linke Brust. »Es tut weh. Ich kriege keine Luft, es zieht so!«

Er schwankt. Er rutscht die Mauer herab, setzt sich auf die Erde.

»Geht es Ihnen nicht gut, Monsieur?«

»Mein Herz spielt verrückt. Die Jungs im Krankenhaus wollten mir die Brust aufschneiden und mich auseinandernehmen, aber ich habe ›Hände weg‹ zu denen gesagt.«

Sein Gesicht wird zu einer schmerzverzerrten Maske. Die blauen Smarties rollen in Panik hin und her. Ich knie mich neben ihn, ohne ihn anzufassen, er riecht trotz allem zu abstoßend. Ich habe mein Handy nicht dabei. Wenn ich abends darauf warte, dass mein Mann nach Hause kommt, schaue ich Arztserien.

»Hat man Ihnen denn kein Glyceroltrinitrat verschrieben, falls Sie einen Anfall bekommen?«

»Mit welchem Geld hätte ich es kaufen sollen?«, flüstert der Mann.

»Ich werde Hilfe rufen, ich wohne gleich um die Ecke.«

Man könnte meinen, er sei ein verängstigter Junge.

»Lassen Sie mich nicht im Stich! Ich will nicht sterben! Ich habe Angst.«

»Es dauert nur eine Minute, dann komme ich zu Ihnen zurück, glauben Sie mir.«

Ich renne durch die Dunkelheit, ich werde den Notruf wählen und dann bei ihm warten, bis der Krankenwagen kommt.

Thierry, Le Vésinet

Als sie losläuft, packe ich den Hund am Halsband, damit er ihr nicht folgen kann. Ich gebe ihm den Keks aus meiner Tasche. Der Labradorwelpe setzt sich vor mich hin, auf weitere Leckerbissen hoffend.

Ich flüstere ihm, so überzeugend ich kann, zu:

»Number one, Hopla! Number one, Hopla, sei ein guter Hund!«

Er rührt sich nicht. Seine Herrin hat inzwischen gemerkt, dass er ihr nicht gefolgt ist. Sie ruft nach ihm, kann jedoch nicht sehen, dass ich ihn festhalte.

Ich versuche es noch einmal: »Number one, Hopla! Bist du taub?«

»Hopla, komm her!«, ruft seine Herrin.

Ich habe eine Erleuchtung. Die Reihenfolge der Wörter! Ich habe sie vertauscht.

»Hopla, number one! Jetzt! Hopla, number one!«

Gut erzogen wie er ist, erleichtert sich der Hund. Ich rutsche ein Stück zur Seite, bis ich mitten in der Urinpfütze sitze, während ich innerlich meinen Freund Jo verfluche.

»He, geht's noch? Madame! Ihr Köter hat mich angepinkelt!«

»Was?« fragt sie erschrocken. Sie kommt zurück und erblickt die Pfütze. »Aber ... Hopla, spinnst du?«

Ich rappele mich mühevoll hoch. Von meinem Mantel tropft die Pisse. Hopla wedelt mit dem Schwanz und stiert auf meine Tasche, die nach Keks riecht.

»Mein Herz schlägt wieder ruhiger, der Anfall ist vorüber. Ich hau ab. Er mag wohl keine Penner, Ihr Hund.«

»Das tut mir furchtbar leid, ich bin untröstlich, wirklich, er wird sich bei Ihnen entschuldigen!«

Albane, Le Vésinet

Dieser Mann ist krank. Er ist allein, genauso einsam wie ich, seit mein Mann mich vernachlässigt. Ich kann ihn nicht in unser Haus holen, wo Charlotte schläft. Ich kann ihn aber auch nicht einfach auf dem Bürgersteig lassen. Da kommt mir der rettende Gedanke: Ich werde ihn zu unserer Gartenhütte bringen.

»Ich wohne gleich hier in der Nähe, Monsieur. Kommen Sie mit mir.«

Sein widerlicher Mantel stinkt, der Urin rinnt an seiner Hose runter.

»Haben Sie noch Schmerzen?«

»Meine Angina pectoris ist vorüber.«

»Ihre was?«

»Im Krankenhaus haben sie das so genannt.«

Wir gehen schräg hinüber zum Tor. Ich öffne, wir gehen ums Haus, ich führe ihn zum Gartenhaus.

Schwer schluckend blicke ich mich im Raum um: der kaputte Sessel, der Tisch, das Waschbecken in der Ecke, Cyrians Fahrradtrainer, der mir verhasst ist, am Fenster. Ich schalte den elektrischen Heizlüfter an. Der Mann lässt sich in den Sessel fallen.

»Mein Kopf dreht sich, ich hab' seit gestern nichts gegessen.«

»Warten Sie, ich werde Ihnen etwas zum Essen und zum Anziehen holen.«

Ich nehme Hopla mit ins Haus, schließe hinter mir ab. Cyrians Schlüsselbund liegt nicht auf der Konsole, er ist noch nicht zurück. Nur seine Mailbox antwortet, als ich ihn anrufe. Ich öffne die Tür von Charlottes Zimmer einen Spalt, sie schläft. Aus dem Schrank im Flur nehme ich eine Segelhose, die wir bei der Hafenkooperative in Groix gekauft haben. Ich lege eine Barbour-Jacke dazu, die Cyrian nicht mehr trägt. Aus dem Badschrank hole ich ein Handtuch. Ich gehe in die Küche, lege ein Baguette, Butter, eine Tafel Schokolade, eine Banane und Cyrians spanischen Schinken in eine Einkaufstasche. So kann es gehen, wenn man nie zu Hause ist, das wird ihm eine

Lehre sein. Kein Alkohol, man sollte keine schlafenden Hunde wecken. Ich öffne die Besteckschublade, zögere, ob ich ein Messer dazulegen soll. Damit könnte der Mann mich angreifen, aber er braucht es zum Schmieren. Ich nehme die Butter wieder heraus, jetzt ist das Messer überflüssig. Ich lege vierzig Euro in einen Umschlag und schreibe eine Adresse drauf.

»Hopla, wir gehen wieder raus!«

Der Hund läuft mir voraus, fasziniert vom Inhalt der Gartenlaube. Ich gehe durch den Garten und klopfe an die Tür.

»Monsieur?«

Der Mann sitzt noch in der gleichen Position. Er versucht sich aufzuwärmen. Ich lege das Essen, die Kleider und das Handtuch auf den Tisch und versuche, das verdammte Fahrrad nicht anzusehen.

»Ich bitte Sie nochmals um Entschuldigung für das inakzeptable Betragen meines Hundes. Sie können sich umziehen und etwas essen. Ich lasse Sie solange allein. Wie geht es Ihrem Herzen?«

»Na, es läuft wie's läuft, und es läuft gerade nirgendwohin«, lässt er vernehmen.

Clochard-Humor. Im Garten setze ich mich in einen Teakholzstuhl, der ein Vermögen gekostet hat. Anfangs haben Cyrian und ich die Gartenmöbel mit Spezialöl gestrichen und uns zwischendurch immer wieder geküsst. Dann habe ich mich allein darum gekümmert, mit einem Spray. Bevor ich es ganz aufgab, wie unsere Beziehung.

Diesen Unbekannten in unseren Garten gelassen zu haben, war leichtsinnig. Ich habe schon die Zeitung vor Augen: »Hausfrau aus Le Vésinet ermordet, keine Einbruchsspuren.« Das bin ich, eine Hausfrau, die sich um ihre Tochter kümmert, anstatt zu arbeiten, weil sie sich um sie sorgt. Pomme gehört auch zu unserer Familie. Ich wusste von Anfang an, dass es sie gibt, sie war Teil des Gesamtpakets. Ich fand das rührend, ein junger Vater, habe mir nicht bewusst gemacht, was das eigentlich bedeutet. Als ich Cyrian gesagt habe, dass ich schwanger bin, hat er geantwortet: »Oh nein, nicht schon wieder!« Ein Eispanzer hat sich um mein Inneres gelegt. Mein Mann und Maëlle hassen sich so sehr, wie sie sich geliebt haben. Er wird mich niemals so lieben, wie er sie geliebt hat. Wir werden nicht mehr nach Groix fahren, und das freut mich. Nächsten Sommer kommt Pomme mit uns ans Mittelmeer. Ich hätte sie erwürgen können, als sie Charlotte auf dem Gepäckträger mitgenommen hat! Aber sie konnte es nicht wissen. Sie hat mich angesehen, als wäre ich eine Verrückte, was nicht so weit weg von der Wahrheit ist.

Ich kehre zur Hütte zurück. Der Mann hat das Baguette und die Tafel Schokolade angebrochen. Die Sachen meines Mannes sitzen wie angegossen. Wenn er sich den Bart abrasieren würde, könnte man meinen, er träte in »Machen Sie das Beste aus Ihrem Typ« auf.

»Ich muss mich wirklich entschuldigen, mein Hund hat sich vertan …«

Jetzt verstehe ich. Der Obdachlose riecht so schlecht, dass Hopla die Orientierung verloren hat.

»Hat er mich mit einer Straßenlaterne verwechselt?«

»Oh, nein! Guten Appetit, der Herr.«

»Oh integre Minister«, entgegnet er, der offenbar über eine gewisse Bildung verfügt.

Guten Appetit, die Herren, oh integre Minister! Tugendhafte Ratgeber! Das ist Eure Art zu dienen, Ihr Diener, die Ihr das Haus füllt. *Ruy Blas* von Victor Hugo. In der Wärmestube bin ich schon ehemaligen Lehrern begegnet. Früher waren Clochards manchmal Außenseiter, die diesen Lebensstil selbst wählten, heutzutage ist niemand mehr sicher vor dem Fall.

»Wie geht es Ihrem Herzen?«

»Ich lebe noch.« Er deutet auf den Fahrradtrainer. »Ideal für die Pumpe. Ist das Ihrer?«

Mein Gesicht verschließt sich. »Ich hasse Zweiräder.«

»Sind Sie hingefallen, als Sie klein waren?«

»Er gehört meinem Mann. Der Schinken auch. Das ist ein *pata negra*, ich kann ihn nur empfehlen.«

»Ich esse koscher.«

»Ach so? Entschuldigen Sie.«

»Konnten Sie ja nicht wissen«, antwortet der Mann.

»Ihr Hund wurde sicher von jemandem aufgelesen, der ihn liebt und sich um ihn kümmert«, sage ich, um ihn zu beruhigen.

»Sie sind ein guter Mensch. Ihr Mann hat wirklich Glück.«

»Er kommt bald nach Hause«, sage ich, so wie ich es dem Postboten, den Lieferanten, den Elektrikern sage, um ihnen zu zeigen, dass ich nicht allein bin, es gibt einen Mann im Haus.

»Wird er glauben, dass ich Ihnen schöne Augen mache?«

Ich schüttele den Kopf. Er hat wohl lange nicht in den Spiegel geschaut, und Cyrian interessiert sich ohnehin nicht mehr genug für mich, um eifersüchtig zu sein.

»Mein Schwiegervater war Chefarzt einer bedeutenden Herzklinik. Sie sollten ihn konsultieren. Ich habe Ihnen seine Adresse aufgeschrieben.«

Ich halte ihm den Brief mit dem Geld für die Untersuchung hin.

»Ist das ein netter Typ, Ihr Schwiegervater?«, fragt der Mann.

»Er ist speziell. Aber er liebt meine Tochter, also ist es egal, wenn er mich nicht mag. Er ist ein unerträglicher, guter Kerl.«

Mein Blick fällt auf das verdammte Fahrrad, und ich erschaudere, während ich das Gesicht abwende.

»Was haben Ihnen die Räder getan?«

»Mein kleiner Bruder …« Ich huste, bekomme keine Luft, noch nach so vielen Jahren kann ich kaum darüber sprechen.

»Er hatte einen Unfall. Er saß auf dem Mofa, ein Laster hat ihn überfahren. Er war sofort tot. Und es war meine Schuld.«

Cyrian weiß es, aber Charlotte nicht. Meine Eltern sprechen Tanguys Namen nicht mehr aus, es ist, als hätte er nie existiert.

»Die Familie feierte den Geburtstag meiner Mutter. Tanguy war zehn. Ich war fünfzehn, ich hatte das Mofa gerade von meinem Geld vom Babysitting gekauft. Ich habe vor meinen älteren Cousins damit angegeben. Jeder hat eine Runde darauf gedreht, aber Tanguy habe ich nicht fahren lassen, weil ich Angst hatte, dass er sich wehtut. Er hat gesehen, wie ich den Gashebel bewegt habe, um schneller zu fahren. Wir wurden zum Essen gerufen, und ich habe meine Schlüssel steckenlassen. Das Moped war nicht abgeschlossen …« Ich schließe die Augen, sehe die Szene erneut vor mir, trockenes Schluchzen schnürt mir die Luft ab, meine Stimme bricht. »Nach dem Hauptgang sind alle Kinder aufgestanden, um spielen zu gehen. Der Käse wurde serviert, der Rotwein geöffnet. Als der Kuchen mit den Kerzen hereingebracht wurde, wurden die Kinder hereingerufen. Tanguy war unauffindbar. Wir haben ihn überall gesucht. Dann haben wir die Sirene des Krankenwagens gehört. Meine Mutter hat mir nie verziehen, dass ich meinen Bruder umgebracht habe.«

»Sie konnten nichts dafür.«

»Ich hätte den Schlüssel abziehen und das Moped abschließen müssen. Ich hätte Tanguy genau wie meine Cousins fahren lassen sollen. Ich hätte ihm zeigen sollen, wie man bremst! Der Fahrer des Lkw hat gesehen, wie er Gas gab und direkt auf ihn zuraste.« Die Vorstellung quält mich genauso wie damals. »Meine Tochter wird niemals Fahrrad oder Motorroller fahren. Mein Mann hatte einen Roller, als wir uns kennengelernt haben, er hat ihn verkauft. Er muss hier in der Hütte trainieren, ich ertrage dieses Ding nicht im Haus.«

Tanguy war der Liebling meiner Mutter. Wir standen uns sehr nah. Am Abend nach der Beerdigung hat meine Mutter mich mit nach draußen in den Garten genommen und mir voller Hass entgegengeschleudert: »Ich wünsche dir, dass du eines Tages am eigenen Leib erlebst, was ich deinetwegen durchmachen muss. Ich wünsche dir, dass du ein Kind bekommst und es verlierst.«

Ich habe nie meinem Vater davon erzählt, er hätte mir nicht geglaubt. Ich sehe meine Eltern so selten wie möglich. Ich lasse Charlotte niemals mit ihnen alleine. Meine Mutter hat ihr Kind verloren, ich verstehe, dass sie daran zerbrochen ist, aber ich hasse sie. Charlotte glaubt, dass ich Einzelkind bin. Ich weiß, dass ich eine Glucke bin. Der Gedanke, dass Charlotte ein Unglück zustoßen könnte, ist mir unerträglich. Ich hätte Pomme umbringen können, als ich erfuhr, dass sie mit dem Fahrrad unterwegs waren. In der darauffolgenden Nacht, im Hôtel de la Marine, hatte ich einen schrecklichen Albtraum. Ich saß am Steuer des Lasters und sah, wie Tanguy auf einem roten Fahrrad auf mich zufuhr. Ich versuchte nicht einmal zu bremsen. Er lachte laut, bevor er neben das blutrote Fahrrad fiel. Meine Mutter und Charlotte kamen aus dem Garten gerannt. Charlotte eilte zu dem verrenkten Körper meines kleinen Bruders. Meine Mutter brüllte sie an: »Du hast meinen Sohn getötet, ich habe dir verboten, ihm dein Fahrrad zu leihen, du verdienst es zu sterben!« Dann erwürgte sie meine Tochter, um sich zu rächen. Ich beobachtete die Szene von meinem Laster aus, vor Angst erstarrt, die Hände wie ans Lenkrad gefesselt. Dieser Traum hat mich verfolgt, bis wir ins Taxiboot stiegen. Ich hätte es nicht eine Minute länger auf der Insel ausgehalten.

»He! Geht es Ihnen nicht gut? Sie sind ja ganz blass!« Der Mann hält mir die angebrochene Tafel Schokolade hin. »Essen Sie, das wird Ihnen guttun, Sie sind hypoglykämisch.«

Mein Clochard hat ein Faible für Victor Hugo und medizinische Fachausdrücke. Ich breche vier Stücke ab und esse sie, das belebt mich wieder.

»Ich werde jetzt gehen«, sagt der Mann. »Danke.«

Im Gegenteil, ich habe ihm zu danken. Er hat mir Gesellschaft geleistet, ich habe mich ihm anvertraut, weil ich ihn nie wiedersehen werde. Einen Augenblick lang hat er mich das Damoklesschwert vergessen lassen, das über unseren Köpfen hängt, meine Angst, dass Charlotte nie älter werden wird als Tangyu, zehn Jahre. Als ich Cyrian traf, habe ich ihm gestanden, dass meine Mutter meine zukünftigen Kinder mit einem Fluch belegt hat. Er hat gelacht, er glaubt nicht an Verwünschungen.

»Auf Wiedersehen, Hund«, sagt der Obdachlose.

Er ist anscheinend nicht nachtragend, denn er streichelt Hoplas Kopf. Ich werde den Hundepsychologen anrufen müssen.

»Ich heiße Albane«, sage ich, bevor ich das Tor schließe.

»Ich heiße David Anderson.«

Dann verschwindet er in der Nacht.

12. DEZEMBER

Jo, Paris

Mein bester Freund verblüfft mich immer wieder, und das nicht erst seit heute.

»David Anderson? Wie bist du bloß darauf gekommen?«

»Wenn ich einen Sohn hätte, dann würde er David heißen. Und mir gefällt die kleine Meerjungfrau von Hans Christian Andersen. Ich bin in Panik geraten, als deine Schwiegertochter mich nach meinem Namen gefragt hat. Ich hätte mich schon beinahe verraten, als ich von meiner Angina pectoris erzählt habe. Ich wäre ein schlechter Spion.«

»Aber du wärst ein exzellenter Schauspieler!«

»Mir ist die Neurologie lieber«, sagt der Professor, eine Koryphäe auf seinem Gebiet, und isst den Rest seines Käsewindbeutels, der hier als Amuse-bouche serviert wird. »Isst du deinen nicht?«

»Du kannst ihn haben.«

Das Leben ist ungerecht. Er ist schlank wie eine Gerte, während ich mich immer zügeln musste, um kein Ehemann mit Wampe zu werden.

»Sie findet, dass du ein ›unerträglicher, guter Kerl‹ bist«, fügt mein Freund hinzu, während er die Karte studiert. »Wusstest du das von ihrem kleinen Bruder? Ich nehme die Kürbissuppe mit Steinpilzschaum und Haselnüssen.«

»Ich höre die Geschichte zum ersten Mal. Und ich nehme die Eiercreme mit Bärlauchschaum.«

Ich habe immer noch die Angewohnheit zu schauen, was du genommen hättest. Ein Jakobsmuschel-Carpaccio mit Austern? Ich schlafe noch immer auf meiner Seite des Bettes. Ich lasse die Zahnpastatube geöffnet für dich liegen.

»Ich habe eine Jagdjacke und eine Segelhose bekommen, aber mit spanischem Schinken hatte ich nun wirklich nicht gerechnet«, fährt Thierry fort.

»Ich hätte schwören können, dass Dany sich mitfühlend zeigt und Albane ungerührt bleibt. Damit du Bescheid weißt, *pata negra* ist der beste Schinken der Welt.«

»Wenn du es sagst.«

Wir kennen uns seit dem ersten Assistenzjahr in Paris. Ich kam aus Rennes, er aus Straßburg. Wir entdeckten gemeinsam die Hauptstadt. Seine Geheimwaffe waren seine blauen Augen, denen kein Mädchen widerstehen konnte. Wir arbeiteten auf derselben Station. Thierry aß koscher und hielt den Sabbat, mir ging es nur darum, meine Dienste so zu legen, dass ich so oft wie möglich nach Groix zurückfahren konnte. Wir sprangen füreinander ein, waren füreinander da, bauten einander auf, wenn wir einen Patienten verloren, freuten uns, wenn wir einen retteten.

Ich wette, du wusstest Bescheid über Albanes Bruder, Lou. Und du wusstest, dass Dany nicht die gute Fee in der Geschichte sein würde. Und was mache ich jetzt?

»Jetzt essen wir, und du vergisst deine Familie«, verordnet mein Freund.

Also trinken und essen wir, sprechen über Kollegen. Einer von ihnen hat alles hingeschmissen, um in einen indischen Aschram zu ziehen. Ein anderer ist gestorben, als er gerade einen Patienten untersuchte. Der hässlichste Kerl des Jahrgangs hat acht Kinder. Das Mädchen mit dem größten Sex-Appeal ist Sexologin geworden. Ich bestelle ein Ananastartar, Thierry einen *baba au rhum.*

»Seit du mir von ihrem kleinen Bruder erzählt hast, sehe ich Albane in einem völlig neuen Licht.«

»Du fühlst dich ihr näher, weil du dir die Last von Sarahs Krankheit aufgebürdet hast. Ich kann dir einen guten Osteopathen empfehlen, wenn du die ganze Welt tragen willst.«

»Ich bin Arzt, eine kranke Tochter zu haben, bleibt eine klaffende Wunde. Ich könnte laut schreien, weil ich sie nicht heilen kann!«

Erinnerst du dich, Lou, wie wir vor zwanzig Jahren den Film *Mr. Hollands Opus* angeschaut haben, in dem Richard Dreyfuss einen Musikkomponisten spielt, dessen einziger Sohn taub ist? Damals machte Sarah noch Luftsprünge. Als wir aus dem Kino kamen, haben wir dem Himmel für unsere perfekten, gesunden Kinder gedankt. Wir haben uns wohl nicht laut genug bedankt.

»Was soll ich ihr denn sagen, wenn sie die Schnauze voll davon hat, dass ihre Beine sie nicht tragen?«

»Dass du sie liebst.«

»Sie weiß nicht mehr, was das heißt, seitdem dieser Nichtsnutz von Patrice sich aus dem Staub gemacht hat. Am liebsten würde ich diesen Feigling zerquetschen wie eine Kakerlake.«

Ich weiß nun, was ich von Dany und Albane zu halten habe. Aber vielleicht wäre Cyrian mit der egoistischen Dany glücklicher als mit der hilfsbereiten Albane. Du hast mir den Auftrag gegeben, unsere Kinder glücklich zu machen, davon, dass ich ihr Leben ändern soll, war nicht die Rede. In meinem Beruf habe ich gelernt, Entscheidungen zu treffen: Bei Bakterien verschreibe ich ein Antibiotikum, bei Viren nichts. Hier jedoch schwimme ich. Als Jugendlicher hat sich Cyrian für mich in einen Fremden verwandelt. Ich stehe auf.

»Number one oder number two?«, fragt Thierry.

Ich lache lauthals los, Lou. Ich kann auch ohne dich noch lachen, aber ich höre schneller wieder auf.

Thierry verwandelt sich zurück in einen Neurologen. Ich rufe auf Groix an. Jean-Paul ist gerade vom Karatetraining zurückgekommen. Ich bitte ihn, mir einen Google Alert für Patrice zu erstellen. Ich buchstabiere seinen Nachnamen, so hätte meine Tochter heißen sollen.

Ich gehe am Grand Palais vorbei, wohin ich dich oft gegen deinen Willen geschleppt habe. Du bist nur mir zuliebe mitgekommen. Du mochtest lieber Menschen und ihre Geschichten. Ich nehme dir übel, so viele Ausstellungen verpasst zu haben, auch deine verlogene Anschuldigung und diese absurde Mission, die du mir aufgehalst hast. Ich bin stockbeleidigt, meine Liebste.

Der Joseph auf meinen Schultern ist weiß. Als wir uns auf dieser Hochzeit getroffen haben, habe ich einen Segelpulli über der Jacke getragen. Du hast mir die Telefonnummer vom Schloss deines Vaters gegeben, zu der Zeit gab es noch keine Handys. In der Woche drauf habe ich dich in den Pub Renault auf den Champs-Elysées zu einem Bananensplit eingeladen. Du hast meinen gestreiften Pulli angeschaut und mich gefragt, ob ich immer so einen trage, ob das eine Tradition meiner Insel sei. Ich habe dir verschwiegen, dass ich am Abend, als das Boot meines Vaters ohne ihn zurückgekommen war, seinen dicken Pulli über meine Schultern gelegt habe, damit er mir für das Leben, das ich nun allein angehen musste, Wärme spendete.

Wir verließen den Pub Renault gemeinsam. Ich hatte das Vélosolex dabei. Du fuhrst einen alten Autobianchi, den du dir mit deinen Schwestern teiltest, aber du tatest so, als wärst du zu Fuß da, um mich nicht zu demütigen. Also sind wir durch die Nacht spaziert, wir liefen ohne Ziel, während wir unsere Kindheiten aufeinanderprallen ließen. Du hast gefröstelt. Ich habe meinen Pulli abgenommen, um ihn dir umzulegen. Ich stand nackt und bloß vor dir. Mir war nicht mehr kalt, dein Blick hatte mich endlich aufgetaut.

Lou, dort, wohin wir alle einmal gehen

Das habt ihr gut gemacht, Jungs. Chapeau. Große Klasse! Als Assistenzärzte habt ihr die Kollegen, die kaltherzig oder gleichgültig den Patienten gegenüber waren, verspottet, schikaniert, lächerlich gemacht. Ihr habt Abführmittel in ihren Kaffee getan, die Reifen eines Rollers plattgemacht, ein im Sezierunterricht mitgenommenes Ohr in eine Tasche gleiten lassen.

Thierry ist ein angesehener Neurologe und ein Mann von innerer und äußerer Eleganz. Als du ihm verkündet hast, dass wir nach Groix ziehen, reagierte er wie ein echter Freund: Er freute sich für uns. Dany kannte ihn nicht. Albane hatte ihn nur zweimal gesehen, auf ihrer Hochzeit und auf meiner Beerdigung. Sie hat ihn mit seinem zerzausten Bart und den Klamotten nicht erkannt. Er hat ein bisschen dick aufgetragen, aber er hat sich gut geschlagen.

Cyrian hat mir von Albanes Mutter und ihrem Hass auf die Welt erzählt, von ihrem kleinen Bruder wusste ich nichts. Wir alle haben Geheimnisse. Hätte ich sie ein wenig besser verstanden und vielleicht sogar lieb gewonnen, wenn ich davon gewusst hätte?

Ich habe den Pub Renault nicht vergessen, mein Libeling. Du hast den Tod deines Vaters nicht benutzt, um mich rumzukriegen. Jahrelang hast du gehofft, dass er zurückkommt, verletzt, mit einer Amnesie. Der Pullover war deine Rettungsdecke, dein Supermancape, dein Batmobil. Du hast ihn mit mir und den Patienten geteilt, die du gerettet hast. Er hat unsere ganze Familie beschützt.

Manchmal schließt man seinen Regenschirm, auch wenn es regnet, man will seinen Schutz nicht mehr, wird mit Absicht nass. Das habe ich getan, als ich ins Pflegeheim gezogen bin. Ich habe deinen Pulli von meinen Schultern gezogen. Ich habe dich unter seinem Schutz allein gelassen. Ich wollte euch nicht mit hinaus in den Regen ziehen, Pomme, Maëlle und dich. Sei nicht mehr so stockbeleidigt, mein Liebster.

14. DEZEMBER

Dany, Paris, Rue Monge

Cyrians Vater betritt das Hotel, als ich gerade durch die Lobby gehe.

»Was für eine schöne Überraschung, Doktor.«

»Ich habe allerdings schlechte Neuigkeiten.«

Ich ziehe ihn in mein Büro. »Was ist passiert? Geht es Cyrian gut? Sie machen mir Angst!«

»Er ist wohlauf, im Gegensatz zu meinem Patienten. Ich kümmere mich seit Jahren um einen schwer herzkranken Mann. Ein echtes Original, Kunstsammler, er lebt in einem Schloss in Dänemark. Er sieht aus wie ein Obdachloser, obwohl er ein reicher Mäzen ist.«

»Will er bei uns absteigen? Ich fühle mich geehrt, wir sind zwar nicht das Ritz, aber …«

»Er ist genau hier mit Ihnen zusammengestoßen, vor Ihrem Eingang.«

Ich schnappe mir eine Büroklammer und biege sie nervös auseinander.

Cyrians Vater fährt fort: »Er hat hier im Hotel Schutz gesucht, aber Sie haben ihm den Weg versperrt. Er hatte einen Herzanfall, der Krankenwagen hat ihn auf meine alte Station gebracht. Ich habe ihn dort besucht, er hat mir alles erzählt.«

»Sie haben ihm hoffentlich nicht meinen Namen genannt? Nichts beweist, dass ich es war«, sage ich erschrocken.

»Ihre Fingerabdrücke sind auf den Geldscheinen, die Sie ihm gegeben haben.«

Meine Büroklammer bricht mit einem trockenen Knacken. »Ich bin kein Arzt, wie hätte ich ihm denn helfen sollen!«

»Seit dem Zweiten Weltkrieg stuft das französische Recht einen solchen Fall als unterlassene Hilfeleistung ein. Sie können strafrechtlich belangt werden.«

»Aber ich habe den Notruf gewählt!«

»Sie haben nicht auf den Krankenwagen gewartet. Und Sie haben ihn daran gehindert, sich unterzustellen.«

»Er sah aus wie ein Penner, er hat gestunken!«

»Töten wir die Penner und Feinde des Deodorants. Sie haben recht, das wird die Pariser Straßen säubern«, bemerkt er sarkastisch.

»Ich war mit Cyrian verabredet und spät dran«, entgegne ich mit tonloser Stimme. »Wie geht es dem Herrn jetzt?«

»So gut, dass er seine Geschichte detailgenau erzählen kann. So schlecht, dass er noch nicht außer Lebensgefahr ist.«

Hoffnung steigt in mir auf. Wenn er stirbt, kann er nicht gegen mich aussagen.

»Seine Kinder wollen Anzeige erstatten. Sie werden bald von ihren Anwälten hören.«

»Ich habe ihn für einen Schwindler gehalten, einen Simulanten!«

»Dem Sie nicht geholfen haben, obwohl er verletzt war. Das ist schon nicht gerade glanzvoll. Aber jemanden mit einem Herzinfarkt im Stich zu lassen, ist wirklich ein starkes Stück!«

»Und wenn Sie sagen, dass Sie mit mir woanders waren?«

»Wollen Sie, dass ich einen Meineid ablege? Zum Nachteil meines eigenen Patienten?«

»Könnte Cyrian nicht für mich aussagen?«

»Wollen Sie, dass mein Sohn sich der Komplizenschaft schuldig macht?«

Panisch reibe ich mir die Augen.

»Ich hoffe, dass Sie den Rettungsdienst nicht mit Ihrem Handy angerufen haben? Sie speichern alle Nummern. Da haben Sie sich einen schönen Schlamassel eingebrockt, Dany.«

Ich bin entsetzt. Er ist Arzt, sein Patient geht vor. Cyrian hat seine Mutter mir vorgezogen. Für sie hatte er immer Zeit. Seine Töchter und seine Frau gehen ebenfalls vor, aber das wird sich bald ändern. Darum werde ich mich kümmern.

Jo, Paris

Gott, was habe ich mich amüsiert! Die Idee mit Danys Fingerabdrücken auf den Geldscheinen hatte ich dank unserer Fernsehabende mit *CSI*. Der Notruf, der sich zurückverfolgen lässt, war Thierrys Vorschlag. Strategisch stelle ich meine Figuren in Position. Ich erhöhe den Druck. Beim nächsten Streich wird mir dein Patenkind Esther helfen. Sie ist gerade achtzehn geworden und hat mit den Dummheiten aufgehört.

Ich lade die E-Mail auf mein iPad. Was Privatdetektive früher Wochen gekostet hat, ist heute mit drei Klicks zu regeln. Humphrey Bogart hätte es nicht mehr nötig, seinen Trenchcoat anzuziehen, um in finsteren Bars Whisky zu trinken, er könnte vor dem Bildschirm sitzen und Sushi bestellen. Ich klicke mich durch die Google Alerts zu Patrice. Auf den Fotos erkenne ich ihn sofort, gut geschnittener Anzug, elegante Krawatte, frühzeitig graumeliertes Haar, kein Ehering. Er lächelt auf keinem. Er leitet eine Marketingkampagne. Er nimmt an einem Empfang teil. Er moderiert einen Spendenabend. Als ich ihn zuletzt gesehen habe, vor zehn Jahren, trug er T-Shirt und Bermudashorts und war gerade von Korsika zurückgekommen. Ich hätte Sarah am Arm in die Kirche und zum Altar führen sollen. Ich hatte begonnen, Walzer zu lernen, für den Eröffnungstanz. Bei unserem stillen Tanz in der Markthalle von Groix habe ich wieder daran gedacht, als ich mich, wie ein Schiffbrüchiger an Sarah geklammert, mit ihr im Kreis gedreht habe, am Tag, als du die Biege gemacht hast.

Ich verfolge die digitalen Spuren meines ehemaligen zukünftigen Schwiegersohns. Ein merkwürdiger Spiegeleffekt entsteht, als ich von einem Link zum nächsten springe und jeder eine andere Facette von ihm zeigt. Er setzt sich für *Relais Enfants-Parents* ein. Hat er ein Kind adoptiert? Ich klicke weiter. Dieser Junge, Erbe der gewaltigen Firma seines Vaters, ist ehrenamtlich für einen Verein tätig, der sich um Kinder kümmert, deren Eltern im Gefängnis sitzen. Großzügige Geste, aber die CEOs, die ich kenne, handeln nicht aus bloßem Mitgefühl. Was berührt ihn so sehr, dass er sich in seiner knappen Freizeit dieser Sache widmet?

Patrice hat sich gegenüber Sarah wie ein Dreckskerl benommen, steht er diesen Kindern bei, um sich reinzuwaschen? Ich erinnere mich an eine Unterhaltung im Auto, während einer Fahrt von Paris nach Groix. Er wollte unbedingt mehrere Kinder, kein einsames Einzelkind. Er sprach in schönen Worten von seiner Liebe zu Sarah, ich habe ihm geglaubt.

15. DEZEMBER

Jo, La Défense

Ich stehe vor einem Turm aus Glas und Stahl. Am Empfang verlange ich, den Geschäftsführer zu sprechen.

»Haben Sie einen Termin?«

Ich zeige meine Visitenkarte mit dem Doktortitel, das öffnet oft Türen. Hier nicht. Der als bezaubernde Empfangsdame verkleidete Zerberus lässt sich nicht beeindrucken.

»Worum geht es?«

»Ich bin sein Exschwiegervater.«

Ihr Gesicht hellt sich auf. Mit der Familie scherzt man nicht.

»Fahren Sie hinauf.«

Patrice runzelt die Stirn, als er mich sieht.

»Joseph? Ich hatte meinen echten Exschwiegervater erwartet, den Vater der Frau, von der ich geschieden bin. Ich bin wohl nicht für die Ehe gemacht.«

Ihm fällt ein, dass ich ein armer alter Witwer bin.

»Ich habe das mit Lou gehört. Ich wollte Sarah schreiben, aber sie hätte den Brief wohl nur weggeworfen.«

»Das ist gut möglich.«

»Ich hätte Ihnen gerne geschrieben.«

»Das wäre nett von dir gewesen.«

»Ihre Frau war eine beeindruckende Persönlichkeit.«

»Hast du fünf Minuten?«

Er wirft einen Blick auf seine Uhr. »Nein. Aber für Sie schon.«

Wir setzen uns in zwei Drehsessel von Starck. Der Blick auf den Grande Arche ist atemberaubend.

»Immer noch mit Ihren berühmten Pullis«, bemerkt Patrice. »Ich hoffe, dass Sarah mich verabscheut, dass sie alles hinter sich gelassen hat und glücklich ist?«

»Sie verabscheut dich, sie hat alles hinter sich gelassen.«

»Ich habe eine Engländerin geheiratet, die Sarah ähnlich sieht. Wir haben einen Sohn bekommen, dann wollte sie die Scheidung und hat John nach London mitgenommen. Ich sehe ihn alle zwei Monate. Er nennt den neuen Partner seiner Mutter *Daddy.*«

»Ich hoffe, du erwartest kein Mitleid von mir.«

Er wippt nervös mit dem Fuß, als säße er in einem Vorstellungsgespräch. »Ich habe Sarah geliebt. Ich war nicht stark genug, um uns beide zu tragen. Ich habe von einer Familie geträumt, aber sie wollte das Risiko nicht eingehen, Kinder zu bekommen. Das war für mich entscheidend. Den Rollstuhl hätte ich akzeptieren können.«

»Du hättest ihn akzeptieren können?«, frage ich fassungslos.

»Ich habe sie nicht wegen ihrer Behinderung verlassen. Ich wollte einen Nachkommen, der die Firma übernehmen kann. Das ist die Tradition in meiner Familie, ich bin so erzogen worden.«

»Ich verstehe. Bei uns ist das anders, ich habe meine Tochter großgezogen, damit sie Einkäufe im Rollstuhl machen kann.«

»Hören Sie auf mit Ihren schlechten Witzen!«, knurrt er.

»Du hast sie nicht genug geliebt, du hast wie eine Memme gehandelt. Ich werde dir nie verzeihen, dass du sie im Stich gelassen hast, als sie dich am meisten gebraucht hat. Ein Typ mit Eiern wäre geblieben. Du hast dich wie ein Feigling davongemacht …«

»Sind Sie nach zehn Jahren hergekommen, um mich zu beleidigen?«

Ich schüttele den Kopf. »Du schuldest mir einen Gefallen.«

»Ich bin ganz Ohr«, sagt er misstrauisch.

»Ich will, dass du Sarah zum Essen einlädst. Trinkt, esst, beleidigt euch, schlagt euch, stellt euch einander.«

»Sie wird niemals annehmen. Ist sie nicht verheiratet?«

»Versuch es wenigstens. Sie lebt allein.«

Ich reiche ihm Sarahs Visitenkarte. Er greift danach wie ein durstiger Mann nach einem Wasserglas.

»Ich hatte oft das Bedürfnis, mit ihr zu sprechen«, gesteht er.

»Vor allem, nachdem deine Frau dich sitzengelassen hat, stimmt's?« Ich erhebe mich und füge hinzu: »Ich werde abstreiten, dich getroffen zu haben, sogar unter Folter. Wenn du Sarah von unserer Unterredung erzählst, hau ich dir auf die Schnauze.«

»Und wenn sie fragt, wie ich an ihre Nummer gekommen bin?«

»Internet, soziale Netzwerke, ehemalige Kommilitonen, du hast die Qual der Wahl. Warum engagierst du dich für *Relais Enfants-Parents*?«

»Die Kinder haben nichts verbrochen. Sie dürfen nicht für die Fehler ihrer Eltern bestraft werden.«

»Kennst du jemanden im Gefängnis? Warum setzt du dich so für diese Sache ein?«

Patrice seufzt. »Das englische Recht enthält mir John vor. Also helfe ich Vätern, die nicht einmal wie ich den Eurostar nehmen können, um ihr Kind in den Arm zu nehmen.«

16. DEZEMBER

Sarah, Paris

Mein Bruder hat mich zum Frühstück ins Polo eingeladen. Dabei spielt er gar kein Polo, verabredet sich aber immer in diesem Club, um sein Netzwerk zu pflegen. Er sitzt gern an der Bar oder auf der Terrasse und hebt grüßend die Hand, sobald er einen Bekannten sieht. Er fühlt sich an diesem Ort so sicher wie Papa am Hafen von Groix oder ich an einem Filmset.

Ich steige aus dem Taxi. Cyrian hat meinen Namen am Empfang hinterlassen. Ich gehe langsam, es ist ein guter Tag, man könnte meinen Stock für ein modisches Accessoire halten. Ich geselle mich zu meinem Bruder, der an einem Tisch am Rande des Spielfelds sitzt. Ich trage eine klassische Jacke, zu der er zustimmend nickt. Manchmal ist mein Aufzug ein wenig zu phantasievoll für ihn.

»Ich habe ein Geschenk für dich«, sage ich.

»Ich habe keine Zeit, um auf Premierenfeiern herumzustehen, aber danke. Kaffee? Die Croissants sind eins a.«

»Eins a?«

»Du wolltest mich sehen, Sarah?«

Mir ist zu warm, ich ziehe meine Jacke aus. Er hilft mir, er ist ein Gentleman, öffnet den Damen die Autotür, betritt öffentliche Gebäude zuerst und lässt ihnen in einer Privatwohnung den Vortritt. Ich sitze mit nackten Armen da, man sieht meine Tattoos. Cyrian schämt sich für mich.

»Tu doch einfach so, als ob du mich nicht kennen würdest. Weißt du, wie viel Uhr es ist?«

»Ja.«

»Gleich wirst du es noch besser wissen«, sage ich und hole die Uhr heraus, die mir Papa anvertraut hat.

Er streichelt die Goldfassung. »Ist das die von Mama?«

»Die ihres Vaters.«

»Hat Systole sie dir gegeben? Du hast Glück!«

»Er wollte sie dir auf Groix schenken, aber du bist abgereist, ohne dich zu verabschieden.«

»Wollte Mama sie mir vermachen?«

»Nein. Sie ist ein Geschenk von Papa.«

Er will von Papa nichts akzeptieren, aber diese Uhr hat ihm schon immer gefallen. »Wenn sie von ihm ist, kann er sie behalten.«

»Sei kein Idiot.«

Ich lege sie ihm mit Nachdruck in die Hand. Der Kellner kommt an unseren Tisch, und wir bestellen.

»Wo stehst du gerade zwischen deinen beiden Frauen?«, frage ich, sobald der Kellner wieder gegangen ist.

»Ich bin hin und her gerissen, ich will niemandem wehtun.«

»Und mit beiden schlafen?«

»Sex interessiert Albane nicht besonders, wir haben getrennte Betten.«

»Während Dany davon besessen ist?«

»Sie ist unersättlich und einfallsreich.«

»Und sie verlangt von dir weder mit dem Hund rauszugehen noch den Klempner anzurufen oder am Elternabend teilzunehmen.«

»Sie träumt davon, mit mir an exotischen Stränden zu tanzen bis ans Ende der Nacht. Sie will, dass wir am Valentinstag auf die Malediven fliegen.«

»Kleine Mädchen träumen von ihrem Prinzen. Wenn sie erwachsen werden, wird der Zauber gebrochen. Mit achtzehn gehen sie mit einem Alternativo auf Rucksacktour, dann heiraten sie einen Schickimicki-Typen, der einen Job hat. Aber die kleinen Jungs träumen ihr ganzes Leben von Jessica Rabbit.«

»Dany bewundert dich, Sarah. Mit ihr fühle ich mich wie der König der Welt, wie DiCaprio am Bug der Titanic. An Albanes Seite bin ich der verantwortungsbewusste Kerl, Familienvater, ein gewöhnlicher Mann. Ich habe viel zu jung geheiratet. Man hat nur ein Leben. Ich will leben, vibrieren, auf Vulkane klettern, in Wasserfällen schwimmen. Scheiße, auch ich hab ein Recht auf Glück!«

Ich könnte beinahe gerührt sein, wenn diese Vorstellung nicht so abgedroschen wäre.

»DiCaprio stirbt am Ende des Films, Cyrian. Dein Traum klingt wie Kaugummi-Werbung. Ich will dir keine Moralpredigt halten, du weißt, was ich über Albane denke. Wenn du mit einer anderen glücklich wirst, tanze ich vor Freude Samba.«

Er isst sein Eins-a-Croissant auf. »Es gibt ein Problem. Dany findet Kinder unerträglich. Wenn ich mich scheiden lasse und wir zusammenziehen, könnte Charlotte nie zu uns kommen. Ich müsste sie am Wochenende woandershin mitnehmen. Hunde hasst sie auch, also müsste Hopla bei Albane bleiben.«

»Diese Frau scheint ja überaus reizend zu sein!«

»Sie macht Druck, damit ich Albane verlasse. Wegen Charlotte tut es mir leid, aber in ihrer kindlichen Welt ist sie sicher. Und wenn ich ihre Mutter verlasse, werden wir mehr Zeit zu zweit verbringen, das wird unsere Beziehung stärken.«

»Hast du nicht jemanden vergessen?«

»Hopla ist eher Albanes Hund als meiner, sie kümmert sich mehr um ihn.«

»Ich habe nicht den Hund gemeint.«

»Pomme ist auf Groix rundum glücklich.«

»Dich als Vater zu haben, ist wirklich kein Spaß, Cyrian.« Der Schlag hat gesessen. Ich schlage den Nagel weiter rein. »Du wirfst Papa vor, nicht für uns dagewesen zu sein, aber er hat sich mehr um uns gekümmert, als du dich um deine Tochter. Du mutest Pomme hundertmal Schlimmeres zu, als was du Systole vorwirfst.«

»Ich bin ein guter Vater«, protestiert er. »Ich besuche sie an ihrem Geburtstag, an Weihnachten und an Ostern, das ist Ehrensache. Wenn sie krank würde, säße ich im nächsten Zug.«

»Und das macht dich zu einem guten Vater?«

»Dass Maëlle nicht mit mir in Paris leben wollte, ist nicht meine Schuld. Du magst Albane nicht, warum verteidigst du sie dann?«

»Ich verteidige niemanden. In acht Jahren sind deine Töchter erwachsen, du wirst nichts mehr rückgängig machen können.« Das Klingeln meines Handys unterbricht mich. »Entschuldige, ich erwarte einen Anruf wegen eines Castings. Hallo?«

Meine Hand, die das Telefon hält, verkrampft sich. Die andere schließt sich zur Faust, eine Kriegswaffe, gespickt mit Schmach und Schmerz. Ich habe ihm ein Unglück an den Hals gewünscht, habe von seinem sich überschlagenden Wagen geträumt, einem Unfall, der ihn an den Rollstuhl fesselt, dann würde ich verächtlich von oben auf ihn herabschauen, aufrecht, gerade, triumphierend, während eine heiße Pflegerin ihm den Sabber vom Kinn wischen und seine schmutzigen Windeln wechseln würde.

Diese Phase habe ich hinter mir, aber die Wundc ist immer noch nicht geschlossen. Wir wollten auf Korsika wandern, heiraten, Kinder haben, wollten ein Sabbatjahr auf Groix verbringen, um bedürftigen Inselbewohnern zu helfen, bevor wir unsere Uniformen der École Polytechnique überstreifen und unser Revers mit Abzeichen schmücken würden. Aber mein Liebster hat sich mit eingekniffenem Schwanz davongemacht. Also umarme ich andere Männer. Bete Pomme an. Parke umsonst auf Behindertenparkplätzen. Die Leute machen mir in der Warteschlange den Weg frei.

Cyrian, Paris

Meine Schwester ist blass geworden.

»Ich bin gerade in einem Gespräch, aber sag …«, krächzt sie mit rauer Stimme.

Ich tue so, als hörte ich nicht zu, ohne mir auch nur das Geringste entgehen zu lassen.

»Woher hast du meine Nummer? … Ich bin sehr beschäftigt im Moment, *overbooked* … Ein Drink könnte gehen. In meinem Viertel. Ich wohne im Marais. … Das ist bei mir in der Nähe. Neunzehn Uhr. Du wirst mich erkennen, ich bin die mit dem Rollstuhl.« Sie legt auf, winkt den Kellner heran. »Einen Cognac, bitte.«

Der Kellner hebt eine Augenbraue. Eine seltene Bestellung um neun Uhr morgens. Man könnte meinen, Sarah käme gerade aus dem Krieg zurück oder erwachte aus einem Albtraum.

»Das war er«, sagt sie.

18. DEZEMBER

Pomme, Île de Groix

Jo ist aus Paris zurück, die Insel hat ihm gefehlt. Ich habe dem Pfarrer geholfen, im linken Querschiff der Kirche von Le Bourg die Krippe aufzubauen, mit Krippenfiguren, Moos, fließendem Wasser und Steinen. Die Ladenbesitzer haben sich bei der Dekoration ihrer Schaufenster gegenseitig übertroffen. Mama und ich haben entschieden, Jo keinen Baum oder Lichterketten aufzudrängen, dafür ist es zu früh. Von Papa haben wir nichts gehört, wahrscheinlich kommt er also nicht. Normalerweise feiert Sarah mit uns Weihnachten, aber dieses Jahr kommt sie erst Anfang Januar, weil Jo über die Feiertage zu Freunden nach Lorient fährt. Er wird dort weniger traurig sein als hier.

Tante Sarah schickt mir vor Weihnachten immer etwas zum Anziehen. Dieses Jahr waren in dem Paket ein hübsches schwarzes Kleid von H&M und paillettenbesetzte Ballerinas. Ich habe es am Fährhafen abgeholt. Alle Pakete kommen dort an. Wenn die Touristen oder Wochenendinsulaner etwas im Internet bestellen, warten sie verzweifelt vor ihrem Briefkasten, bis sich eine gute Seele ihrer erbarmt und ihnen erklärt, dass sie zum Hafen müssen. Ich habe Tante Sarah nicht gesagt, dass Mama und ich in Locmaria sein werden, wo es keine Heizung gibt. Ich werde ihr Kleid anziehen, wir werden ein Foto machen, und dann werde ich mich in Fleecepulli, Leggins und die gefütterten Stiefel mummeln.

Du fehlst mir, Lou, aber du hast mir beigebracht, Weihnachten zu lieben, also liebe ich es dieses Jahr für zwei. Beim Saxophonspielen mache ich Fortschritte, das muntert mich auf. Sobald das Instrument zum Leben erwacht, hebe ich ab und segle durch die Luft. Die Noten der linken Hand, C, A, H, G, sind schon lange kein Geheimnis mehr. Jetzt übe ich die Noten der rechten Hand, F, E, D und das tiefe C. Ywes hat mir *Fly Me to the Moon* vorgespielt, das ist so schön, dass es wehtut.

Früher hast du mir dabei geholfen, mir Weihnachtsgeschenke auszudenken, dieses Jahr muss ich allein zurechtkommen. Papa hat mir einen Scheck geschickt. Ich hätte lieber eine Überraschung gehabt, also habe ich alles ausgegeben. Für Jo habe ich Clogs für den Garten gekauft, für Mama ein Kosmetiktäschchen aus Segeltuch und ein Heft mit Zeichnungen von der Insel, für Charlotte einen Fleecepulli. Das Geschenk für Papa habe ich selbst gemacht, ich habe zwei Ziffernblätter auf ein Brett gemalt und Papierzeiger daran geheftet. Wenn er morgens in den Gezeitenkalender schaut und die Zeiger auf Hoch- und Niedrigwasser stellt, weiß er zu jeder Stunde des Tages, wo der Ozean auf Groix steht.

Als ich aus der Schule nach Hause komme, sehe ich Mama und Jo in der Küche vor dem Waschbecken hocken. Neben Jo steht sein geöffneter Werkzeugkasten. Ich knie mich neben ihn.

»Die Flut ist da. Deine Mutter stellt das Wasser gleich wieder an. Nimm das Tuch, damit deine Finger nicht abrutschen. Sobald du das Wasser herausspritzen siehst, drückst du auf die Stelle, aus der es kommt. Verstanden?«

Mama stellt erneut das Wasser an, das daraufhin durch ein unsichtbares Loch aus dem Rohr schießt. Ich drücke so fest darauf, wie ich kann. Sie stellt das Wasser wieder ab. Wir lassen es ablaufen. Jo repariert. Mama stellt es wieder an, das Rohr leckt nicht mehr.

»Ich werde dem Verein zur Hilfe von Frauen schwächelnder Männer etwas spenden«, lacht Mama.

Ich protestiere instinktiv: »Papa ist nicht schwächlich!«

Mama und Jo tauschen einen fassungslosen Blick. Das hätte ich lieber nicht sagen sollen.

»Du bist ein guter Handwerker«, lobe ich Jo, um die Atmosphäre zu entspannen.

»Kardiologen sind Klempner, sie kümmern sich um Lecks und Druck, Klappen und Ventile. Aber die Kardiologen im Krankenhaus werden schlechter bezahlt als Klempner«, seufzt er.

Lou, dort, wohin wir alle einmal gehen

Wo ist der Baum, Jo? Wo sind die Christbaumkugeln, die blinkenden Lichterketten, die Ingwerplätzchen, der Adventskalender mit Schokolade? Wo ist dein Sinn für Weihnachten geblieben? Kaum bin ich verschwunden, gibst du alles auf?

Ich sehe die Lebenden dort unten, wie sie ihre Pute bestellen, Jakobsmuscheln fischen, Maronen kaufen, die Festtagstischdecke bügeln, den Champagner kaltstellen. Alle außer Sarah natürlich.

24. DEZEMBER

Jo, Île de Groix

Du hast Weihnachten mit dir fortgenommen, Lou. Dieses Jahr haben wir keinen Baum. Pomme und Maëlle feiern in Locmaria am Kamin und grillen Marshmallows. Ich will ihnen nicht das Fest verderben, also habe ich ihnen vorgelogen, Freunde hätten mich nach Lorient eingeladen. Ich nehme heute Abend das Boot, verbringe die Nacht im Hotel und komme morgen wieder. Maëlle ahnt etwas, sie hat mir mehrmals gesagt, dass sie für mich mitdecken würde. Pomme hat ein Geschenk in meinen Koffer gelegt.

Ich lese meine E-Mails. Ein Google Alert verrät mir, dass Cyrian an einer Versammlung des Lions Club teilgenommen hat. Und ich entdecke verblüfft, wo unsere Tochter die Feiertage verbringt. Du wirst es nie erraten! Nein, ich bin dumm. Du wusstest es natürlich, schließlich hast du unter jeden 24. Dezember in deinem Kalender »princ« vor ihren Namen geschrieben. Der Google Alert führt mich zu einem Artikel über ehrenamtliche Helfer an Weihnachten im Krankenhaus. Ein Foto zeigt unsere Tochter im Rollstuhl mit einer roten Clownsnase.

Unsere Prinzessin Sarah verbringt Heiligabend in der Avenue de la Princesse in Le Vésinet. Nicht bei Freunden, sondern in einem Gebäude aus dem Zweiten Kaiserreich, das ursprünglich dazu gedacht war, die kranken Arbeiter des Departements aufzunehmen. Dort war sie nach einem Krankheitsschub zur Reha. Wir haben ein Weihnachtsfest in ihrem Krankenzimmer verbracht, sie in ihrem Bett, du und ich an ihrer Seite. Cyrian war, obwohl er ganz in der Nähe wohnte, bei Albane geblieben, er hat eine Krankenhausphobie. Du hattest ein Festessen zubereitet, ungenießbar und voller Liebe, das wir mit dem Champagner runterspülten, den du aus deiner Umhängetasche gezogen hattest. Ehrenamtliche gingen von Zimmer zu Zimmer, um die Patienten aufzuheitern. Sarah hat sich geschworen, eines Tages wiederzukommen, auf beiden Beinen stehend, um sich zu bedanken. Wir haben nie wieder darüber gesprochen. Sie hat ihr Wort gehalten.

Ich gehe auf die Website des Krankenhauses in der Hoffnung, einen Kollegen zu finden, den ich kenne. Bingo! Die Welt der Ärzte ist nicht größer als ein Taschentuch. Ich schicke eine Mail an Thomas Defyves, einen Wirbelsäulenspezialisten, der mit mir Assistenzarzt in der Notaufnahme SAMU 75 war. Ich erinnere mich an unsere Schlachten mit Löschschaum in den Krankenhausfluren, unsere sommerlichen Grillabende auf dem Hubschrauberlandeplatz, die mit medizinischen Schläuchen improvisierten Fleischspieße, die neu geborenen Babys, die von der Metro zerstückelten Leute, die Erhängten, die Zerschmetterten, die Geretteten, die Wiederbelebten, die Toten, die Überlebenden und die Freunde, die um das verstimmte Klavier, auf dem Thomas spielte, standen und *J'aimerais tant voir Syracuse* grölten. Er antwortet mir schneller, als es dauert, eine Infusion zu legen.

»Na alter Freund, immer noch auf deiner Insel?«

»Ich muss dich um einen Gefallen bitten.«

Er operiert heute nicht und verspricht mir, sich sofort zu erkundigen. Er hat drei Kinder, von denen zwei Human- und eins Tiermediziner sind. Warum haben unsere nie das Bedürfnis verspürt, meinem Weg zu folgen? Wird Pomme wirklich in meine Fußstapfen treten?

Eine Stunde später kommt Thomas' Mail. Sarah wird heute Abend in Le Vésinet einen Vortrag über Filme halten. Ich bekomme einen Platz auf dem Schiff nach Lorient, aber die Züge nach Paris sind ausgebucht. Ich rufe die Bande des Siebten zu Hilfe. Manche Insulaner haben für den Notfall noch ein Auto auf dem Festland. Ein Freund leiht mir seinen uralten BMW. Ich eile zum Hafen, gehe an Bord, und auf der anderen Seite angekommen, setze ich mich hinter das altertümliche Lenkrad aus poliertem Holz. Und nehme Kurs auf Le Vésinet.

Jo, Le Vésinet

In Krankhäusern fühle ich mich daheim. Piloten sind auf Flughäfen zu Hause, Bäcker in Backstuben, Anwälte in Gerichten, der vertraute Krankenhausgeruch versetzt mich in alte Zeiten.

Auf der Rehastation herrscht festliche Stimmung. Die Türen der Patientenzimmer stehen offen, die Fernseher zeigen fröhliche Sendungen, die Krankenschwestern tragen kleine rote Mützen, auf dem Treppenabsatz steht eine Tanne.

Jeder, der mir über den Weg läuft, lächelt mich an, das ist die Weihnachtsstimmung, die Feuerpause, ein Ausnahmezustand aus blinkenden Lichterketten. Die Ehrenamtlichen haben die Patienten für die Abendmesse in die Kapelle geschoben, bevor das Essen serviert wird. Die mit Esskastanien gefüllte Pute duftet köstlich, der Kir Royal treibt Röte in die Wangen, der *bûche de Noël* ist nicht der Hit, aber der Kuchen ist eben Tradition. Spielzeug-Weihnachtsmänner klettern die Stäbe der Bettgestelle hoch, Schneemänner klammern sich an die weißen Kittel des Personals, die Gehhilfen sind mit Krepppapier geschmückt. In den Zimmern sind keine Kinder zu sehen, nur Erwachsene, und nicht gerade die jüngsten. Hier also verbringt Sarah Heiligabend, wie ich von Thomas' Recherche weiß, bei denen, die am wenigsten in Feierlaune sind, die unter Erschöpfung und Schmerzen leiden. Manche von ihnen haben niemanden außer den Ehrenamtlichen, die mit ihnen ein Schwätzchen halten, bevor sie die Tabletts mit den abgenagten Geflügelknochen abräumen.

In jedem Zimmer steht ein kleiner Fernseher, und im Gemeinschaftraum hängt eine Leinwand. Dort haben sie sich versammelt, um Sarah zuzuhören. Ich erkenne schon von weitem ihre rauchige Stimme, die viele Männer sexy nennen. Ich kann das nicht beurteilen, Sarah ist mein Kind, ich habe ihre ersten Schritte miterlebt, habe ihr beigebracht, Dreirad und Fahrrad zu fahren, ihre Schnürsenkel zu binden, die Zeit abzulesen. Sie sitzt in ihrem mit Lichterketten und klingelnden Glöckchen geschmückten Rollstuhl. Sie trägt einen Lederanzug wie Diana Rigg als Emma Peel in *Schirm, Charme und Melone,* nur ist ihrer rot. Die langen Ärmel bedecken ihre Tätowierungen. Deine Perlen liegen um ihren Hals. Sie sitzt auf einem Podest, rechts von der Leinwand, hinter ihrem Laptop. Der Raum ist voll, ich schleiche ganz nach hinten, ohne dass meine Tochter mich bemerkt. Die Helfer stehen, sind agil, beweglich. Die Patienten sitzen oder liegen, sind langsam, ungelenk. Alle hängen sie an ihren Lippen.

»Kennen Sie *Cinema Paradiso*?«, ruft sie in den Raum.

Sie ist besessen von diesem Film. Hände gehen in die Luft, weniger als ich gedacht hätte. Sarah beherrscht ihren Mac ebenso gut wie ihren Rollstuhl. Auf der Leinwand erscheint das Filmplakat, während die Musik von Ennio Morricone im Saal erklingt und den Zuhörern in Leib und Magen fährt, selbst denen, die schlecht hören. Der Einspieler zum Film ist emotionsgeladen. Die Zeit steht still, Augen leuchten. Die Hörgeräte spinnen. Egal, es ist Weihnachten.

»Ich habe eine Überraschung für euch«, erhebt Sarah ihre Stimme. »Weder eine goldene Uhr noch einen Ferrari, etwas viel Persönlicheres. Sie sind hier in der Reha. Wir kämpfen die gleiche Schlacht. Wir sind Brüder.«

Ich halte den Atem an. Niemals hat unsere Tochter dieses Thema bei uns angesprochen. Ich fühle mich auf einmal wie ein Voyeur, ein Eindringling, aber ich kann den Raum nicht mehr unbemerkt verlassen. Ich mache mich ganz klein hinter einer Dame mit weißem, blauschimmerndem Haar.

»*Tutto a posto?* Geht es Ihnen nicht gut, Monsieur?«, fragt der Mann neben mir besorgt.

»Alles in Ordnung, nur ein schrecklich steifer Hals«, antworte ich und massiere mir den Nacken.

»Ich hatte Angst, Sie klappen gleich zusammen, *scusi*.«

Er ist kein Patient, er besucht einen alten Mann, der ein rot-schwarz kariertes Holzfällerhemd trägt – zweifellos sein Vater. Wenn ich eines Tages hier eingeliefert werde, wird Cyrian mich nicht besuchen kommen. Das ist nur gerecht, ich war nie bei seinen Schwimmwettkämpfen, ich hatte immer Dienst. Du warst da, ich dachte, das genügt.

Die Musik verstummt. Sarah nimmt wieder das Mikro.

»Der Film spielt Ende der vierziger Jahre. Ein kleiner Junge namens Toto freundet sich mit Alfredo an, der Filmvorführer in einem Kino in Süditalien ist. Alfredo, gespielt von Philippe Noiret, schneidet aus den Filmen die Kussszenen heraus, die er für zu gewagt hält. Vor seinem Tod vermacht er all diese Filmschnipsel dem inzwischen erwachsenen Toto. Die Szene, in der Toto sie anschaut, ist Kult geworden. Schauen Sie!«

Auf der Leinwand setzt sich Jacques Perrin, der Toto spielt, in ein modernes Kino und entdeckt sein Erbe. Die Gebrechlichen und Hinkenden im Gemeinschaftsraum des Krankenhauses von Le Vésinet strecken die Hälse, um zu sehen, was die Fee in ihrem roten Lederanzug – eine Fee, die ebenso wackelig ist wie sie, beschädigt, angegriffen, zum Verrücktwerden schön mit ihren Perlen – für sie ausgesucht hat.

Berühmte Filmküsse in Schwarz-Weiß. Ich erkenne einige Schauspieler. Vittorio Gassman, Silvana Mangano, Charlie Chaplin, Vittorio de Sica, Totò, Jean Gabin, Marcello Mastroianni, Maria Schell, Cary Grant, Clark Gable, Alida Valli, Farley Granger, Anna Magnani, Gina Lollobrigida, Greta Garbo, Ingrid Bergman, Gary Cooper, vielleicht irre ich mich. Ich lege mein Gesicht in meine Hände, ohne die Augen zu bedecken, schaue gebannt zur Leinwand. Jacques Perrin macht die gleiche Geste. Ich bin der Bruder des Kerls auf der Leinwand, so wie meine Tochter die Schwester der hier versammelten Kranken ist.

Als die Szene vorbei ist, geht das Licht wieder an. Alle reden gleichzeitig.

Sarah lässt ihnen einen Moment Zeit, bevor sie erneut das Wort ergreift: »Wir sind alle Superhelden. Wir haben etwas, was die anderen nicht haben, die Gesunden, die Marathonläufer, die Normalsterblichen. Uns stehen vernichtende Waffen zur Verfügung: Gehstöcke, Räder, Rollatoren oder Krücken, das ist ein Ass im Ärmel, ein unerhörtes Glück! Wir haben tapfere Herzen und den Willen, Berge, Gehirne, Arme zu versetzen. Wir lassen uns durch eine Rückenmarksverletzung, einen verengten Wirbelkanal, einen Aussetzer des zentralen Nervensystems oder einen wackelnden Oberschenkelhalsknochen nicht aufhalten. Sind Sie schon einmal verliebt gewesen? Haben Sie wie die Stars auf der Leinwand einen Mann oder eine Frau geküsst, und es war phantastisch? Zum Küssen brauchen wir keine Beine!«

Auf den müden Gesichtern erscheint ein Lächeln.

»Das Kino ist Teil meines Lebens«, fährt sie inbrünstig fort. »Wir alle sind Schauspieler in unwirklichen Szenen, lustigen oder tragischen Sequenzen. Normale Menschen – diese Unglücklichen, die mit ihren Beinen auskommen müssen – filmen ihr Leben mit der Steadycam. Sie gehen mit der Kamera vorwärts. Während wir auf unseren Rädern eine Kamerafahrt auf den Schienen des Schicksals machen.«

Die Zuhörer lauschen gebannt.

»Wir haben im Leben nur einen *take.* Wir haben im Casting der Bröckeligen, Versehrten, Zerrütteten bestanden. Dafür gewinnen wir etwas Besseres als die Goldene Palme von Cannes, wir gewinnen unsere Unabhängigkeit!«

Sie hält inne. Applaus brandet auf, schwillt an und ab wie eine La-Ola-Welle. Es gibt keine Standig Ovations, weil die Mehrheit der Leute nicht aufrecht stehen kann. Das Publikum strahlt, die Handflächen knallen aufeinander. Und mein Herz quillt über.

»Jetzt will ich euch Filmausschnitte zeigen, die ich für euch ausgesucht habe, weil die Helden Probleme mit dem Laufen haben oder im Rollstuhl sitzen. Achtung ... Film ab!«

Der Raum wird dunkel. Gesunde Schauspieler setzen sich für die Zeit eines Filmdrehs in Rollstühle. James Stewart in *Das Fenster zum Hof.* Tom Cruise in *Geboren am 4. Juli.* Daniel Day-Lewis in *Mein linker Fuß.* Gary Sinise in *Forrest Gump.* John Savage in *Die durch die Hölle gehen.* Jack Nicholson in *Einer flog übers Kuckucksnest.* Mathieu Amalric in *Schmetterling und Taucherglocke.* Denzel Washington in *Der Knochenjäger.* Fabien Héraud in *Mit ganzer Kraft.* Sophie Marceau in *Cartagena.* Sam Worthington in *Avatar.* François Cluzet in *Ziemlich beste Freunde.* Sarah hat nur berührende Szenen ausgewählt – jedes Mal ein Boxhieb in den Magen. Und es endet mit der Kultszene aus dem Film *Zeit des Erwachens,* in dem Robin Williams als Neurologe Robert de Niro nach Jahren im Koma wieder ins Leben holt und ihm Gefühle wie Angst, Freude, Freundschaft und Liebe zeigt. Der Film beruht auf einer wahren Geschichte.

Das Licht geht an. Alfred Hitchcock hat sie zurück in die Vergangenheit katapultiert. Auf ihren Zungen haben sie den Geschmack der Bonbons, die man einst in den Pausen verkaufte, sie haben den Werbejingle von Jean Mineur im Ohr, mit dem Kind, das einen Dartpfeil auf eine Zielscheibe wirft, auf der sich die Zahl 1000 umdreht, sodass die berühmte Telefonnummer Balzac 0001 erscheint.

»Ich habe noch ein letztes Geschenk«, sagt Sarah.

Wieder geht das Licht im Raum aus. Und auf dem Bildschirm reihen sich Ausschnitte aus Filmen aneinander, die an Weihnachten spielen.

Davon gibt es genug, Komödien und Dramen. *Da graust*

sich ja der Weihnachtsmann mit der Schauspieltruppe Le Splendid trifft auf *Pascal* mit William Holden, Bourvil und Virna Lisi. *Ist das Leben nicht schön?* mit deinem Idol James Stewart trifft auf *Eine Prinzessin zu Weihnachten* mit Roger Moore. *Weiße Weihnachten* mit Bing Crosby trifft auf *Kevin allein zu Haus* mit Macaulay Culkin. *Das Wunder von Manhattan* trifft auf *Disneys Eine Weihnachtsgeschichte.* Und schließlich *Merry Christmas* mit Guillaume Canet, Diane Kruger und Dany Boon, dessen Handlung in den Schützengräben spielt. Der Film, inspiriert durch eine wahre Geschichte über die weihnachtliche Feuerpause im Jahr 1914, berührt besonders die Patienten, deren Väter noch den Ersten Weltkrieg erlebt haben.

Der Saal ist wieder erleuchtet. Die Männer und Frauen, die vor kurzem noch allein hinter ihren Türen litten, teilen nun ihre Gefühle wie Zimmergenossen.

»Ich bin mit meiner Frau immer auf den Grands Boulevards ins Kino gegangen …«

»Als ich klein war, haben wir uns durch den Ausgang hineingeschlichen!«

»Geld für eine Vorstellung zu haben, war das Größte …«

»Und der einzige Ort, wo wir im Dunkeln fummeln konnten!«

»Mein Mann hat während einer Vorstellung um meine Hand angehalten.«

»Seit ich Witwer bin, ertrage ich keine Liebesfilme mehr.«

»Auch nicht die mit jungen und schönen Schauspielern, wo ich so alt und hässlich bin.«

»Wir waren auch mal jung und schön!«, protestiert der Mann mit dem Holzfällerhemd.

Der junge Italiener, der sich Sorgen um mich gemacht

hat, muss lachen. Er trägt einen Pullover über den Schultern, aus moosgrünem Kaschmir, in der Farbe seiner Augen.

»Nun ist es Zeit für Musik!«

Unsere Tochter rollt von der Bühne. Eine Frau mit einem grauen Haarknoten nimmt ihren Platz ein. Sie setzt sich ans Klavier und beginnt schwungvoll *Petit papa Noël* zu spielen, aber die Magie ist verschwunden. Die Fee mit dem Goldhaar fehlt.

»Schafft die Olle da weg und holt die heiße Blonde zurück«, sagt eine Dumpfbacke im Rollstuhl mit dem Mundgeruch einer Hyäne. Am liebsten würde ich ihn mit seinen zwei Rädern vierteilen!

»Darf ich Sie darauf hinweisen, dass Sie über meine Schwester reden, Monsieur«, knurrt der Italiener mit dem moosgrünen Pulli.

»Scheiße, das konnte ich nicht wissen. Sie ist einfach ein verdammt süßes ... Sie ist heiß, Mensch!«

»Hat man Ihnen nicht beigebracht, wie man Frauen respektvoll behandelt?«

Die Dumpfbacke schwenkt den Rollstuhl herum und tritt den Rückzug an.

»War das wirklich Ihre Schwester?«, frage ich den jungen Mann.

Er schüttelt den Kopf. »Ich habe sie noch nie vorher gesehen. Aber ich habe eine Zwillingsschwester. Wenn so ein Rüpel es ihr gegenüber an Respekt fehlen ließe, wäre ich froh, wenn der Bruder einer anderen für sie einsteht.«

Ich nicke verstehend.

»Ich habe noch nie eine so unwiderstehliche Frau gesehen«, murmelt er. »Wenn sie nicht in der Reha wäre, würde ich sie zum Essen einladen!«

»Sie ist nicht in der Reha«, sage ich. »Sie arbeitet hier ehrenamtlich.«

»*Questa donna è stupenda*«, haucht er hingerissen.

»Meine Frau war auch schön«, seufzt der Holzfäller.

»Meine war atemberaubend«, sage ich aus tiefster Inbrunst.

Mit Unbekannten über dich zu sprechen, tut mir gut. Du solltest bei mir sein und eine arme Pute malträtieren, die dir nichts getan hat, anstatt die Radieschen meiner Insel von unten zu betrachten.

»Ich heiße Eric«, sagt der Holzfäller.

»Ich Joseph.«

Er stellt mir seinen Komplizen vor. »Federico ist mein Nachbar. Er lebt in Venedig und kommt regelmäßig nach Paris zum Arbeiten. Du wirst sicher erwartet, mein Junge«, wendet er sich an den jungen Mann. »Verspäte dich nicht.«

»Ich bin bei Freunden in Chatou eingeladen. Sie sind besser in Form als vor fünfzehn Tagen!«

»Ich habe mir im Treppenhaus den Oberschenkelhals gebrochen«, erklärt mir Eric. »Ich bin liegen geblieben und habe gewartet, bis einer der Nachbarn kommt. Es hat Federico erwischt.«

»Sie haben den gleichen Vornamen wie Fellini«, sage ich.

»Das ist kein Zufall, mein Großvater hat in seinen Filmen mitgespielt. Mein Vater hat in den Studios von Cinecittà gearbeitet. Meine Zwillingsschwester heißt Giulietta. Wir sind eine Familie von Filmfanatikern. Ich leite den Filmclub der Universität, an der ich lehre.«

Ist das einer deiner Scherze, Lou? Hast du mir eine Halluzination geschickt?«

»Begleitet Ihre Frau Sie, wenn Sie in Paris arbeiten?«

»Ich bin nicht verheiratet. Ich lebe zwischen Italien und Frankreich, mich will man nicht geschenkt haben.«

»Ich habe ein Geschenk für Sie«, sage ich. »Frohe Weihnachten, Federico. Die *donna stupenda*, die Sie zum Essen einladen wollen. Sie hat Fellini und Giulietta auf ihre Unterarme tätowiert. Wenn Sie ihr sagen, dass Ihre Familie sie gekannt hat, wette ich, dass sie annehmen wird.«

Jo, Le Vésinet

*I*ch habe keine Lust, in die Wohnung am Boulevard Montparnasse zu gehen, wo du mich nicht erwartest. Das weihnachtliche Fernsehprogramm ist ein großer Schwindel. Die Moderatoren in Abendkleidung geben vor, mit uns zu feiern, obwohl die Sendung aufgezeichnet ist. Sie schummeln. Und ich schummele, indem ich vor deinen Kindern die Mission verberge, die du mir aufgetragen hast.

Die Tür geht auf. Endlich kommt Sarah heraus. Sie kann mich nicht sehen, ich habe den BMW im Schatten geparkt. In einen roten Mantel gehüllt, der sie zur Weihnachtsfrau macht, dirigiert sie ihren Rollstuhl behände über die Rampe. Federico folgt ihr gestikulierend. Mit der Fernsteuerung öffnet sie ihr Auto, steht auf, klappt vor dem perplexen Federico ihren Rollstuhl zusammen. Er hilft ihr, das Gefährt im Kofferraum zu verstauen. Sie setzt sich ans Steuer. Er steigt neben ihr ein.

Ich werde nicht zur Mitternachtsmesse gehen. Es ist mein erstes Weihnachten ohne dich, Lou, ich bin verloren. Man übt das Witwersein nicht, man springt ins kalte Wasser und geht baden.

Federico, Chatou

Das Via 47 ist voll besetzt, aber in der Sprache Dantes schaffe ich es, den Oberkellner zu überreden. Antonio legt ein weiteres Gedeck auf und stellt einen Stuhl hinzu. Meine Freunde empfangen Sarah herzlich, *una bella ragazza così* erfreut Augen und Seele.

»Wie habt ihr euch kennengelernt?«, fragt Milan.

»Der *maestro* hat uns vorgestellt.«

»Welcher?«, fragt seine Frau Paola.

Ich wechsele einen verschwörerischen Blick mit Sarah.

»Fellini.«

»Wie alt wart ihr damals?«

Fellini ist 1993 gestorben, ich rechne es mir aus.

»Etwa zehn, nicht wahr, Sarah?«

Sie spielt mit. Wir stoßen mit Prosecco an, genießen das Trüffelrisotto. Meine Freunde machen Scherze, die Sarah nicht verstehen kann. Ich habe Angst, dass sie sich ausgeschlossen fühlt. Da kommt mir eine Idee.

»Eins zwei drei?«

Milan runzelt die Stirn.

Sarah versteht sofort und antwortet unerschütterlich: »Eins zwei.«

»Eins zwei drei vier?«

Sie entgegnet wie aus der Pistole geschossen: »Eins zwei drei!«

Paola glaubt, sich verhört zu haben und beugt den Kopf zu uns vor.

»Eins«, sage ich mit Überzeugung.

»Eins zwei?«, fragt sie und deutet auf den grünen *maglione* über meinen Schultern.

Seinen Pulli so zu tragen, ist völlig aus der Mode.

»Eins zwei drei vier«, antworte ich.

Fellini ließ seine Laienschauspieler so spielen, er wies sie an, laut zu zählen, später wurden die Szenen von richtigen Schauspielern synchronisiert. Die Sprache ist uns so vertraut, als würden wir sie seit unserer Kindheit sprechen. Durch sie entsteht ein besonderes Band zwischen uns, eine Komplizenschaft der Zahlen, ein Zucken mit der Pupille. Das Abendessen wird unter transalpinem Gelächter fortgeführt. Wir haben uns wiedererkannt, wir wissen das. Worte sind überflüssig, die Buchstaben des Alphabets unnütz, der kryptische Code des *maestro* verbindet uns stärker als jede Umarmung.

Pomme, Île de Groix

Das erste Weihnachten in meinem Leben ohne meine Großeltern. Wir werden im Schlafsack vor dem Kamin schlafen und aufgespießte Marshmallows grillen. Mama hat ein Foto von mir in meinem Festtagskleid gemacht, wir haben es Sarah geschickt, dann habe ich mich umgezogen. Lou wollte jedes Jahr an Heiligabend *Ist das Leben nicht schön?* von Frank Capra schauen, das war unser Weihnachtsritual. Ich kenne die Dialoge auswendig. Dieses Jahr schauen Mama und ich den Film alleine. Mir ist nicht kalt, ich habe meinen neuen gefütterten Kapuzenpulli an, den mir Mama geschenkt hat, einen roten, weil Weihnachten ist, und in Erinnerung an die mutigen Bewohner von Groix.

Die englischen Schiffe von Admiral Cook umsegelten die Insel, sie wollten entern, um die Île de Groix zu plündern. Das war im Jahr 1703, als alle Männer raus zum Fischfang gefahren waren, auf der Insel waren nur die Frauen, Kinder und Alten zurückgeblieben. Aber der damalige Pfarrer hatte eine geniale Idee. Er wies die Bewohner an, sich ganz in Rot zu kleiden, ihre Röcke hochzuschlagen, Heugabeln und Pfähle in die Hand zu nehmen. Die Engländer auf ihren Booten glaubten, eine Truppe französischer Soldaten in Uniform zu sehen. Sie haben abgedreht, um nicht in die Falle zu gehen. Die Insel war gerettet.

Jo, Paris

Ich habe keinen Hunger, mit dir war ich immer hungrig. Ich höre die Matthäus-Passion von Bach. Ich reiße das Papier von Pommes Geschenk. Du hast mir jedes Jahr einen neuen Segelpulli geschenkt. Ich konnte noch so oft sagen, dass mein Schrank bereits überquelle, dass mein Vater drei davon in der Schublade hatte, was ihm völlig genügt habe, du hast protestiert: »In dieser Farbe hast du noch keinen. Die Farbe deiner Augen ändert sich, je nachdem, was du trägst, und ich liebe es, sie zu betrachten, lass mir doch diese egoistische Freude.« Ich hatte damit gerechnet, dass der Stapel dieses Jahr nicht weiter wachsen würde, aber Pomme hat mir einen Pullover gezeichnet, dessen Streifen die Farben des Regenbogens haben.

»Frohe Weihnachten, mein Äpfelchen!«

»Dir auch, Jo. Hast du mein Geschenk aufgemacht?«

»Ich finde ihn wunderbar! Er wird zu allem passen.«

»Du kannst ihn dir nicht über die Schultern legen, aber ich habe gedacht …«

Sie unterbricht sich. Feingefühl lässt sich nicht sezieren.

»Das hast du wunderbar gedacht, mein Äpfelchen. Ich

habe an der Hausecke eine Überraschung für dich versteckt.«

»In Le Bourg?«

»Nein, in Locmaria.«

Ich stelle mir vor, wie sie ihre Jacke anzieht, ihre Mütze überstülpt, in ihre gefütterten Stiefel steigt. Es ist nur eine Kleinigkeit, aber ich bin gestern extra dorthin gefahren, um sie zu verstecken.

»Bist du draußen? Geh rechts ums Haus. Bleib an der Regenrinne stehen. Geh drei Schritte in Richtung der Hortensien. Bist du dort? Dann vier Schritte zur Mauer. Da steht ein Baumstumpf. Dein Geschenk steckt darin, in Plastik eingepackt.«

»Ich hab's gefunden!«

Sie lacht vor Freude auf, als sie das kleine Armband mit dem roten Band entdeckt. Ich habe das gleiche mit einem blauen Band an Charlotte geschickt. Das kleine Metallmedaillon ist oval, die Konturen der Insel sind darauf eingeritzt.

»Damit wirst du überall deinen Weg finden«, sage ich.

»Es ist toll, danke!«, ruft Pomme. »Wir haben *Ist das Leben nicht schön?* gesehen. Der Engel Clarence hat wieder seine Flügel bekommen. Ich war traurig wegen Lou, und dann habe ich gedacht, dass es ein Glück ist, dass wir sie hatten. Ohne sie würde es mich nicht geben. Und Papa, Tante Sarah und Charlotte auch nicht.«

»Ohne sie würde mich niemand lieben, und ich würde alle Welt hassen. Ich hätte meinen Hund Trottel getauft, und die Leute würden sich auf der Straße umdrehen, wenn ich ihn riefe: He, Trottel! Nein, nicht Sie, ich rede mit meinem Hund!«

Sie gluckst. »Wo in Lorient wohnen deine Freunde? Siehst du Groix von dort, wo du bist?«

»Ich sehe dich. Ich winke. Siehst du mich?«

Sie prustet los. Ich lege auf und höre auf, dämlich den Autos hinterher zu winken, die unter meinem Fenster auf dem Boulevard Montparnasse entlangfahren. Du hast dieses Fest so geliebt, ich wette, der Weihnachtsmann hat dir einen Platz neben sich auf seinem Schlitten freigemacht, und du hilfst dem Kerl heute Nacht, die Geschenke zu verteilen. Ich hoffe, dass er dir wenigstens die Überstunden bezahlt.

»Frohe Weihnachten, Sarah!«

»Frohe Weihnachten, Papa! Wo bist du?«

Ich lüge schamlos. »Bei Freunden in Lorient.«

»Sie fehlt, hmm?«, sagt Sarah mit erstickter Stimme.

»Aber das Weihnachtsessen schmeckt besser«, sage ich, um sie aufzuheitern.

Humor ist keine der Verzweiflung entsprungene Höflichkeit, sondern die Boje der Ertrinkenden, die ihre Stiefel nicht ausgezogen haben, um schneller unterzugehen.

»Ich esse mit einem Italiener, dessen Großvater in Fellinis Filmen mitgespielt hat, das ist unglaublich!«

»Ah ja?« Meine Stimme klingt zweifellos neugieriger, als ich wollte.

Sie fügt leise hinzu: »Freu dich nicht zu früh. Ich weiche nicht von meiner Regel ab: *Number is safety.*«

»*Buona sera*, mein Schatz«, sage ich lächelnd in mein Telefon.

Ich übe mehrmals, in gleichgültig-freundlichem Ton »Frohe Weihnachten, Cyrian!« zu sagen, dann wähle ich die Nummer unseres Sohnes.

»Bitte hinterlassen Sie eine Nachricht, ich rufe Sie zurück.«

»Frohe Weihnachten, mein Sohn, für dich, Albane, Charlotte und auch für Hopla. Deine Mutter hätte dich angerufen, aber sie kann es nicht mehr … also rufe ich an …«

Genau das, was ich nicht hätte sagen sollen.

»Melde dich mal wieder …«

Wie dumm. Hätte er das gewollt, hätte er es getan.

»Gut, ich küsse euch alle, nun, außer Hopla, und wünsche euch, von ganzem Herzen, frohe Weih…«

»Biiiieeeep.«

Verdammte Mailbox. Ich habe nicht übel Lust, mein Telefon aus dem Fenster zu werfen. Als ich mein uraltes iPhone letztes Jahr im Hafenbecken versenkt habe, hast du das neue zum Laufen gebracht. Ich hatte es bei der Post bestellt und mich schon stundenlang darüber aufgeregt. Als du mich sahst, hast du dich kaputtgelacht: »Wenn du deine Karte nicht aktivierst, kannst du noch ewig so weitermachen.« Du hast den PIN-Code eingegeben, und alles hat funktioniert. An dem Tag, als wir uns kennengelernt haben, hast du meinen Code eingegeben. Ohne dich bin ich wie ausgeschaltet.

Mein Handy klingelt. Cyrian akzeptiert die weihnachtliche Waffenruhe. Ich spüre, wie sich ein Lächeln in meinem Gesicht ausbreitet.

»Cyrian?«

»Frohe Weihnachten, Grampy! Danke für das Geschenk, ich habe es heute Morgen bekommen!«

»Schön, dich zu hören, mein Schalottchen.«

»Meine Eltern haben mir ein iPad mini geschenkt, das ist super.«

»Das musst du mir zeigen!«

»Wann? Mama sagt, dass wir jetzt nicht mehr nach Groix fahren.«

Ich darf ihr bloß nicht zeigen, dass dieser harmlose Satz ein Loch in mein Herz bohrt.

»Das nächste Mal, wenn wir uns sehen. Sitzt ihr in Le Vésinet am Kamin?«

»Ja, aber er ist nicht angezündet. Mama findet das gefährlich.«

Etwas anderes hätte mich gewundert. Ich höre im Hintergrund jemanden leise sprechen.

»Papa und Mama wünschen dir frohe Weihnachten«, sagt Charlotte.

»Kannst du mir deinen Papa geben?«

Sie gibt meine Bitte weiter.

»Er ist beschäftigt.«

»Einen schönen Abend euch dreien«, sage ich.

Und ich lege auf, bevor meine Stimme bricht.

Frohe Weihnachten, meine Lou. Ich hoffe, du hast den Stern auf die Baumspitze gesetzt, ohne von Jakobs Leiter zu fallen. Und dass die Vertreter deines Lieblingschampagners den himmlischen Markt erobert haben. Dass kein mieser Erzengel dich anmacht. Hüte dich, meine Liebste, diese Kerle versprechen dir das Blaue vom Himmel und fliegen dann auf und davon. Auf sie kann man sich nicht verlassen. Du brauchst jemanden wie mich, solide, vertrauenswürdig, mit beiden Beinen auf der Erde, selbst wenn diese Erde auf einer Insel liegt.

Lou, dort, wohin wir alle einmal gehen

Alle, die ich liebe, hören gern Musik oder musizieren selbst. Pomme und Maëlle singen *Stille Nacht* am Rand des Ozeans. Cyrian, Albane und Charlotte wiegen sich zu den Klängen von *I'll be home for Christmas* von Barbra Streisand vor ihrem kalten Kamin. Hopla lauscht zufrieden dem melodiösen Ton, mit dem Albane ein Stück Pute in seinen Napf fallen lässt. Sarah hört in dem italienischen Restaurant Mina *Bianco Natale* singen. Boy, Lola und Julie hören zu, wie die Wellen sich am Damm von Port-Lay brechen. Die Freunde aus der Bande des Siebten und die von Pat und Mimi lassen die Korken knallen. Meine Freundin aus dem Pflegeheim legt mit einem Klicken Scrabble-Buchstaben auf ein Feld. Mein Freund Gilles, der Weihnachten hasst, hört *Le soleil noir* von Barbara rauf und runter. Die Engel hier bei uns stimmen die himmlische Hymne an. Den Christen ist Mitternacht die besinnliche Stunde. Aber hier herrscht absolute Stille.

Federico, auf der Straße zwischen Chatou und Paris

Sarah bietet an, mich in Paris abzusetzen. Ich nehme an. Wir führen das Spiel im Auto fort.

»Eins zwei drei«, seufzt sie auf der Brücke von Chatou.

»Eins zwei«, sage ich auf der A 86.

»Eins«, fügt Sarah an der Porte Maillot hinzu.

»Eins zwei«, sage ich und gebe ihr meine Adresse. »Ich lehre an der Universität von Padova, ihr sagt Padua. Ich lebe in Venezia, ihr sagt Venedig.«

»Ich lebe und arbeite beim Film in Paris, ihr sagt Parigi. Legen Sie immer einen Pullover über Ihre Schultern oder nur heute Abend?«

»Eins«, sage ich lächelnd.

Sarah hält auf einem Behindertenparkplatz vor meinem Haus. Ich weise sie darauf hin, dass das verboten ist.

»Eins zwei«, entgegnet Sarah und deutet auf den Aufkleber an ihrer Windschutzscheibe.

Wenn ich sie einlade, mit rauf zu kommen, wird sie zustimmen? Ich habe einen Asti kaltgestellt, das ist kein Champagner, aber er ist gut.

Ich lehne mich zu ihr hinüber und küsse sie leidenschaftlich – eine Weihnachtsumarmung, leuchtend, köstlich, innig, fröhlich. Sie denkt, dass wir die Nacht gemeinsam beenden werden. Ich nehme ihre Hand und streichele ihre Handflächen, mit beunruhigender Langsamkeit. Dann schüttele ich den Kopf.

»Eins«, sage ich zur Erklärung.

Sie hebt die Augenbrauen, kann nicht glauben, dass ich sie hier sitzenlasse. Ihr Gesicht verschließt sich, und sie wird noch schöner. Unser komplizenhaftes und originelles Spiel wird zu einem Bollwerk, aber wir können nicht mehr zurück. Wenn ich Worte anstatt Zahlen verwende, wird der Zauber gebrochen.

»Eins zwei«, sage ich also, um das Gesagte zu unterstreichen.

Ich steige aus dem Wagen. Ich schließe die Tür. Sie startet den Motor, ohne mich anzusehen, und ich schimpfe mich selbst einen *stronzo*, ihr sagt Arsch mit Ohren.

25. DEZEMBER

Jo, Paris

Ich wünsche mir, dass es schneit oder regnet, aber der Himmel ist blau. Das Licht lockt all die normalen Familien zum Spaziergang nach dem großen Ess- und Trinkgelage an die Luft. Mich stimmt es nur traurig, weil du es nicht sehen kannst. Ich bin an der Gare Montparnasse. In meiner Tasche vibriert das Telefon. Es ist Sarah.

»Scheint auch in Lorient die Sonne?«

»Die Sonne scheint immer, wenn ich deine Stimme höre«, antworte ich ausweichend.

»Mein Italiener gestern trug einen Pullover über den Schultern, das sieht man selten.«

»Frauen schminken sich, Männer tragen Pullover. Ein Kaschmirpulli in der Farbe der Augen ist unschlagbar.«

»Unwiderstehlich willst du sagen ...« Sie bricht ab. »Woher weißt du, dass sein Pullover die gleiche Farbe wie seine Augen hat?«

Autsch, was für ein Schnitzer. Schnell, eine Antwort.

»Das habe ich nur so gesagt. Ich wette, er hat blaue oder grüne Augen? Frauen fliegen auf helle Augen. Deine Mutter hätte mich nie angesehen, wenn ich braune Augen gehabt hätte.«

»Was für ein Unsinn!«

»Auf der Hochzeit, auf der wir uns kennengelernt haben, klebte ihr ein Junge an den Hacken. Er hatte gewelltes Haar, trug einen Ring mit einem Wappen und tanzte perfekt Walzer, aber seine Augen waren schlammfarben. Ich habe gewonnen!«

Sie lacht, ihr Misstrauen ist verflogen. Uff!

»Mein Italiener heißt Federico, nach Fellini. Wir haben den ganzen Abend in Zahlen miteinander gesprochen, wie der *maestro.* Als wären wir zwei Taube, die sich unter lauter Hörenden in Zeichensprache unterhalten.«

»In Zahlen, sagst du?«

»Papa!«, Sarah ist schockiert über meine Bildungslücke. »Fellini hat nicht mit Schauspielern gearbeitet, sondern seine Darsteller nach ihrem Äußeren ausgesucht. Sie schafften es nicht, ihre Rollen auswendig zu lernen. Also hat er ein System gefunden, er ließ sie laut zählen, als ob sie sprechen würden. Dann wurden sie von professionellen Schauspielern synchronisiert. Das weiß doch wohl jeder!«

»Ich wusste das nicht. Wirst du ihn wiedersehen?«

»Ich treffe niemanden mehr als zwei Mal. Daran ist nicht zu rütteln.«

26. DEZEMBER

Sarah, Paris, Le Marais

Ich komme zu spät in die Bar, obwohl ich seit zehn Jahren zu diesem Treffen bereit bin. Ich will mich rächen, ihn kränken. Niemand hat mich so tief verletzt wie dieser Mann, mit dem ich mein Leben zu verbringen gedachte.

Ich bin nicht im Rollstuhl gekommen, heute ist ein Gehstocktag. Ich trage meinen hautengen roten Lederanzug. Der Dreckskerl erhebt sich. Sein graumeliertes Haar ist im Nacken zu lang, sein Anzug ist elegant, aber seine englischen Schuhe sind schlecht geputzt. Er trägt keinen Ehering. Um Augen und Mund hat er tiefe Falten. Das Leben hat ihm zugesetzt, das freut mich. Wir haben so oft miteinander geschlafen, mein Hass reicht von Haut zu Haut, von Erschauern zu Erzittern, von den Zehen bis in die Haarspitzen.

»Du bist immer noch genauso schön, Sarah«, sagt er.

Der allererste Film, den ich gesehen habe, war *101 Dalmatiner.* Papa hat wie immer gearbeitet. Mein Bruder ist gleich zu Beginn eingeschlafen, ich hatte wochenlang Albträume. Ich nehme all meinen Mut zusammen, um heute Abend die Cruella zu spielen. Sage mir, dass in dem Mann vor mir der Rottweiler steckt, der mich einst angegriffen hat.

»Champagner?«, schlägt er vor. »Ich bin nicht sicher, ob sie die Lieblingsmarke deiner Mutter haben …«

»Sie ist tot«, sage ich harsch.
»Ich weiß, ich habe dir geschrieben.«
»Ich habe keinen Brief bekommen.«
»Ich habe ihn nicht abgeschickt, ich dachte, du würdest ihn ohnehin zerreißen.«
»Vermutlich.«
Man bringt uns zwei Gläser. Er hebt sein Glas, zögert.
»Worauf sollen wir trinken, Sarah?«
»Auf unsere Trennung? Ich möchte mich bei dir bedanken, Patrice. Deinetwegen habe ich einen Beruf, den ich liebe, und ein aufregendes Leben. Wenn du nicht so ein Schisser gewesen wärst, hätten wir geheiratet, und mir hätte eine triste und fade Existenz an deiner Seite geblüht. Mein Stolz hat darunter gelitten, aber ich bin dir dankbar für deine kolossale Feigheit.«
Überraschenderweise bricht er in Gelächter aus.
»Trist und fade. Meine Frau ist da ganz deiner Meinung. Genau das hat sie mir bei unserer Scheidung vor unseren Anwälten vorgeworfen.«
»Trinken wir auf deine Frau!«
Wir stoßen auf seine Exfrau an. Bei der Bewegung rutscht mein linker Ärmel nach oben und legt Giulietta frei.
»Ist das echt?«
Ich schiebe den rechten Ärmel hoch, um ihm Federico zu zeigen.
»Hat das nicht wehgetan?«
»Weniger als deine Flucht. Entschuldige, das war zu einladend! Die Stelle wird vorher lokal betäubt. Ich habe es nicht in einem schmuddeligen Studio machen lassen, sondern bei einem kalifornischen Tätowierer in einem Garten in der Toskana. Ich habe nichts gespürt, als er die schwarzen Konturen gezeichnet hat, nur als er die Far-

be hinzugefügt hat, den roten Schal und die Streifen des Oberteils, tat es weh.«

»Macht dir das keine Probleme bei der Arbeit?«

»Ich bin beim Film, da ist jeder tätowiert. Und du hast die Firma deines Vaters übernommen?«

»Wie vorgesehen. Lebst du allein oder mit jemandem zusammen?«

»Ich habe einen Freund«, lüge ich unverfroren.

»Trinken wir auf sein Wohl!«

Wir leeren unsere Gläser, bestellen zwei weitere. Der Kellner hält uns für ein Paar.

»Danke, dass du gekommen bist, Sarah.«

»Ich wollte sehen, ob du mir in die Augen schauen kannst.«

»Ich war einfach noch zu jung, ich hatte Angst.«

»Glaubst du etwa, ich hätte keine Angst gehabt? Mein Leben ist eingestürzt. Ich habe auf dich gezählt. Aber nein, du wolltest eine Verlobte, die der Norm entspricht, garantiert funktionstüchtig, zwei Arme, zwei Beine!«

Der Kellner bringt die Gläser. Ich erhebe meines.

»Auf die glücklichen Kinder, die wir nie bekommen haben!«

»Ohne dich war ich nie mehr glücklich. Ich habe eine Londonerin geheiratet, die dir ähnlich sieht. Ich habe ihr zuliebe in England geheiratet. Wir haben in Paris gelebt. Unser Sohn John ist in London geboren, meine Frau wollte bei ihrer Mutter sein. Dort haben wir uns auch scheiden lassen, das war einfacher. Meine Frau ist nach London zurückgegangen und hat mir John weggenommen, der Richter hat ihr recht gegeben. Mein Sohn nennt seinen Stiefvater Daddy und mich Patrice. Das ist schlimmer als Gefängnis, er hat mich wegradiert, gelöscht.«

»Das tut mir sehr leid für ihn. Weniger für dich. Zu

einer Behinderten ist man nicht gemein, das macht man einfach nicht. Das ist eine große hässliche Sünde, und der Himmel bestraft die Gesunden, die den Hinkenden ein Bein stellen.«

Patrice schiebt seinen Stuhl zurück. »Fühlst du dich jetzt besser? Hast du dein ganzes Gift verspritzt? Der Champagner geht auf mich. Belassen wir es dabei.«

Er nimmt die Rechnung und will gehen. Ich greife nach seinem Handgelenk.

»Du wirst dich nicht schon wieder davonmachen!«

Er setzt sich hin. Er leert sein zweites Glas in einem Zug. Ich mache es ihm nach.

»Du bist genauso hinreißend wie früher, aber du hast dich verändert.«

»Ich bin härter geworden.«

»Ich beneide dich.«

Wir bestellen ein drittes Glas. Ich kenne ihn, er denkt jetzt, dass wir lieber eine Flasche hätten bestellen sollen, das wäre billiger geworden.

»Als du mir vorgeschlagen hast, etwas trinken zu gehen, habe ich verstanden, wie du mich einstufst, Sarah. Du hast dich verändert, aber du denkst noch wie früher. Wer dir nahesteht, der engste Kreis, darf mit dir zu Abend essen. Mit deinen Freunden triffst du dich zum Lunch. Alle anderen, die Nebenrollen, erhalten als Almosen einen Drink.«

»Du warst in der Mitte des engsten Kreises. Du bist freiwillig hinausgetreten.«

»Ich war jung und dumm.«

»Das Alter hat dich nicht intelligenter gemacht.«

Wir stoßen an. Wir leeren unsere Gläser bis auf den letzten Tropfen.

»Hören wir auf, oder hast du noch Durst?«, fragt Patrice.

»Machst du etwa schon schlapp?«

Er winkt dem Ober, der uns im Blick hatte und sich beeilt, uns nachzuschenken.

»Wie geht es deinem Bruder?«

»Er hat mit einer sehr netten Frau aus Groix eine wundervolle kleine Tochter bekommen. Dann hat er eine dumme Schnepfe geheiratet, ihre Tochter ist ein unausstehlicher Fratz, wird sich aber mit der Zeit machen. Hast du ein Foto von John?«

Er reicht mir sein Handy. Patrice Junior hat Sommersprossen und sieht *very british* aus.

»Wir haben auf meine Exfrau getrunken, auf deinen aktuellen Mann, auf unsere eingebildeten Kinder. Auf wen geht der nächste Toast, Sarah?«

»Auf unser allerletztes Glas zusammen«, sage ich. »Wir werden uns nie wieder sehen.«

»Trinken wir lieber auf unseren letzten Abend«, schlägt Patrice vor. »Verbringen wir ihn gemeinsam, beenden wir ihn auf eine gute Weise.«

Am Abend werde ich meinen italienischen Filmliebhaber wiedersehen und freue mich darauf. Ich verstehe nicht, warum er mich nach dem Weihnachtsessen nicht in seine Wohnung eingeladen hat. Er ist nicht verheiratet, ich habe eine Antenne für verfügbare Männer. Ich gefalle ihm, das weiß ich. Manchen Männern ist mein Anderssein unangenehm, andere finden es im Gegenteil erregend. Er gehört nicht zu ihnen, die Perversen entlarve ich immer. Also warum? Ich bin neugierig. Mit einem Fremden in Geheimsprache zu sprechen, kam unerwartet. Als Kinder waren mein Bruder und ich uns sehr nah. In der Segelschule von Groix erfanden wir eine eigene Sprache. Auf eine Lautmalerei hin holte ich das Segel ein oder ließ es los, auf ein Ideophon hin fuhr er gegen oder mit dem Wind. Wir waren auf gleicher Wellenlänge.

Ich werde also Patrice in seine Schranken weisen und ihm sagen, dass ich eine Verabredung mit Federico habe, als ich mich mit Entsetzen stattdessen sagen höre: »Auf unsere letzte Nacht!«

Er ist ebenso überrascht wie ich.

Ich füge hinzu: »Wenn du morgen früh gegangen bist, sehen wir uns niemals wieder.«

»Ist das deine Art mich zu bestrafen? Ein wenig sadistisch, findest du nicht?«

»Ich habe eine goldene Regel, ich treffe keinen Mann mehr als zwei Mal.«

»Mich aber nur einmal?«

Gelassen stelle ich mein Glas ab. »Wir haben eine Vergangenheit.«

»Wirst du mir nie verzeihen?«

»Nein.«

Er zögert. Die Stimmung ist aufgeladen und erregend.

»Auf unsere letzte Nacht«, sagt mein Mistkerl von Ex und leert sein viertes Glas.

Während er die Rechnung begleicht, lasse ich meine Daumen über mein Telefon tanzen. Eine SMS an Federico. Wegen des Champagners muss ich mich mehrmals korrigieren. Die Autokorrektur tut das Ihre. Mein Daumen rutscht ab und schickt die SMS, bevor ich sie nochmals durchlesen konnte. Ich hatte schreiben wollen: »Tut mir leid wegen heute Abend, ich stecke in einer Versammlung.« Geschickt habe ich aber: »Tut mir leid wegen heute Abend, ich stecke in einer Vereinigung.«

Federico, Paris, Le Marais

Ich bin zu früh dran und setze mich auf eine Caféterrasse unter einen Wärmestrahler, um einen Espresso zu trinken und den *Corriere della Sera* zu lesen. Ich entdecke Sarahs SMS, als sie gerade auf dem Gehsteig gegenüber in die Rue Sévigny einbiegt, ohne mich zu sehen.

Das Paar geht in den Innenhof eines alten Stadthauses. Sie stützt sich auf ihren Gehstock und auf ihn. Sie haben nicht nur Apfelsaft getrunken. Das schwere Tor fällt hinter ihnen zu. Ich bin enttäuscht. Sie war einfach zu bezaubernd, um ungebunden zu sein. Sie hat mich angelogen, ich rege mich aber nicht auf, schließlich ist sie nicht *la mia fidanzata*, meine Freundin. Ich habe sie wie *un pazzo*, ein Verrückter begehrt, in der Nacht nach Heiligabend, aber ich wollte keinen falschen Ton in unsere noch so frische Bekanntschaft bringen und die nostalgische Stimmung der Festtage ausnutzen. Wollte an einem normalen Tag mit ihr schlafen, an einem Tag nur für uns. Ich hätte mich besser einfach auf sie gestürzt, ohne weitere Fragen. Dann säße jetzt der Typ mit dem graumelierten Haar an meiner Stelle auf der Straße.

Ich bin ein alleinstehender Universitätsprofessor, ich könnte jede Nacht der Woche mit einer anderen Studentin verbringen, aber ich habe eine unumstößliche Regel: keine Studentinnen. Manchmal schlafe ich mit Chiara, einer Kollegin, die Physik lehrt. Wir sind nicht zusammen. Unsere Verbindung ist liebevoll und freundschaftlich. Ihr Freund ist nach Sizilien versetzt worden. Ich stehe mit beiden Beinen auf der Erde und habe trotzdem manchmal den Kopf in den Wolken. Galileo unterrichtete zwanzig Jahre in Padua, er maß das Schwanken der Lüster in der Kathedrale von Pisa anhand seines Pulses, dann widmete er sein Leben ganz den Sternen. Mein Puls geht regelmäßig, und ich schwebe über den Dingen. Meine Finger tanzen über mein Handy. Ich antworte auf Sarahs SMS: »Schöne Vereinigung.«

Pomme, Île de Groix

Die Insel ist voll von Touristen und Wochenendinsulanern, die schlecht parken. Die Restaurants sind voll, die Ladenbesitzer zufrieden. In acht Tagen, wenn die Ferien zu Ende sind, wird wieder Ruhe einkehren. Bleiben werden die gebürtigen Insulaner, die zurückgekehrten Rentner, die Neuankömmlinge, die ihr Leben lang von einer Insel geträumt haben, die Dichter und Wanderer.

Ich krame in dem Karton mit der Weihnachtsdekoration, den wir dieses Jahr nicht geöffnet haben, nehme drei Lichterketten heraus und gehe damit zum Friedhof. Als ich am Denkmal für die auf See gebliebenen Fischer vorbeikomme, sage ich der großen steinernen Dame guten Tag, die auf Knien für die Ertrunkenen betet und um sie weint. Auf dem alten Teil des Friedhofs liegen die seit langem Verstorbenen. Die Neuen ruhen auf dem neuen Teil, auf ihren Gräbern findet man herzzerreißende Gegenstände, eine steinerne Gitarre, ein Schiff, Fotos. Ich lege meine Lichterketten vorsichtig auf den Stein, in den dein Name und der von Jos Eltern eingraviert sind, obwohl man den Körper seines Vaters, der im Meer vor Irland ertrunken ist, nie gefunden hat. Ich zeige dir mein neues Armband und den gefütterten roten Pulli.

Ich habe mich mit Mama für das nächste *Café Mémoire* angemeldet, da werden wir lernen, wie das tägliche Leben auf einem Fischerboot im letzten Jahrhundert aussah. Ich muss in der Schule ein Referat darüber halten. Ich werde es vorher mit dir üben, da musst du durch.

Ich kann nun Kreuze und vorgezeichnete B's auf dem Saxophon spielen. Meine Lieblingsnote ist das mittlere Cis, es entsteht, ohne dass man irgendwo draufdrücken muss, das ist cool.

Ich bin sicher, dass du mich hörst, aber es ist wirklich ungerecht, dass ich dir alles erzähle, und du mir gar nichts erzählst.

Dany, Paris, rue Monge

Paris ist an Weihnachten voll mit Touristen, das Hotel ist ausgebucht. Cyrian hat mich zum Abendessen eingeladen. Albane glaubt, dass er am zweiten Weihnachtstag einen Termin hat, man muss wirklich bekloppt sein, um das zu schlucken. Mein silberfarbenes Kleid hat einen Ausschnitt, der einen erfahrenen Bergsteiger schwindeln ließe. Ich weiß nicht, wohin mich mein Geliebter ausführen wird, und es ist mir auch egal, Hauptsache weit weg. Ich ertrage die ungehobelten Ausländer und meine ständig krankgeschriebenen Angestellten nicht mehr. Die Melodie von Edith Piafs *C'est mon homme* tönt aus meiner Handtasche.

»Ich parke in zweiter Reihe, bist du fertig?«

»Ich komme!«

Ich schlüpfe in meinen Pelzmantel. Aus Gründen der politischen Korrektheit sage ich immer, es sei ein Kunstpelz, dabei ist er echt. Ich gebe dem Nachtportier noch ein paar Anweisungen. Ein Gast in der Eingangshalle zieht mich mit den Augen aus und wendet dann den Blick ab, als seine Frau aus dem Aufzug tritt. Sie hat einen Entenmund und einen Arsch wie ein Ackergaul, das geschieht ihm recht. Ich verkrampfe mich in Erwartung der beißenden Kälte, die über die Hauptstadt hereingebrochen ist. Vor der Tür bleibe ich abrupt stehen, als ich das Gör mit dem neonfarbenen Wuschelkopf entdecke.

»Hier können Sie nicht bleiben«, sage ich verärgert.

Das Mädchen hat leuchtend rosa, schmutzig grüne und hässlich blaue Haare, ihre Lippen sind schwarz geschminkt. Sie trägt Jeans, eine Wolljacke und Doc Martens. Ihre Haltung ist von unbekümmerter jugendlicher Anmut. Auf den Bürgersteig hat sie einen Beutel mit einem Totenkopf gestellt, in dem ich Geldstücke erkenne. Sie zeichnet mit Kreide einen verdammten weißen Vogel vor einem scheißblauen Hintergrund auf das Pflaster. Die Fußgänger weichen aus, um nicht auf ihr Geschmiere zu treten.

»Die Straße gehört allen«, entgegnet sie.

»Sie hindern die Leute daran, mein Hotel zu betreten!«

»Ich bringe sie zum Träumen«, sagt sie und malt einfach weiter.

»Sie belästigen meine Gäste und verschmutzen den Boden.«

»Ich brauche Kohle, um mir mein Studium zu finanzieren. Hoffentlich sind Ihre Gäste netter als Sie und lassen sich erweichen.«

»Sie haben also vor, zu bleiben?«

»Ist Ihnen schön warm in Ihrem Mantel aus ermordetem Tier? Es ist eiskalt heute. Die Ausländer haben ein schlechtes Gewissen, wenn sie mich im *so romantic gay Paris* frieren sehen. Ich brauche freundliche Gönner.«

»Wenn Sie nicht abhauen, rufe ich die Polizei.«

»Die ist überlastet. Ihre Gäste waren einmal Kinder, sie haben *Das Mädchen mit den Schwefelhölzern* gelesen. Sie haben geweint, als sie sich den Ofen, die gebratene Gans und die erfrorene Großmutter vorgestellt haben. Ich mache es wie die Blumenverkäufer am Valentinstag oder die Chocolatiers zu Ostern. Ich arbeite. Sie stören mich.«

Sie regt mich allmählich auf, diese dumme Göre.

»Entweder Sie ziehen jetzt Leine, oder ich werde Sie eigenhändig vertreiben«, drohe ich.

Sie hebt überrascht den Kopf. Trotz ihres Papageienlooks ist sie hübsch. »Wenn Sie es wagen, mich anzufassen, erstatte ich Anzeige!«

Seit dem Besuch von Cyrians Vater erwarte ich jeden Tag den Anruf der Anwälte seines Patienten. Ich kann nicht mehr schlafen, habe roten Ausschlag am Hals, einen Pickel im Mundwinkel und Magenschmerzen. Das ist nun der Tropfen, der das Fass zum Überlaufen bringt. Ich gehe zurück ins Hotel, steuere den Rosenstrauß an, der mitten in der Eingangshalle thront, greife nach den triefenden Blumen und halte sie dem stumpfsinnigen Rezeptionisten hin.

»Finden Sie einen anderen Behälter hierfür.«

Dann gehe ich mit der Vase in der Hand wieder nach draußen. In meiner Wut habe ich Cyrian ganz vergessen, der unsere Auseinandersetzung durch die getönten Scheiben seines schwarzen Monsters beobachtet. Jetzt steigt er aus dem Auto und tritt zu mir.

»Was ist los?«

»Ich werde dieses Fräulein dazu bringen, ihre Kunst woanders auszuüben. Sie verdient eine echte Galerie. Mein bescheidener Bürgersteig ist ihrer nicht würdig.«

Schwungvoll gieße ich das Blumenwasser über die Kreidezeichnung. Der blaue Grund, Himmel und Meer, trübt sich und rinnt dann in schmutzigen Bächen davon. Der weiße Vogel zittert kurz, bevor er sich auflöst. Das Mädchen ist starr vor Schreck. Ich greife nach ihren Kreiden und werfe sie auf die Straße, unter die Räder eines Busses, der sie zermalmt und die Stücke regenbogenfarben in den Asphalt presst.

Cyrian fragt das Mädchen: »Haben Sie als Kind *Die Möwe Jonathan* gelesen? Das war er, oder?« Dann dreht er sich zu mir um. »Du bist ja verrückt geworden, was ist bloß in dich gefahren?«

»Ich will, dass sie abzischt!«

Das Mädchen erwacht aus seiner Starre und schreit: »Hau ab, du arme Sau, meinen Sie das etwa so? Ich bin für Sie Abschaum? Sie, Präsidentin der Rue Monge, befehlen mir zu verschwinden?«

Wut steigt in mir hoch. Ich habe einige Kröten schlucken müssen, um dahin zu kommen, wo ich jetzt bin. Ich habe geackert, mich hochgeschlafen, eine drastische Diät gemacht, mit meiner Familie gebrochen, meine Träume vergessen. Ich spiele die Pariserin, obwohl ich auf dem Land groß geworden bin. Meine Eltern hatten alle Hände voll damit zu tun, über die Runden zu kommen, und keine Zeit für Liebesbekundungen. Mein Vater hatte sich einen Sohn gewünscht, er nannte mich als Kind nur »nutzlose Zicke«. Jetzt kann ich es mir leisten, in Palästen abzusteigen, in die sie niemals einen Fuß setzen werden, aber ich habe niemanden, mit dem ich im Wellnessurlaub im flauschigen Bademantel frühstücken könnte. Cyrian fährt mit seiner Familie in den Urlaub.

Ich trete einen Schritt näher an das Mädchen heran, das in seinem Alter bestimmt keine Herzprobleme hat, und schreie: »Verschwinde!«

»Was ist denn bloß mit dir los?«, geht Cyrian dazwischen. »Sie müssen gehen, Mademoiselle, ich bitte Sie um Verzeihung …«

Seine altmodische Formulierung macht mich rasend. Ich schreie das Gör an: »Sie sollten besser nicht mehr hier sein, wenn ich zurückkomme, sonst stoße ich *Sie* vor den Bus!«

Cyrian zieht mich zu seinem Auto.

»Wenn das Ihre Frau ist, Monsieur, tun Sie mir leid«, ruft ihm das Mädchen hinterher. »Ich hoffe nur, dass Sie keine Kinder haben!«

Ich drehe mich um, außer mir vor Zorn. Cyrian schubst mich in den Cayenne und schlägt die Tür zu, um mich von einer Antwort abzuhalten.

Cyrian, auf der Straße von Paris nach Levallois

Mit zusammengebissenen Zähnen fahre ich, neben mir diese sinnliche Frau, deren Gelassenheit ich für gewöhnlich so schätze, die sich aber gerade vor meinen Augen in Medusa verwandelt hat. Wenn ich nicht dazwischen gegangen wäre, hätten sie sich geprügelt! Die letzten Worte des jungen Mädchens kreisen in meinem Kopf. Dany ist nicht meine Frau, und das ist ein großes Glück. Wir werden nie Kinder zusammen haben, und das ist ein Segen. Ich habe soeben ihr wahres Gesicht gesehen. Richard Bachs Vogel hat mir einen Elektroschock verpasst. Ich glaube nicht an den Zufall, meine Diastole. Du hast mir *Die Möwe Jonathan* zu meinem zehnten Geburtstag geschenkt. Ich habe das Buch geliebt, die Geschichte über den Vogel, der anders ist als die anderen und dessen Leidenschaft fürs Fliegen ihn auf die Suche nach dem Sinn des Lebens führt. Ich war so frei wie er. Dann bin ich in der Katastrophe gelandet und habe meine Federn und Illusionen verloren.

Ich wollte das Buch Pomme zum Geburtstag schenken. Es liegt noch in meinem Büro. Ich wollte meine Sekretärin bitten, es zu verschicken, an dem Tag, als Systole mich angerufen hat, um mir deinen Tod mitzuteilen. Er hat geweint, obwohl er dich ins Pflegeheim abgeschoben hat, weil er dich loswerden wollte so wie Dany den Schmierfink auf der Straße.

Ich habe keine Lust mehr, mit ihr essen zu gehen, noch mit ihr zu schlafen. Ich will wieder das Kind sein, das davon träumte, auf ein Segelschiff zu gehen und der Route der Zugvögel zu folgen. Als Sarah zehn geworden ist, hast du ihr *Mein kleiner Orangenbaum* von José Mauro de Vasconcelos geschenkt. Jedem sein Buch, jedem sein geheimes Einverständnis. Systole liest nicht, er hatte nie Zeit dafür, er flickte Herzen von Patienten zusammen, die ihm wichtiger waren als seine eigenen Kinder.

»Diese Göre hat meinen Bürgersteig versaut. Danke, dass du mich gerettet hast«, sagt Dany.

»Sie war in Gefahr, nicht du. Du sahst aus wie eine Irre«, sage ich, die Augen starr auf die Straße gerichtet.

Sie legt ihre Hand auf meinen Oberschenkel und lässt sie zwischen meine Beine gleiten.

»Nimm bitte deine Hand weg, wir bauen noch einen Unfall.«

»Du wirst doch daraus keinen Staatsakt machen. Das Mädchen war geschäftsschädigend. Vergessen wir sie.«

Wie kann man eine Frau am Morgen begehren und sie am Abend abstoßend finden?

»Deine Reaktion war völlig übertrieben.«

»Sie war eine Nervensäge und ihr Bild hässlich.«

»Ich fand es schön.«

Ich denke an das Restaurant auf dem Flusskahn, wo ich für heute Abend einen Tisch reserviert habe. Ich denke an die Segelschule auf Groix, in der ich früher mit Sarah war, meiner Schwester, die mich einen schlechten Vater geschimpft hat. Ich denke an meine Töchter, in deren Gegenwart ich mich immer so ungeschickt verhalte, obwohl sie das Beste sind, was ich ihm Leben zustande gebracht habe, ich denke an Systole, der dich betrogen hat, wie ich Albane betrüge.

»Spielst du beleidigte Leberwurst?«, fragt Dany in schmeichelndem Ton.

»Was?«

»Schmollst du?«

Diese Frau geht mir seit zwei Jahren nicht mehr aus dem Kopf. Ich habe meine Firma geleitet und dabei an ihre Brüste gedacht, ich habe neben meiner Frau geschlafen und dabei an ihren Hintern gedacht. Mit Dany konnte ich abheben und fliegen, ich brauchte diese Leichtigkeit, um nicht zu implodieren. Ich reiße mich zusammen. Wir werden trinken, essen, ficken, diese unangenehme Szene vergessen.

Wir haben einen Tisch mit Blick aufs Wasser. Nur einen Steinwurf entfernt steht ein Angler auf einem Kahn. In Danys schönen Augen schimmert das Kaminfeuer. Ihre Haut glänzt golden. Ihr silbernes Kleid schmiegt sich perfekt an ihren Körper. Ich habe solches Glück.

»Kennst du die Möwe Jonathan?«, sage ich sanft und lege meine Hand auf ihre.

Sie lacht ihr verführerisches kehliges Lachen. »Ich mag keine Vögel, sie scheißen überall hin«, antwortet sie.

Der Spiegel bekommt einen Sprung. Ihr zu enges Kleid

wirkt vulgär. Sie hat einen Herpespickel im Mundwinkel. Ihre Bräune ist unecht. Sie mag weder Kinder noch Kreidebilder, Hunde oder Vögel. Sie mag nur sich selbst.

Jo, Paris

Wir wussten nicht, wann Cyrian mit Dany verabredet war. Sicherheitshalber hat sich deine Patentochter jeden Abend vor das Hotel gestellt. Gestern hat sich nichts ergeben, sie hat umsonst gewartet. Heute hat sie einen Volltreffer gelandet.

»Mission erfüllt!«, ruft sie.

»Wie ist es gelaufen?«

Esther hat unglaubliche Augen, einen subtilen Humor und schaltet schnell. Sie war Fan von Tokio Hotel, wollte erst Chirurgin werden, dann Tierärztin, dann Journalistin, sie hatte Hasen, Meerschweinchen, Hunde, Katzen. Ihr Abitur hat sie gerade mit Bravour bestanden. Sie interessiert sich für Philosophie, Soziologie, für Menschen.

»Ich habe sie fast zum Platzen gebracht, sie ist völlig ausgerastet!«

»Erzähl!«

»Ich habe einen Seevogel auf den Bürgersteig direkt vor den Eingang des Hotels gezeichnet. Sie ist ausgetickt. Ich hatte mir die Haare mit *Hairchalk* bunt gefärbt, mit auswaschbarer Farbe, und mir wie ein Goth die Lippen schwarz angemalt. Keine Chance, dass Cyrian mich wiedererkannt hat, wir haben uns seit Jahren nicht gesehen. Das letzte Mal sind wir uns auf der Hochzeit von Marie-Albéric begegnet, da war ich zehn. Es tut mir leid, dass ich nicht zu Lous Beerdigung gekommen bin. Ich habe sie sehr gemocht.«

»Ich weiß.«

Deine Patentochter hat Herzblut in die Sache gesteckt. Mit ihrem Auftritt hat sie dir auf ihre Art Lebewohl gesagt.

»Deine Dany hat vor Wut gezittert. Wenn Blicke töten könnten, würde ich nicht mehr leben. Sie hat meine Zeichnung ertränkt und meine Kreiden unter den Bus geworfen. Sie hätte auch mich vor die Räder geschubst, wenn Cyrian nicht eingegriffen hätte.«

Ich stelle mir die Szene vor. Danys Blutdruck steigt. Ihr Puls beginnt zu rasen. Ihr Hypothalamus wird angeregt. Ihr Mandelkern, der Teil des Gehirns, der ihre Gefühle steuert (und nichts mit den Mandeln im Hals zu tun hat), schaltet eine Viertelsekunde auf Autopilot um. Das Blut, das in ihren Stirnlappen fließt, treibt sie zum Kampf oder zur Flucht an. Bereits die Höhlenmenschen reagierten auf diese Weise, es gibt nichts Neues auf Erden. Dann hat sie sich wieder unter Kontrolle. Die neurologische Reaktion auf eine Wutphase dauert zwei Sekunden. Während dieser zwei Sekunden kann man jemanden töten, abhauen, nachdem man jemanden überfahren hat, oder aber den Druck beherrschen und vernünftig reagieren.

»Ich habe die Nase voll von Paris, am liebsten würde ich am Cap Ferret im Sand liegen«, fährt Esther am anderen Ende der Leitung fort. »Also habe ich einen Vogel gezeichnet, der über den Ozean fliegt. Cyrian hat mich gefragt, ob ich ein Buch von Jonathan irgendwas gelesen habe, als ich ein Kind war, aber ich kannte das Buch nicht.«

Jonathan? Das sagt mir nichts. Meine Arbeit als Chefarzt hat mich völlig in Beschlag genommen. Cyrian und Sarah haben Kinderbücher gelesen. Du warst bei ihnen, ich habe dir vertraut. Als Cyrian klein war, war er von den Zugvögeln fasziniert. Du hast ihm *Die wunderbare Reise des kleinen Nils Holgersson mit den Wildgänsen* geschenkt, über den Jungen, der auf dem Rücken eines Gänserichs durch Schweden fliegt. Vielleicht hat ihn Esthers Möwe daran erinnert.

27. DEZEMBER

Patrice, Paris, Le Marais

Wir haben zusammengelebt, ich weiß, was Sarah gefällt. Ich stoße die Zimmertür mit dem Fuß auf und verkünde: »Madame, es ist serviert!«

Sie streckt sich, setzt sich in ihrem Bett auf. Mit ihren zerzausten Haaren sieht sie zauberhaft aus. Ich stelle das Tablett auf ihre Knie. Wir sind beide nackt. Ich werde an diesem Morgen nicht ins Büro gehen.

»Tee, Toast, gesalzene Butter, Orangenmarmelade.«

»Das ist nett. Aber ich trinke seit Ewigkeiten keinen Tee mehr.«

Ich hatte mir eine durchwachte Nacht erhofft, akrobatisch, auf gute Weise schmutzig, aber Sarah hatte zu viel getrunken und ist wie ein Stein eingeschlafen. Also habe ich mich damit begnügt, ihr beim Schlafen zuzusehen, sie ist noch unwiderstehlicher als früher.

»Verzeih mir«, sage ich.

»Wegen des Tees, ja. Was den Rest angeht, nein.«

Sie ist fabelhaft. Und ich habe sie verlassen.

»Wie geht es dir, Sarah?«

»Nicht schlecht, und dir?«

»Ich spreche von deiner Gesundheit. Wie sieht es mit deiner Krankheit aus?«

Sie lacht mich aus. »Habe ich dir das denn nicht erzählt? Diese Idioten haben sich geirrt. Sie dachten zuerst, ich hätte eine neurodegenerative Krankheit, die in

Schüben voranschreitet und für die es keine bekannten Heilmethoden gibt. So schlimm war es dann aber gar nicht. Ich habe nur ein steifes Bein, deshalb der Stock, und selbst den benutze ich nur an manchen Abenden. Ich strotze nur so vor Gesundheit.«

»Als wir telefoniert haben, hast du etwas von einem Rollstuhl gesagt.«

»Das war ein Scherz.«

»Also bist du gar nicht krank? Und warst es niemals?«

»Ich bin nicht krank«, sagt sie lächelnd.

Ich habe aus Feigheit die Frau verlassen, die ich liebe. Habe den Schwanz eingekniffen, dabei gab es gar keinen Grund dazu! Ich habe sie wegen nichts verraten! Wir haben unser Leben wegen nichts vergeudet!

»Du hättest es mir sagen müssen!«

Sie streicht Marmelade auf ihren Toast und antwortet dann: »Weil du zurückgekommen wärst?«

»Natürlich. Du kannst also Kinder haben?«

»Klar.«

»Du wirst nicht gelähmt sein?«

»Nein.«

Ich nehme das Tablett, stelle es auf die Kommode, umarme sie heftig. Sie stößt mich zurück. Ich halte es für ein Spiel, versuche es noch einmal. Sie befreit sich.

»Hau ab, Patrice.«

»Machst du Witze?«

»Sehe ich so aus? Raus aus meiner Wohnung.« Sie wedelt mit der Hand, als vertreibe sie ein Insekt.

»Ein Scherz, wie mit dem Rollstuhl?«

»Nein.«

»Aber wenn du nicht krank bist …«

»Ja?«, fragt sie mit eisiger Stimme. »Sprich ruhig weiter, das würde ich zu gerne hören.«

Fassungslos rede ich drauflos: »Wir könnten wieder zusammenkommen, eine Familie gründen, John einen Bruder oder eine Schwester schenken …«

Sie bricht in schrilles Lachen aus, sodass sie nicht mehr so schön aussieht. »Du machst mich krank!« Sie öffnet die Schublade ihres Nachttisches, greift nach einer Dose Pfefferspray. »Ich zähle bis drei. Wenn du dann noch da bist, kriegst du Pfeffer in die Augen.«

»Du bist ja verrückt!«, sage ich entsetzt.

»Eins …«

»War das eine Falle? Du wolltest dich rächen, ist es das?«

»Zwei …«

»Nein, lass mich erkl…«

»Drei …«

Ich ziehe mich hastig an, Unterhose, Hose, Hemd, in der Eile reiße ich einen Knopf ab, ich stopfe meine Socken in die Hosentaschen. Wo sind bloß meine Schuhe?

»Vier …«

Das wird sie doch nicht wirklich wagen?

»Fünf.«

Sie zielt mit dem Spray auf mich und drückt ab. Halb blind taste ich mich zur Tür.

Sarah, Paris, Le Marais

Dein Vater ist ein Mistkerl!«, schreit Patrice, als er die Tür zuschlägt.

Ich stelle das Pfefferspray hin. Ich habe nicht abgedrückt, jedoch bin ich sicher, dass ihm die Augen brennen. Ich zittere, aber ich bin befreit, zufrieden, dass ich diesen Schleimscheißer, den ich mal für einen guten Kerl hielt, entlarvt habe. Was hat Papa mit der Sache zu tun?

Ohne ihn, ohne dich, würde es mich nicht geben. Danke für mein Leben, Mama. Selbst wenn meine Beine zittern. Selbst wenn sich euer Freund Thierry mit seiner Diagnose nicht geirrt hat.

Ich gehe zum Fenster. Ich sehe, wie Patrice in den Innenhof stolpert, barfuß und vor Wut schäumend. Papa sagt, dass die Kälte über die Füße in den Körper dringt. Ich greife nach den edlen englischen Schuhen, handgenäht von einem namhaften Schuster, und werfe sie ins Nichts. Ich bin grottenschlecht im Dart- und im Grenouillespielen, ich ziele wie eine Blinde, das passt ja. Der rechte Schuh landet in hohem Bogen auf dem Dach der Pförtnerloge. Der linke wird von Patrices Kopf abgebremst, er heult laut auf.

»Du bist völlig durchgeknallt!«, ruft er, während er den Schuh aufhebt. »Wo ist der andere?«

Ich deute aufs Dach. Er springt hoch, kommt nicht dran. Man muss von innen durch das Dachfenster greifen. Er hämmert gegen die Tür. Soll er ruhig versuchen, Josefina und Evaristo sind über die Feiertage in Portugal. Ich schließe das Fenster. Ich lächle meinen Stock an.

»Ich habe dich nicht betrogen«, sage ich zu ihm. »Wir zwei, das ist für das ganze Leben, nicht?«

Ich schaue auf mein Handy, keine Nachricht von Federico. Ich tippe: »Hast du heute Abend Zeit? Meine Versammlung ist vorbei, uff.« Dann lösche ich den Text und schreibe: »Hast du heute Abend Zeit? Es war keine Versammlung, sondern eine Befreiung.« Ich lösche wieder. Ich schreibe: »Ich will dich sehen.« Ich lösche »sehen«. Stehen bleibt: »Ich will dich.« Ich lösche. Ich schreibe: »Wann reist du ab?« Wieder lösche ich. Ich schreibe: »1 2 3?« Ich schicke die Nachricht ab.

Zum ersten Mal seit Jahren warte ich auf die Antwort eines Mannes.

31. DEZEMBER

Jo, Île de Groix

Heute kam per Post ein Geschenk für mich. Unser Sohn ist ein brillanter Junge, der schnell zum Punkt kommt, Lou. Er schreibt mir nicht mit der Hand, er diktiert seinen Brief der Sekretärin. Er beginnt nicht mit »Lieber Papa«, »Mein lieber Vater«, »Alter Mistkerl«, »Doktor«, dem *Papaoutai* von Stromae oder »Du alte Nervensäge, Rache ist Blutwurst«. Er beginnt trocken mit »Papa«. Der Brief endet nicht mit einem liebevollen Gruß oder einer Höflichkeitsformel, sondern mit seiner Unterschrift. Und er macht mich fertig.

»Papa, nach Artikel 815 des Code Civil ist die Gütergemeinschaft nicht bindend. Meinen von Mama geerbten Anteil am Haus auf Groix wünsche ich nicht zu behalten. Wir werden nicht dorthin zurückkehren. Ich habe mit Sarah gesprochen. Sie kauft mir meinen Teil ab. Wir unterzeichnen am 3. Januar bei Mamas Notar, der bereits mit der Nachlassregelung beauftragt ist und so über die nötigen Papiere verfügt. Ich werde in Lorient übernachten. Für das Geld werde ich eine kleine Wohnung in Paris kaufen, dort können meine Töchter später während ihres Studiums wohnen. Mama hätte das gutgeheißen. Nichts zwingt mich, dir das mitzuteilen, aber ich halte es für korrekter.« Und dann die Unterschrift dieser Rotznase, dieses kleinen Stänkerers.

Mein Kleiner, das hast du dir schön ausgedacht. Wenn

er vor mir stünde, würde ich ihm gehörig die Ohren lang ziehen. Kleiner Idiot, Nichtsnutz, lächerlicher Aufschneider, erbärmlicher Möchtegern, heimtückischer, hinterlistiger Kerl. Du hast ihm vertrauensvoll die Hälfte deines Anteils vermacht, Lou. Hast dir nicht eine Sekunde lang vorstellen können, dass er sie loswerden will. Das macht mich stinkwütend. Es geht nicht ums Geld, er nimmt seine Spieler vom Feld. Er wird nicht mehr auf die Insel kommen und sich um Pomme kümmern. Er bricht alle Brücken zum Felsen im Ozean ab. Schneidet in lebendiges Fleisch. Und wagt es noch dazu, sein Handeln durch deine posthume Zustimmung zu rechtfertigen. Sag mir, dass du mich betrogen hast, dass dieser Widerling nicht von mir abstammt. Ich bitte dich, meine Liebste, sag mir, dass er der Sohn des Postboten ist.

Mein Handy klingelt.

»Also wirklich, wie lange sollen wir mit unserer Silvesterfeier denn noch auf dich warten?«, fragt Jean-Philippe besorgt am anderen Ende der Leitung.

Er ist Schauspieler, sieht aus wie D'Artagnan, er hat eine besondere Stimme, tief und betörend. Ich hatte Angst, dass du auf ihn fliegen würdest. Benommen halte ich mein Telefon in der Hand. Ist es schon Abend? Ich habe nicht bemerkt, wie der Tag vergangen ist. Maëlle und Pomme feiern bei Freunden. Im Haus herrscht Stille.

»Wir haben schon den Champagner entkorkt. Nur du fehlst noch. Gildas und Isabelle, Bertrand, Fred, Jean-Pierre und Monique, Gus und Silvia, Renata und Anne-Marie – alle sind da. Wo bleibst du?«

»Sag der schönen Mylane, dass ich müde bin und ein alter Spielverderber, ich bleibe zu Hause …«

»Ich packe dich am Schlafittchen und schleife dich her, wenn du nicht in zehn Minuten da bist.«

Also springe ich unter die Dusche. Ich streife die Kleidungsstücke über, die mir als Erstes in die Finger kommen, lege einen gelben Joseph über die Schultern. Ich schäme mich für deinen Sohn, Lou. Dein Vater in seinem Schloss war würdevoll, aufrecht in seinen Reiterstiefeln. Mein Vater in seiner Kate war würdevoll, aufrecht in seinen Fischerstiefeln. Sie waren zwei aufrechte Männer. Cyrian greift an, was mir am wertvollsten ist, meine Lebensgrundlage, mein Innerstes. Er trifft mich ins Herz. Wenn du hier wärst, würdest du mich beruhigen, du würdest mir sagen, dass er unglücklich ist. Ich würde dir antworten, dass er kein Kind mehr ist. Er schneidet Charlotte von ihren Wurzeln ab, er spuckt auf das Grab seiner Vorfahren.

»Aaahh, endlich! Jo-seph! Jo-seph!«

Der harte Kern der Bande des Siebten empfängt mich herzlich. Bei Mylane ist es immer behaglich. In Paris, wo sie Pharmareferentin war, explodierten die Bestellungen für ihr Labor dank ihres Lächelns. Sie ist hier geboren, wie Gus und ich. Sie hat Jean-Philippe auf einem Empfang getroffen, sie hat ihm anvertraut, dass sie solche Veranstaltungen nicht mag, weil sie auf einer kleinen bretonischen Insel geboren sei. »Welche?«, hat Jean-Philippe gefragt. Sie hat »Groix« geantwortet, überzeugt, dass er es nicht kennen würde. Er hat gesagt: »Die Insel von Yann-Ber Kalloc'h?« Er hatte gerade auf der Bühne Gedichte des im Ersten Weltkrieg verstorbenen Inselbarden rezitiert. Er hat deklamiert: »Ich bin mitten auf dem Meer geboren, drei Seemeilen vor der Küste; ich habe dort ein weißes Haus, der Ginster wächst neben der Tür, und rundherum das Heidegras.« Mylane konnte nicht widerstehen.

Wir trinken, essen, halten zusammen. Um Punkt Mitternacht küssen sich die Paare, und die Freunde umarmen sich. Anne-Marie schaut mich an. Ich hoffe, dass du dort, wohin wir alle einmal gehen, ihrem Jacques ein frohes neues himmlisches Jahr wünschst.

Sarah, Flughafen Paris-Orly

Mein Taxi hält vor dem Terminal. Ich lese zum zwanzigsten Mal Federicos SMS von heute Morgen: »Treffpunkt Orly, Terminal 3. Mit Reisepass, Handgepäck und roter Unterwäsche. Rückflug morgen früh. Nimm einen warmen Pulli mit.« Beim ersten Lesen hielt ich sie für einen Scherz. Beim zweiten Lesen fand ich sie witzig. Beim dritten wurde ich neugierig. Beim vierten habe ich meine Verabredung für Silvester abgesagt, amarantfarbene Unterwäsche angezogen und meine Tasche gepackt.

Der Kaschmirpulli auf seinen Schultern ist königsblau. Er nimmt mir die Tasche ab.

»Ich habe unsere Bordkarten ausgedruckt.«

»Wohin fliegen wir?«

»Überraschung!«

»Spielst du *Rendez-vous en terre inconnue* mit mir?«

»Wie bitte?«

»Das ist eine Fernsehshow, in der der Moderator einen Promi ans Ende der Welt schickt, ohne ihm vorher zu sagen wohin.«

»Wir werden an einer Kultstätte Silvester feiern, so viel verrate ich dir.«

Ich reise viel wegen meiner Arbeit. Ich fliege nach Venedig für *La Mostra*, zum Festival von Cannes, nach

Deauville, Berlin, Toronto, zum Sundance Festival. Geht es in eine dieser Städte?

»Wer kommt denn außer uns? Wird es ein klassisches Silvester, mit Austern und Stopfleber? Oder ein Silvester für Teenager bei MacDonald's? Ein Hipster-Silvester mit internationaler Küche?«, frage ich neugierig.

»Du wirst schon sehen«, sagt er geheimnistuerisch.

Der Pilot begrüßt uns auf dem Flug nach Rom. Wir feiern im Kolosseum? Vor der *Fontana di Trevi*? In den Ruinen im historischen Zentrum?

»Du fliegst morgen früh um sieben nach Paris zurück, ich nehme den Zug nach Venedig, ich habe am Nachmittag eine Konferenz an der Uni.«

»Am ersten Januar?«

»Man beginnt mit guten Vorsätzen, das legt sich dann schnell.«

Die Stimmung ist voller Vorfreude, die Passagiere sind in Silvesterlaune, wir bestellen Weißwein.

»Man muss sich beim Anstoßen in die Augen schauen«, sage ich.

Sonst gibt es sieben Jahre schlechten Sex, so wie du es immer sagst, Mama, aber das denke ich nur.

Das Taxi fährt durch die römische Nacht. Werbeplakate, Weihnachtsbäume, Lichterketten ziehen an uns vorbei. Es ist wärmer als in Paris.

»Haben Sie die ganze Nacht Dienst?«, frage ich den Fahrer mitfühlend.

»Sie sind meine letzten Kunden, ich hänge an meinem Auto!«

Federico erklärt mir, dass die Italiener um Mitternacht altes Zeug aus dem Fenster werfen, um das vergangene Jahr loszuwerden. Jedes Mal gibt es Unfälle, kaputte Autos, bewusstlos Geschlagene. Und Verrückte, die sich am Feuerwerk verbrennen.

»Warum die rote Unterwäsche?«

»Das ist Tradition, alle Frauen tragen sie.«

Das Taxi hält vor einem ockerfarbenen Gebäude, an dem neun Buchstaben prangen, die mein Herz schneller schlagen lassen. Wir stehen vor der Cinecittà, der Filmstadt, die 1937 von Mussolini eröffnet wurde, um Hollywood Konkurrenz zu machen. Alle großen Regisseure haben hier gedreht, Visconti, Rossellini, De Sica, Leone, Bertolucci, Scorsese. Fellini hat fünfmal im berühmten *Teatro 5* gedreht. Die Studios sind natürlich geschlossen. Ich warte darauf, dass das Taxi weiterfährt, aber wir steigen aus. Ein Kinojungstar tritt uns entgegen, breitschultrig wie ein Gladiator und mit einem Schlüsselbund in der Hand.

»Ich heiße Rio«, sagt er. »Willkommen!«

»Das ist der Enkel von Serena, Bertoluccis Regieassistentin«, flüstert mir Federico zu.

Wir gehen durch die Dunkelheit, der Lichtkegel von Rios Taschenlampe weist uns den Weg. Ein riesiger Kopf taucht vor uns auf, die Augen blicken stumpfsinnig. Ich erkenne eine Filmkulisse aus *Casanova* wieder. Dann sind wir dort, wo alles begonnen hat.

Eine hohe Halle mit spitzem Ziegeldach. Über dem Eingangstor ein schwarzer Kreis mit einer Fünf darin, auf der Mauer daneben steht in großen Buchstaben: TEATRO N°. Rio reicht Federico einen Korb, aus dem ein Flaschenhals ragt. Er sucht nach dem richtigen Schlüssel, schließt die Tür auf, geht hinein, knipst das Licht an. Das mythische Studio des *maestro* ist eine leere Hülle, eine riesige kalte Halle mit blankem Boden, beleuchtet von einer Reihe Scheinwerfern. Seine Mauern haben gesehen, wie Magie geboren wurde, wie Schauspieler liebten und starben, der Schnee fiel, ein Dampfer fuhr, Züge rollten, Kirchenmänner Schlittschuh liefen, die Fontana di Trevi strömte. Erstanden aus den Träumen eines Mannes, um uns aufzurütteln, ziehen die Filme vorüber, vibrierend vor Gefühl: *Vitelloni (Die Müßiggänger), Das süße Leben, Achteinhalb, Satyricon, Die Clowns, Fellinis Roma, Amarcord, Fellinis Casanova, Orchesterprobe, Fellinis Stadt der Frauen, Schiff der Träume, Ginger und Fred, Intervista.*

Ehrfürchtig nähere ich mich, umklammere den Stock, mein Atem geht schnell. Geschminkte, schwer beschäftigte Geister umgeben mich. Mastroianni lüftet zur Begrüßung seinen Hut. Anita Ekberg streichelt eine kleine Katze. Anthony Quinn brummt etwas vor sich hin. Giulietta Masina wickelt sich in ihren Umhang. Die leere Halle ist voller Statisten, die auf und ab gehen und dabei Zahlen aufsagen. Als der *maestro* verstarb, hat sich die Menge drei Tage lang vorbeigeschoben, um sich vor seinem Sarg zu verneigen, der von zwei Carabinieri flankiert wurde. Sie sind alle gekommen, Mastroianni, Scola, die Anonymen, die Statisten, die Zuschauer, die Schauspieler, die Produzenten, die Nachbarn aus Rimini, Rom und Fregene.

»Eins zwei drei«, sagt Federico und breitet eine Decke auf dem Boden aus.

»Eins«, antworte ich. Das ist das verrückteste Silvester, das ich je erlebt habe.

Es ist kalt im Teatro 5, aber ich habe meinen dicken Segelpulli dabei. Rio ist verschwunden. Federico holt eine Flasche kalten Prosecco aus dem Korb, zwei Gläser, einen Panettone mit glasierten Maronen, zwei Stücke Kuchen, eine Tupperschüssel und einen mit Alufolie abgedeckten Teller. Er nimmt die Folie ab und präsentiert das Menü:

»*Vitello tonnato*, kaltes Kalbfleisch mit Thunfisch- und Kapernsoße. Auberginenröllchen. Chicoreefrikadellen. Und als Hauptgericht *Cotechino*, Wurst mit Linsen.«

Ich lache über den Scherz. Was ist in der Plastikschüssel? Federico hebt den Deckel. Er hat es ernst gemeint! Die Italiener essen an Silvester Linsen, das bringt Glück im neuen Jahr.

Er dreht die Lautstärke seines Handys so weit auf wie möglich und legt es auf die Erde. Nino Rotas Musik erfüllt die verlassene Halle.

»Tanzt du?«

Er ist besorgt, weiß nicht, ob ich es kann. Zu Rockmusik nicht, ein langsamer Tanz geht. Ich beruhige ihn mit einem Nicken und drehe mich mit ihm zu *La Strada*. Das letzte Mal habe ich am Tag von Mamas Beerdigung getanzt, mit Papa in der Markthalle auf Groix.

»Danke«, sage ich und lege den Kopf nach hinten, um nach oben in die Lichter zu schauen.

Um Mitternacht krachen die Knallkörper und das Feuerwerk los. Wir beeilen uns, nach draußen zu kommen. Wir gehen durch die Cinecittà und in der Zeit zurück. Wir überqueren den Broadway aus *Gangs of New York*, gehen durch die Ruinen des antiken Roms, das Florenz des Quattrocento. Die Pappmaché-Kulissen erstrahlen in Blau, Rot, Gelb, Grün. Und wir küssen uns, wie wir uns an Weihnachten in meinem Auto geküsst haben, während der Schlussakt des Feuerwerks den Himmel erhellt.

Der Pegel der Proseccoflasche sinkt rasch. Das Essen ist köstlich.

»Aus dem Restaurant meiner Tante Mirella, Al Cantuccio.«

Federico erzählt mir von seiner Familie. Sie sind acht Geschwister, vier Jungen und vier Mädchen, seine Zwillingsschwester und er sind die Jüngsten. Er lehrt in Venedig, im Norden des Landes, Giulietta in Apulien, ganz im Süden. Die anderen Geschwister sind nach berühmten Schauspielern benannt. Er ist nur zur Hälfte Italiener. Seine Mutter war Irin, sie ist vor vier Jahren gestorben. Ich sage ihm, dass du dich davongemacht hast, erzähle vom Haus auf Groix. Ich erkläre, dass ich meinem Bruder seinen Anteil abkaufe, um ihn meinen Nichten zu vermachen, weil ich nie Kinder haben werde. Ich möchte nicht riskieren, meine Krankheit zu vererben.

»Wärst du denn lieber nie geboren worden, Sarah?«

»Ich will das keinem Unschuldigen zumuten.«

»Ein Unschuldiger ist das Gegenteil eines Schuldigen, oder? Schuldig ist jemand, der ein Verbrechen begeht. Ist es ein Verbrechen, krank zu sein?«

»Es ist ein Verbrechen, vielleicht für das Leiden derer, die man liebt, verantwortlich zu sein.«

»Vielleicht wird das Teatro 5 einstürzen. Dein Flugzeug abstürzen. Mein Zug entgleisen. Vielleicht sehen wir uns zum letzten Mal. Oder wir verbringen unser Leben zusammen.«

Das bringt mich aus dem Gleichgewicht. Ich koste den Kuchen mit Ricotta, Birnen und Mandeln. Federico taucht seine Hand tief in den Korb und hält mir Spielkarten mit Nummern darauf hin.

»*Tombola* ist eine Mischung aus Bingo und Lotto. Alle spielen es heute Nacht.«

Was für eine sonderbare Silvesternacht. Meine französischen Liebhaber in maßgeschneiderten Anzügen stochern in ihrer Stopfleber und süffeln Champagner eines exzellenten Jahrgangs, während sie die Uhrzeit von ihren Schweizer Uhren ablesen. Ich sitze auf dem Boden einer eisigen Halle, in roter Unterwäsche und einem Segelpulli, betrinke mich mit Schaumwein und spiele Bingo, nachdem ich gepökeltes Schweinefleisch mit Linsen gegessen habe. Es ist das schönste Silvester meines Lebens. Es ist zu kalt, um sich zu lieben. Ob Fellini, Mastroianni und Gassman Tombola gespielt haben? Tragen Claudia Cardinale, Gina Lollobrigida oder Sophia Loren am 31. Dezember rote Unterwäsche und servieren Linsen?

»Ich habe dir ein Taxi für fünf Uhr bestellt. Dein Flug geht um sieben, alles andere war ausgebucht.«

Tragen die Stewardessen fuchsiafarbene Dessous unter ihren Uniformen?

»Ich hoffe, dass es keine Turbulenzen gibt und mein Flug nicht über Mastorna umgeleitet wird.«

»Vielleicht hat Marcello dort sein Cello stehen lassen?«

Federico kennt sich aus. Nach dem Erfolg von *8 ½* träumte Fellini von *Die Reise des G. Mastorna*, aber der Film wurde nie gedreht. Nur das Drehbuch ist geblieben, geschrieben von Dino Buzzati, und die Probeaufnahmen, in denen Mastroianni hemdsärmelig, mit Hut auf dem Kopf, die Zigarette im Mundwinkel, Cello spielt. Geblieben sind auch die Fotos der Kulisse, ein Flugzeuggerippe, haushohe Züge.

»Manche Filme sind verflucht. Marcel Carné hat in Belle-Île einen Film gedreht, der nie das Licht der Welt erblickt hat: *La Fleur de l'âge*, mit Arletty, Anouk Aimé, Martine Carol, Paul Meurisse und Serge Reggiani«, sage ich.

»Carné hat fünfundzwanzig Minuten gedreht, aber die Filmrollen sind verloren gegangen.«

»Du weißt wirklich alles!«, rufe ich bewundernd.

»Ich leite den Filmclub an der Universität. Leidenschaft ist ansteckend.«

Du hast gesagt, dass Glück ansteckend ist, Mama.

1. JANUAR

Pomme, Île de Groix

Wir haben mit Mamas Kollegen und deren Familien gefeiert. Wir haben getanzt, gesungen, das war toll. Ich gieße Milch über meine Cornflakes. Die Touristen glauben, dass die Bretonen nur *Galettes* essen und die Frauen mit einer Spitzenhaube geboren werden. Jo kommt in die Küche, einen violetten Joseph über den Schultern.

»Kommst du mit zum Strand, das Neujahrskonzert der Wiener Symphoniker im Radio hören, mein Äpfelchen?«

Ich nicke. An Neujahr habt ihr euch immer dicke Mäntel angezogen und seid zu zweit losgezogen, Lou. Das Telefon klingelt. Jo greift danach.

»Frohes neues Jahr, meine liebe Sarah! … Du warst in Rom? Phantastisch! … Wir freuen uns auf dich, natürlich! … Für Pomme? Das ist sehr großzügig von dir. … Dein Bruder wird in Lorient übernachten. Das ist sicherer, mir würde es schwerfallen, diesen Blödmann nicht ins Wasser zu schubsen.«

Tante Sarah wird herkommen, ich freue mich sehr. Aber was ist großzügig? Und warum schläft Papa nicht bei uns? Warum ist er ein Blödmann?

Charlotte, Le Vésinet

Ich habe sie gestern belauscht, als sie das Hotel in Lorient gebucht haben. Papa ist nach draußen joggen gegangen. Mama liegt in der Badewanne, sie wird eine Weile brauchen.

Ich schalte den Computer ein. Ich gehe auf die Seite. Ich klicke auf »Reservierung verwalten«. Sie haben ein Apartment mit zwei Einzelbetten und Kinderzimmer reserviert. Wir werden Internet, einen Flachbildfernseher, einen abgetrennten Wohnbereich und einen Safe haben. Hunde sind willkommen, Hopla kommt also mit auf die Reise. Es ist ein Nichtraucherzimmer, kostenlos stornierbar, Frühstück inklusive.

Ein Klick genügt, um die Reservierung zu stornieren. Ich bekomme eine automatische Bestätigung. Ich werfe sie in den virtuellen Papierkorb. Dann leere ich den Papierkorb. Alles roger. Wir haben kein Zimmer reserviert. Ich habe alle Spuren verwischt.

2. JANUAR

Jo, Île de Groix

Ich habe es geliebt, mit dir zu trinken, Lou. Zu Ehren eines Sonnenstrahls oder eines Regenbogens nach einem Schauer, einer freudigen Nachricht oder einer traurigen Ankündigung, eines verliebten *tête-à-tête*, eines Besuchs, einer Familienzusammenkunft. Ich gebe meine jährliche Bestellung im Weinkennerclub auf, den George und Geneviève gegründet haben. Manche Witwer kaufen kleine Flaschen, um weniger zu trinken. Mein Schmerz sitzt tief, du fehlst mir die ganze Zeit, das gibt mir das Recht, für zwei zu trinken, aber in Maßen, die Lektion habe ich gelernt.

Für heute ist ein Badeausflug angesetzt. Wenn du noch da wärst, würden wir gemeinsam planschen. Den Bewohnern von Groix wird es nicht langweilig, sie organisieren Veranstaltungen und gründen Vereine, sie malen, reinigen Brunnen, retten die schwarzen Bienen, kümmern sich um herumstreunende Katzen, singen, musizieren, restaurieren die *Biche*, das letzte Segelboot zum Thunfischfang, und die *Corbeau des mers*, die letzte Langusten-Slup und Symbol des Widerstands der bretonischen Fischer. Wir waren ehrenamtliche Mitglieder des Fifig, des internationalen Filmfestivals mit Filmen aus Groix, das Ende August stattfindet. Ich bleibe allein zurück wie der letzte Idiot, der Präsident, Schatzmeister und einziges Mitglied des Lou-Verbands.

Groix ist für sein Wrickrennen in Port-Lay, das Wettschwimmen durch die Meeresuntiefen der Courreaux de Groix und das Januarbaden am Strand des Ferienclubs bekannt. Jean-Louis vom Le 50 und sein Freund Jacky hatten die Idee, nachdem sie unversehrt ein Neujahrsbad überstanden hatten. Sie haben einen windgeschützten Strand ausgewählt. Am zweiten Tag des Jahres, wenn der Organismus den Alkohol von Silvester verarbeitet hat. Das Treffen ist für zwölf Uhr angesetzt. Wenn die Wolken noch verschwinden, werde ich meine Freunde anfeuern. Sonst bleibe ich am Kamin sitzen. Die Sonne zeigt sich um Viertel vor zwölf. Pomme schneit herein, Badezeug und Handtuch unterm Arm.

»Gehen wir schwimmen, Jo?«

»Nicht dieses Jahr.«

Sie stockt, die Enttäuschung ist ihr ins Gesicht geschrieben. »Ja, in deinem Alter muss man natürlich aufpassen.«

»Hältst du mich etwa für einen alten Mann?«, antworte ich beleidigt.

»Du sagst doch die ganze Zeit, dass du nicht mehr zwanzig bist.«

»Aber ich bin auch noch keine achtzig.«

Ich schnappe mir meine Badehose und ein Handtuch, suche die Mopedschlüssel, halte Pomme den Helm hin.

Wofür hält mich diese Rotznase?

Am Strand ist viel los. Die Rettungsschwimmer sind leicht zu erkennen: dreieckige Oberkörper, breite Schultern, schmale Taille, Waschbrettbauch. Kinder rennen einander hinterher, Hunde laufen herum, Jugendliche rauchen, die Glut knistert in der Kälte. Eine belgische Touristin, Françoise de Mol, war seit Weihnachten jeden Morgen schwimmen. Minderjährige müssen von einem

Erwachsenen begleitet werden. Jean-Louis und Claire haben Glühwein mitgebracht. Die Schwimmer entkleiden sich. Pomme friert in ihrem Bikini. Um uns aufzuwärmen, machen wir Übungen, was unseren Herzrhythmus steigert.

»Gibt es Meermänner, Jo?«

»Ich bin ein Fischmann, ein Triton. Ein Triton Senior.«

Selbst wenn ich ertrinke, wirst du niemals Witwe sein. Das Signal ertönt. Ich laufe zum Ozean und halte dabei Pommes Hand. Ohne sie loszulassen, tauche ich bis zum Hals ein. Die Kälte nimmt einem den Atem.

»Wenn man einmal drin ist, ist das Wasser gar nicht kalt!«, schreien die Badenden, durchgefroren bis auf die Knochen.

»Stellt euch für das Foto in einer Reihe auf!«

Zähneklappernd fassen wir uns an den Schultern. Ohne dich fühle ich mich leer, aber in der Gruppe zu frieren, wärmt mein Herz. Brigitte vom *Ouest-France* und Bernard vom *Télégramme* knipsen wie wild. Der Glühwein verbrennt uns die Speiseröhre. Pomme nippt daran, dann rubbele ich sie mit meinem Handtuch ab, um sie aufzuwärmen. Du solltest hier sein, du würdest mich abreiben wie ein erschöpftes, zitterndes Pferd, und ich würde dir eine zärtliche Schweinerei ins Ohr flüstern. Bibbernd ziehe ich mich an, lege mir meinen blauen Joseph über die Schultern. Ich habe Gänsehaut und nasses Haar. Ich höre deine flüsternde Stimme: »Du wirst dir noch den Tod holen, wirklich clever.« Ich muss Pläne machen, sonst bin ich verloren.

»Ich werde ein Boot kaufen«, sage ich zu Pomme. »Ich werde es *Lou de Mer* nennen, all die Idioten werden mich für einen Legastheniker halten.«

Das Bad hat meine Gedanken erfrischt. *Loup de mer*,

der Seebarsch, heißt auf bretonisch *Bleimor.* Das war das Pseudonym des Sängers Yann-Ber Kalloc'h. Ich muss mich reparieren, wieder zum Leben erwecken. Und loswerden, was mich belastet. Ich mag weder Golf noch die Jagd, das gehörte zu meiner Kardiologen-Verkleidung. Ich werde mein Gewehr einem Jägerfreund schenken. Ich habe das Verney-Carron meines Vaters geerbt, aber ich werde es nie wieder benutzen. Das letzte Mal, als ich es in der Hand hielt, hatte ich es dir entrissen.

3. JANUAR

Cyrian, Lorient

Ich betrete das Hotel, Hopla an meine Fersen geheftet.

»Ich habe für heute Nacht zwei Zimmer reserviert.«

Die junge Dame an der Rezeption schaut wie ein Kaninchen im Scheinwerferlicht. »Es ist nur … ähm … wir sind ausgebucht.«

»Das würde mich wundern.«

Ich zeige ihr meine Reservierung. Die junge Frau klappert auf ihrer Tastatur.

»Ihre Reservierung wurde storniert.«

Sie dreht den Bildschirm, damit ich ihre Aussage überprüfen kann.

»Das muss ein Irrtum sein.«

»Wir haben Ihnen eine Stornierungsbestätigung zugesandt.«

»Ich habe nichts bekommen. Ich bin regelmäßig Kunde Ihrer Kette, ich erwarte, dass Sie dieses Problem bitte lösen.«

»Wir haben kein einziges Zimmer mehr.«

»Können Sie dann ein anderes Hotel für mich finden?«

»Viele Häuser haben nach den Feiertagen geschlossen, und auf der U-Boot-Basis findet eine Veranstaltung statt.«

Vor dem Hotel hält ein Taxi. Meine Schwester, die mit dem Schiff herübergekommen ist, steigt aus. Ich gehe hinaus.

»Sie haben unsere Reservierung vermasselt. Wir sitzen auf der Straße.«

»Dann kommt nach Le Bourg, dort ist Platz genug.«

»Das kommt nicht in Frage!«

»Papa wird dich schon nicht auffressen.«

»Glaubst du, ich habe Angst vor ihm?«

Die Insel ist vielleicht keine schlechte Lösung. Dann kann ich Diastole auf dem Friedhof besuchen.

»Wir gehen ins Hôtel de la Marine.«

»Das hat den Winter über geschlossen. Ihr müsst wohl bei uns im Haus übernachten. Bereust du es noch immer nicht, dass du es mir verkaufst?«

»Im Gegenteil, es ist eine Erleichterung.«

Wir steigen mit Hopla in mein Auto und fahren zum Büro des Notars.

»Groix war einmal unser Paradies. Was hat sich für dich geändert?«, fragt Sarah.

»Mama ist tot. Die Insel ist ihr Grab. Systole hat sie getötet. Ich sehe sie überall. Ich verkaufe meinen Anteil doch keiner zwielichtigen Baufirma, sondern dir.«

»Ich werde ihn Pomme vermachen und bezahle im Voraus die Erbschaftssteuer.«

»Du kannst damit tun und lassen, was du willst. Wie geht es Papa?«

»Du hast ihm das Herz gebrochen.«

»Er ist unzerstörbar. Er sieht nett aus, ein Teddybär zum Liebhaben. Der Bär ist das unbarmherzigste Tier auf dem Planeten, er könnte eine ganze Schulklasse zum Nachtisch verspeisen, während die Kleinen noch ihre Teddys in den dünnen Ärmchen halten.«

»Wie geht es deiner Freundin Dany, die Kinder und Hunde so gern hat?«

»Wir machen eine Pause.«

»Von wem ging das aus?«

»Von mir. Sie hat eine junge Künstlerin zur Schnecke gemacht, die vor ihrem Hotel mit Kreide auf den Bürgersteig gemalt hat, das hat mir die Augen geöffnet.«

Albane hat meine alte Barbour-Jacke einem Penner gegeben. Ich habe ihre Geschichte, der Hund habe den Typen angepinkelt, keine Sekunde geglaubt, aber ihre Großzügigkeit ist mir lieber als Danys Brutalität.

Ich würde eher sterben, als es zuzugeben, aber eigentlich bin ich froh, noch ein letztes Mal in dem Haus meiner Kindheit zu schlafen. Ich werde über Groix auf dem Laufenden bleiben, wenn ich Anitas Blog lese, die darin die Stimmung auf der Insel so genau einfängt. Aber es wird nicht mehr das Gleiche sein. Ich werde ein Exinsulaner im Exil sein.

Pomme, Île de Groix

Ich warte am Hafen. Ich sehe das Schiff schon von weitem, weiß auf grauem Meer. Ich wünsche dem Antiquitätenhändler-Friseur, der genauso heißt wie mein Großvater und seine Sätze mit *kenavo* beendet, ein frohes neues Jahr.

Das Schiff legt an. Marie-Aimée und ihr Enkel Côme steigen als Erste aus. Charlotte geht ruhig neben ihrer Mama, aber ihre Augen sagen, dass sie am liebsten rennen würde. Hat Albane mir die Geschichte mit dem Fahrrad verziehen? Papa und Tante Sarah gehen heute Nachmittag zum Notar. Charlotte wollte mich unbedingt sehen. Wir wünschen uns ein frohes neues Jahr. Jo hat uns das gleiche Armband in verschiedenen Farben geschenkt. Ich freue mich, meine Schwester zu sehen. Albane sagt mir nur knapp Guten Tag. Mein Arm schmerzt, als ich sie erblicke.

Jo empfängt uns in der Küche. Er ist heute ganz komisch. Ich gehe mein Weihnachtsgeschenk für Charlotte holen. Sie zerreißt das Papier und packt den orangefarbenen Fleecepulli aus, passend zu ihrem karottenroten Haar.

»Du kannst ihn hier lassen, dann kannst du ihn anziehen, wenn du kommst und machst deine Sachen nicht kaputt«, sage ich.

»Der ist süß, die Kapuze ist super«, ruft sie aus. »Ich nehme ihn mit nach Hause, damit ich ihn in der Schule tragen kann.«

»Ich bezweifle, dass auf deiner Schule Kapuzenpullover gern gesehen sind«, bemerkt Albane trocken.

Hasst sie mich, weil ich Papas oder weil ich Mamas Tochter bin? Mama sagt, dass man niemanden mögen muss, aber dass man allen gegenüber gerecht sein sollte.

»Pack meins aus!«, ruft Charlotte aufgeregt.

Ich löse den Klebefilm, falte das sternenübersäte Papier auseinander, während ich an all die Bäume denke, die dafür sterben mussten. Es ist ein iPad, viel teurer als mein Fleecepulli.

»Das ist toll! Danke!«

»Ich wollte ein Handy nehmen, aber Mama hat gesagt, dass dann deine Mama den Vertrag bezahlen müsste, obwohl sie arm ist«, führt Charlotte arglos aus.

Jo runzelt die Stirn. Albane ist die Situation peinlich, ich schaue ihr direkt in die Augen und nutze meinen Vorteil.

»Meine Mutter arbeitet und verdient unseren Lebensunterhalt, ohne jemandem etwas schuldig zu sein. Darf ich mit Charlotte spazieren gehen? Zu Fuß, versprochen.

Wir kommen nicht zu spät zurück. Und wir gehen zwischen den Metallplättchen über die Straße.«

Jo grinst bei diesem Scherz für Eingeweihte. Als ich klein war, hat er mir gesagt, ich solle zwischen den Metallplättchen über die Straße gehen, aber inzwischen haben wir hier längst einen Zebrastreifen.

»Mir wäre es lieber, ihr spielt hier«, sagt Albane.

»Es wird schon nichts passieren«, mischt sich Jo ein. »Ihr Vater ist hier aufgewachsen, und ihm ist nie etwas geschehen. Sie werden Ihr Vertrauen nicht enttäuschen.«

Albane wirft mir einen drohenden Blick zu. »Du bist für Charlotte verantwortlich.«

Ich nicke. Ich streife meinen blauen Fleecepulli über, sie behält ihren orangefarbenen an, und wir ziehen los.

Zum zweiten Mal bin ich mit meiner Schwester allein. Fast als hätte ich eine neue Freundin. Vielleicht werden wir eines Tages eine richtige Patchwork-Familie.

»Wir hätten in Lorient übernachten sollen, aber ich habe die Hotelreservierung storniert«, gibt Charlotte lachend zu. »Ich hoffe, wir schlafen hier. Nehmen wir dein Fahrrad?«

»Ich habe deiner Mutter versprochen, dass wir zu Fuß gehen.«

»Und? Sie wird es nicht erfahren.«

»Ich habe ihr mein Wort gegeben. Warum war sie überhaupt so wütend das letzte Mal? Habt ihr noch mal darüber gesprochen?«

»Wir sprechen nicht, sie gibt mir Anweisungen, und ich gehorche, um meine Ruhe zu haben.«

Sie hat die Pointe des Chats und Pen-Men gesehen. Wir könnten zum Port Nicolas gehen, zur Pointe du Grognon, zum Rentenloch oder zum Höllenschlund.

»Es gibt einen Ort, der Rentenloch heißt?«

»Nicht offiziell. Jo nennt das Viertel über dem Hafen so, weil viele seiner Kollegen dort Häuser gebaut haben.«

»Und wer wohnt im Höllenschlund, der Teufel?«

»Die Legende besagt, dass dort früher ein grässlicher Molch mit Menschengesicht gelebt hat, nachts brüllte er, damit die Schiffe an den Felsen zerschellten. Er war rothaarig wie du, aber er hatte eine Schuppenbrust und einen mit Muscheln bedeckten Rücken. Er verschlang Tonnen von Fisch und rülpste während seines Mittagsschlafes. Wenn er den Mund öffnete, putzten ihm die Möwen die Zähne. Seine Beine waren Schwimmflossen, seine Nägel Seeohrenschalen. Er imitierte die Stimmen der Kapitäne, um die Schiffe untergehen zu lassen.«

»Hast du ihn gesehen?«

Was bringt man denen in Paris nur in der Schule bei?

»Das ist Aberglaube, Charlotte. In Wirklichkeit konnte früher nach einer Hochzeit der Bräutigam seinen Mut beweisen, indem er über die Felsspalte des Höllenschlunds sprang. Wenn es ihm misslang, wurde die Braut bereits am Hochzeitstag Witwe. Man hatte die Wahl, einen Feigling zu heiraten oder sein Leben lang einen Tapferen zu beweinen.«

»Glaubst du, dass Papa drübergesprungen ist?«

»Er hat in der Normandie geheiratet.«

»Warst du dabei?«

Dafür, dass sie Klassenbeste ist, stellt sie wirklich bescheuerte Fragen.

»Ich war acht Monate alt, und Mama war ganz sicher nicht eingeladen. Willst du den Höllenschlund sehen?«

Kein Weg ist weit auf Groix, die Insel misst acht mal vier Kilometer. Wanderer können sie, wenn sie früh aufbrechen, an einem Tag umrunden.

Ich stelle die Dinge klar: »Wir gehen auf der linken Straßenseite, wo man die Autos kommen sieht. Du wirst keinen Unsinn machen und lässt die Vögel in Ruhe. Und du springst auf gar keinen Fall über die Felsspalte.«

»Ich schwöre es«, sagt sie und hebt die Hand.

Das Schild ist zweisprachig, bretonisch und französisch: *Beg an Ifern*, Höllenspitze, *Kumun Enez-Groe*, Gemeinde der Insel Groix. Der Blick von den Felsen ist unglaublich. Die Gischt fliegt im Wind davon, die Möwen schweben im Gleitflug darüber. Aber Charlotte ist enttäuscht. Kein Teufel mit spitzem Bart, rotem Körper, gespaltenem Schwanz und spitzen Hufen empfängt uns und schwingt seinen Dreizack. Der Schlund ist nur eine lange Spalte im Felsen, ein hübscher Pfad führt zum Meer hinab. Tatsächlich ist er eine tödliche Falle. Es hat in den letzten Jahren viele Unfälle gegeben. Familienväter, kräftige junge Männer, haben das Verbotsschild missachtet. Sie haben geglaubt, stärker als das Meer zu sein, sind ausgerutscht und wurden von der Brandung an den Felsen zerschmettert. Ich habe die Fotos in der Zeitung gesehen. Ich habe den Helikopter über dem Felsen kreisen sehen, die Feuerwehrmänner, die Taucher, das Rettungsboot auf See.

»So gefährlich kann es nicht sein, sonst gäbe es den Pfad doch gar nicht.«

Der Glanz in den Augen meiner Schwester macht mir Sorgen.

»Du hast mir versprochen, keinen Unsinn anzustellen.«

»Ich habe geschworen, die Vögel zufrieden zu lassen und nicht zu springen«, sagt sie und geht auf die Spalte zu. »Ich will ja gar nicht zu den Wellen, ich bin doch nicht verrückt, aber ein Stück hinunterzugehen und die Landschaft zu bewundern, kann wohl kaum schaden.«

»Der Pfad ist rutschig, man fällt direkt auf die Felsen. Die Männer, von denen ich dir erzählt habe, sind tot, Charlotte.«

Wie soll ich sie aufhalten, wenn sie wirklich hinunter will?

»Wir kommen mit Papa wieder. Er wird dir auch sagen, dass es gefährlich ist.«

»Weißt du, warum er mit Tante Sarah in Lorient ist?«

»Klar, wegen Lous Erbe.«

Sie setzt ihre arrogante Miene als Fräulein Ich-weiß-alles auf. »Papa setzt keinen Fuß mehr nach Groix. Er verkauft seinen Anteil am Haus an Tante Sarah.«

Ich bleibe wie angewurzelt stehen. Charlotte zeigt auf ihren neuen Fleecepulli.

»Deshalb kann ich dein Geschenk nicht hierlassen. Es wird kein nächstes Mal geben.«

»Aber Lou liegt hier auf dem Friedhof! Und was ist mit Jo? Und mit mir?«

»Ich habe gehört, wie er mit Mama diskutiert hat. Er wird für Granny Messen lesen lassen. Er ist böse auf Grampy. Mama und Papa werden dich diesen Sommer ans Mittelmeer einladen.«

Mein Kopf dreht sich. Mein Papa will mich einladen, ja. Weg von Mama, nein. Ans Mittelmeer, warum nicht. Weg von der Insel, nein. Mit Charlotte, ja. Mit Albane, nein. Ich kann Jo nicht im Stich lassen. Auch Mama nicht. Wenn ich ablehne, wird Papa denken, dass ich ihn nicht lieb habe. Wenn ich annehme, wird Mama denken, dass ich sie nicht mehr lieb habe.

»Du trägst Jos Armband«, sage ich und deute auf das Metallplättchen. »Und verrätst Groix?«

»Ich bin nur ein Kind, ich kann das nicht entscheiden. Mama wollte, dass ich es Grampy zuliebe heute trage, aus Höflichkeit. Zu Hause in Le Vésinet wird sie es mir wegnehmen.«

»Warum?«

»Weil sie eifersüchtig ist auf dich, auf deine Mama, auf Grampy. Weil sie Papa und mich für sich allein haben will. Wenn ich ihn jetzt nicht gehe, werde ich nie erfahren, wohin dieser Weg führt, Pomme. Jetzt oder nie.«

Sie geht auf die Spalte zu. Ich packe sie am Arm, sie befreit sich, ich hänge mich an sie, sie stößt mich, ich schwanke, bis ich dann mein Gleichgewicht wiederfinde. Wir werden beide hinabstürzen, und Mama wird niemanden mehr haben, der sich um sie kümmert.

»Das ist doch nur ein Pfad, Pomme, du übertreibst. Wenn alle Bräutigame gestorben wären, gäbe es niemanden mehr auf der Insel«, sagt sie lachend.

»Sie sind hinüber gesprungen, nicht da hinunter gestiegen!«

Ich gerate in Panik, sie ist nicht zu bremsen.

»Dort unten liegt vielleicht ein Schatz, wie am Ende des Regenbogens«, sagt sie. »Dann könnte deine arme Mama dir einen Handyvertrag bezahlen.«

Sie ist wieder Janus mit den zwei Gesichtern.

»Ich kann dir noch andere tolle Orte zeigen. Komm.«

Sie steht am Rand des Abhangs. Außer mir vor Angst, verschieße ich mein letztes Pulver.

»Ich habe ein Geheimnis. Niemand weiß davon.«

»Ich höre?«

»Ich verrate es dir, wenn du mir schwörst, nicht dort runterzusteigen.«

Ich werde dein Vertrauen missbrauchen, um deine Enkelin zu retten, Lou. Das ist es wert.

»Na gut«, sagt Charlotte und tritt ein Stück zurück.

Ich bin so durcheinander, dass mir die Knie zittern.

Ich setze mich auf die Erde. Sie lässt sich neben mir nieder.

»Du hättest sterben können«, sage ich.

»Ich habe keine Angst vor dem Tod.«

»Magst du das Leben nicht?«

»Nicht so sehr. Was ist denn nun dein Geheimnis?«

»Es geht um Lou. Und den Tag, an dem wir uns verbrannt haben.«

»Die Katze hat die Kaffeekanne umgeworfen, was ist denn daran spannend?«

»Ich habe gelogen«, sage ich mit trockenem Mund. »Es war nicht die Katze.«

Meine Schwester glaubt, mein Geheimnis erraten zu haben. »Du warst schuld? Granny hat sich wegen dir verbrannt? Und Jo hätte dich nicht mehr lieb gehabt, wenn er davon erfahren hätte!«

Ich schüttele den Kopf. »Jo wird mich immer lieb haben, egal was ich tue. Ich habe sie nicht umgeworfen.«

»Wer dann?«

»Lou«, sage ich und senke den Blick. »Sie hat den Verstand verloren, sie hat mich nicht mehr erkannt und Angst vor mir bekommen. Sie wollte mich wegstoßen. Und so ist die Kanne umgekippt.«

»Ist das wahr?«

Beschämt nicke ich. Ich bin eine Verräterin, ich habe dein Geheimnis verraten. Aber Charlotte ist am Leben, und du bist tot. Ich habe mich richtig entschieden. Ich stehe auf. Die Gefahr ist gebannt, Albane wird Charlotte gesund und munter wiederbekommen.

»Also los, zur Pointe du Grognon«, sage ich.

Charlotte steht ebenfalls auf und geht zurück zu der Spalte.

»Danke für dein Vertrauen. Ich werde dein Geheimnis

für mich behalten. Und ich gehe den Weg nur bis zur Hälfte hinunter.«

Ich bin perplex. »Aber du hast es mir versprochen! Ich habe dir geglaubt, ich habe mein Wort gebrochen …«

»Weil du naiv bist«, sagt sie und bricht in Gelächter aus. »Ich habe genug davon, die perfekte Tochter zu sein, die ihrer Mama gehorcht. Von jetzt an mache ich, was ich will.« Sie setzt einen Fuß auf den Pfad. »Siehst du, er gibt nicht nach, die Erde hält.«

»Du wirst ausrutschen«, sage ich. »Und ich werde nichts tun können. Wie mit Lou, als sie mich wegstoßen wollte.«

»In einer Minute winke ich dir von unten. Wenn es so gefährlich wäre, gäbe es hier eine Schranke oder eine Kette.«

»Sie können doch nicht den gesamten Felsen absperren! Reicht dir das Schild etwa nicht?«

»Das soll die Leute nur einschüchtern.«

»Was soll ich bloß Papa sagen?«

Sie mustert mich herausfordernd. »Dass ich die Mutigere bin. Du bist zwar älter, aber ich bin tapferer.«

Und sie macht sich an den Abstieg.

Ich kann nicht hinsehen. Ich habe sie gewarnt, sie weiß, wie gefährlich das ist. Ihre Mama wird mich umbringen. Papa wird mich noch weniger lieb haben. Da kommt mir ein böser Gedanke. Papa hat dann nur noch eine einzige Tochter. Er wird mich kennenlernen wollen. Er wird meinetwegen auf die Insel zurückkommen. Wir werden zusammen Saxophon auf dem Felsen spielen. Wir werden so tun, als hätte Charlotte nie existiert. Ich schüttele den Kopf. Wehre mich gegen den verführerischen Gedanken. Verbiete mir ihn. Papa hat zwei Töchter.

»Huhu, ich bin immer noch am Leben, und es ist total schön hier!«

Charlotte ist in der Spalte verschwunden, ihre Stimme dringt gedämpft zu mir. Ich drehe ihr den Rücken zu und will gehen. Auch ich kann lügen. Ich werde Albane sagen, dass ihre Tochter mich hat stehen lassen, dass ich nicht weiß, wo sie ist. Das Meer wird ihren Körper in frühestens neun Tagen zurückbringen. Es gibt keine Zeugen. Papa wird nichts davon wissen. Ich bin nicht Charlottes Babysitter. Und ich will nicht zusammen mit ihr sterben. Ich liebe das Leben.

»Huhu, komm runter, es ist wirklich toll!«, hallt die Stimme.

»Ich gehe nach Le Bourg zurück.«

»He, geh nicht weg!«, ruft die Stimme besorgt.

Darauf hätte ich früher kommen sollen. Ich kann sie nur davon abbringen, indem ich sie allein lasse. Ohne Publikum keine Show. Alles nur heiße Luft. Ich bin erleichtert. Ich werde nicht Papas einzige Tochter sein. Ich hänge an meiner Schwester. Und Papa hat mich zumindest ein bisschen lieb. Albane nicht, aber man kann nicht jedem gefallen. Ich habe Mama und Jo. Ich werde immer Mama und Jo haben. Und dich, Lou, auch wenn ich dich nicht mehr sehe.

»Ich komme hoch, warte auf mich!«

»Ist mir egal! Bis nachher!«

Charlotte ist nicht gestürzt, wir werden zusammen zurückgehen, Ende gut, alles gut. Ich sehe den Kopf meiner Schwester über der Felskante auftauchen, dann ihr vor Anstrengung gerötetes Gesicht. Sie ist außer Atem, weil sie sich beeilt hat.

»Warte, ich komme, Po…«

Ihr Fuß rutscht ab. Sie rudert mit den Armen, versucht sich zu fangen. Ihr Kopf verschwindet. Sie stößt einen langen Schrei aus, der in dem Krachen zerbrechender Äste endet. Ich brülle ihren Namen. Ich laufe so schnell ich kann zur Spalte. Ich sehe sie nicht.

Noch einmal brülle ich: »Charloooootttte!«

Unendlich lange Sekunden der Stille, dann antwortet sie mit abgehackter Stimme: »Po…mme …«

»Du lebst, danke, danke, oh danke!«

Meine Dankbarkeit geht an Poseidon, an Neptun, an die Götter des Meeres, die sie nicht zu sich holen wollten.

»Ich bin … nicht im Wasser …«

»Zum Glück! Hast du dir wehgetan?«

»Ich bin … nicht weit vom Rand … Es ist glitschig … Du hattest recht …«

Ich kann nicht hinunter, um ihr zu helfen. Wenn ich auch ausrutsche, weiß niemand, wo wir sind. Ich lege mich auf die Erde und schaue über die Felskante. Und da sehe ich sie, ein orangefarbener Fleck mitten auf einem grünen Fleck. Sie ist bäuchlings auf einen Busch gefallen, der ihren Fall abgebremst hat. Sie versucht, sich auf den Rücken zu drehen, es gelingt ihr nicht. Mir wird übel. Ich spucke Galle. Meine Schwester hat ihren Fleecepulli nicht zugemacht. Ein zerbrochener Ast ist durch ihr T-Shirt gedrungen und steckt mitten in ihrer Brust.

»Ein Stück Ho…Holz … steckt in mir …«

Ich habe noch nie einen Horrorfilm gesehen, aber so stelle ich mir die Handlung vor. Einen Moment lang sehe ich alles verschwommen, dann reiße ich mich zusammen. Das ist nicht der richtige Moment, um zusammenzuklappen.

»Beweg dich nicht! Ich hole Hilfe!«

Sie streckt langsam ihre Hand nach dem Ast aus. »Lass … mich nicht allein! Ich werde ihn herausholen …«

»Nein! Fass ihn nicht an!« Ich erinnere mich an die Geschichte von Tachi und Jo in Bhutan. Charlotte muss mir vertrauen. Ich zwinge mich, ruhig zu bleiben, obwohl meine Stimme bebt. Der Schweiß rinnt mir in die Augen. »Das ist ganz, ganz wichtig, Charlotte, du darfst auf keinen Fall den Ast herausziehen!«

»Ich kann doch … nicht … für immer … so bleiben!«, sagt sie voller Angst. »Ich will nicht … dass ein Baum … in meinem Körper wächst!«

»Kennst du die Geschichte von Jo und dem kleinen Jungen aus Bhutan?«

»Nein.«

»Er hat einen Pfeil in die Brust bekommen. Der hat das Loch gestopft. Seine Mutter wusste es nicht, sie hat den Pfeil herausgezogen. Jo hat seine Hand in die Wunde gesteckt und den Blutstrom mit seinen Fingern aufgehalten. Er hat Tachi ins Krankenhaus gebracht. Der Chirurg hat Tachi operiert. Er ist gesund geworden. Er schreibt Jo jedes Jahr, um ihm zu danken.«

»Dann … geh … Grampy holen …«

Sie hat es verstanden.

»Ich komme so schnell wie möglich wieder. Jo wird dich retten. Fass den Ast nicht an!«

»Wenn ich sterbe … sehe ich dann Granny wieder?«

Ich darf nicht weinen. Ich rufe: »Wenn du stirbst, musst du jeden Tag essen, was sie dir kocht, also halte durch!«

Ich eile zur Straße und versuche mich an die Zeichnungen meines Großvaters zu erinnern. Unter den Rippen liegt die Lunge. Da ist der Knochen, der wie eine Krawatte aussieht, dessen Namen ich immer vergesse. Und da liegt das Herz.

Jo, Île de Groix

Ich bin allein. Unsere Kinder sind bei dem Krokodil-Notar. Der Joseph über meinen Schultern ist ockerfarben. Maëlle arbeitet, Albane ist in Le Bourg einkaufen, wobei sie einen großen Bogen um die Buchhandlung macht, um ihr nicht zu begegnen. Auf der Straße höre ich Bremsen kreischen, ein weißer Xsara Picasso hält vor dem Haus, die Autotür schlägt zu. Ich schaue aus dem Fenster. Véronique, die Tochter von Lucette mit dem *tchumpôt*, rennt in den Garten, sie wirkt aufgewühlt. Auch wenn ich in Rente bin, meine Reflexe haben nicht nachgelassen. Wer ist krank? Ihre Mutter? Ihr Bruder?

»Pomme …«, sagt sie außer Atem. »Am Höllenschlund …«

Mein Herz zerspringt. »Ist sie gestürzt?«

»Ich habe die Feuerwehr gerufen, aber ich hatte deine Nummer nicht«, fährt Véronique fort. »Charlotte ist gestürzt, sie hat einen Ast in der Brust stecken! Pomme sagt, dass ich dir erklären soll ›wie bei Tachi‹!«

Verzeih mir, meine Liebste, meine Lou. Denn eine Sekunde lang habe ich Gott gedankt, dass es Charlotte ist und nicht Pomme. Ich schäme mich. Wenn Pomme tot wäre, wären alle Sterne erloschen. Ohne sie hätte ich aufgegeben. Ich sollte meine Enkelinnen gleichermaßen lieben, aber ich bin kein Heiliger. Die eine sehe ich jeden Tag aufwachsen, die andere kenne ich zu wenig. Sei mir nicht böse, Lou. Ich werde Charlotte retten.

»Fahren wir«, sage ich.

Véronique sitzt am Steuer. Ich schaffe es trotz der Schlaglöcher, eine SMS an Maëlle zu schicken: »Pomme ok,

Charltt gestürzt Höllenschlund.« Obwohl es im Auto kalt ist, schwitze ich. Véronique weicht geschickt dem nächsten Schlagloch aus.

»Heute ist der Vertretungsarzt da«, verkündet sie.

Alexis und Faustine haben Urlaub. Mist. Pomme hat gesagt: »Wie bei Tachi.« Wenn der Vertretungsarzt schon mal in der Notaufnahme gearbeitet hat, wird er den Ast nicht anrühren. Der Chirurg wird sich im OP darum kümmern. Niemand darf ihn herausziehen, bevor Charlotte auf dem Operationstisch liegt, sonst wird sie verbluten. Ein Kind hat weniger als drei Liter, das geht unglaublich schnell. Ich muss an den Kabarettisten Pierre Desproges denken, wie er sagt: »Ich habe keinen Krebs ich werde niemals welchen bekommen ich bin dagegen.« Ich muss Charlotte retten. Meine Enkeltochter darf nicht sterben, ich bin dagegen.

Albane, Île de Groix

Hier gibt es nur ein paar Läden. Nicht zu vergleichen mit dem Schlussverkauf in Paris … Aber weil auch weniger Kunden unterwegs sind, finde ich etwas Schönes. Eine Jacke, die Cyrians Barbourjacke ersetzt, die er nie getragen hat, aber die ihm nun natürlich fehlt. Ein Pullover für Charlotte. Eine himbeerfarbene Matrosenjacke, die ich an Sommerabenden am Mittelmeer tragen werde. Ich schaue auf die Uhr. Mein Mann und seine Schwester sollten nun unterschrieben haben, wir sind endlich frei. Die Mädchen werden bald zurückkommen. Wir werden heute Abend die Insel verlassen, auf dem Festland in einem schönen Hotel schlafen, morgen früh das Segelschiffmuseum *Cité de la Voile Eric Tabarly* besichtigen und dann zurückfahren. Das ist das letzte Mal, dass ich einen Fuß auf diese Insel gesetzt habe. Ohne Mäelle und Pomme hätte ich sie mögen können. Mein Blick fällt auf die Friedhofsmauer hinter der Markthalle. Ich werde das Grab meiner Schwiegermutter besuchen. Wir hatten uns wenig zu sagen, aber ihr habe ich Cyrian und Charlotte zu verdanken.

Als ich am Eingang zum Friedhof stehe, zerreißt eine Sirene die Stille. Es ist nicht das Schiffshorn, sondern die Feuerwehr. Die Einkaufstüten am Ende meiner Arme wiegen plötzlich zentnerschwer. Im Winter wohnen auf diesem Kiesel inmitten des Ozeans etwas mehr als tausend Menschen, dreihundertfünfzig Familien, aber ich weiß es einfach. Ich brauche keine Sekunde, um es zu wissen, genau wie bei Tanguy.

Mein Blut gefriert. Ich lasse die Tüten fallen. Die Leute auf der Straße bewegen sich in Zeitlupe. Sie drehen sich um, schauen dem Rettungswagen hinterher. Eine Frau tritt aus der Buchhandlung. Sie rennt auf mich zu, ich erkenne Maëlle. Ich habe sofort gewusst, wie gefährlich sie noch ist. Cyrian hat mich geheiratet, weil ich schwanger war. Er liebte Maëlle, die sich geweigert hat, ihm zu folgen. Er hat niemals aufgehört, sie zu lieben. Er tröstet sich in den Armen anderer Frauen. Ich weiß Bescheid über die Affäre mit der Schlampe aus dem Hotel, in dem sich sein Thinktank trifft. Sie ist nicht die Erste. Vorher war da das Flittchen aus dem Elternbeirat der Schule. Er schläft mit ihnen, kommt aber abends nach Le Vésinet zurück. Mein Vater hat meine Mutter auch betrogen. Sie hat mir erklärt, dass das normal sei, dass die Männer mit ihrer Unterhose denken, dass man deswegen nicht gekränkt sein dürfe, sonst verliere man alles. Ich hätte schwören können, das Joseph Lou treu war, aber das war wohl eine Illusion. Ich habe geglaubt, dass Cyrian, Charlotte, Hopla und ich ein unverwundbares Quartett bilden. Bis die Feuerwehrsirene in meinen Ohren schrillt und mich entzweireißt.

Maëlle fängt mich auf, kurz bevor ich zusammenbreche. Ich kann nichts mehr sagen, ich kann nicht mehr weinen, ich bin nur noch Angst. Sie zieht mich mit sich, ich lasse es geschehen. Eine anmutige junge Frau hebt meine Tüten auf. Ich höre Maëlle flüstern: »Danke Azylis, behalte sie erst mal bei dir.« Jeder Schritt ist eine Qual. Sie drückt mich in ihren Twingo. Sie schnallt mich an. Mein Kopf rollt hin und her, mein Hals trägt ihn nicht mehr. Ich denke nicht an meine Tochter, sondern an meine Mutter. Ich sehe ihr hasserfülltes Gesicht, ihre irren Augen, höre ihre boshafte Stimme: »Ich wünsche dir, dass du ein Kind bekommst und es verlierst.« Ich habe immer gewusst, dass Charlotte nicht älter als Tanguy werden würde. Das ist meine Strafe. Ich habe den Zündschlüssel am Mofa steckenlassen. Ich habe nicht abgeschlossen. Indem ich meinen Bruder umbrachte, habe ich gleichzeitig meine Tochter getötet.

Maëlle fährt, die Augen auf die Straße gerichtet. Sie ist nicht so schön wie Sarah, aber strahlt heller. Ich habe eine wundervolle kleine Tochter, das Leben wird sie mir entreißen. Maëlle wird Pomme aufwachsen sehen, wird miterleben, wie sie liebt, Spaß hat, ihren Weg geht. Charlotte wird für immer ein Kind bleiben.

Goulven, Île de Groix, Höllenschlund

Es ist meine erste Vertretung, bisher ist alles recht gut gelaufen. Ich habe die ganze Woche über die Opfer der Feiertage behandelt. Alexis und Faustine kommen morgen zurück. Ich kann es kaum erwarten, zu meiner Freundin nach Rennes zurückzufahren, mich mit ihr unter der Bettdecke zu wälzen und zwölf Stunden zu schlafen. Ich habe noch nicht zu Mittag gegessen, die Unterzuckerung lässt meinen Schädel dröhnen. Die Feuerwehr hat angerufen, als ich gerade in mein belegtes Brot beißen wollte.

Ich parke, greife nach meiner Tasche und laufe zum Unfallort. Noch angeseilte Feuerwehrmänner haben die Verletzte gerade hochgeholt und ihr T-Shirt aufgeschnitten. Mist, ich bin wirklich ein Pechvogel. Die rothaarige Göre, einen orangefarbenen Fleecepulli über den Schultern, nackter Oberkörper, hat einen Ast in der Brust stecken. Aufgespießt wie ein Weihnachtstruthahn.

»Ich bin der Arzt, ich heiße Goulvan. Wie heißt du?«

»Char … lotte …«, haucht sie mit schwacher Stimme.

Das Holzstück ragt unterhalb des Sternums aus ihrem Brustkorb. Ich denke Pneumothorax, Senkung der Lunge, Kollaps. Ich denke Herzverletzung, interne Hämorrhagie, akute Herzbeuteltamponade, Schock. Ich gebe die Anweisung, einen Hubschrauber zu rufen, der die Verletzte ins Krankenhaus von Lorient bringen wird. Ich ziehe ein Paar sterile Handschuhe über. Ich untersuche das Kind, messe seinen Puls und Blutdruck. Wenn ich Dienst in der Notaufnahme habe, verfolgt mich das Pech: Sobald ich eintreffe, wird es ruhiger, und so bekomme ich die Patienten mit Polytrauma nie zu Gesicht und lerne gar nichts. Meine Freundin ist ein schwarzes Schaf, sie hat Glück, in ihren Schichten strömen die Patienten nur so herein, sie hat schon viel mehr Erfahrung.

Ein junger, zupackender Feuerwehrmann assistiert mir, ich lege eine Infusion, um den Blutverlust im Falle einer Hämorrhagie auszugleichen und zu vermeiden, dass das Herz leerläuft. Kinder zu stechen, ist wirklich eine Plackerei … Hippokrates steht mir bei, ich schaffe es beim ersten Mal. Ich stoße einen Seufzer der Erleichterung aus. Bis jetzt habe ich alles im Griff.

»Ist das deine Schwester?«, frage ich das braunhaarige Mädchen im blauen Fleecepulli, das mich nicht aus den Augen lässt. »Wo sind eure Eltern?«

»Unser Großvater ist auf dem Weg«, sagt sie mit schwacher Stimme.

Die Feuerwehrleute informieren mich, dass der Hubschrauber unterwegs ist. Meine Patientin ist bei Bewusstsein. Sie atmet normal. Ihr Blutdruck ist stabil, ihr Pulsschlag schnell, weil sie Bammel hat. Meine Infusion läuft wie am Schnürchen. Alles soweit in Ordnung. Wenn man davon absieht, dass Erde und Moos an dem Ast hängen. Das wird die Wunde infizieren. Ich denke Sepsis, Perikarditis, Pneumatozele. Ich strecke die Hand aus. Das Mädchen in Blau beginnt zu schreien.

Pomme, Île de Groix, Höllenschlund

Doktor Goulven hat Angst, das sehe ich in seinen Augen. Er kennt die Geschichte von Jo und Tachi nicht. Ich muss meine Schwester beschützen. Ich brülle und stelle mich zwischen sie und ihn, unter den Augen des verblüfften Feuerwehrmanns.

»Warten Sie auf meinen Großvater! Ziehen Sie den Ast nicht raus!«

»Geh aus dem Weg, Kleine.«

»Nein! Er verstopft das Loch, so wie die Seeleute ihr Boot abdichten!«

»Schafft mir dieses Kind hier weg, es steht mir im Weg.«

Alexandre, der junge Feuerwehrmann, zieht mich zurück und hält mich an den Schultern fest. Ich wehre mich schreiend: »Hören Sie mir zu, Sie müssen den Ast …«

Alles geschieht in nur einer Sekunde. Die Finger des Arztes schließen sich um den Ast. Er zieht vorsichtig das Stück Holz aus ihrer Brust, oben ist es braun, unten blutrot. Anfangs geschieht nichts. Doktor Goulvan legt eine sterile Kompresse auf die Wunde und greift dann nach einer Rolle Pflaster. Charlotte scheint es zu beruhigen, dass sie den Ast los ist. Ich zittere, weil ich an Tachi denke. Ich erinnere mich, wie Jo mich gebeten hat, ihm bei dem Leck unter dem Spülbecken zu helfen. Kardiologie ist Klempnerarbeit, eine Sache von Lecks und Druck, Klappen und Ventilen. In deinem Bücherregal, Lou, steht das Buch *Hans Brinker oder Die silbernen Schlittschuhe* über den holländischen Jungen aus Haarlem, der seinen Finger in das kleine Loch im Deich gesteckt hat, damit das Wasser nicht die Stadt überflutete.

Plötzlich färbt sich die weiße Kompresse rot. Der Ast stoppt die Blutung nicht mehr. Ein Blutschwall schießt aus Charlottes Brust, so wie bei Tachi, als seine Mutter den Pfeil herausgezogen hat. Da weiß ich Bescheid. Der Feuerwehrmann Alexandre lockert für einen Moment seinen Griff. Das ist meine Chance. Ich rutsche neben Charlotte und lege meinen Zeige- und den Mittelfinger auf die Kompresse, um sie unter den erschrockenen Blicken der Umstehenden in das kleine Loch zu drücken, das der Ast zurückgelassen hat. Alexandre stößt einen erstickten Schrei aus. Doktor Goulvan erstarrt.

Das Blut fließt in einem dünnen Rinnsal durch die durchtränkte Kompresse. Ich taste wie unter dem Spülbecken, ich suche nach dem unsichtbaren Leck. Ich muss das Loch im Deich stopfen. Wegen der Kompresse rutschen meine Finger auf dem zähflüssigen Blut nicht ab. Ich habe keine Zeit, Angst zu haben. Ich will nicht, dass das Herz meiner Schwester ausblutet und wir es massieren müssen, während wir *Stayin' alive* singen.

Mehrere Autos halten bei uns an. Mama und Albane springen aus dem einen, Jo und Véronique aus dem anderen. Jo sieht meine Hand in der Wunde. Albane ebenfalls, ihre Knie versagen, Mama stützt sie. Ohne meine Finger zu bewegen, rufe ich Jo zu: »Der Arzt hat nicht auf mich gehört, er hat den Ast herausgezogen.«

Jo brüllt wütend: »So ein Schwachkopf!«

»Es fließt kein Blut mehr!«, ruft Alexandre, der Feuerwehrmann.

Ich habe das Leck gefunden, Lou! Jo und ich wechseln einen Blick. Der Hubschrauber taucht am Himmel über uns auf, und das Rotorengeräusch erfüllt die Luft.

Jo, Île de Groix, Höllenschlund

Pomme hat an genau der richtigen Stelle einen Kompressionspunkt gesetzt. Das Herz ist ein Muskel. Wie jeder Muskel, der von einem Fremdkörper attackiert wird, wird er tonisch und zieht sich zusammen. Charlotte blutet nicht mehr. Das ist phantastisch!

Die Umstehenden sind erschüttert. Ich strahle. Pomme ist blass. Ich glaube nicht an Wunder, Lou. Ich glaube nicht, dass du uns zusiehst, dass du mit flauschigen weißen Flügeln flatterst und da oben von Wolke zu Wolke springst. Ich bin Wissenschaftler, rational, pragmatisch. Wir werden alle sterben, das ist das Los des Menschen. Aber heute wird niemand sterben.

Ich rufe: »Ich bin Kardiologe. Rühren Sie sie nicht an! Pomme hat gerade Charlottes Leben gerettet!«

Mein junger Kollege begreift, dass er gewaltigen Bockmist gebaut hat, und wird ganz fahl. Die Feuerwehrleute haben ihren Rettungswagen und ihren Geländewagen dabei. Sie kennen mich, wir haben oft zusammengearbeitet. Ich beruhige Charlotte, die schwer atmet, und Pomme, die vor Freude rot wird.

Der *Dragon 56*, der Rettungshubschrauber aus Lorient, setzt auf. Eine Notärztin und ein Rettungssanitäter steigen aus und laufen auf uns zu. Mein junger Kollege zieht sich zurück und überlässt mir das Feld. Ich stelle mich vor, meine Kollegin gibt den Status über ein Funkgerät an ihren Einsatzleiter weiter. Wir können Pomme nicht ablösen. Wenn sie ihre Finger jetzt herauszieht, wird Charlotte verbluten.

Die Notärztin checkt schnell meine Enkeltochter. Sie legt ihr eine Sauerstoffmaske an. Sie stellt die Infusion neu ein. Sie klebt Elektroden auf ihre Brust, um ihren Herzrhythmus zu überprüfen. Eine Herzverletzung, das blutet ordentlich. Entweder überall in den Brustkorb und um die Lunge herum oder in den Herzbeutel, der das Herz umhüllt. Bei einer großen Schussverletzung stirbt der Patient sehr schnell an hämorraghischem Schock. Wenn die

Wunde klein ist, bei einem Messerstich oder Charlottes Ast, blutet der Patient weniger, kann aber an Herzbeuteltamponade sterben, weil das Herz durch das zwischen Herzbeutel und Herz gestaute Blut zusammengepresst wird. Pommes Finger verschließen das Loch. Charlotte ist blass, ein wenig außer Atem, wir müssen sie halb sitzend transportieren. Wenn wir sie hinlegen, wird das Blut auf ihr Herz drücken, und wir riskieren einen Infarkt.

»Du darfst dich keinen Millimeter bewegen«, sagt meine Kollegin zu Pomme. »Du steigst mit deiner Schwester und mir in den Helikopter. Bis zum Krankenhaus musst du durchhalten, in Ordnung?«

Pomme nickt tapfer. Sie ist noch nie geflogen.

»Ich ersetze Tachis Pfeil«, flüstert sie mir zu.

»Ich habe ihr vertraut, das habe ich nun davon!«, wimmert Albane.

Der Hubschrauber hebt mit zwei kleinen Mädchen an Bord ab, die im wahrsten Sinne des Wortes Blutschwestern sind. Ich umarme Albane zum zweiten Mal in meinem Leben. Das erste Mal war auf ihrer Hochzeit mit meinem Dummkopf von Sohn.

»Bitte sagen Sie mir, dass sie es schaffen wird«, fleht Albane.

»Pomme hat eine Katastrophe verhindert. Sie werden Charlotte in Lorient operieren. Wir müssen Cyrian Bescheid geben, er soll dort auf uns warten.«

Sie gerät in Panik, dreht sich zu Maëlle um. »Können Sie ihn anrufen?«

Kannst du dir das vorstellen, Lou? Albane bittet ausgerechnet Maëlle, ihren Mann anzurufen!

Mein Pullover ist mir in Véroniques Auto von den

Schultern gerutscht, ich habe es nicht einmal bemerkt. Ohne ihn friere ich, eine richtige Entzugserscheinung. Ich hole ihn mir wieder. Ich mache ein paar Anrufe. Gildas und Isabelle sind nicht erreichbar, aber Jean-Pierre wird uns in seinem Zodiac ans Festland bringen.

Maëlle setzt uns am Hafen von Locmaria ab, wo Jean-Pierre schon den Motor seiner Maï-Taï laufen lässt. Er zwingt uns, dicke Jacken anzuziehen, und setzt Kurs auf Lorient. Albanes Augen sind halb geschlossen, sie hört nicht auf zu zittern. Wir schwimmen durch einen Albtraum. Pomme hat nicht lange nachgedacht, sie hat aus einem Reflex heraus gehandelt, und das hat sich ausgezahlt. Aber wir haben noch lange nicht gesiegt. Pomme hält Charlotte am Leben. Alles hängt nun von dem Arzt ab, der übernimmt, sobald der Hubschrauber gelandet ist. Ein Chirurg der Orthopädie oder der Gastroenterologie kann in seinem Fachgebiet hervorragend sein, aber völlig unfähig, eine Herzverletzung zu behandeln. Charlotte braucht einen Herzchirurgen mit goldenen Fingern.

Cyrian, Lorient

Uns bleibt nur noch, Ihnen zu danken, Herr Notar. Wir werden uns nicht mehr wiedersehen«, sage ich und drücke meinem Gegenüber die Hand.

»Wir schon!«, sagt Sarah.

Sie spielt auf die Schenkung für Pomme an, aber er fasst ihren Satz als Einladung zum Flirt auf.

»Wir könnten das nächste Mal zusammen zu Mittag essen«, säuselt er mit einem süffisanten Lächeln. »Der Koch des *Jardin Gourmand* ist eine Frau. Ich liebe Frauen.«

»Das ist sehr freundlich von Ihnen, Herr Notar. Dann bringe ich meinen Freund Federico mit, er liebt die französische Küche«, sagt sie.

Die Miene des Notars verfinstert sich und er entlässt uns.

»Federico?« frage ich zwinkernd und deute auf ihren linken Unterarm. »Kommt Giulietta auch mit?«

Sie schüttelt den Kopf.

»Ich sprach von dem echten, nun, von dem lebenden. Ein Filmliebhaber.«

In diesem Moment klingelt das Telefon. Ich erkenne Maëlles Stimme sofort, obwohl ich sie seit zehn Jahren nicht gehört habe. Die Erde tut sich unter meinen Füßen auf.

»Was ist passiert?«

»Charlotte hatte einen Unfall. Sie ist auf dem Weg nach Lorient, mit Pomme im Hubschrauber. Jo und Albane sind mit dem Boot unterwegs.«

Ich höre, was sie sagt. Die Worte bleiben nicht in meinem Gehirn hängen. Meine jüngste Tochter hat sich auf einem Ast aufgespießt. Meine Älteste hindert ihr Herz daran auszubluten. Ich glaube zu ersticken. Ich muss zu ihnen ins Krankenhaus. Ich würde mein Leben für meine Töchter geben. Wenn ich nicht vor Groix geflohen wäre, wenn ich nicht dieses Haus hätte loswerden wollen, wäre Charlotte heute nicht auf der Insel gewesen. Das ist meine Strafe.

»Jo hat die Sache in die Hand genommen. Ich liebe dich«, sagt Maëlle.

Ihre letzten Worte überraschen mich nicht.

»Ich liebe dich auch«, sage ich mit brüchiger Stimme, bevor ich auflege.

Unsere Liebe hat sich mit der Zeit nicht aufgelöst. Aber sie ist ein Meeresfisch, ich bin ein Süßwasserfisch, wir schwimmen nicht in den gleichen Gewässern.

»Albane?«, vermutet Sarah.

»Nein, Maëlle. Charlotte hatte einen Unfall, es ist ernst. Der Hubschrauber bringt sie ins Krankenhaus.«

Sie werden mein kleines Mädchen operieren, sie heilen, sie retten. Ich werde bei der Arbeit kürzertreten, um für sie da zu sein. Es wird so lange dauern, wie es dauert, ist mir egal. Sie wird wieder gesund werden. Das Gegenteil kommt für mich nicht in Frage.

Sandrine, Lorient

Ich habe mein Bestes getan, damit alles vorbereitet ist. Jetzt können sie kommen. Der Hubschrauber ist gelandet. Die ältere Schwester des Mädchens hat den Druck während des Transports aufrechterhalten. Ich habe sie zu ihrem kühlen Kopf beglückwünscht. Ich verlange ihr noch ein wenig mehr Mut ab. Sie muss uns bis in den Operationssaal begleiten, ohne loszulassen. Ihr werden Überschuhe angezogen. Wir haben uns für eine direkte OP entschieden, ohne über die Notaufnahme zu gehen. Wir werden die nötigen Untersuchungen, einen Blutgruppenbefund und ein schnelles EKG, im OP machen.

Die ältere Schwester zittert vor Angst, ihre Locken kleben ihr an der verschwitzten Stirn. Ich lächele, um sie zu ermutigen. Für ein Kind ist ein OP furchteinflößend. Man friert, alles ist groß, viele Menschen mit Mundschutz vor dem Gesicht und Hauben auf dem Kopf, lauter merkwürdige Kabel und Maschinen, die Piepgeräusche machen. Helle Lampen bescheinen den Tisch, auf den wir ihre jüngere Schwester nun legen. Ich denke an meine drei Töchter, die zu Hause in Sicherheit sind, verjage sie dann aber aus meinen Gedanken, um mich ganz auf meine Patientin zu konzentrieren. Sie hat Glück, an Claude geraten zu sein. Er ist ein Chirurg, der viel gesehen und vor nichts Angst hat. Er plant eine linksseitige Thorakotomie, die es ihm ermöglicht, erstens den Herzbeutel zu öffnen, um das Blut herauszulassen, das auf das Herz drückt, und zweitens die Verletzung durch Stiche rasch unter Kontrolle zu bekommen, dabei muss er darauf achten, die Koronararterien nicht zu verbinden.

Claude, im grünen Kittel, mit Haube und Überschuhen, schrubbt sich die Nägel und wäscht sich die Unterarme mit Seife. Er spült sie ab, trocknet sie ab, und desinfiziert sich mit hydroalkoholischer Lösung, bevor er, ohne etwas anzufassen, in den OP tritt. Eine OP-Schwester hilft ihm, sein steriles Flügelhemd anzuziehen. Sie hält ihm Handschuhe bereit, in die er seine Hände hineinsteckt, ohne sie außen zu berühren, und bindet sein Hemd zu. Ich bereite meine kleine Patientin vor, flüstere ihr ins Ohr, dass alles gut gehen wird, und sage ihr, dass sie nicht auf die Geräusche um uns herum achten soll, ich lasse sie Sauerstoff aus der Maske einatmen und streichle ihre Wange.

Claude zeigt mir den hochgereckten Daumen. Ich bitte die ältere Schwester, jetzt ihre Finger herauszuziehen und zurückzutreten, ohne etwas anzufassen. Sie lässt sich versichern, dass sie alles richtig verstanden hat, dass ihre Aufgabe nun beendet ist, dann lässt sie das Herz ihrer kleinen Schwester los und zieht sachte ihre Hand zurück. Eine Krankenschwester führt sie nach draußen zum Waschbecken, um ihr die blutigen Finger zu säubern.

Währenddessen ist im OP Eile angesagt. Auf das Zeichen des Chirurgen injiziere ich schnell meine beiden Spritzen. Meine kleine Patientin schläft ein, und ich intubiere sie. Claude schmiert die Haut mit antiseptischer Lösung ein und markiert das Operationsfeld. Ich habe den Sauger noch nicht angeschlossen, da hat er bereits geschnitten. Er setzt eine Klemme zwischen die Rippen des Kindes. Blut wird sichtbar, dank des unverhofften Eingreifens der Älteren weniger als zu befürchten stand, aber dennoch. Der Sauger zieht es mit einem Gurgeln heraus. Claude teilt mir mit, was er tut und wie groß der Schaden ist.

»Herzbeutel dekomprimiert. Kleine Öffnung an der Herzspitze, zwei bis drei Zentimeter. Alles okay, ich hab die Blutung im Griff. Die Lunge ist nicht beschädigt. Wie geht es ihr?«

Ich antworte ihm: »Der Blutdruck steigt. Ich werde ihr trotzdem eine Transfusion geben, bei dem Blutverlust.«

Mein Anästhesiepfleger hat dem Kind Blut abgenommen, während wir den Tisch vorbereitet haben. Zur Sicherheit habe ich mehrere Konserven O Negativ bestellt, bevor ich ihre Blutgruppe kannte. Die Operation dauert nicht länger als eine Stunde. Aber der Organismus des kleinen Mädchens hat einen gewaltigen Schock erlitten. Ich überwache ihre Hämodynamik durch invasive arterielle Druckmessung mithilfe eines Katheters in ihrer Speichenarterie am Handgelenk. Ich werde sie bewusstlos halten, um ihre Blutgerinnung zu kontrollieren, mit den Transfusionen fortzufahren, sie aufzuwärmen, ihr Herz ruhen zu lassen, zu überprüfen, dass es keine Komplikationen auf Herz-, Lungen- und Nierenebene gibt, und um mich zu versichern, dass sie nicht erneut zu bluten beginnt. Wenn alles gut geht, werde ich sie in den nächsten vierundzwanzig Stunden aufwecken.

Jo, Lorient

Arzt zu sein, ist eine zweischneidige Sache. Man rettet Leben und hofiert den Tod. Man beschützt die Patienten, aber weiß um jeden Krankheitsverlauf, bei sich selbst und bei denen, die man liebt.

Claude, der Chirurg, der Charlotte operiert hat, erklärt uns, dass Charlotte eine Verletzung an der Herzspitze hatte, mit Eintritt auf Höhe des Xyphoids und einer Penetration durchs Zwerchfell. Ich übersetze seinen Arztjargon, diese Universalsprache, die die Eingeweihten von den gewöhnlichen Patienten trennt. Er erklärt uns den chirurgischen Eingriff und zählt die möglichen Komplikationen auf. Kardiologie ist nicht sein Spezialgebiet. Er ist einer von der alten Schule, mit viel Erfahrung. Er hat in der humanitären Hilfe gearbeitet. Wo ein junger Chirurg Panik bekommen hätte und Charlotte unter großem Zeitverlust in eine Spezialklinik verlegt hätte, hat Claude, Facharzt für Allgemeine Chirurgie, kein großes Aufhebens gemacht. Er hat den Thorax geöffnet, um die blutende Herzspitze zu nähen. Nur an der Spitze. Sie hat unglaubliches Glück gehabt, ihre Lunge ist unverletzt geblieben.

»Meine Tochter lebt?«, versichert sich Albane mit kreideweißem Gesicht.

»Ja, Madame«, antwortet Claude sanft.

Er hat Charlottes Brust wieder verschlossen. Ihr Herz ist repariert. Nun heißt es abwarten. Wenn alles gut geht, bleibt sie eine Woche lang im Krankenhaus, und nach zehn Tagen werden ihr die Fäden gezogen. Wenn alles gut geht. Wenn es keine Komplikationen gibt, wird die Genesung sechs Wochen dauern. Wenn es keine Komplikationen gibt.

»Meine Tochter lebt?«, wiederholt Albane.

Pomme zittert, das Gesicht ganz verknittert. Cyrian drückt sie an sich, ohne die Hand seiner Frau loszulassen.

»Deine Schwester schläft noch«, erklärt Claude Pomme. »Du solltest mit deiner Mama etwas essen gehen. Ich komme später wieder.«

Pomme nickt, ohne ihn aufzuklären, dass Albane nicht ihre Mutter ist.

Im Café an der Ecke bestelle ich vier Tassen heiße Schokolade. Niemand rührt sie an. Dank meiner Dumbo-Ohren lausche ich drei Gesprächen auf einmal. Cyrian telefoniert mit Maëlle und erzählt ihr die Neuigkeiten. Sarah telefoniert mit einem Freund. Albane wiederholt in einem fort, dass ihre Tochter lebt, und wirft Pomme vor, ihre Schwester in Gefahr gebracht zu haben.

»Du solltest ihr eher dazu gratulieren, dass sie die Blutung gestoppt hat«, sage ich sanft.

»Ihr gratulieren, Schwiegerpapa?«, Albanes Stimme überschlägt sich. »Obwohl sie Charlotte gezwungen hat, den verbotenen Pfad zu nehmen? Obwohl sie meine Tochter umbringen wollte?«

Pomme springt auf, ihr Stuhl fällt um, sie läuft hinaus.

Sarah steht auf, geht hinter ihr her, aber sie kann nicht rennen. »Ich kümmere mich um sie.«

Ich habe versucht, die Dinge zu ändern, ich habe nur alles schlimmer gemacht. Nun muss Charlotte dafür am eigenen Leib büßen, und Pomme leidet. Ich bin ein jämmerliches Familienoberhaupt. Du hättest den Kerl mit dem pomadisierten Haar und den kackbraunen Augen heiraten sollen. Mein Handy klingelt. Die Gespräche verstummen.

»Sie können jetzt zu ihr«, verkündet Claude.

Lou, dort, wohin wir alle einmal gehen

Ich konnte nichts tun, um dir zu helfen. Ich war wie erstarrt und sah machtlos zu, wie ihr euch abmühtet. Ich hatte solche Angst um Charlotte. Und war so stolz auf Pomme. In der Rolle des Patriarchen bist du ausgezeichnet, mein Libeling. Dank dir ging es unseren Kindern doch schon besser, bis Charlotte gestürzt ist. Sie ist erst neun, sie wird kämpfen, sie ist bei guter Gesundheit, sie wird das überstehen, nicht wahr?

Jo, Lorient

Charlotte ist bewusstlos und intubiert. Cyrian und Albane waschen sich die Hände, bevor sie einen grünen Kittel anziehen, einen Mundschutz, Handschuhe, Überschuhe. Sie gehen auf Zehenspitzen in den Raum, starr vor Angst. Ich bleibe zurück, im gleichen Aufzug. Sandrine, die Anästhesistin, beruhigt sie. Sie erklärt die Funktion der Schläuche, die sie erschrocken anschauen: Infusion, Blasenkatheter, Blutdruckmesser, Intubationsschlauch. Charlottes Augen sind geschlossen, um sie zu schonen. Sie hat einen großen Verband auf der linken Seite, aus dem Drainageschläuche ragen, die für ihre Eltern nur dicke blutgefüllte Kabel sind. Sie wird in künstlichem Schlaf gehalten, damit ihr Herz Ruhe bekommt. Sie hat keine Schmerzen. Sie kann ihnen nicht antworten, aber sie hört sie vielleicht. Sandrine rät ihnen, normal mit ihr zu sprechen, sie zu berühren und zu streicheln.

»Sie können mich gerne alles fragen«, sagt sie nachsichtig.

»Meine Tochter lebt?«, wiederholt Albane wie eine Schlafwandlerin.

Sandrine erklärt ihr noch einmal alles. Aber Albane hört nicht zu, und Cyrian erinnert sich nach fünf Minuten an gar nichts mehr. Es ist zu beängstigend. Die ersten Untersuchungsergebnisse nach der OP sind in Ordnung. Charlottes Blutgerinnung hat sich fast normalisiert, ihre Sauerstoffwerte sind gut, das EKG zeigt keine Störungen.

Albane, um zwanzig Jahre gealtert, nimmt die Hand ihrer schlafenden Tochter. Cyrian stellt sich auf die andere Seite des Bettes. Ich lasse sie allein. Ich werde Sarah und Pomme suchen. Kinder unter sechzehn Jahren dürfen nicht auf die Intensivstation.

Jeden Morgen, wenn ich auf der Insel aufwache, suche ich als Erstes das Meer. Man sieht es fast von überall, man hört es überall, wenn es den Ton aufdreht und der Wind ihm antwortet. In Paris sah ich jeden Morgen als Erstes einen niemals abreißenden Strom von Autos auf dem Boulevard Montparnasse. Ich hörte das Hupen statt eines Schiffshorns. Wenn ich an einem Bahnhof bin, lasse ich mich von der Woge der Menschen wiegen; anstelle des Lärms der Wanten höre ich die quietschenden Rollen der Koffer. Wenn ich in einem Krankenhaus bin, sind mir die Geräusche und Gerüche vertraut, ich fühle mich zu Hause.

Sarah hat mir eine SMS geschickt, sie ist mit Pomme draußen.

»Charlotte wird doch nicht zu Lou gehen?«, fleht mich Pomme an.

»Wir werden alles dafür tun, damit sie schnell gesund wird. Zum Glück warst du da!«

Pomme lehnt sich an meine Schulter und schweigt. Wir warten ab.

»Ist alles gut gelaufen beim Notar?«, frage ich Sarah, als die Stille zu drückend wird.

»Wir haben die Papiere für Pomme vorbereitet.«

»Für mich?«, wundert sich Pomme und schaut ihre Tante an.

»Stell dir vor, das Haus in Le Bourg ist ein Kuchen. Der Kuchen gehörte Jo und Lou. Jo hat noch sein Stück, aber das von Lou wurde durch zwei geteilt, die Hälfte für deinen Vater, die andere Hälfte für mich. Dein Vater hat mir seine Hälfte verkauft. Und ich vermache sie dir. Kannst du mir folgen?«

»Du gibst mir Papas Hälfte, die vorher eine Hälfte von Lous Kuchenstück war?

»Genau.«

»Du hättest sie Charlotte geben sollen, damit sie zurückkommen muss.«

Sarah wendet sich an mich: »Ich habe Patrice wiedergesehen, Papa.«

»Ach, wirklich?« sage ich und tue überrascht.

»Wir haben mit zehn Jahren Verspätung Schluss gemacht. Wir haben uns friedlich getrennt. Ich fühle mich endlich befreit.«

»War er das, mit dem du vorhin telefoniert hast?«

»Nein, das war der italienische Freund, mit dem ich die Feiertage verbracht habe.«

»Wenn du dich an deine unanfechtbare Regel hältst, hast du ihn inzwischen zwei Mal gesehen, also ist jetzt Schluss?«

»Hier liegen die Dinge ein wenig anders. Ich kenne ihn noch nicht ... ähm ... im biblischen Sinne. Also kann ich ihn wiedersehen. Er ist nicht wie meine ... üblichen Freunde. Er hat eine Filmrolle im Herzen. Wir teilen uns die Hauptrolle, bei ihm bin ich nicht zur Produktion hinter die Kulissen verbannt. Wird Charlotte nach Le Vésinet verlegt, wenn es ihr besser geht?«

»Das müssen ihre Eltern in Absprache mit den Ärzten entscheiden. Es kommt jetzt auf die nächsten Tage an. Wenn sie entlassen wird, muss sie in die Reha. Sie wäre auf Groix besser aufgehoben, mit der guten Luft und einem persönlichen Kardiologen zu Hause, aber sie werden sich sicher dafür entscheiden, nach Hause zu fahren.«

»Ich sollte Federico morgen in Paris treffen. Ich bleibe aber lieber hier, bis Charlotte außer Gefahr ist. Deshalb habe ich ihn zu uns eingeladen, für drei Tage, das stört dich doch hoffentlich nicht?«, sagt Sarah.

Sarah ist in Le Bourg ebenso zu Hause wie ich, sie kann einladen, wen sie will. Aber Charlotte hätte sterben können. Nicht gerade der richtige Augenblick für Gäste. Das will ich ihr gerade erklären, als ihr Telefon klingelt. Sie geht ein Stück weg, ganz aufrecht, ohne ihren Stock.

»Sie reagiert allergisch, Jo«, erklärt mir Pomme.

»Worauf? Hat sie Pickel? Juckenden Ausschlag?«

»Sie ist allergisch auf Krankenhäuser, wegen ihrer Krankheit. Um das hier zu ertragen, braucht sie einen Freund. Papa hat Albane. Mama und ich haben dich. Aber Sarah hat niemanden.«

Pomme hat nicht zehn Jahre Medizin studiert, aber an Feingefühl übertrifft sie mich schon jetzt.

»Glaubst du, dass ihr Freund ein Priester ist?«, fährt sie nachdenklich fort.

Ich hebe die Augenbrauen. »Wie kommst du denn darauf?«

»Weil sie von der Bibel gesprochen hat.«

Charlotte wäre beinahe verblutet. Pomme hat sie gerettet. Sie hätte im Hubschrauber oder im OP einen Herzinfarkt haben können. Der Chirurg und die Anästhesistin haben sie gerettet. Jetzt ist alles nur noch eine Frage von Zeit und Geduld. Und zum ersten Mal seit Patrice holt Sarah einen Mann zu uns auf die Insel. Den Bruchteil einer Sekunde lang fühle ich mich weniger schlecht. Dann fällt mir etwas Furchtbares ein.

Federico wird mich erkennen, sich erinnern, dass ich ihm in Le Vésinet von Sarahs Tätowierungen erzählt habe und ihn ermutigt habe, sie zum Essen einzuladen! Sarah wird sich manipuliert fühlen. Sie wird sich von dem Italiener trennen. Sie wird alle Brücken zu mir abbrechen. Dann habe ich beide Kinder verloren.

Pomme, Lorient

Ich werde mit meinem Großvater, Tante Sarah und Hopla das letzte RoRo nehmen. Jo hat der Bande des Sieben Bescheid gegeben, dass Charlotte im Krankenhaus ist. Manche von ihnen haben eine Wohnung in Lorient, Papa und Albane haben einen Platz zum Schlafen gefunden. Wir fahren auf die Insel zurück, weil ich morgen Schule habe und Hunde im Krankenhaus verboten sind. Jo hat mit den Ärzten gesprochen, dann hat er für Papa alles übersetzt, der so erschöpft war, dass er »Danke, Systole«

gesagt hat. Jo hat die Stirn gerunzelt. Sarah hat gegrinst. Papa hat zugegeben, dass er ihn seit Jahren insgeheim so nennt.

Im Wartesaal wirft mir Albane tödliche Blicke zu. Sie ist überzeugt, dass ich Charlotte gezwungen habe, in den Höllenschlund hinabzusteigen. Ich kann meine Schwester nicht verraten, ich bin keine Petze.

Stattdessen gehe ich zu ihr und flüstere: »Charlotte ist total stark, sie wird schnell wieder gesund werden.«

Sie antwortet mir in der gleichen Lautstärke: »Das ist alles deine Schuld.«

Papa hat nichts gehört, er legt seinen langen Arm um meine Schultern, als ob sein Körper Jos Pullover wäre, und zieht mich weg.

»Du warst unglaublich mutig, Pomme. Du kannst dir wünschen, was immer du willst, ich erfülle dir jeden Wunsch.«

Ich zögere, obwohl ich die Antwort längst weiß.

»Was hättest du gerne? Einen Fernseher? Ein Handy? Oder lieber eine Reise?«

»Ich wünsche mir, dass Charlotte bei uns auf Groix gesund werden kann. Jo kann sie versorgen. Und wir wären zusammen.«

Papa gibt ein Geräusch wie ein Fahrradreifen von sich, aus dem Luft entweicht. »Aber nein, ich meine ein Geschenk, das man kaufen kann. Charlotte kommt mit uns zurück nach Le Vésinet, sobald sie transportfähig ist. Ich muss dann zwar jeden Tag ins Büro, werde aber früh nach Hause kommen, um bei ihr zu sein. Du kommst in den Ferien im Februar zu uns, wenn deine Mama einverstanden ist.«

»Du hast gesagt, dass ich mir alles wünschen kann, was ich will. Charlotte wird nicht gleich wieder zur Schule gehen. Jo ist Kardiologe, er kann sich um sie kümmern. Und hier ist die Luft viel besser.«

»Albane wird sich niemals darauf einlassen, Pomme. Such dir etwas anderes aus. Ich muss mein Unternehmen führen, ich kann nicht hierbleiben.«

»Aber du könntest am Wochenende kommen.«

»Ich bezweifle, dass Systo…, dass dein Großvater damit einverstanden wäre. Wir sprechen nicht mehr miteinander. Er wird uns nicht bei sich haben wollen.«

Ich ziehe meinen letzten Trumpf. »Ich glaube, ich habe verstanden, was Tante Sarah mir erklärt hat. Du hast ihr dein Stück vom Kuchen verkauft, und sie gibt es mir. Also bin ich in Le Bourg ein bisschen bei mir zu Hause. Deshalb habe ich das Recht, meine Schwester einzuladen.«

Papa öffnet den Mund, aber es kommt kein Ton heraus.

»Wenn es Mama ist, die dich stört, gehen wir nach Locmaria. Du hast gesagt, ich kann mir aussuchen, was ich will, Papa. Das ist es, was ich will.«

Ich will ihn gern umarmen, aber er hat die Arme verschränkt wie am Tag deiner Beerdigung, Lou, also wage ich es nicht, ihn zu berühren.

4. JANUAR

Jo, Lorient

Ich trete in die Schleuse zur Intensivstation und denke an die Kerze, die ich heute Morgen für Charlotte in der Kirche von Le Bourg angezündet habe. Meine Mutter zündete jedes Mal eine Kerze an, wenn mein Vater auf Fischfangtour ging. Sie hat das Ritual einfach fortgeführt, nachdem das Boot ohne ihn zurückgekommen war, als könnte die Flamme ihn wärmen.

Charlotte hat eine schlechte Nacht hinter sich, das ist normal, die ersten drei Tage sind die schlimmsten. Jean-Pierre hat Sarah und mich in seiner Maï-Taï nach Lorient gebracht. Sarah hat unterwegs zwei Flakons aus ihrer Tasche gezogen.

»Das ist ein Geschenk von Pomme für Charlotte. Sterile Reagenzgläser aus der Apotheke, mit Sand und Meerwasser gefüllt.«

Die Idee ist poetisch und die Intention löblich, Pomme hat die Lektion über Infektionsrisiken gelernt. Auf die Intensivstation dürfen die Gläser trotzdem nicht, aber Charlotte wird sie in zwei Tagen bekommen, wenn sie auf die Kardiologie verlegt wird. Wenn alles gut geht. Wenn es keine Komplikationen gibt.

Die Anästhesistin stößt in der Schleuse zu uns, während wir Kittel, Mundschutz und Überschuhe anziehen.

»Charlotte wurde heute Morgen extubiert. Wegen der Thorakotomie hatte sie Schwierigkeiten, zu Bewusstsein zu kommen, aber sie ist beweglich für ihr Alter, und der Schmerztherapeut hat ihre Auffassungsfähigkeit sorgfältig geprüft. Sie hat eine Morphiumpumpe. Sie beginnt zu sprechen, das ist ein gutes Zeichen, sie sagt *Äpfelchen*, vielleicht hat sie Hunger.«

Ich kläre sie auf. Charlotte will kein Obst, sie verlangt nach ihrer Schwester.

Es dürfen nicht mehr als zwei Personen gleichzeitig bei ihr sein. Ich stelle mich zu Cyrian, Albane und Sarah gehen einen Kaffee trinken. Mein Trottel von Sohn und ich wechseln einen Blick. Das Kriegsbeil ist fürs Erste begraben, weil der Tod uns mit seinem Flügel gestreift hat. Ich überprüfe die Apparate, die Schläuche, die Infusion, die Drainage. Charlotte atmet allein. Sie schwimmt zwischen zwei Gewässern, vollgepumpt mit Morphium.

»Diese Welt ist dir vertraut«, flüstert Cyrian. »Albane und ich wurden auf einen anderen Planeten katapultiert.«

Er kann vor seiner Tochter nicht sagen, dass er vor Angst fast verrückt wird, aber ich sehe es seinem Gesicht an. Ich beruhige ihn: Ich habe mit der Anästhesistin gesprochen, alles ist in Ordnung. Ich trete ans Bett.

»Mein Schalottchen, Pomme darf dich nicht besuchen kommen, also passt sie in der Schule auf wie ein Faultier, weil sie in Gedanken bei dir ist. Hast du verstanden, wie die Pumpe funktioniert? Hast du Schmerzen?«

Die Augen meiner Enkeltochter sind geschlossen, aber sie bewegt die Finger, sie hat mich verstanden.

Cyrian geht hinaus und lässt sich auf die Bank in der Schleuse fallen. Er reißt sich den Mundschutz und die

Handschuhe herunter und reibt sich mit dem Ärmel des grünen Kittels die Augen. Als er klein war, heulte er jedes Mal, wenn er hingefallen war, seine kleine Schwester dagegen biss die Zähne zusammen. Ich habe ihn seit Ewigkeiten nicht mehr weinen sehen, abgesehen von dem Tag, an dem du von uns gegangen bist.

»Gott bestraft mich, ist es das? Ich habe gesündigt, als ich meinen Anteil am Haus verkauft habe, und das Schicksal rächt sich dafür an meiner Tochter? Das mit Dany ist vorbei, Papa. Warum passiert das uns? Was hat Charlotte Schlechtes getan? Sie ist doch erst neun! In ihrem Alter schlägt man sich die Knie auf und bricht sich einen Zahn ab. Man hat keine Herzverletzung!«

»Sie ist am Leben, Cyrian.«

»Wenn Pomme nicht gewesen wäre ... Ich war nie für sie da. Ich bin ein schlechter Vater und ein beschissener Ehemann.«

»Kümmere dich lieber um deine Töchter und um deine Frau, anstatt dich zu geißeln.«

»Sie sagen, wenn es keine Komplikationen gibt, kann Charlotte übermorgen auf die normale Station. Vier Tage später könnte sie schon in die Rehaklinik. Erinnerst du dich an die, auf der Sarah war, in Le Vésinet, Avenue de la Princesse?«

»Vage«, sage ich.

»Glaubst du, dass Charlotte dort gut aufgehoben wäre?«

»Sicher.«

»Wird sie es schaffen? Wir haben gerade erst Mama verloren ...«

Ich lege ihm die Hand auf die Schulter. Wir haben uns seit Ewigkeiten nicht mehr berührt. Wir haben uns nicht einmal an dem Tag umarmt, als du dich davongemacht hast.

»Sie wird es schaffen. In ihren Adern fließt bretonisches Blut.«

Er schiebt den Ärmel seiner Jacke hoch, er trägt die Uhr deines Vaters. »Sarah hat sie mir in deinem Auftrag gegeben.«

In unserer Familie bedankt man sich nicht, man überrumpelt einander.

Albane, Lorient

Was nimmst du?«, fragt mich meine Schwägerin und zählt ihr Kleingeld. »Einen Espresso? Cappuccino? Mit oder ohne Zucker?«

»Tomatensuppe.«

Unser Leben ist in scharfkantige Stücke zersplittert. Wir sollten längst wieder zu Hause in Le Vésinet sein. Charlotte sollte in der Schule sein. Cyrian sollte im Büro sein oder sein Flittchen betatschen. Ich sollte das Abendessen und einen Nachmittagsimbiss für Charlotte vorbereiten, mit dem Hund rausgehen, Hopla, number one, Hopla, number two.

»Pomme hat mir ein Geschenk für Charlotte mitgegeben«, sagt Sarah.

Sie zeigt mir zwei Flakons und einen Brief voller Rechtschreibfehler.

»Meine liebe Schwester, selbst wenn Papa den Vaterschaftstest nich gemacht hat. Ich denke die ganze Zeit an dich. Ich darf dich nicht sehen. Ich hoffe es tuht nicht so weh. Jo sagt dass sie dich mit Morphium aufpumpen. Und das es keinen Fernseher auf der Intensivstation gibt. Als Ersatz schicke ich dir diesen tragbaren Strand. Ich behalte das Bild von dir auf dem Gebüsch in meiner Erinnerung, es ist in mein Gedächtnis geschrieben. Du fehlst mir. Ich werde Boy und Lola schicken, damit sie dir Guten Tag sagen. Pomme.«

»Ihre Fehler sind echte Perlen«, bemerkt Sarah. »Mit Morphium aufpumpen, was für ein schönes Bild! Auch bei uns hat sich die Erinnerung ins Gedächtnis geschrieben, sie ist nicht auszuradieren. Wer sind Boy und Lola, Freunde aus Lorient? Was ist das für eine Geschichte mit dem Vaterschaftstest?«

Ich greife nach den Flakons und werfe sie wütend in den Abfalleimer neben der Kaffeemaschine.

»Muss ich dich wirklich daran erinnern, dass Pomme Charlotte beinahe umgebracht hat?«

»Muss ich dich daran erinnern, dass sie sie gerettet hat?«

»Du verteidigst sie, weil du selbst keine Kinder hast. Kannst du nicht? Oder willst du nicht?«

In normalen Zeiten würde ich nie im Leben mit meiner Schwägerin über ein so intimes Thema sprechen.

»Ich will nicht das Risiko eingehen, ein Kind unglücklich zu machen«, antwortet sie. »Davon abgesehen, dass ich den Papa dazu noch nicht gefunden habe.«

»Ich bin das Risiko eingegangen, habe ein Kind bekommen, obwohl ich wusste, dass es sterben könnte.«

»Wie meinst du das?«

»Mein kleiner Bruder Tanguy wurde von einem Laster überfahren. Er hatte sich mein Mofa ausgeliehen. Ich trage die Last seines Todes auf meinen Schultern. Meine Mutter war außer sich vor Kummer und hat mich verflucht. Sie hat mir gewünscht, ein Kind zu bekommen und es zu verlieren, damit ich denselben Schmerz wie sie erfahre.«

»Was?«

Ich verbrenne mir die Zunge an der Tomatensuppe,

und der Schmerz beweist mir, dass ich vielleicht noch nicht ganz tot bin. »In meinen Albträumen höre ich die Stimme meiner Mutter. Seit Charlottes Geburt höre ich jeden Abend vor dem Einschlafen ihre Worte. Früher habe ich mich in Cyrians Arme geflüchtet. Jetzt habe ich die ganze Zeit Angst und liege wach. Der Fluch schwebt über unseren Köpfen. Ich habe das Schicksal herausgefordert, Sarah.«

»Die Liebe ist stärker als der Hass, denn Pomme hat den bösen Fluch aufgehoben, indem sie Charlotte gerettet hat!«, wendet meine Schwägerin ein.

Ich weigere mich ihr zuzuhören, das Unglücksmädchen ist schließlich an allem schuld. »Pomme ist ein vergifteter Apfel, sie ist gefährlich. Sie hat Charlotte an Allerheiligen auf dem Fahrrad mitgenommen. Und gestern hat sie sie gezwungen, den Pfad hinunterzugehen. Meine Tochter wäre von selbst nie darauf gekommen, dazu ist sie viel zu vorsichtig. Meine Mutter hat sie verflucht, Pommes Eifersucht hat sie in den Abgrund gestoßen. Ich werde ihr niemals verzeihen. Ich werde mir das niemals verzeihen.«

Cyrian, Lorient

Wir haben beide keinen Hunger. Als Albane und ich die Intensivstation verlassen haben, schlief Charlotte, betäubt durch das Morphium. Wir haben sie allein gelassen, nachdem wir uns auf der Station zehn Mal versichert hatten, dass sie auch wirklich unsere Handynummern haben. Ich hätte sie gern an mich gedrückt, aber ich konnte ihr nur mit meiner behandschuhten Hand die Wange streicheln und hinter meinem Mundschutz lächeln.

»Ich passe auf sie auf, ich kann mit kleinen Mädchen umgehen, ich habe selber drei zu Hause«, sagt Sandrine, die Anästhesistin, zu uns.

Ich lasse mich aufs Bett fallen. Hier haben wir bereits gestern geschlafen, bei Freunden von Jo, wir waren so erschöpft, dass wir vor dem Einschlafen keine drei Worte gewechselt haben. Albane setzt sich aufs Sofa. Sie sieht aus, als wäre sie bei Verwandten zu Besuch, verspannt, linkisch, sonderbar. Ich würde mich am liebsten an sie schmiegen, einschlafen und beim Aufwachen feststellen, dass alles nur ein schrecklicher Traum war.

»Wir müssen reden«, sagt sie mit dumpfer Stimme. »Das hätten wir bereits bei deiner ersten Affäre machen müssen.«

Ich starre sie entgeistert an.

»Ich wusste Bescheid über die mit der Minnie-Maus-Stimme aus dem Elternbeirat. Genauso wie ich von der Schlampe aus dem Thinktank-Hotel weiß.«

Ich habe Angst um meine Tochter, ich bin völlig erschöpft – und nun auch noch das. Charlotte ist an Apparate angeschlossen, an Kabel gehängt, wir haben sie Unbekannten überlassen. Ich will nicht, dass Dany hier eine Rolle spielt.

»Das ist wirklich nicht der richtige Moment, um …«

»Unsere Ehe ist seit langem kaputt«, sagt sie mit matter Stimme. »Kämpfen wir für Charlotte. Danach sehen wir weiter.«

»Was soll das heißen?«

»Dass der Moment gekommen ist, den Vorhang fallen zu lassen. Das Theater ist vorbei.«

Gestern noch hatte ich eine Familie, eine Frau, von der ich dachte, dass sie mich liebt, eine hübsche kleine Tochter. Heute habe ich alles verloren. Meine Tochter hat ein blutendes Herz. Meine Frau wirft mich aus ihrem Leben. Du hast in deinem Testament geschrieben, dass Systole dich betrogen hat, Mama. Warum hast du ihn nicht rausgeworfen?

»Charlotte und du, ihr beiden seid das Wertvollste, was ich habe«, sage ich.

Und Pomme, aber das ist nicht der Augenblick, sie zu erwähnen. Und Hopla, der mir mehr fehlt, als ich gedacht hätte.

»Du schläfst auf dem Sofa, und ich im Bett. Diese Unterhaltung ist beendet. Wir führen sie fort, wenn Charlotte aus dem Krankenhaus kommt. Wenn sie am Leben ist.«

Ich erschauere. Albanes Blick ist der einer Ertrinkenden.

»Ich habe meinen Bruder getötet, Cyrian.«

Ich protestiere: »Du weißt, dass das nicht wahr ist …«

»Und unsere Tochter wäre wegen deiner beinahe gestorben. Halt die Klappe!«, schreit Albane plötzlich los. »Wir werden weiter zusammen wohnen und Charlotte aufziehen, wenn Gott sie uns nicht nimmt. Aber für mich existierst du nicht mehr.«

»Es ist vorbei mit … der Person, von der du gesprochen hast. Ich schwöre es.«

»Das ist mir egal.«

Sie geht aus dem Schlafzimmer. Ich stehe da wie ein Trottel und starre das Sofa an. Ich hole eine Flasche Gin aus der Küche und gieße mir ein Glas ein, das ich pur, ohne Eis, ohne Genuss, hinunterstürze. Dann stelle ich die Flasche in den Schrank zurück. Ich muss fahren können, falls das Krankenhaus anruft.

Wenn Baz hier wäre, würde ich bis zum Morgengrauen

spielen. Ich muss mich bei Albane entschuldigen. Entschuldigen dafür, dass ich aufgehört habe, Saxophon zu spielen, aufgehört habe, ein guter Kerl zu sein, aufgehört habe, sie zu lieben. Wenn Charlotte über den Berg ist, gehe ich zum Notar und sichere die Zukunft meiner Töchter und ihrer Mütter ab. Dann fahre ich weit weg.

5. JANUAR

Jo, Lorient

Ich trete in die Schleuse, als Cyrian gerade aus der Intensivstation kommt. Er wirft seine Überschuhe in den Abfalleimer. Sein Gesicht wirkt zerknittert, blass.

»Charlotte hat Schmerzen, sie haben die Morphiumdosis erhöht.«

»Das kommt von der Thorakotomie. Der Schmerz wird vergehen.«

Er leidet mit ihr, seine Nasenflügel beben.

»Ich hatte eine Aussprache mit Albane gestern Abend. Ich habe sie angehört, ohne mich zu verteidigen.«

»Weiß sie von Dany?«

Er nickt.

»Will sie sich scheiden lassen?«

»Sie will mich negieren.«

Der einzige Vorteil am Witwersein ist, dass man dem Ehekrach entgeht.

»Ich wollte Pomme für ihren Mut danken«, sagt Cyrian. »Ich habe ihr angeboten, dass sie sich aussuchen kann, was sie will. Ich dachte an einen Fernseher, ein Telefon, eine Reise …«

»Und sie hat dich gebeten, sie öfter zu besuchen, oder dich mit ihrer Mutter zu vertragen?«

»Ich liebe Maëlle immer noch, Papa. Aber wir sind unvereinbar, genau wie das Wasser und das Öl nach dem Schiffbruch der *Erika.* Ich habe gehofft, dass Maëlle ihre

Meinung ändert, dass sie zu mir nach Paris kommt. Du hast es gewagt fortzugehen, hast in Rennes studiert, du hast deine Insel verlassen.«

»Weil es bislang noch keine medizinische Fakultät auf Groix gibt, mein Junge.«

»Du hättest nach dem Studium zurückgehen können, statt durch dein Pariser Krankenhaus zu stolzieren.«

»Ich wollte deine Mutter beeindrucken. Also, was hat sich Pomme von dir gewünscht?«

»Sie will keinen Fernseher und keine Reise, sie will, dass Charlotte auf Groix bleibt, bis sie sich erholt hat, unter deinen Fittichen. Und dass du dich um sie kümmerst. Ich habe darüber nachgedacht. Ich bleibe in Lorient, solange Charlotte im Krankenhaus ist. Dann zieht sie zu euch, wo sie bei dir in Sicherheit ist. Sie wird mir fehlen, aber ich kann sie jedes Wochenende besuchen.«

Ich traue meinen großen Dumbo-Ohren nicht.

»Ich wäre überglücklich, mich um sie zu kümmern. Was sagt Albane dazu?«

»Sie spricht nicht mehr mit mir, ich bin für sie unsichtbar. Sie wird einverstanden sein, wenn der Chirurg es für eine gute Idee hält. Ich komme jeden Freitagabend mit dem Zug zu euch.«

»Dann hole ich dich ab. Ich werde ein kleines Boot kaufen, ich habe am Hafen welche gesehen.«

»Ich beteilige mich an den Spritkosten.«

»Hör auf mit deiner Nebenkostenaufstellung, das nervt! Ich werde dich abholen, und Schluss. Leider ist deine Mutter nicht mehr da, sie hätte Charlotte mit ihren leckeren Gerichten wieder aufgemöbelt.«

Jetzt bin ich zu weit gegangen, Lou. Aber nein, Cyrian nimmt mich in die Arme.

Und so bleiben wir aneinandergeklammert stehen, wie

zwei Trottel. Lauter Lachen und Tränen und böse Erinnerungen an deine Gerichte und Schmerz und Liebe für dich.

Pomme, Île de Groix

Ich habe geträumt, dass ich das Herz meiner Schwester zu fest gedrückt habe und es geplatzt ist wie ein Luftballon. Seit Anfang November habe ich jeden Tag auf dem Saxophon geübt, außer an dem Tag, als Charlotte gestürzt ist. Heute ist meine erste Probe mit der Blaskapelle Chats-Thons. Sie sind etwa dreißig Leute, mehr Frauen als Männer. Die Kinder spielen Trompete oder Posaune. Fred, Jos Künstlerfreundin, die Gastgeberin am Siebten jedes Monats, spielt Kornett. Ywes wechselt zwischen Saxophon und Klavier. Sie spielen *Bésame mucho,* das ich nicht kenne, dann *Ain't She Sweet,* was ordentlich *swingt,* wie Charlotte sagen würde. Ich spiele mit ihnen *St. James Infirmary,* das ist ein amerikanischer Folk-Song.

Manche Lieder im Repertoire sind fröhlich, *Tequila, Mirza* oder *Titine.* Von anderen bekomme ich Gänsehaut, sie bohren sich in mich hinein: *Le Temps des Fleurs* und vor allem *Amazing Grace,* das ich jetzt auch spielen kann. Dann denke ich an Lou und werde von meinen Gefühlen überwältigt. Ich denke an Isabelle, die auf Groix gelebt hat. Ihr Mann hat sie mit einem Karabinerhaken erschlagen. Sie hat hübsche, lustige Geschichten geschrieben, *La Tribu des grands pieds et autres contes.* Ihre Geschichten sind mit Zeichnungen von Schulkindern illustriert. Ich denke an die Jugendlichen vom Festland, die am Strand Sables Rouges schlafen wollten und deren Lagerfeuer eine

Granate aus dem Krieg hat explodieren lassen. Einer starb und einer wurde verletzt.

Die Musik macht mich stark. Der mörderische Blick von Albane, die mich für schuldig hält, macht mir keine Angst mehr. Wenn meine linke Hand die hohen Noten auf dem Saxophon spielt, helfe ich Charlottes Herz beim Schlagen. Wenn meine rechte Hand auf dem Saxophon die tiefen Noten spielt, helfe ich ihren Lungen beim Atmen. Wenn ich in das Mundstück blase, um das Rohrblatt zum Schwingen zu bringen, rennt sie Hopla hinterher. Als Papa mich gefragt hat, was ich mir wünsche, hätte ich beinahe »ein Saxophon« gesagt.

Ich gehe nach Hause. Mama glaubt, dass ich beim Chor war. Seit Albane gesagt hat, dass ich an allem schuld sei, habe ich Bauchschmerzen. Wenn ich eine Blinddarmentzündung bekomme, transportiert man mich vielleicht auch mit dem Hubschrauber ins Krankenhaus, wo ich mit meiner Schwester im selben Zimmer liegen werde?

Jo und Sarah kommen aus Lorient zurück. Ich erkläre Jo, dass ich operiert werden muss. Er sagt mir, ich solle mich hinlegen, dann reibt er seine Hände aneinander, um sie aufzuwärmen, legt sie auf meinen Bauch und drückt fest. Ich soll erst meine Beine an den Bauch ziehen und dann laufen. Er verkündet seine Diagnose: fortgeschrittene Trübseligkeit. Behandlung: ein Crêpe mit Nutella. Ich gebe Hopla den Rand meines Crêpes. Am Tag des Unfalls war er bis zum Abend in Papas Panzer eingesperrt, ohne zu fressen oder zu trinken, er hat Pipi auf die Ledersitze gemacht, aber niemand hat mit ihm geschimpft.

Maëlle, Île de Groix

Um sicherzugehen, dass ich einverstanden bin, hat Ywes mir verraten, dass Pomme ihren Vater überraschen will, indem sie Saxophonspielen lernt. Ich respektiere die Verschwiegenheit meiner Tochter. Ich stelle ihr keine Fragen, wenn sie angeblich von der Chorprobe zurückkommt. Ich hoffe, dass Cyrian sie wieder enttäuschen wird. Ich habe ihn geliebt für das, was er war, ich erkenne sein Wesen in Pomme – seinen Mut, seine Loyalität, seine impulsiven Anwandlungen. Wir waren zwei Jahre lang verliebt. Ich habe geglaubt, dass er bleiben würde, aber er wollte Jo übertrumpfen. Nachdem er durch die Aufnahmeprüfung gefallen war, hatte ich Angst um ihn. Albane ist genau zum richtigen Zeitpunkt aufgetaucht. Sie ist zwar verheiratet, aber eigentlich zieht sie ihre Tochter genau wie ich alleine auf. Ihr Ehemann ist ein Geist im maßgeschneiderten Anzug.

»Heute Abend kommt Federico«, verkündet Sarah. »Er bleibt drei Tage.«

»Ihr schlaft in deinem Zimmer?«

»Wir haben zwar während der Feiertage endlose Gespräche geführt, aber sonst ist nichts passiert. Ich werde für ihn das blaue Zimmer vorbereiten.« Sie seufzt. »Ich habe Albane noch einmal gesagt, dass Pomme Charlotte gerettet hat, aber sie hört mir nicht zu.«

»Pomme will nicht ihre Schwester verraten, um sich selbst von Schuld zu befreien«, sage ich.

»Als Cyrian und ich klein waren, haben wir die Strafen des anderen auf uns genommen. Unser Zusammenhalt war noch einmal so stark, als wir zusammen Musik gemacht haben, mit diesem Idioten Patrice. Cyrian war begabt.«

Ich nicke. Er hat für mich auf dem Felsen Saxophon gespielt, bevor er mich gefragt hat, ob ich ihn heiraten und mit ihm nach Paris gehen will. Er hatte sich nicht eine Sekunde vorstellen können, dass ich ablehnen würde.

Federico, Île de Groix

Ich bin nicht seekrank geworden, doch als ich an Land trete, schwanke ich. Was mache ich hier eigentlich? Was hat Sarah, was die anderen nicht haben? Sie hat ein Madonnengesicht und den Körper einer Göttin. Ihre Zerbrechlichkeit bringt mich durcheinander. Sie ist faszinierend, intensiv, filmbegeistert. In Rom hatte ich das Gefühl, sie schon ewig zu kennen. Wir hätten heute in Paris zu Abend essen sollen, und nun stehe ich hier auf dieser *isoletta.* Ich habe vier Stunden im Zug gesessen und fünfzig Minuten auf einem Schiff. *Sono pazzo.* Ich bin verrückt. *Pazzo di lei.* Verrückt nach ihr.

Die Fähre, die mich auf die Insel gebracht hat, ist zwar größer als die im Hafen vertäuten Segel- und Fischerboote, aber im Vergleich zu den riesigen Dampfern, die in Venedig unter meinem Fenster durch den Giudecca-Kanal fahren, wirkt sie lächerlich klein. Ich habe ein paar Kleidungsstücke in eine Tasche in den Farben des AS Roma gestopft, die ein Freund bei mir vergessen hat. Sie werden glauben, dass ich ein Fußballfan bin.

»Huhu! Eins zwei drei!«

»Sarah!«

Ich umarme sie fest und lasse sie dann mit Bedauern los.

»Das ist Groix!«, sagt sie und breitet die Arme wie ein Fremdenführer aus, der asiatischen Touristen die *Piazza San Marco* präsentiert.

Ich grüße ernst in alle vier Himmelsrichtungen. »Federico, *piacere*, sehr erfreut.«

»Hallo, wir sind da!«, ruft Sarah laut.

Eine Frau mit braunen Locken kommt aus der Küche und reicht mir die Hand. Ihre Doppelgängerin in Miniaturformat zeigt auf meine Fußballtasche.

»Gryffindor?«

»In Rom gibt es zwei Mannschaften, *Lazio* ist hellblau, *Roma* orange und rot. Die Tasche gehört mir nicht.«

»Pomme ist Harry-Potter-Fan«, erklärt mir Sarah, um das Missverständnis aufzuklären. »Auf Hogwarts, der Zauberschule, wohnt Harry im Haus Gryffindor, das die gleichen Farben wie deine Tasche hat.«

»Oh! Grifondoro. So heißt das auf Italienisch. Aber die Schule heißt Hogwarts wie in England.«

Pomme reißt die Augen auf. »Aber Harry heißt Harry? Und Ron? Und Hermine?«

»Ja.«

»Albus Dumbledore, der Direktor von Hogwarts?«

»Albus Silente.«

»Minerva McGonagall, Harrys Klassenlehrerin?«

»Minerva McGranitt.«

»Ich schaue nach, ob mein Vater in seinem Büro ist«, sagt Sarah.

Sie steigt langsam die Treppe hoch. Ich habe unglaubliche Lust auf sie. Als sie oben angekommen ist, öffnet sich die Eingangstür in meinem Rücken. Ich drehe mich um.

Ich erkenne ihn sofort wieder. Es ist der Mann, mit dem ich an Weihnachten in Le Vésinet gesprochen habe, als ich meinen Nachbarn Eric besucht habe. Ich will gerade etwas sagen, als er den Kopf schüttelt. Sarah kommt wieder runter. Der Mann schüttelt immer noch den Kopf, und ich verstehe, dass wir uns nicht kennen dürfen.

»Papa, das ist Federico, wie der *maestro.*«

Jetzt erinnere ich mich. Ich dachte, Sarah wäre eine Patientin. Er hat mich aufgeklärt und mir von ihren Tätowierungen erzählt. Deshalb habe ich sie zum Essen eingeladen. Warum belügt er seine Tochter? Einander abschätzend schütteln wir uns die Hand.

»Ihr tragt beide einen Joseph«, sagt Sarah. Sie wendet sich an mich. »So nennt man in meiner Familie den Pullover, den mein Vater ständig über den Schultern trägt.«

»Woher kennt ihr euch?«, fragt der Vater, obwohl er das doch genau weiß.

Zu meiner großen Überraschung antwortet Sarah, ohne mich aus den Augen zu lassen: »Aus einem italienischen Restaurant in Chatou.«

Okay. In dieser Familie lügen also alle.

6. JANUAR

Charlotte, Lorient

Heute Morgen haben sie zur Kontrolle eine Echokardiographie gemacht. Sie wirken zufrieden. Ich werde von der Intensivstation in ein normales Zimmer verlegt. Meine Eltern sagen, das sei eine gute Nachricht. Ich entscheide nichts mehr, ich bin müde, habe Schmerzen, habe Angst. Ich erinnere mich, dass Pomme versucht hat, mich davon abzuhalten, den Pfad hinunterzugehen. Im Hubschrauber hatte ich schreckliche Angst. Der Sauerstoff hat meine Kehle ausgetrocknet. Mir war kalt und schwummrig. Sie werden mir die Morphiumpumpe abnehmen. Kommt dann der Schmerz zurück? Sie wollen mir auch die Drainageschläuche entfernen, das wird höllisch wehtun.

»Wie fühlst du dich, mein armer Schatz?«, fragt Mama, die erschöpfter aussieht, als ich mich fühle. Man könnte meinen, dass sie seit dem Sturz nicht mehr geschlafen hat.

»Warum darf Pomme nicht herkommen?«

»Nur ihretwegen bist du hier gelandet.«

Ein Stechen durchfährt mich, als ich die Hand heben will, es tut weh, sobald ich mich rühre.

»Aber sie hat mir das Leben gerettet!«, sage ich den Tränen nahe.

»Sie hätte dich beinahe getötet, meinst du wohl.«

Mama sitzt auf meiner Bettkante. Ich greife nach ihrer

Hand und drücke sie fest, obwohl mir die Anstrengung den Atem verschlägt. Sie hat nicht verstanden, dass Pommes Finger Tachis Pfeil ersetzt haben.

»Sie hat verhindert, dass mein Herz ausblutet!«

»Sie hat dich gezwungen in diese grauenhafte Spalte hinabzusteigen. Du hättest nie einen so wahnwitzigen Einfall gehabt.«

»Sie wollte mich davon abhalten. Ich habe sie weggestoßen. Alles ist meine Schuld.«

Mama erblasst. »Sie hat sich nicht verteidigt, als ich ihr das vorgeworfen habe!«

»Sie ist keine Petze.«

»Wenn sie unschuldig ist, hätte sie die Schuld von sich weisen sollen!«

»Indem sie mich verrät? Sie ist meine Schwester, sie hat mich beschützt.« Ich rege mich auf, es zieht an den Seiten und an meiner Narbe. »Auch Grampy hat mich gerettet. Er hat den Arzt davon abgehalten, Pomme wegzustoßen, die das Loch in meinem Herzen zugehalten hat.«

Mama knetet ihre Hände. »Ich habe Pomme beschuldigt, wie meine Mutter mich beschuldigt hat. Sarah hat recht, Pomme hat den Fluch aufgehoben. Sie ist zehn, so alt wie Tanguy …«

Ich weiß nicht, wovon sie spricht. Meine Augen fallen zu.

»Ich werde jetzt schlafen, Mama. Ich habe Glück, dass ich eine Schwester habe. Das kannst du nicht verstehen, weil du Einzelkind bist!«

Mamas Augen glänzen sonderbar. Sie sagt, dass sie etwas Dringendes zu erledigen habe, und eilt aus dem Zimmer.

Ich erwache, als die Krankenschwester Catherine mit einem Tablett hereinkommt, auf dem Verbandsmaterial liegt.

»Ich werde dir die Drainageschläuche ziehen, und dann wirst du hoch in die Kardiologie gebracht«, verkündet sie fröhlich.

»Kann ich sie nicht lieber behalten? Sie rauszunehmen, tut sicher weh.«

»Das stimmt, ich will dir nichts vormachen, aber sie müssen raus, da haben wir keine Wahl. Ich werde dir eine Dosis Morphium geben, dann kriegst du nicht so viel mit. In sechs Minuten komme ich wieder. In deinem neuen Zimmer hast du einen Fernseher, und deine Schwester kann dich besuchen kommen.«

Sechs Minuten sind eine lange Zeit, wenn man Angst hat. Aber ich bin froh, dass Mama nicht da ist, mit ihr wäre es noch schlimmer. Catherine kommt wieder an mein Bett. Sie hat Handschuhe angezogen, Verbände vorbereitet.

»Ich fange jetzt an, Charlotte. Du holst tief Luft und hältst dann den Atem an. In Ordnung? Bist du bereit? Los geht's, einatmen!«

Ich atme ein. Ich halte die Luft an. Und sie zieht ganz schnell. Es verschlägt mir den Atem, es tut sehr, sehr weh. Ich will sie anschreien, »aufhören!«, aber mir hat es die Sprache verschlagen. Es tut teuflisch weh, ich werde in den Höllenschlund fallen, es tut teuflisch …

»Es ist vorbei. Du warst sehr tapfer, bravo.«

»Es ist vorbei«, wiederhole ich schweißgebadet.

Ich schlafe ein wie ein Stein.

Cyrian, Lorient

Charlotte ist nicht mehr auf der Intensivstation, sondern in einem weißen Zimmer. Ich setze mich auf einen Plastikstuhl, der jedes Mal quietscht, wenn ich den Hintern bewege. Sie öffnet ein Auge, dann das andere und schaut erstaunt um sich.

»Sie haben mich verlegt, während ich geschlafen habe?«

»Ja.«

Ihr Blick folgt dem Infusionsschlauch, findet jedoch an dessen Ende die Morphiumpumpe nicht.

»Und wenn mir was weh tut?«

»Sie haben Schmerzmittel in die Infusion gegeben. Wenn das nicht reicht, bitten wir sie, dir etwas mehr zu geben. Mein Zug nach Paris geht in vierzig Minuten. Ich mache einen Abstecher ins Büro und komme dann wieder. Deine Mama bleibt bei dir. Wir lassen dich nicht allein.«

Sie nickt. Sie sieht aus wie ein aus dem Nest gefallener Vogel.

»Tat es sehr weh, als sie die Drainage rausgenommen haben?«

Die Krankenschwester hat mir gesagt, dass sie tapfer war.

»Ein bisschen. Du kommst wieder, Papa? Versprochen? Du lässt mich nicht allein?«

»Das schwöre ich dir.«

»Und wenn du deine Meinung änderst? Wenn deine Arbeit wichtiger ist?«

»Nichts ist wichtiger als meine kleine Tochter.«

»Aber du hast Pomme im Stich gelassen, vielleicht machst du das auch mit mir?«

Das hat gesessen. Kinder zielen direkt aufs Herz.

»Ich habe Pomme nicht im Stich gelassen, ich lebe nur nicht am selben Ort wie sie. Und sie fehlt mir. Aber zum Glück wohne ich am selben Ort wie du.«

Sie sieht hohläugig aus. Man hat ihr den Brustkorb geöffnet. Man hat ihr die Rippen aufgeschnitten. Man hat ihr das Herz zugenäht.

»Ich war gemein zu Pomme«, gesteht Charlotte beschämt. »Sie wollte mich daran hindern, den Weg hinunterzugehen, aber es hat mir Spaß gemacht, sie zu provozieren.«

»Warum?«

»Du hast Maëlle lieber als Mama, selbst wenn du nicht mehr mit ihr sprichst. Pomme sieht Maëlle ähnlich. Ich hatte Angst, dass du sie lieber hast als mich.«

Ich bin überrascht und traurig über ihre Eifersucht.

»Ich habe Pomme geschworen, dass ich, wenn sie mir das Geheimnis über Granny erzählt, den Pfad nicht hinuntergehen würde«, erklärt sie.

Welches Geheimnis? Ich reibe mir das Gesicht. Mein Zug nach Paris geht in einer halben Stunde.

»Sie hat mir alles erzählt. Ich bin trotzdem da runtergegangen. Ich habe mein Versprechen gebrochen. Und sie hat mir das Leben gerettet«, flüstert Charlotte mit bleichem Gesicht.

Auf einmal habe ich Angst. »Erzähl mir Grannys Geheimnis«, fordere ich meine Tochter auf.

Geheimnisse sind Gift. Jeder Tropfen wird zu Säure, die zerfrisst und zerstört.

»Hast du die Narbe neben Pommes Auge gesehen?«

»Ja, die Katze hat die Grek umgeworfen.«

»Nein, Papa. Sie haben dich angelogen. Die Kaffeekanne ist umgefallen, aber nicht wegen der Katze. Granny ist verrückt geworden, sie hat Pomme nicht erkannt, sie hat Panik bekommen und wollte sie wegstoßen. Und die Grek ist umgekippt und hat sie verbrannt.«

Mein Zug geht in fünfundzwanzig Minuten. Du bist verrückt geworden, meine schöne Diastole, und meine Tochter wäre beinahe für immer entstellt gewesen. Sie hat ihre Zunge gehütet. Sie war loyal. Du warst gefährlich, und du wusstest es. Du hast es vor uns verborgen.

Zuerst bin ich am Boden zerstört, es tut mir so leid für dich. Wie sehr du gelitten haben musst! Dann nehme ich dir übel, dass du kein Vertrauen zu uns hattest, und die Wut packt mich. Ich hätte dir helfen können! Ich knirsche mit den Zähnen, wusste Systole Bescheid? Die Eifersucht zieht mir den Magen zusammen. Ihm hast du vertraut, mir nicht. Du hast begriffen, was dir bevorsteht, Mama. Du wolltest nicht riskieren, dass so etwas noch einmal geschieht. Dann stimmt es also? Du wolltest selbst ins Pflegeheim ziehen? Systole wollte dich gar nicht loswerden? Während dieser letzten schrecklichen sechs Monate habe ich geglaubt, dein Beschützer zu sein, aber du bist bis zum Schluss meine Mutter geblieben, bis in dein löchriges Gedächtnis hinein. Systole hat dich zu nichts gezwungen. Aus Stolz, aus Hochmut hast du Pomme ein Versprechen abgenommen. Bis zum letzten Augenblick bliebst du eine erhabene Frau.

Mein Zug geht in neunzehn Minuten.

»Ich muss zum Bahnhof, mein Schatz. Ich verspreche dir, dass ich morgen da bin, wenn du aufwachst.«

»Ich war es, die die Hotelreservierung in Lorient storniert hat, Papa. Bitte verzeih mir.«

Charlotte liegt nicht mehr auf der Intensivstation. Ich

muss sie nicht mehr wie ein rohes Ei behandeln, ich kann sie berühren, ihre Wange streicheln. Ihre Haut fühlt sich warm an unter meinen Fingern. Ihre verletzten Rippen sind zu zerbrechlich, als dass ich sie umarmen könnte, aber ich liebkose ihr Gesicht.

Cyrian, TGV Lorient-Paris

Ich schaffe es gerade noch, in den Zug zu springen. Eine Frau mit grüner Brille bittet mich, die Plätze zu tauschen, sie will lieber in Fahrtrichtung sitzen. Von mir aus.

Ich lese meine SMS. Dany lässt mir keine Ruhe. Der Ton ihrer Nachrichten hat sich geändert. Wir sind zwei vernünftige Erwachsene, aber ich bin das verheiratete Arschloch, das seine Geliebte sitzenlässt. Ich begehre sie nicht mehr, der Zauber ist gebrochen. Ich habe meine Familie vorgeschoben, um mit ihr Schluss zu machen, die Rolle des Übeltäters akzeptiert, die mir zugefallen ist, damit sie sich von mir abgestoßen fühlt. Sie ist nur so hartnäckig, weil sie beleidigt ist. Heute Morgen hat sie mir eine lange Nachricht geschrieben:

»Ich weiß, dass deine Frau Druck auf dich ausübt und dir droht, dass du deine Tochter nicht mehr sehen darfst. Aber ich werde dich glücklicher machen, als du es jemals gewesen bist. Kinder werden groß und gehen. Das sind Mäuler, die gefüttert werden wollen. Vergiss deine Töchter, bevor sie dich vergessen. Sie lieben dich nicht. Ich weiß, wovon ich rede, ich bin eine Tochter. Mein Vater kann verrecken.«

Wüsste sie von Charlottes Unfall, wäre sie überglücklich. Ich antworte: »Meine Töchter kommen immer an erster Stelle.«

Ich lösche ihre Nummer aus meinen Kontakten und lege beim Thinktank mein Amt nieder.

Du hast es gewusst, meine liebe Diastole. Deine Krankheit hat dich uns genommen, aber sie hat dich nicht besiegt. Du hast ihr die Stirn geboten, bevor sie dir das Gehirn zerfressen hat. Ich muss die Wahrheit wissen. Eine einzige Person wird sie mir sagen. Ich schicke ihr eine SMS.

»Charlotte geht es besser. Wie hat sich Pomme das Gesicht verbrannt?«

Ich starre auf mein Telefon, während ich auf die Antwort warte.

»Die Katze hat die Kaffeekanne umgeworfen.«

»Das ist die offizielle Version. Glaubst du daran?«

»Nein. Lou und Pomme haben einen Pakt geschlossen.«

Meine Finger zittern, als ich die entscheidende Frage stelle.

»Wer hat entschieden, dass Mama ins Pflegeheim zieht?«

Der Zug wird von einem Tunnel verschluckt. Ich brenne vor Ungeduld, bis das Netz wieder funktioniert.

Maëlle hat geantwortet: »Lou. Am Tag, nachdem sie sich verbrannt haben. Jo wollte das nicht.«

Der Zug rollt durch die weite Landschaft der Bretagne.

»Geht es Ihnen nicht gut, Monsieur?«, fragt die Frau mit der grünen Brille, die meinen Platz bekommen hat.

Tränen laufen mir über die Wangen.

Jo, Île de Groix

Sie haben Charlotte die Drainageschläuche gezogen. Dabei besteht immer ein Pneumothoraxrisiko, aber es ist gut gelaufen. Auf einmal atme auch ich wieder leichter. Der ehemalige Besitzer meines neuen Bootes, ein Insulaner, der früher mit meinem Vater rausgefahren ist, hält mir die Schlüssel hin.

»Ich wünsche dir so viel Spaß damit, wie ich ihn hatte. Ich habe keine Lust, als Fischfutter zu enden. Sie haben bereits meine Freunde bekommen. Ich sterbe lieber in meinem Bett. Trinken wir zur Feier einen?«

»Ein anderes Mal, ich muss nach Lorient und meine Enkeltochter im Krankenhaus besuchen.«

Um den neuen Namen kümmere ich mich heute Abend. Die *Lou de mer* ist eine stolze Erscheinung. Wenn dein Name am Bug steht, bin ich niemals allein auf See.

Federico, Île de Groix

Erinnert dich das an etwas?«, fragt mich Sarah.

An einer Weggabelung, zwischen einem Restaurant, dem Handwerksbetrieb *Rouquin Marteau* und einem Fahrradverleih, ragt eine graue Fassade in den Himmel. CINEMA DES FAMILLES prangt in hellblauen Lettern auf dem Giebel. Ein Plakat klebt an der verglasten Doppeltür.

»Ist das die gleiche Fassade wie in *Cinema Paradiso*?«

»Sehr gut!«

Das Inselkino gleicht dem Kino aus Tornatores Film wie ein Ei dem anderen. Während der Schulferien laufen hier Filme, den Rest des Jahres trifft sich der Filmclub im Cinema des familles. Das Plakat kündigt ein Suppenfest an, das heute Abend in der alten Fabrik von Port-Lay stattfindet.

»Jeder bringt seine Suppe mit und kostet die der anderen. Wollen wir hingehen?«, schlägt sie vor.

Seit ich hier bin, gehen wir noch vertrauter miteinander um, aber wir haben in zwei getrennten Zimmern geschlafen. Pomme mochte meine Tasche in den Farben von Grifondoro so sehr, dass ich sie ihr geschenkt habe. Sie wollte sie in mein Zimmer tragen, um mir zu helfen und hat gefragt: »Wo schläft Federico?«

Sarahs Vater hat die Ohren gespitzt.

Sarah hat geantwortet: »Im blauen Zimmer.«

Ich habe mich schlafen gelegt, allein, und sie mir in ihrer roten Silvesterunterwäsche vorgestellt. Und dann ohne.

»Ich habe letzte Nacht in meinem blauen Zimmer auf dich gewartet, Sarah.«

»Und ich habe in meinem pfirsichfarbenen Zimmer auf dich gewartet.«

»Woher sollte ich wissen, wo du schläfst?«

»Am Ende des Gangs. An der Tür steht ein »S«, es war mein Kinderzimmer.«

Ich umarme sie heftig und küsse sie vor der berühmten Fassade. Kein Filmkuss, ein richtiger. Wenn wir nicht bei ihrem Vater zu Besuch wären, würden wir den Tag im Bett verbringen. Wenn wir nicht auf einer Insel wären, auf der alle sich kennen, würden wir ein Hotelzimmer nehmen.

Wir müssen uns bis zum Abend gedulden. Im alten Rom zählte man die Zeit von morgens um sechs bis zwölf Uhr mittags und von zwölf bis sechs Uhr abends. Die Stunden der Nacht zählten nicht. Für uns werden sie doppelt zählen.

Ich koche sehr gern, bei meiner Mutter und meinen vier Schwestern bin ich durch eine gute Schule gegangen.

»Sollen wir für das Fest die Wintersuppe meiner Tante Mirella machen?«

»Was brauchst du?«

Ich schicke meiner Cousine Carla eine SMS. Sie hat mit ihrer unvergleichlichen Stimme Filme synchronisiert, jetzt hilft sie ihrer Mutter im Restaurant. Sie antwortet mir *subito.*

»Stangenbohnen, Steinpilze, geschälte Esskastanien, eine Zwiebel, Sellerie, Karotten, Knoblauch, Chili, rohen Schinken und Olivenöl.«

»Kein Problem.«

Zwanzig Suppen sind angemeldet, dazu die unsere, und hundertfünfzig Teilnehmer. Die Inselbewohner leeren ihre Schüsseln mit Appetit. Aus unserem Topf duftet es köstlich. Pomme und ihr Großvater kümmern sich als Erstes darum, die Suppe auszuteilen. Sarah und ich kosten eine Rotkrautsuppe. Dann eine zweite aus Hühnerbrühe, Kürbis und Süßkartoffeln. Die Männer drehen sich nach Sarah um.

»Ist das Jos Tochter, Ko?«

Ihr singender Akzent klingt wie eine Kantilene. Mein Schüsselnachbar erzählt mir, dass Suppe im Mittelalter ein Stück altbackenes Brot bezeichnete, das als Teller diente und auf das man Fleisch und Gemüse legte. Die Adeligen gaben es nach dem Essen an die Armen oder die Tiere. Als es dann Teller aus gebranntem Ton gab, hat man das Brot hineingelegt und Brühe darüber gegossen, aber die Bezeichnung Suppe blieb.

Wir testen eine Suppe aus Chayote und Schmelzkäse. Und eine Muschelsuppe aus Groix. Und eine letzte mit Kresse und Birnen, mit Blauschimmelkäse bestrichenen Croutons und einem Gewürz, das Sarah *kari gosse* nennt.

Wir lösen Jo und Pomme ab, der Kochtopf ist nur noch zu einem Viertel gefüllt. Jo gesellt sich zu seinen Freunden, Pomme filmt das Fest mit ihrem iPad.

»Deine Suppe schmeckt mir, Ko!«, sagt eine Inselbewohnerin zu mir.

Die Küche meiner Tante Mirella ist einzigartig. Bevor sie das *Al Cantuccio* eröffnet hat, war sie Schneiderin. Sie berührt alle Zutaten, als wären sie aus Seide.

Die Essenden erheben sich und stimmen ein Seemannslied an:

À moi, forban, que m'importe la gloire,
les lois du monde et qu'importe la mort.
Sur l'océan j'ai planté ma victoire,
et bois mon vin dans une coupe d'or.

Mich, Halunke, was scheren mich der Ruhm,
die Gesetze der Welt oder der Tod.
In den Ozean habe ich meinen Sieg geschlagen
und trink meinen Wein aus einem goldenen Krug.

Weitere Stimmen fallen ein. Es wird applaudiert. Jemand ruft: »Jetzt ein Lied von Michel Tonnerre! Ein Lied von Michto! *Mon p'tit garçon!*«

Sarah steht auf, stützt sich auf den Tisch und beginnt mit rauer Stimme zu singen:

Dans la côte à la nuit tombée,
on chante encore sur les violons.
Chez Beudeff sur l'accordéon,
c'est pas la bière qui t'fais pleurer.
Et l'accordéon du vieux Jo,
Envoie l'vieil air du matelot.
Fout des embruns au fond des yeux,
et ça t'reprend chaque fois qu'il pleut …

Am Abhang bei Anbruch der Nacht,
spielt man noch auf den Geigen.
Und auf dem Akkordeon im Beudeff,
es ist nicht das Bier, das dich weinen lässt.
Und das Akkordeon des alten Jo,
spielt das alte Lied des Matrosen.
Da kommt die Gischt tief aus den Augen,
und es packt dich immer, wenn es regnet.

Als sie fortfährt, sieht sie mich an, betont den ersten Satz:

Allez Joe fais nous l'Irlandais,
qu't'as appris quand tu naviguais.
Pendant ton escale à Galway,
du temps où t'étais tribordais.

Los geht's, Jo, mach uns den Iren,
zeig, was du gelernt hast beim Navigieren.
In deiner Galwayer Zeit,
als du steuerbord standst bereit.

Ich halte ihrem Blick stand. Andere Stimmen fallen ein, aber ich höre nur sie.

Ein Typ in verwaschener Matrosenjacke spricht mich

an: »Du bist dran, Kamerad!«, sagt er und füllt mein Weinglas auf.

Meine Mutter hat uns alle acht in den irischen Chor geschickt, damit sie mal eine Verschnaufpause hatte. Ich stehe auf, räuspere mich. Dann stimme ich den Klassiker *When Irish Eyes are smiling* an:

There's a tear in your eye,
and I'm wondering why,
for it never should be there at all …

Du hast eine Träne im Auge,
und ich frage mich warum,
denn sie sollte dort nicht sein …

Ich beende das Lied und setze mich, außer Atem, wieder hin. Ich bin es nicht mehr gewohnt.

»Mach weiter, Junge«, sagt die Dame, der Mirellas Suppe so geschmeckt hat.

»Kennst du *Danny boy*?«, fragt der Mann in der Matrosenjacke.

Alle Iren kennen das Lied, es wird am St. Patrick's Day und bei Beerdigungen gesungen. Ich nicke langsam.

»Worauf wartest du dann noch? Dass die Flut kommt?«, ruft jemand.

»Mein Bruder hat das Lied früher auf dem Saxophon gespielt«, flüstert Sarah mir zu.

Das letzte Mal, als ich es gehört habe, trug ich zusammen mit meinen drei Brüdern den Sarg meiner Mutter.

»Oh bitte, bitte singen Sie!«, bettelt Pomme.

Also singe ich, für sie beide.

Oh Danny Boy, the pipes, the pipes are calling,
from glen to glen and down the mountain side,
the summer's gone and all the roses dying …

Oh Danny Boy, der Dudelsack ruft
von Tal zu Tal und vom Berg herab,
der Sommer ist vorbei, und all die Rosen welken …

Die Gespräche verstummen. Pomme und Sarah lassen mich nicht aus den Augen.

Erschöpft setze ich mich wieder. Der Typ in der Matrosenjacke denkt, dass Sarah meine Frau ist. Ich sage ihm nicht, dass wir uns heute erst zum dritten Mal begegnet sind. Cyrian ruft aus Paris an. Er kommt morgen mit dem ersten Zug nach Lorient zurück. Albane ruft an, Charlotte geht es besser. Der Saal stimmt ein weiteres Lied von Michel Tonnerre an:

Quinze marins sur le bahut du mort, hop là ho!
une bouteille de rhum.
À boire et l'diable avait réglé leur sort, hop là ho!
une bouteille de rhum.

Fünfzehn Seemänner auf des toten Mannes Kiste,
Yo ho ho! Und 'ne Buddel voll Rum.
Schnaps stand stets auf der Höllenfahrtsliste,
Yo ho ho! Und 'ne Buddel voll Rum.

Es kommt mir vor, als würde ich diese Insel schon immer kennen.

Mit dem leeren Kochtopf gehen wir durch die Nacht zum Haus hinauf. Sarah, Pomme, Jo und Maëlle singen:

Nous étions trois marins de Groix, ah ah ah ah ah.
Embarqués sur le Saint François, ah ah ah ah ah.
Il vente, il vente.
C'est le vent de la mer, qui nous tourmen-en-te.
C'est le vent de la mer, qui nous tourmen-en-te.

Wir waren drei Matrosen aus Groix, ah ah ah ah ah.
Eingeschifft mit der Saint-François, ah ah ah ah ah.
Der Wind weht, weht.
Es ist der Meeressturm, der uns quä-hä-hält.
Es ist der Meeressturm, der uns quä-hä-hält.

Alle gehen zu Bett. Ich schleiche durch den Flur bis zum pfirsichfarbenen Zimmer.

»Ich habe eine unumstößliche Regel«, murmelt Sarah. »Ich treffe keinen Mann mehr als zwei …«

Mein Kuss unterbricht sie. Zu warten war aufregend. Wir sind bereits ein Paar – der Kuss an Weihnachten und der an Neujahr hat es besiegelt. Wir rollen und schwanken gemeinsam, ganz wie von selbst, tanzen mit unseren Körpern einen Reigen. Wir drängen uns aneinander, vergnügt, erfüllt, endlich sicher im Hafen. Der Meeressturm wird uns nicht mehr quälen. Ich mache den Iren für sie. Ich habe Gischt in den Augen, doch im pfirsichfarbenen Zimmer scheint die Sonne. Auf der Seite liegend schlafe ich ein, das Gesicht Sarah zugewandt, meine Arme als Tau um ihre Taille, ich habe meinen Meeresschatz gefunden.

7. JANUAR

Pomme, Île de Groix

Die Blaskapelle gibt bald ein Konzert. Ywes möchte, dass ich mit ihnen auftrete.

»Ich bin noch nicht soweit.«

»Doch. Du hast Talent, Pomme.«

»Kennen Sie das Lied vom Freund meiner Tante Sarah, *Danny Boy*? Ist das zu schwer für eine Anfängerin?«

Ywes lacht sich in seinen Bart. Er stöbert im Regal, nimmt ein Heft heraus, blättert darin.

»Im Original heißt es *A Londonderry Air.* Ich habe die Partitur für Altsaxophon und Klavier.«

Er setzt sich ans Klavier und schaut sich die Noten an. Dann nimmt er sein Saxophon und spielt. Es ist herzzerreißend und wundervoll. Die ergreifende und sanfte Musik antwortet auf die Fragen, die ich nicht zu stellen wage.

»Wir können es bei dem Konzert zusammen spielen, wenn du willst«, schlägt Ywes vor.

»Aber ich kann es doch noch gar nicht!«

»Worauf wartest du mit dem Üben? Dass die Flut kommt?«

Albane, Lorient

Charlotte schläft. Bei den Untersuchungen waren alle Ergebnisse gut. Die Tür geht auf. Sarah kommt auf Zehenspitzen herein. Joseph spricht mit dem Kardiologen, wir haben Glück, einen Arzt in der Familie zu haben. Alles ist einfacher, er weiß, wie es läuft.

»Bist du allein?«, frage ich. »Charlotte hat mir gestanden, dass Pomme alles getan hat, um sie am Hinabsteigen zu hindern. Du hattest recht, die Liebe war stärker als der Hass. Der schreckliche Fluch meiner Mutter ist aufgehoben. Sag Pomme, sie soll morgen kommen.«

Sarah steckt die Hand in ihre Tasche und holt zwei Flakons heraus, die mir bekannt vorkommen.

»Hatte ich die nicht weggeworfen?«

»Ich habe sie wieder aus dem Müll geholt. Ich habe gehofft, dass du es am Ende verstehst. Ich habe auch den Brief dabei. Gibst du ihn ihr?«

Ich nicke.

Sarah, Île de Groix

Papa isst bei Fred mit der Bande des Siebten zu Abend. Federico und ich waren auch eingeladen, aber ich bin lieber mit ihm allein. Das *Ocre Maria* in Locmaria hat zugemacht. Ihr Crêpe mit Camembert und Salzkaramell war der reinste Zauber. Wir gehen in eine andere Crêperie. Davon gibt es auf unserem Kiesel genug.

»Worauf hast du Lust?«

»Auf gegrillten Fisch.«

»Das ist eine Crêperie …«

»Gut, dann nehme ich Nudeln.«

»In einer Crêperie isst man nur Crêpes«, sage ich.

»In einer Pizzeria isst man aber nicht nur Pizza!«

»Willst du nicht noch ein paar Tage länger bleiben?«

»Das würde ich gern. Aber übermorgen habe ich idiotischerweise eine Vorlesung in Paris und dann eine ganze Woche frei.«

»Ich weiß eine Lösung. Als ich klein war, habe ich vom Rezeptblock meines Vaters ein Blatt geklaut. Ich habe geschrieben: Nach gründlicher Untersuchung der kleinen Sarah verschreibe ich ihr notwendige und strenge Bettruhe zu Hause. Offizielle Krankschreibung durch den unterzeichnenden Arzt auf Anfrage der Betroffenen zur Vorlage beim Arbeitgeber.«

»Hat es funktioniert?«

»Nein. Der Text war perfekt. Nur dass ich, anstatt mit Papas Namen, mit meinem eigenen unterschrieben habe. So dämlich! Er hat zweimal von deiner Suppe nachgenommen. Wenn du ihn nett fragst, wird er dir ein Attest ausstellen. Du siehst erschöpft aus. Es fehlt dir an Schlaf. Dein Zustand verlangt strenge Bettruhe zu Hause.«

9. JANUAR

Pomme, Île de Groix

Ich bin mit Jo auf der *Lou de mer* zum Festland übergesetzt. Obwohl er mehrmals gesagt hat, dass Albane möchte, dass ich komme, mache ich mir Sorgen. Zum Glück ist sie nicht da, als wir das Zimmer betreten. Meine Schwester hat abgenommen, und sie spricht so leise wie wir in der Schule, wenn wir im Unterricht quatschen.

»Danke für den Strand«, murmelt sie und zeigt auf die Flakons auf ihrem Nachttisch. »Boy und Lola sind nicht vorbeigekommen.«

»Sie haben sich sicher im Stockwerk geirrt.«

Ich setze mich auf den quietschenden Plastikstuhl.

»Ich lasse euch allein, meine Mädchen«, sagt Jo.

Er geht, um mit dem Arzt zu sprechen. Ich erzähle Charlotte vom Suppenfest und zeige ihr den kleinen Film, den ich mit meinem iPad aufgenommen habe. So kann sie den schön geschmückten Saal sehen und Federico singen hören.

»Papa hat Jo gebeten, dass du auf Groix bleiben darfst, bis du wieder ganz gesund bist.«

»Ist das wahr?«

»Er hat mir gesagt, ich soll mir ein Geschenk aussuchen, weil ich dir geholfen habe, und ich habe mir das ausgesucht. Du wirst deinen persönlichen Arzt im Haus haben. Das ist doch schick, oder?«

»Ich muss nicht nach Le Vésinet zurück? Du bist echt klasse!«

»Papa kommt an den Wochenenden. Du kriegst mein Zimmer im Erdgeschoss, dann musst du keine Treppen steigen. Da herrscht ein bisschen *stal,* aber ich räume noch auf.«

»Wie bitte?«

»*Stal,* Unordnung auf Bretonisch. Mama sagt, dass man glaubt, man stünde auf dem *strouilh.*«

»Dem was?«

»Die Müllhalde, auf die die Konservenfabrik früher die Thunfischreste gekippt hat.«

»Im Erdgeschoss bin ich weit weg von Mama«, freut sich Charlotte.

»Worüber sprecht ihr?«, fragt Albane, als sie die Tür aufstößt.

Hat sie es gehört? Charlotte läuft rot an. Ich stehe so schnell auf, dass der Stuhl laut quietscht, und weiche zur Wand zurück. Ihr Blick ist nicht mehr mörderisch, aber ich bleibe misstrauisch.

»Ich muss mich bei dir entschuldigen, Pomme«, sagt sie gleich als Erstes.

Ich hoffe nur, dass Jo bald kommt.

»Bitte verzeih mir«, fährt sie fort. »Charlotte hat mir alles erzählt. Ich war ungerecht. Ich habe dich zu Unrecht beschuldigt. Ich hatte solche Angst …«

»Ich habe dir etwas mitgebracht«, sage ich zu Charlotte, um die Stimmung ein wenig aufzulockern.

Ich halte ihr die kleine Konservendose hin, die ich beim Schneckenhändler in Kerbus gekauft habe.

»Charlotte muss die Krankenhausmahlzeiten essen«, geht Albane dazwischen.

»Was in der Dose ist, kann man nicht essen.«

Charlotte liest das Etikett laut vor: Salzige Luft, Herkunft: Île de Groix.

»Sie ist mit Luft gefüllt? Das ist süß!«

»Ich danke dir von ganzem Herzen, Pomme«, insistiert Albane.

Ihr Dank macht mich verlegen, also komme ich ihr entgegen: »Ich bin sehr froh über Papas Geschenk, mehr brauche ich nicht.«

»Welches Geschenk?«

»Dass Charlotte zu uns nach Groix kommt, bis sie wieder ganz gesund ist.«

»Grampy wird mich pflegen. Ich werde meinen Privatarzt haben, wie die Hollywoodstars«, flüstert Charlotte glücklich.

Albane schaut uns lange Zeit schweigend an. Dann geht sie aus dem Raum.

»Sie wusste es nicht«, murmelt Charlotte.

Warum hat Papa ihr nichts gesagt?

Albane, Lorient

Er sitzt an einem Cafétisch und tippt auf seinem Laptop. Ich sehe die leeren Tassen vor ihm, den Fleck auf dem Ärmel, seine zusammengezogenen Augenbrauen, die abgekauten Fingernägel, seine Blässe, seinen Charme, die frischen Falten auf seiner Stirn. Trotz allem liebe ich diesen Mann noch.

»Cyrian?«

Er hebt den Kopf und erinnert sich, dass er für mich nicht mehr existiert. Sein Lächeln erlischt. Erstaunt schaut er auf seine Uhr.

»Ist es schon Zeit, dich abzulösen?«

»Pomme ist bei Charlotte.«

Er klappt seinen Laptop zu, schiebt seine Papiere beiseite, steht auf, ein Gentleman. Ich setze mich.

»Charlotte scheint zu denken, dass sie zur Genesung auf Groix bleiben wird«, sage ich tonlos.

»Ich wollte mit dir darüber sprechen. Der Chirurg findet, dass es eine gute Idee sei. Und Systo… mein Vater ebenso.«

»Ich dachte, du hättest schon alles mit dem Krankenhaus in Le Vésinet geklärt? Wolltest du mich erst in allerletzter Minute informieren? Mich vor vollendete Tatsachen stellen?«

»Du wärst mich unter der Woche los. Die Luft auf Groix ist besser. Papas Gegenwart wird dich beruhigen. Und Pommes Gegenwart wird Charlotte guttun. In Le Vésinet wäre sie nachts allein. Auf Groix bist du bei ihr«, argumentiert Cyrian.

Meinen Mann nicht mehr sehen zu müssen, wäre eine Erleichterung, das ist wahr. Joseph ist ein renommierter Kardiologe, so viel ist sicher. Als ich in ihr Zimmer kam, hat Charlotte gelächelt, weil Pomme bei ihr war.

»Ich werde darüber nachdenken«, sage ich. »Ich war ungerecht zu Pomme. Ich hoffe, dass sie mir verzeiht.«

»Du fehlst mir, Albane.«

Ich verlasse das Café ohne eine Antwort.

10. JANUAR

Pomme, Île de Groix

Ich probe regelmäßig mit der Blaskapelle und werde immer sicherer. Wenn ich mich verspiele, hört man es nicht, und ich habe jetzt verstanden, wie man die anderen wieder einholt. Mit der Partitur von *Danny Boy* mache ich Fortschritte. Wenn mich Ywes am Klavier begleitet, reite ich auf dem Schaum der Wellen. Das Lied ist so magisch wie Martines Kuchen. Wenn ich es spiele, schlägt mein Herz im Rhythmus der Saxophonklänge, als ob Groix niemals mehr Gefahr liefe, sich vom Meeresboden zu lösen, als ob Papa das ganze Jahr über bei uns lebte, als ob Lou noch am Leben wäre.

Federico bleibt noch ein paar Tage länger. Tante Sarah geht beschwingter, seit er hier ist. Charlotte und Albane kommen morgen. Mama wird nach Locmaria ziehen, aber wir werden uns jeden Tag sehen. Papa kommt am Freitagabend zu uns und schläft in seinem Zimmer. Albane hat sich im blauen Zimmer eingerichtet, weil er schnarcht und sie das beim Schlafen stört. Wir spielen Reise nach Jerusalem. Ich habe mit Charlotte das Zimmer getauscht. Federico ist aus dem blauen Zimmer ausgezogen, um bei Tante Sarah im pfirsichfarbenen Zimmer zu schlafen. Nur Jo bleibt in seinem eigenen.

12. JANUAR

Charlotte, Île de Groix

Wir sind mit dem Cayenne gekommen, ich saß vorne auf Mamas Platz. Papa hat gesagt, dass ich dort wie eine Made im Speck säße. Warum sollte eine Made sich im Speck wohlfühlen, wo sie doch jederzeit in der Pfanne landen kann? Grampy mag das Auto nicht – er nennt es den Panzer –, aber dieses Mal hat er nichts gesagt. Auf dem Schiff habe ich den Aufzug statt der Treppe genommen, ich bin nicht mal aufs Außendeck gegangen. Ich schlafe in Pommes Zimmer. An der Seite vom Bücherregal klebt ein kleines Foto von unserem Papa, man sieht es nur vom Bett aus. Ich habe ihm nichts davon erzählt.

Ich habe mir meine Rückkehr hierher so oft ausgemalt. Nichts ist, wie ich es mir vorgestellt habe. Ich fühle mich wie eine alte Frau von mindestens dreißig Jahren. Ich kann weder rennen noch spazieren gehen, nicht mal einen Teller tragen. Ich brauche Hilfe beim Waschen, bekomme Angst, wenn Hopla auf mich zuläuft, um zu spielen. Zu atmen fällt mir schwer, wenn ich huste, ist es besonders schlimm. Ich habe mich darauf gefreut, bei Pomme zu sein, aber ich bin langsamer als Grampy. In zwei Tagen wird er mir die äußeren Fäden ziehen. Die inneren werden sich von allein auflösen. Grampy hat eine sichere Hand. Ich werde bestimmt Panik kriegen, aber ich werde cool bleiben. Das Wort hat Pomme mir beigebracht, cool. Ich mag die zwei O, zwei sind besser als eines, das ganz allein wie ein Trottel dasteht. Bei Pomme geht es mir besser als allein in Le Vésinet.

Jo hat mir Karamell aus Groix geschenkt, mit Pistazien und Schokolade aus Peru, das ist so lecker! Er gibt mir Medikamente, damit ich keine Schmerzen habe. Der Physiotherapeut ist nett, ich bin die jüngste Patientin auf der Insel. Er bringt mir bei auszuspucken, um den Schleim loszuwerden und eine Infektion zu vermeiden. Er sagt, dass sich meine Atemfunktion in sechs Wochen normalisiert haben wird. Seit meiner Geburt atme ich, ohne dass ich je darüber nachgedacht habe, jetzt ist es auf einmal anstrengend. Von dem Physiotherapeuten weiß ich, dass wir nicht alle auf die gleiche Weise atmen, das hängt vom Alter ab. Babys atmen schneller als Kinder, die schneller atmen als Erwachsene. Ich werde für lange Zeit nicht in die Schule gehen. Ich bin ständig müde. Ich habe Angst, nie mehr zu rennen, zu rufen, zu tanzen. Ich frage mich, ob sich Tante Sarah so fühlt wie ich jetzt, wenn die anderen herumrennen. Wenn Granny noch da wäre, würde ich sie danach fragen. Sie hat alles verstanden. Ich glaube, dass ich ihr beinahe gefolgt wäre.

Ich helfe Pomme, Gedichte für die Schule zu lernen.

La route est faite pour aller, puisqu'elle est plate.
La route est faite pour rouler, puisqu'elle est ronde.
As-tu jamais vu le soleil dire : je suis las ?
As-tu jamais vu sous un toit dormir la lune ?

Die Straße ist zum Gehen da, denn sie ist platt.
Die Straße ist zum Fahren da, denn sie ist krumm.
Hast du die Sonne je sagen hören: Ich bin müde?
Hast du je unter einem Dach den Mond schlafen sehen?

Ich habe ein gutes Gedächtnis, wenn ich etwas auswendig gelernt habe, kann ich es sofort am Stück aufsagen. Pomme macht Gesten und erzählt die Geschichte einem unsichtbaren Publikum. Alles in ihrem Gedicht bewegt sich, die Straße, die Sonne, der Mond. Ich bin in meinem Zimmer eingesperrt wie ein auf eine Pinnwand gespießter Schmetterling.

22. JANUAR

Cyrian, Île de Groix

Mein Inneres zieht sich zusammen, als ich den Namen am Bug von Systoles Boot entziffere: *Lou de mer.* Ich bin kein besserer Vater als er, aber er war ein besserer Ehemann als ich. Er hat Mama bis zum Ende beschützt. Langsam frage ich mich, ob er sie wirklich betrogen hat.

Charlotte ist schlecht gelaunt. Pomme strengt sich an, um sie abzulenken. Hopla bringt ihr sein Spielzeug und versteht nicht, warum sie es nicht mehr für ihn wirft.

»Übernimmst du das Steuer?«, bietet mir Systole an.

»Das kann ich nicht.«

»Du hast doch einen Bootsführerschein, oder? Um diese Zeit fährt kein RoRo mehr. Du hast doch nicht etwa Angst?«

Genau wie früher, als ich vom höchsten Sprungbrett sprang oder mich beim Segeln weit über Bord lehnte, um ihm zu beweisen, dass ich kein Feigling bin. Die Geschwindigkeit ist im Hafen auf drei Knoten beschränkt. Ich beschleunige in der Fahrrinne und gebe Gas, sobald wir uns genügend von der Küste entfernt haben und durch tiefes Gewässer fahren. Das Boot vibriert unter meinen Füßen. Ich surfe auf einer Welle, beschleunige weiter. Die *Lou de mer* bäumt sich auf, ich hab die Zügel in der Hand.

»Macht Spaß, oder?«, brüllt mein Vater.

Ich nicke nur und konzentriere mich, um die Bojen zu erkennen. In nördlicher Richtung zeigen beide Pfeile nach oben, in südlicher beide Pfeile nach unten, das ist leicht. In östlicher Richtung stehen die Pfeile nach oben und nach rechts. In westlicher Himmelsrichtung zeigen sie in die Mitte. Systole wird mir nicht helfen, ich kenne ihn, er würde mich sein Boot auf Grund setzen lassen und mich danach übel beschimpfen.

»Du hattest recht mit dem Pflegeheim«, rufe ich laut, um das Motorengeräusch zu übertönen. »Mama wollte selber dorthin.«

Er steht hinter mir, ich kann seine Reaktion nicht sehen. Ich steuere durch die Nacht, auf seine Insel zu. Weil ich das Steuer so fest umklammere, sind meine Arme ganz steif geworden. Als wir uns Groix nähern, drehe ich mich zu ihm um. Ich erinnere mich: Das Herz ist auf der linken Seite der Brust und ist rot. Wenn man in den Hafen fährt, muss die rote Boje auf der linken, der Backbordseite liegen.

»Aber du legst an, Papa.«

»Das schaffst du.«

»Es ist zehn Jahre her, dass ich zuletzt in einen Hafen gesteuert bin, meinst du nicht, dass es vernünftiger wäre?«

»Hast du etwa Angst, mein Sohn?«

Auf ein Neues. Ich knirsche mit den Zähnen. Ich drossele den Motor. Steuere den Steg in einem 45-Grad-Winkel an. Ich schalte in den Leerlauf, um mich parallel zu stellen, begradige ein wenig, lege kurz den Rückwärtsgang ein, um das Boot zum Stehen zu bringen.

»Schon geschafft.«

Überraschend behände für seine sechzig Jahre geht Systole an Land und vertäut das Boot.

»Du hast nichts vergessen«, sagt er.

»Wie läuft es mit Albane?«, frage ich.

»Sie ist freundlich, hilfsbereit, nett, kaum wiederzuerkennen. Lou und Thierry haben eine gute Menschenkenntnis.«

»Was hat Thierry damit zu schaffen? Er kennt sie doch kaum!«

Mein Vater wird doch wohl nicht auch noch durchdrehen?

»Er ist ein feiner Kenner der menschlichen Seele, Cyrian. Lou hielt Albane für großzügig. Ich bin sicher, dass Thierry ihr zustimmen würde.«

»Ihr habt so viele Freunde, Mama und du. Ich habe meine verloren. Meine Frau und meine Tochter haben nie welche gehabt. Warum?«

»Früher hattest du Freunde. Und Charlotte entdeckt mit Pomme, was Freundschaft ist, das wird ihre Genesung beschleunigen.«

Im Gleichschritt gehen wir zum Haus. Wir kommen am Ty Beudeuff vorbei. Ich kann es nicht erwarten, Charlotte in den Arm zu nehmen, sonst hätte ich meinem Vater zum ersten Mal einen ausgegeben.

Meine Töchter sind mit Sarah und Federico in der Küche. Sie spielen *burraco*, ein italienisches Spiel, das so ähnlich wie Canasta zu funktionieren scheint. Charlotte lächelt, als sie mich hereinkommen sieht. Sie will aufstehen, doch hält dann zusammengekrümmt inne. Ich gebe ihr einen Kuss auf die Stirn. Sie hat noch weiter abgenommen. Pomme wartet darauf, dass sie an der Reihe ist. Ich gebe auch ihr einen Kuss auf die Stirn.

»Wo ist Albane?«

»Sie ist zum Chor gegangen.«

Ich muss wohl träumen. Meine Töchter lieben sich. Mein Vater findet meine Frau nett. Sie trällert Lieder mit Insulanern, die sie erst seit ein paar Tagen kennt, während sie sich in Le Vésinet, wo wir seit zehn Jahren in derselben Straße wohnen, mit niemandem angefreundet hat.

»Lässt du uns noch die Runde zu Ende spielen?«, fragt Sarah.

Ich freue mich, sie so innig zu sehen, fühle mich aber überflüssig. Ich bin vom Büro wie ein Verrückter zum Gare Montparnasse gerannt. Ich habe mir die ganze Zugfahrt über unser Wiedersehen ausgemalt. Und nun fühle ich mich wie das Haar in der Suppe. Pomme, feinfühlig wie sie ist, wirft mir einen entschuldigenden Blick zu. Charlotte, mit blassem Gesicht, wird von meiner Schwester zur Ordnung gerufen.

»Wir sind dabei, sie ordentlich einzuseifen, aufgepasst, kleine Nichte, sonst hagelt es was!«

»Wir gewinnen, Papa. Tante Sarah sagt, dass ich ihr den Arsch gerettet habe!«, ruft meine kleine verletzte Tochter.

Wenn sie so mit ihrer Mutter spricht, wird es was hageln, das ist sicher.

Wir essen in einer Dreiviertelstunde zu Abend, wenn Albane wieder zurück ist. Ich mache mich auf zur Steilküste. Unterwegs komme ich an der Glasbläserwerkstatt von Damien vorbei. Er hat vor elf Jahren mein erstes Geschenk für Maëlle gefertigt, eine Halskette aus durchscheinenden Perlen in der Farbe ihrer Augen. Er hat das Armband gemacht, das ich Albane geschenkt habe, als wir zum ersten Mal zusammen auf Groix waren. Der Kerl hat einen ganzen Haufen Kinder und lächelt die ganze Zeit. Ich habe es mit meinen zwei Töchtern verbockt und mache ständig ein miesepetriges Gesicht. Finde den Fehler. Ein Auto hält neben mir.

»Cyrian?«

Ein offener Blick, rote Haare unter einem Turban, ein Dreikäsehoch von Frau, aber ein Herz so groß wie ein ganzes Haus: Martine, deine Freundin mit dem *magical cake.* Sie lebt mit ihrem Ehemann, dem Gitarristen Olivier, in Lomener.

»Soll ich dich irgendwo absetzen?«

Hat Lou sie mir geschickt?

»Ich bin auf dem Weg nach Locmaria.«

»Steig ein.«

Hasen laufen am Rand der gewundenen Straße. Vor Loqueltas biegt sie ab, fährt an Kermarec vorbei und Richtung Locmaria.

»Wir haben uns Sorgen um Jo gemacht, aber es geht ihm besser«, sagt sie.

Ich erstarre. »Ich wohne in Paris, ich konnte mich nicht um ihn kümmern«, entgegne ich, in der Defensive.

»Natürlich nicht, ich sage das nur, um dich zu beruhigen! Wir halten hier alle zusammen. Lou fehlt uns. In einem Jahr habe ich ›Birne, Banane, Küsse‹ auf meine Marmeladen geschrieben. Sie hat mir Gläser mit ›verbrannten Äpfeln, Zimt, Calvados, mit Liebe missraten‹ geschenkt.«

»Du hast sie in den Abfall geworfen und gesagt, dass die Marmelade köstlich war?«

»Ganz genau.«

Sie setzt mich in Locmaria ab. Im Erdgeschoss brennt Licht. Der Schornstein raucht. Ich habe eine ganze Palette schöner Erinnerungen an dieses Haus. Ich sehe Maëlles Großmutter, also Pommes Urgroßmutter, vor mir, mit ihrer bretonischen Spitzenhaube auf dem Kopf. Sonntags trug sie ihre hohe Haube. Sie erzählte uns von ihrer Kindheit, von den Jungen, die auf dem Rückweg vom Brunnen die Wasserkrüge fallen ließen, von den Kuchen, die das ganze Dorf im großen Ofen des Bäckers buk, von den großen Familien in ihren kleinen Häusern in den windgeschützten Dörfern. Sie hatte die Haltung einer Königin. Ich sehe mich, wie ich Steine an Maëlles Fenster werfe, damit sie nachts zu mir herauskommt. Ich sehe ihre Eltern vor mir, die wenige Monate nach Pommes Geburt von einer Lawine verschüttet wurden. Sie hatten eine Reise gewonnen und zum ersten Mal in ihrem Leben den Fuß auf einen Berg gesetzt. Maëlles Vater hat Meeresstürme überlebt, nur um schließlich auf einem Gipfel zu sterben. Ich war bereits mit Albane zusammen, wusste aber nicht, dass sie Charlotte erwartete. Ich habe gehofft, dass Maëlle mir schließlich doch noch folgen würde, da ihre Eltern sie nicht mehr an Groix banden. Ich habe die Macht der Geister unterschätzt. Wären sie am Leben geblieben, hätte sie sie vielleicht eines Tages auf der Insel zurückgelassen. Doch von den Verstorbenen konnte sie sich nicht trennen.

Ich klopfe an die Tür.

Maëlle, Île de Groix

Was zum Teufel macht er denn hier?

»Geht es Pomme gut?«, frage ich besorgt.

»Sehr gut sogar. Kann ich reinkommen?«

Ich habe alle Zimmer neu eingerichtet und die Bäder der Gästezimmer renoviert. Aber die Wohnzimmermöbel meiner Eltern habe ich behalten. Ich deute auf den Sessel meines Vaters.

»Setz dich. Er wird nicht wiederkommen, um dir den Hintern zu versohlen.«

Mein Vater hat ihn einmal bis zum Strand verfolgt, um ihm eine Tracht Prügel zu verpassen, weil ich nachts nicht zu Hause geschlafen hatte, aber Cyrian war schneller. Sie haben sich wieder vertragen. Sie haben einander geschätzt, obwohl Cyrian schon damals mit Jo im Clinch lag.

»Die Mädchen spielen Karten. Albane ist bei der Chorprobe.«

»Und du fühlst dich vernachlässigt. Was führt dich zu mir?«

»Ich will, dass wir Frieden schließen.«

»Bekriegen wir uns denn?«

Er schaut meine gerahmten Fotos an: meine Eltern, meine Großmutter mit Spitzenhaube, Pomme in jedem Alter.

»Du verlässt Le Bourg, sobald ich komme. Du lehnst mein Geld ab, das für meine Tochter gedacht ist. Du flüchtest vor mir.«

»Wenn du mich geholt hättest, wäre ich nach Le Bourg zurückgekehrt. Pomme ist nicht deine, sondern unsere Tochter. Wenn du die Dinge anders dargestellt hättest, hätte ich deine Hilfe angenommen. Ich flüchte nicht vor dir, ich meide deine Frau.«

»Du hast mir den schwarzen Peter zugeschoben. Ich bin der Mistkerl, der sein Kind im Stich gelassen hat.«

»Du hast niemanden im Stich gelassen, ich habe mich geweigert, mit dir nach Paris zu gehen. Pomme ist ein tolles Mädchen, das wüsstest du, wenn du sie mehr als vier Mal im Jahr sehen würdest.«

»Sie sieht dir ähnlich. Ich habe dich verloren, und ich wusste von Anfang an, dass ich auch sie verlieren würde.«

»Du hast dich mit deiner Frau und deiner Tochter in einen Turm gesperrt.«

Ich biete ihm eine Zigarette an. Er legt den Kopf nach hinten, streckt seine langen Beine vor dem Kamin aus, raucht mit Genuss.

»Ich bin auch gekommen, um mich bei dir zu bedanken. Du hast Lou beigestanden und dich um meinen Vater gekümmert, obwohl das meine Aufgabe gewesen wäre.«

»Sie sind Pommes Großeltern, sie haben mich nach dem Tod meiner Eltern aufgenommen. Ich bin es ihnen schuldig.«

»Was ich dir am Tag des Unfalls gesagt habe. Dass ich dich liebe. Das habe ich ernst gemeint«, murmelt er.

»Ich auch. Aber wir passen einfach nicht zueinander.«

»Ich weiß. Hast du jemanden?«

»Im Moment nicht. Es gab jemanden, Pomme wusste nichts davon.«

»Ich werde Albane verlieren.«

»Hängst du an ihr?«

»Ja. Mir war nicht klar, wie sehr.«

»Dann kämpfe um sie.«

»Ich habe sie betrogen. Sie wusste davon, hat es hingenommen. Jetzt betrüge ich sie nicht mehr, aber sie kann mich nicht mehr ertragen. Ich dachte, dass sie mich für immer lieben würde.«

»Ihr seid wirklich einmalig, ihr Männer! Häng dich rein, um sie zurückzuerobern, anstatt dich zu beklagen. Verführ sie, als hättet ihr euch gerade erst kennengelernt. Du hast ein Ass im Ärmel, mein Freund, du bist der Vater ihrer Tochter.«

»Ich bin nicht dein Freund«, entgegnet Cyrian scherzhaft.

Ich betrachte ihn mit neuer Zärtlichkeit.

»Dann wird es Zeit, dass du es wirst. Denn auch ich habe ein Ass im Ärmel. Ich bin die Mutter deiner Tochter.«

Charlotte, Île de Groix

Federico und Pomme haben uns im *burraco* geschlagen. Tante Sarah ist stinksauer.

»Wo ist dein Vater hin?«, wundert sich Mama, als sie zurückkommt.

Seit meinem Unfall nennt sie ihn nicht mehr beim Vornamen.

»Ich bin Luft schnappen gegangen, während meine Töchter in der Spielhölle festsaßen«, ruft Papa, der gerade durch die Tür kommt.

Seit meinem Unfall sagt er meine Töchter, im Plural. Ich ziehe die Nase kraus.

»Hast du geraucht, Papa?«

»Nur eine Zigarette.«

»Das ist sehr schlecht für Charlotte!«, protestiert Mama.

Papa geht zu ihr, um sie zu küssen, aber sie dreht den Kopf weg und öffnet den Schrank mit den Tellern. Pomme sammelt die Karten ein und legt das Besteck auf den Tisch. Ich bin toter Ballast.

»Ich hole mir einen Pulli«, sage ich.

»Ich kann ihn holen«, bietet Pomme an.

»Welchen möchtest du?«, beeilt sich Mama zu sagen.

»Sie ist nicht aus Zucker«, greift Grampy ein. »Sie wird sich schon nicht überanstrengen.«

Ich stehe langsam auf und gehe bis in mein Zimmer, wo ich mich aufs Bett setze, um Atem zu schöpfen. Ich trage zurzeit nur Strickjacken, wegen meiner Rippen. Ich würde es nicht schaffen, mir einen Pullover überzuziehen. Pomme hat mir ein Fach in ihrem Schrank freigeräumt. Da liegt der orangefarbene Fleecepulli, den ich bei meinem Sturz anhatte. Er war voller Erde, Gras und Blut, jemand muss ihn gewaschen haben – er wartet auf mich, sauber, gefaltet, verführerisch. Ich strenge mich sehr an, um ihn anzuziehen. Jemand klopft an die Tür.

Papa setzt sich neben mich.

»Ganz schön schwer, was, mein Schatz?«

»Ich habe keine Kraft mehr. Der Physiotherapeut sagt, dass sie wiederkommt, aber er lügt. Pomme ist bestimmt enttäuscht, ich kann nicht einmal rausgehen. Glaubst du, dass ich eines Tages wieder atmen kann wie früher?«

»Du wirst dich ausruhen, essen und schlafen, dann kommt dein Selbstvertrauen zurück. Und du wirst dein Leben wiederbekommen. Hast du dein iPad hier? Ich zeige dir, was mir hilft, wenn es mir schlecht geht.«

Er tippt auf den Bildschirm, reicht ihn mir. Ich sehe einen erleuchteten Steg, zwei blinkende Lichter, ein grünes und ein rotes, angebundene Segelschiffe, Bojen.

»Das ist die Webcam vom Cap Lorient in Port Tudy, so hast du einen direkten Blick auf den Hafen von Groix, in Echtzeit.«

»Und das schaust du dir an, wenn du traurig bist?«

»Ja. Und jeden Morgen und jeden Abend sowieso. Ich sehe wie die RoRos anlegen, die Passagiere und Autos herauskommen, die Seemänner ihre Fracht verladen, die Segelschiffe und Fischerboote herein- und hinausfahren. Ich sehe den Regen prasseln oder wie die Sonne das Wasser glitzern lässt. Am Tag sehe ich geschäftiges Treiben, nachts den schlaflosen Ozean. Einmal habe ich sogar

Pomme und deine Granny gesehen, wie sie geparkt und sich ein Ticket für die Überfahrt gekauft haben!«

»Es tut mir so leid, dass ich in die Spalte hinabgegangen bin, Papa. Vorher habe ich wegen Mama in einem Käfig gelebt, aber wenigstens konnte ich atmen.«

»In einem Käfig?«, fragt er verwundert.

Er hat doch mit uns zusammen gewohnt. Hat er denn nichts bemerkt?

»Ich darf keine Freunde haben. Darf nicht in der Schulkantine essen. Ich darf niemanden einladen und auch niemanden besuchen. Ich bin Mamas Puppe.«

»Übertreibst du nicht ein wenig?«, fragt er lächelnd.

»Jetzt wird es noch schlimmer werden! Sie wird mich bis zu meinem achtzehnten Geburtstag einsperren!«

»Und was hast du danach vor?«

»Ich werde weit weg gehen, damit sie mich niemals wiederfindet. Nur Pomme darf meine Adresse wissen.«

»Und ich nicht?«

»Du würdest dich verpflichtet fühlen, sie Mama zu geben.«

Papas Lächeln erlischt. »Dann bleiben mir neun Jahre, um dich davon abzuhalten, in der Wildnis zu verschwinden«, sagt er ernst.

Lou, dort, wohin wir alle einmal gehen

Anfangs habt ihr euch noch an mich gewandt. Nun bin ich Teil der Vergangenheit. Ihr denkt nicht mehr »das hätte dir gefallen«, sondern »Mama, oder Lou, hätte das gefallen«. Du bist der Letzte, der mich noch anspricht, mein Libeling. Das ist normal. So ist das Leben. Oder eher, so ist der Tod.

Ihr seid alle im Haus versammelt, das wärmt mir das Herz. Ihr stellt euch einander, schlagt euch miteinander herum, habt heftige Gefühle. Ihr seid im Innern des gleichen Irrgartens gefangen wie zuvor, aber nun haltet ihr euch an den Händen. Zumindest seid ihr nicht mehr allein.

Albane, Île de Groix

Die Tür des blauen Zimmers öffnet sich knarrend, und ich schrecke aus dem Schlaf.

»Wer ist da?«

»Ich bin's, Cyrian.«

Ich mache das Licht an. Bin benommen vom Schlafmittel.

»Hat Charlotte Schmerzen?«

»Sie schläft. Zieh dich an. Ich muss mit dir sprechen.«

Mein Mann hat eine Matrosenmütze auf dem Kopf und einen Dreitagebart, er sieht aus wie einer Parfumwerbung entsprungen.

»Sprichst du nicht mit Leuten im Schlafanzug?«

»Wir gehen nach draußen.«

»Mitten in der Nacht? Hast du getrunken?«

»Nicht mal das. Ich fahre am Sonntag wieder, dann kannst du wieder ruhig schlafen. Los, komm.«

Er wird mir keine Ruhe lassen, er ist störrisch. Grummelnd ziehe ich meine Sachen an, meine Bewegungen sind durch das Schlafmittel verlangsamt.

»Zieh dich warm an.«

Er hält mir meinen Schal und meine Jacke hin. Wir gehen hinaus. Der Wind bläst uns entgegen, glücklich, neue Kegel zum Umstoßen gefunden zu haben. Cyrian legt den Arm um meine Schultern und zieht mich zur Straße.

»Wir gehen zum Hafen.«

Die Kälte lässt das Blut in meinen Adern gefrieren und vereist die chemischen Moleküle, die dazu da sind, mich wie ein glückliches Baby schlafen zu lassen und nicht wie eine ängstliche Mutter wachzuliegen. Gestützt von dem Mann, den ich liebe und bald verlassen werde, torkele ich den Weg entlang.

Der Hafen ist wie leergefegt, doch voller Geräusche, die Wanten schlagen an die Bootsmasten, das Holz der Schiffe knarzt. Nicht eine Menschenseele, kein Matrose, keine Möwe, nur zwei Trottel, die sich auf den Steg setzen und die Beine baumeln lassen. Das grüne Licht des linken Signals blinkt wachsam.

»Charlotte geht es nicht gut, Albane.«

»Das hätte ich dir auch in meinem warmen Bett sagen können.«

»Sie hat sich vor dem Unfall wie in einem Käfig gefühlt. Sie hat Angst, dass es nun schlimmer wird.«

»Völlig zu Unrecht«, sage ich sarkastisch. »Schließlich hat sie uns bewiesen, dass wir ihr vertrauen können. Ich werde sie beim Bungee-Springen und beim Paragliding anmelden. Sie muss das Nest verlassen und ihre Flügel ausbreiten!«

»Ihr Herz ist kräftig, Albane, ihre Rippen werden wieder zusammenwachsen. Sie hat viel Energie. Sie hat überlebt. Sie ist nicht Tanguy.«

Ich versuche aufzustehen, aber damit hat er gerechnet und hält mich fest, ich falle zurück. Er zieht mich an sich. Ich bleibe sitzen, wütend, schnell atmend, tieftraurig, mit tränenfeuchten Augen.

»Ich wollte, ich hätte deinen Bruder kennengelernt, hätte dich glücklich gemacht, und Pomme und Charlotte könnten frei und unbeschwert aufwachsen. Gestern Abend, vor dem Essen, habe ich Maëlle in Locmaria besucht.«

»Kommt ihr wieder zusammen?«, sage ich mit einer Stimme, die unbeteiligt klingen soll.

»Ich komme mit niemandem zusammen, du bist meine Frau. Und ich liebe dich. Aber Maëlle und ich sollten Freunde werden.«

Sein unwiderstehliches Gesicht nähert sich meinem. Wenn ich wollte, könnte ich ihn vom Steg ins eiskalte Wasser stoßen, wo er glatt untergehen würde. Das perfekte Verbrechen. Der Hafen ist wie ausgestorben. Ich könnte einfach in mein Zimmer zurückgehen und mich schlafen legen, morgen früh würde ich mich wie die anderen über seine Abwesenheit wundern.

»Gib mir noch eine Chance, Albane. Lass uns bei null anfangen. Ich werde mich ändern. Noch ist alles möglich. Ich will euch nicht verlieren.«

»Und dein Flittchen?«

»Ich habe gesagt, dass es vorbei ist.«

»Warum wolltest du unbedingt hier mit mir darüber sprechen?«

Er dreht sich um und deutet auf eine Kamera hinter uns.

»Das ist die Webcam des Hafens. Ich habe Groix gehasst, weil die Insel mir meine Mutter weggenommen hat. Ich war sauer auf Maëlle wegen Pomme. Aber ich bleibe diesem Felsen verbunden. Ich bin hier aufgewachsen, hier sind meine Wurzeln. Jeden Morgen und jeden Abend schaue ich den Hafen an und stelle mir vor, mit dem Boot hier anzulegen. Hier ist mein friedlicher Hafen, meine Zuflucht.« Er breitet die Arme zu einem V aus.

»Die Webcam ist genau auf uns gerichtet. Wir sitzen im Vordergrund. Hier schummelt man nicht. Hier ist man ehrlich.«

»Wenn ich dich ins Wasser gestoßen hätte, hätten mich Hunderte Menschen im Internet gesehen?«

Plötzlich küsst er mich, wie früher. Und ich lasse es geschehen. Weil Charlotte zu Hause in Sicherheit ist. Weil sie ihren persönlichen Arzt hat. Weil man hier friert. Und weil wir wieder zu zweit sind.

Wir gehen die Straße nach Le Bourg hoch und drehen die Zeit zurück. Das kann nicht ich sein, diese Frau, die an ihren Mann geschmiegt über die dunkle Insel geht. Das kann nicht er sein, dieser leidenschaftliche und sanfte Mann. Das kann nicht ich sein, diese ungeduldige Frau, die er aus den Kleidern schält.

Dann ist da das Unglaubliche, Unverhoffte, die Inbrunst und die Hitze, als wäre es das erste Mal, wundervoll ungeschickt, eine glühende Entdeckungsreise. Wir lernen einander kennen, zu Anbeginn unserer Zeit. Ich habe keine Angst mehr vor dem bösen Fluch meiner vor Trauer verrückt gewordenen Mutter. Charlotte hat ihr ganzes Leben vor sich. Ich kann wieder loslassen. Die Liebe ist stärker als der Hass.

Charlotte, Île de Groix

Früher habe ich auf der Seite geschlafen. Jetzt muss ich auf dem Rücken liegen. Deshalb wache ich häufig auf. Ich höre, wie die Haustür aufgeht und wieder ins Schloss fällt. Ich erkenne die Stimmen meiner Eltern, sie sprechen leise, aber ich habe gute Ohren. Wohin gehen sie mitten in der Nacht?

Ich warte. Sie kommen nicht zurück. Hat Mama Papa dazu gezwungen, über den Höllenschlund zu springen? Bringen sie sich auf der Heide gegenseitig um? Wenn sie beide sterben, bei wem soll ich dann leben? Granny ist nicht mehr da, Grampy kann sich nicht um mich kümmern. Sarah findet mich unausstehlich. Mit Maëlle bin ich nicht verwandt. Großmama, Mamas Mama, hasst Kinder. Und wer kümmert sich um Hopla? Wird man ihn in einen Käfig und mich ins Waisenhaus stecken? Man wird ihn einschläfern, und ich werde mir die Augen ausweinen. Dieser Ausdruck ist idiotisch, die Augen bleiben ja im Kopf. Pomme wird nicht einmal wissen, wo ich bin, wir werden uns nie mehr wiedersehen. Vielleicht ist mein goldener Käfig doch nicht so schrecklich. Mama hat zu viel Angst um mich, aber sie liebt mich. Papa ist nie da, aber er hat uns gern.

Allein der Gedanke daran lässt mein Herz rasen. Wenn meine Fäden reißen, wird mein Herz unten auslaufen, wie eine Socke? Hat der Chirurg die Socke ordentlich gestopft? Ich muss mich beruhigen. Also probiere ich Papas Mittel gegen Traurigkeit aus. Ich nehme mein iPad und schaue durch die Webcam vom Hafen. Ich sehe den Rücken eines Mannes und den einer Frau. Sie sitzen nebeneinander und schauen zur Hafeneinfahrt. Das Bild friert ein, es funktioniert nicht durchgehend. Papa hat mir das erklärt, der Ausblick dauert sechzig Sekunden und wird alle zwei Minuten erneuert. Die Frau will aufstehen, aber der Mann hält sie zurück. Sie erinnert mich an … Mama? Und der Mann ist … Papa? Das Bild friert ein. Er dreht sich um, sie auch. Das Bild friert ein. Er zeigt ihr die Webcam, ich winke, aber sie sehen mich nicht. Das Bild friert ein. Beim nächsten küssen sie sich, bäh. Das Bild friert ein. Und sie gehen weg, eng aneinandergeschmiegt.

Habe ich das wirklich gesehen oder drehe ich durch? Ich höre, wie die Haustür leise auf- und wieder zugeht. Ihr Flüstern, ihr ersticktes Lachen. Sie steigen die Treppe hinauf. Er ist nicht über den Höllenschlund gesprungen. Sie haben sich nicht gegenseitig umgebracht. Ich muss nicht ins Waisenhaus. Niemand wird Hopla einschläfern. Wir bleiben alle vier zusammen. Papa hat recht gehabt, die Webcam macht bessere Laune.

30. JANUAR

Pomme, Île de Groix

Ich habe Angst. Wir haben den ganzen Morgen geübt. Das Konzert sollte draußen stattfinden, aber es regnet in Strömen, also haben wir es in den Festsaal verlegt. Die Musiker und Sänger sind schwarz gekleidet. Charlotte hat mir einen superweichen Rollkragenpulli geliehen. Meine Familie weiß nicht, dass ich in der Blaskapelle spiele, sie glauben, dass ich im Chor singe.

Wir holen unsere Instrumente raus, bereiten uns vor. Die Erwachsenen sind genauso nervös wie die Kinder. Mein Duett mit Ywes steht an fünfter Stelle im Programm. Danach begleite ich die Blaskapelle beim sechsten Stück, dann gehe ich hinter die Bühne und zu meiner Familie in den Saal, um dem Chor zuzuhören. Ich habe Plätze für sie reserviert, auf den Plastikstühlen kleben Zettel mit ihren Namen. Charlotte wird erst kurz vor Beginn mit Papa im Auto kommen, damit sie nicht umgestoßen wird. Ich atme tief in den Bauch, sodass ich gähnen muss. Ich kann die zwei Stücke auswendig. Die anderen Kinder sind schon früher einmal vor ihren Eltern aufgetreten, bei Festen oder Turnieren. Mein Papa wird mir zum ersten Mal zuhören. Der Saal füllt sich. Schließlich sind nur noch die von mir reservierten Plätze frei. Die hintere Tür geht auf. Charlottes Gesicht ist weißer als alle anderen. Sie setzen sich. Das Licht geht aus.

Die Blaskapelle eröffnet das Konzert mit einem mitreißenden Stück: Posaunen, Trompeten, Kornette, Saxophone, Pauken – alle machen mit. Ich gedulde mich hinter der Bühne und schaue den anderen beim Spielen zu. Armelle klettert auf die Bühne, flüstert in Jacotes Ohr, die es an Ywes weitergibt. Er hört auf zu spielen und tritt ins Dunkel zurück. Er sucht mit den Augen nach mir, flüstert mir zu, dass ich schnell mein Saxophon zusammenbauen soll, geht wieder zurück auf die Bühne, um das Stück zu beenden, und nimmt dann das Mikrophon in die Hand.

»Meine Freunde, eine kleine Programmänderung. Einem unserer Musiker ist bei Port-Mélite ein Reifen geplatzt, wir werden ihn abholen. Dabei hatten wir nicht vor, *Singing in the rain* zu spielen! Also improvisieren wir. Es folgt ein Duett mit Klavier und Alt-Saxophon.«

Ich höre nur halb zu, während ich mein Instrument zusammenbaue.

»Pomme, bitte schön.«

Ich habe feuchte Hände, mein Mund ist trocken. Ywes sitzt am Klavier und wartet auf mich. Der ganze Saal wartet auf uns.

Ywes spielt die ersten Takte von *Danny Boy* allein, wie vereinbart. Das Saxophon hängt schwer an meinem Hals, der Riemen schneidet in meine Haut, meine Finger sind warm, aber die Musik wird mir helfen. Ich schaue nicht zu meiner Familie, denke nur an eins: der immer wiederkehrende Schauer, die Magie dieses zauberhaften Lieds. Ywes Finger fliegen über die Tasten, ich setze meine Lippen an das Mundstück und die vertrauten Töne kommen heraus, klar … Nein? Nein.

Mein Herz rast. Ich habe die Finger auf den richtigen Klappen. Ich höre die Musik in meinem Kopf. Mein Mund ist in der richtigen Position. Ich habe das Mundstück nicht zu weit im Mund. Ich beiße die Zähne nicht zu fest zusammen. Ich puste – und doch kommt nichts. Nichts, gar nichts, überhaupt gar nichts. Man hört nur das Klavier. Mein Saxophon macht »schhhhhhh« wie das Meeresrauschen. Als wäre es verstopft oder kaputt. Das darf doch nicht sein! Spielt mir jemand einen bösen Streich? Weigert sich mein Saxophon, für Papa zu spielen? Habe ich es beleidigt? Ywes kann mir nicht helfen, er sitzt am Klavier. Soll all die Mühe umsonst gewesen sein? Ich mache mich lächerlich. Ich blase noch einmal hinein: »Schhhhhhh.« Durch meine Enttäuschung hindurch sehe ich Papa hinten im Saal. Er spricht mit Charlotte. Er ignoriert mich. Das war für ihn, das war sein Lied. Ich bin weder Sidney Bechet noch Stan Getz, deren Platten mir Ywes vorgespielt hat, aber heute Morgen konnte ich *Danny Boy* spielen. Es klang sehr schön.

Ywes lässt die Tasten tanzen, die anderen verstehen nicht, was mit mir geschieht, manche Zuschauer glauben an einen Scherz. Ich beiße die Zähne zusammen, löse den Riemen von meinem Hals, lege das Saxophon auf den Boden und verlasse die Bühne. Ich schäme mich so. Ich husche durchs Dunkel bis zur Tür, schließe sie in genau dem Moment, als das Klavier verstummt und der Applaus, der nicht mir gilt, ertönt. Ohne zu schauen gehe ich im Regen über die Straße. Beinahe werde ich von einem Auto überfahren, der Fahrer hat wohl gerade noch meine schemenhafte Gestalt gesehen. Und ich laufe zu Lou, bei ihr bin ich in Sicherheit.

Auf dem Friedhof setze ich mich auf ihren Stein. Ich wollte es allen zeigen und habe mich lächerlich gemacht. Ich werde mich verstecken, bis Papa heute Abend abgefahren ist. Ich strecke mich auf dem Rücken aus und schaue in den Himmel, wohin Lou gezogen ist. Ich bin nass und durchgefroren. Als sich eine Hand auf meine Schulter legt, schreie ich auf.

»Hab keine Angst, ich bin es!« Papa hat einen großen Regenschirm in der Hand, den er über uns hält. »Du wirst dir noch den Tod holen. Zieh deinen Pulli aus.«

»Er gehört Charlotte. Ich habe nichts drunter.«

»Niemand sieht dich. Hier, zieh meinen Pullover an.«

Ich ziehe den Rollkragenpulli aus, der aussieht wie ein Putzlappen. Ich ziehe Papas dicken Wollpulli an, dessen lange Ärmel am Ende meiner Arme baumeln. Er trägt nur noch ein dünnes Polohemd. Wir frösteln.

»Wir gehen gleich rein ins Warme, aber erst musst du zu Ende führen, was du angefangen hast. Erinnerst du dich, was Lou gesagt hat? Wenn man vom Pferd fällt?«

»Man steigt sofort wieder auf. Aber das Saxophon ist kein Pferd. Ich habe kein Talent, Ywes hat gelogen.«

»Das Saxophon ist ein Rohrblatttier, mein Schatz. Du hast das Blättchen vergessen.«

»Was?«

Er legt den Koffer vorsichtig auf das Grab neben uns.

»Kannst du meinen Schirm halten?«

Ich schütze uns alle drei vor dem Regen, Papa, das Instrument und mich. Mit sicheren, tausendfach geübten Griffen setzt Papa das Saxophon zusammen, ohne das Rohrblatt einzusetzen. Dann bläst er hinein, während er die Finger über die Tasten gleiten lässt. Und es macht »schhhhhhh«. Das Meeresrauschen. Genau wie bei mir auf der Bühne.

»Siehst du? Ohne Blättchen keine Vibration und kein Ton.«

Ich verstehe. Ich hatte gedacht, dass ich noch unendlich viel Zeit hätte, aber dann hatte einer der Musiker einen Platten, und ich wurde ins Scheinwerferlicht geworfen.

Papa hält mir die Schachtel mit den Blättchen hin. Dann verneigt er sich formvollendet.

»Darf ich meinen Regenschirm wieder an mich nehmen? Du musst in zwei Minuten auf die Bühne.«

»Ich kann nicht zurück.«

»Du wirst hier spielen, für Lou und mich.«

Ich schaue ihn mit offenem Mund an.

»Du hast doch nicht etwa Angst?«

Ich bin zwar völlig durchnässt, aber ich mache mich bestimmt nicht nass. Ich nehme ein Blättchen aus der Schachtel, feuchte es mit der Zunge an, lege es auf das Mundstück, ziehe die Schraube an. Meine tropfnassen Haare fallen mir ins Gesicht, Papa streicht sie mir hinter die Ohren. Er steht da, riesengroß, und hält den schützenden Schirm über uns. Die Ärmel seines Pullovers baumeln herunter, er krempelt sie hoch.

»Wir hören dir zu«, sagt er.

Ich brauche keine Noten. Ich lege das Mundstück an meine Lippen. Unter dem Regenschirm, in der Stille des Friedhofs, erklingt *Danny Boy.*

Die Erde dreht sich wieder. Dem Saxophon ist es egal, dass ich tropfnass bin, es erwacht zum Leben, erzählt von Liebe und Freundschaft und keltischer Erde, wie die Bretagne. Die bestatteten Matrosen erkennen das Lied aus der Vergangenheit, gebrüllt in den Pubs auf der anderen Seite des Ozeans. Papa lehnt sich an Lou und hört zu.

2. FEBRUAR

Charlotte, Île de Groix

Papa ist nach Paris zur Arbeit gefahren. Früher war ich arrogant und quengelig. Jetzt fühle ich mich verletzlich. Der Feind steckt in meiner Brust, der Feind bin ich.

»Du hast Augenringe«, sorgt sich Mama.

»Jo könnte uns mit dem Auto zum Strand fahren, dann würdest du an die frische Luft kommen«, schlägt Pomme vor. »Warum bleibst du die ganze Zeit hier eingesperrt?«

»Wenn du dich mit mir langweilst, brauchst du ja nicht hierzubleiben. Geh mit deinen Freunden spielen, die rennen und lachen können.«

»Du hast nicht einmal den Ozean gesehen, seit du hergekommen bist!«

Sie weiß nicht, dass ich den Hafen jeden Tag durch die Webcam betrachte. Es tut nicht weh, wenn mein Herz schlägt, sondern wenn ich atme, wegen der Stellen an der Seite, die sie aufschneiden mussten, um zu ihm zu gelangen und es zu reparieren. Grampy hat mir erklärt, das sei wie in meinem Kleiderschrank, wo ich die T-Shirts vorne zur Seite räumen muss, um an die Pullover ganz hinten zu kommen.

»Ist dir deine Lebenslust am Höllenschlund aus der Tasche gefallen?«, fragt mich Pomme, um eine Reaktion zu provozieren.

»Das klingt wie der erste Satz in einem Roman«, sagt Tante Sarah.

Sie ist traurig, weil Federico heute abfährt. Grampy untersucht mich jeden Tag, dann reden wir. Seit meinem Unfall interessiere ich mich dafür, was in den Köpfen der Leute vor sich geht, warum sie Freunde haben oder nicht, warum man der König der Welt und eine Sekunde später auf ein Gebüsch gespießt sein kann, wie man sich verliebt.

»Dein Herz schlägt wie ein Schweizer Uhrwerk, das alles wird bald nur noch eine böse Erinnerung sein«, sagt Grampy.

»Ich fühle mich allein. Als Granny noch hier war, waren alle allein, außer euch beiden. Obwohl sie nicht mehr da ist, seid ihr immer noch zu zweit. Sarah hat Federico. Pomme hat ihre Mama. Papa und Mama schlafen wieder im selben Zimmer, seit sie sich am Hafen geküsst haben, sein Schnarchen stört sie nicht mehr. Ich habe niemanden, na ja, außer Hopla.«

»Was haben deine Eltern am Hafen gemacht?«

Ich erzähle ihm, was ich über die Webcam gesehen habe.

»Glaubst du, dass dein Papa und deine Tante Sarah glücklich sind?«, will Grampy wissen.

Ich nicke. Das scheint ihn ehrlich zu freuen.

Ich füge hinzu: »Für euch alle ist es Frühling, für mich Winter.«

»In ihrem Leben scheint die Sonne und in deinem fröstelst du, ist es das?«

»Ich kann nicht atmen.«

»Oh doch, du kannst! Du hast Angst davor, weil es weh tut. Bald wirst du aufwachen wie früher, ohne zu bemerken, dass du einatmest und ausatmest.«

Vorsichtig legt er seine Hand auf meine Narbe, die Mama Angst einflößt und von der Pomme fasziniert ist.

»Noch lange bevor der Frühling kommt, wirst du deinen Frühling haben.«

Sarah, Île de Groix

Federico hat sich eine Tasche gekauft, weil er seine Pomme geschenkt hat. Er mag keine Abschiede.

»Geh, Sarah, sonst gehe ich nicht auf dieses Schiff und verliere meine Arbeit.«

»Wenn du von einer perfekten italienischen Familie träumst, mit der *mamma*, die den *bambini* Pasta macht, bist du an der falschen Adresse«, sage ich, um die Dinge klar zu stellen.

»Ich habe keinen bestimmten Traum, ich war auf der Suche nach der Richtigen. In Rom scheinen die Leute auf der Straße einem Fellini-Film entstiegen. Hier spielen sie nicht die Insulaner, sie sind es durch und durch. Dass sie vom Ozean umgeben sind, ändert ihre Sichtweise. Dich zu kennen, ändert meine Sichtweise.«

»Ich will nicht, dass du dich opferst!«

»Eins zwei drei«, sagt Federico. »In Venedig kleben die Wachleute kleine Zettel an die Haustüren und Ladengitter, um zu beweisen, dass sie vorbeigekommen sind. Ich will überall in mein Leben kleine Zettel mit deinem Namen kleben. In einem Monat komme ich nach Paris zurück.«

Ein Monat ist eine lange Zeit. Das werde ich nicht aushalten.

»Welche Farbe hat dein Zimmer?«

»Pompeji-Rot«

Pomme, Île de Groix

In dem Augenblick habe ich nicht darauf geachtet, was Tante Sarah zu uns gesagt hat. Aber später sind mir ihre Worte wieder eingefallen. Schnell wie ein Wirbelwind laufe ich zu Charlotte.

»Ich habe eine Idee!«, rufe ich, die Haare so wuschelig wie Jos, weil ich gerade meine Mütze abgezogen habe.

Meine Schwester, die Haare ordentlich mit goldenen Spängchen frisiert, liegt zusammengekauert da.

»Ich habe gerade geschlafen«, grummelt sie.

»Du bist neun, du bist zu alt für Mittagsschlaf.«

»Ich bin krank.«

Jo hat mir erklärt, was Hospitalismus ist, nämlich Depressionszustände bei kleinen Kindern, die lange Zeit im Krankenhaus liegen und von ihrer Mutter getrennt sind. Sie bauen ab und verlieren ihren Lebenswillen. Charlotte war es gewohnt, dass Albane sie wie ein kleines Baby behandelt hat. Auf der Intensivstation und auf der Kardiologie hat sie sich beschützt gefühlt, aber jetzt ist sie wieder dem richtigen Leben ausgesetzt und so verletzlich wie ein rohes Ei.

»Meine Idee wird dir gefallen!«, sage ich enthusiastisch.

»Du hättest mich nicht aufwecken sollen. Wenn ich schlafe, vergesse ich, dass ich in diesem Zimmer eingesperrt bin.«

»Du musst dir die Beine vertreten.«

»Mir tut schon nach drei Schritten alles weh.«

»Der Spaziergang, der mir vorschwebt, wird dich nicht anstrengen.« Laut deklamiere ich: »›Meine Lebensfreude ist mir am Höllenschlund aus der Tasche gefallen.‹ Tante Sarah sagt, dass das wie der Anfang eines Romans klingt.

Im Moment kannst du dich noch nicht bewegen, aber du kannst auf den Schwingen der Wörter fliegen. Wir werden zusammen vierhändig eine Kurzgeschichte schreiben, wie die Geschichten für Lous Clara-Preis. Schau mich nicht mit diesen Kuhaugen an, sie haben dir doch kein Rinderherz transplantiert.«

»Und wovon soll deine Geschichte handeln?«

»Nicht meine, unsere! Wovon wir wollen«, sage ich.

»Warum nicht von meinem Unfall?«

Ich überlege. »Wir könnten ihn durch deine Augen und meine beschreiben, aus zwei Perspektiven?«

»Und wenn mein Herz der Held der Geschichte wäre?«

Ich verstehe, was sie meint. Als ich klein war, hat mir Lou ein Buch geschenkt, in dem der Held ein Wassertropfen war, der seine Reise vom Wasserhahn, über die Badewanne, bis zum Meer erzählt.

»Ein Herz als Erzähler … Tolle Idee!«

»Cool!«, sagt meine Schwester. »Grampy hat mir erklärt, dass das Herz wie ein Haus mit vier Räumen ist, man geht über die Vorhöfe hinein und über die Kammern wieder hinaus. Wir brauchen einen Titel.«

»YOLO! You Only Live Once!«

Charlottes Augen glänzen, sie sieht nicht mehr ganz so blass aus. Sie will in meine ausgestreckte Hand einschlagen, um unser Vorhaben zu besiegeln, doch hält mit schmerzverzerrtem Gesicht inne.

Albane öffnet die Tür.

»Braucht ihr irgendetwas, Mädchen?«

»Nein danke, Mama«, sagt Charlotte und lächelt zum ersten Mal seit langer Zeit.

Albane, Île de Groix

Ich verliere mich im Labyrinth der Gassen, gehe im Kreis und lande jedes Mal bei der Kirche Notre-Dame-de-Plasmanec. Vor dem Aufschwung von Port-Tudy Ende des 19. Jahrhunderts war Locmaria das größte Dorf der Insel. Mein Schwiegervater hat mir gesagt, ich solle hinter der Tenne abbiegen, aber wie sieht die aus? Endlich finde ich den Weg.

Ich setze mich an den Kamin. Maëlle bringt mir Tee. Ich sehe wohl wie eine Teetrinkerin aus, man bietet mir oft welchen an, obwohl ich keinen mag.

»Wir hätten diese Unterhaltung vor zehn Jahren führen sollen«, sage ich ohne Umschweife.

»Sie wussten, wo Sie mich finden.«

»Mein Mann hat Sie noch geliebt.«

»Es war eine Sommerromanze, keine Liebe fürs Leben, Albane. Wenn wir füreinander wirklich wichtig gewesen wären, hätten wir Wind und Sturm getrotzt, um zusammenzuleben. Lou hat für Jo ihr Schloss verlassen. Er hat für sie seine Insel verlassen. Cyrian und ich sind an Ort und Stelle geblieben.«

»Er hat mich geheiratet, weil ich schwanger war.«

»Er hätte mich aus dem gleichen Grund geheiratet. Vergessen Sie die Vergangenheit, Albane. Er liebt Sie. Bei dem Gedanken, Sie zu verlieren, gerät er in Panik. Lieben Sie ihn noch?«

Ich nicke langsam.

»Ihre kleine Pomme ist wirklich eine Heldin. Sie hat meiner Tochter das Leben gerettet. Ich kann ihr niemals genug danken.«

»Sie hat instinktiv gehandelt.«

»Ich werde Cyrian etwas vorschlagen. Aber vorher wollte ich Ihre Meinung dazu hören. Können wir uns duzen?«

»Erzähl mir davon«, sagt Maëlle.

5. FEBRUAR

Jo, Île de Groix

Ich weiß nicht, was meine Enkeltöchter aushecken, aber Charlotte hat rosige Wangen. Sie isst gut, atmet, ohne darüber nachzudenken. Pomme und sie brechen in albernes Gelächter aus. Sogar Hopla ist wieder froh.

Cyrian kommt mit dem Zug, ich werde ihn mit Pomme und der *Lou de mer* in Lorient abholen. Als er aufs Boot springt, hat er zwei längliche Koffer dabei, einen schwarzen und einen grauen. Den grauen hält er Pomme hin, die apfelrote Backen bekommt.

»Ein gebrauchtes Yamaha. Es ist weit herumgekommen und hat einen warmen, sanften Ton. Es hat nach dir gesucht. Ich habe dir ein Selmer-Mundstück dazugelegt.«

Sie wirft sich in die Arme ihres Vaters. Und da, in dieser Sekunde, sage ich mir, das ist es, Lou. Unsere Kinder und Enkelkinder sind glücklich. Ich weiß nicht, ob das Glück von Dauer sein wird, aber es ist wohltuend.

Zu Hause schalte ich den Computer ein und lösche die Google-Alerts. Dann rufe ich meine Familie in der Küche zusammen.

»Nachdem der Krokodil-Notar letztes Jahr im November einen Teil des Testaments eurer Mutter vorgelesen hatte, hat er euch hinausgeschickt. Was dann folgte, war für mich bestimmt. Aber er hat mir auch eine kleine Flasche gezeigt, in die Lou einen Brief für uns geschoben hat. Ich werde ihn morgen abholen.«

»Hättest du ihn nicht gleich mitnehmen können?«, wundert sich Cyrian.

»Nein, aber jetzt geht es.«

»Sollen wir dich begleiten?«, bietet Sarah an.

Ich lehne das Angebot ab. Ich muss allein dorthin.

Der Abend hat es in sich. Pomme weiht ihr Saxophon ein und spielt im Duett mit ihrem Vater. Ohne je zuvor zusammengespielt zu haben, liegen sie auf einer Wellenlänge. Sie folgen den Noten und beobachten sich gleichzeitig aus den Augenwinkeln, sie vibrieren vor Übereinstimmung. Ich bin begeistert. Ich hoffe, dass du sie da, wo du bist, hören kannst, mein Libeling.

»Wie wirst du dein Saxophon nennen?«, fragt Cyrian, während er sein Instrument auseinandernimmt.

Pomme schaut fragend Charlotte an, die wie aus der Pistole geschossen antwortet: »Clara!«

Ich gehe hinaus und schaue in den Himmel. In Paris sieht man wegen der Luftverschmutzung nichts. Hier schlafen wir unter dem Schutz eines mit Sternen gespickten Mantels. Dein »Appetit-Garten« hat dich nicht überlebt, ich habe ihn vernachlässigt und vergessen, ich schäme mich ein wenig, alles ist futsch; Basilikum, Minze, Schnittlauch, Petersilie, Salbei, Majoran, Eisenkraut, Melisse, Zitronenthymian und dein Lieblingskraut, die Austernpflanze, *Marensa maritima*, die roh gegessen nach Austern schmeckt, allerdings ohne deren weiche Konsistenz.

Ich denke an die Nacht zurück, als ich dich in meinem Büro gefunden habe. Wenn ich nicht aufgewacht und deine Abwesenheit bemerkt hätte, wenn ich im Bett auf dich gewartet hätte, wenn du die Zeit gehabt hättest, dein Vorhaben umzusetzen, wären wir heute Abend nicht hier …

ACHT MONATE ZUVOR

Jo, Île de Groix

Ich gehe mit Bertrand, Jean-Luc und Marie-Christine an der Küste wandern. Als ich nach Le Bourg zurückkomme, sind deine Hände und Pommes Gesicht verbrannt. Pomme hat gut reagiert und kaltes Wasser über eure Verbrennungen laufen lassen, aber sie hat nicht an Brandsalbe gedacht. Ich schmiere euch damit ein und danke dem Himmel, dass es nicht schlimmer gekommen ist. Ich untersuche mit meinem Ophthalmoskop Pommes Auge, verbinde deine Hände, gebe euch Schmerzmittel. Ich mache den Schuldigen zur Sau, den Kater Tribord. Gedemütigt dreht er mir den Rücken zu.

In der Nacht werde ich durch ein Geräusch geweckt. Reflexartig strecke ich die Hand nach dir aus, aber deine Seite des Bettes ist leer, du bist nicht mehr da, und das Laken ist kalt. Auf der Suche nach dir streife ich durch das schlafende Haus. Ich finde dich in meinem Büro, nur im Nachthemd, vor Kälte schlotternd. Du sitzt in meinem Stuhl, deine verbundenen Hände umklammern mein Jagdgewehr. Die Schachtel mit den Patronen steht offen auf dem Schreibtisch. Der Gewehrlauf des Verney-Carron ist auf deine Kehle gerichtet.

»Was tust du da, Lou?«

»Wer sind Sie?«

Eine eiskalte Hand legt sich um mein Herz, presst es zusammen.

»Lou, leg das Gewehr hin …«

»Kommen Sie keinen Schritt näher!«

»Lou, ich bin es doch, Jo, dein Mann.«

»Ich warne Sie, es ist geladen!«

Ich erkenne deine Stimme nicht wieder, sie ist tief und angsterfüllt.

»Ich bitte dich, meine Liebste …«

Ich gehe auf dich zu, und das Undenkbare geschieht: Du richtest die Waffe auf mich, zielst. Ich erstarre.

»Vorsicht, Lou!«

Eine Träne rollt über deine Wange, während du das Gewehr fester greifst. Deine Verbände behindern dich, aber dein Zeigefinger ist gerade einmal zwei Millimeter vom Abzug entfernt. Wenn du auf dieser Höhe schießt, geht die Kugel direkt in meine Brust und zerfetzt mir das Herz. Wenn du tiefer zielst, schlägt sie in meinen Bauch, der Helikopter bringt mich nach Lorient, ich lande auf dem Tisch und sterbe vermutlich im Operationssaal. Oder sie landet in meinem Rückenmark, und ich werde den Rest meines Lebens im Rollstuhl sitzen, dann könnte ich mit Sarah Wettrennen fahren.

Trotz meiner Panik lächle ich dich an. Und dann geschieht etwas. Du bist wieder da. Deine grauen Zellen beginnen wieder zu funktionieren. Dein Gehirn macht seine Arbeit. Dein Gedächtnis klassifiziert, trennt und bringt dich auf den richtigen Weg zurück.

Sanft sage ich: »Lou?«

Aus deinen Augen spricht das Entsetzen. Du blickst auf das Gewehr in deinen verbrannten Händen, auf die Patronenschachtel, am Ende des Gewehrlaufs entdeckst du mich. Du richtest die Waffe sofort an die Decke. Ich nehme sie dir ab, klappe sie auf und nehme die Patrone heraus.

»Habe ich den Verstand verloren, Jo?«

Ich zwinge mich, weiter zu lächeln. »Du hast mir den Verstand geraubt, als ich dich das erste Mal gesehen habe, und ich habe ihn seitdem nicht wiedergefunden.«

»Nicht Tribord hat den kochend heißen Kaffee umgestoßen, Jo. Das war ich.«

Meine Gesichtszüge entgleiten mir.

»Du hast richtig gehört. Meinetwegen hätte Pomme blind werden können, mein Libeling. Ich habe meine eigene Enkelin nicht erkannt. Ich wollte sie wegstoßen.«

»Du hast geschlafen, und sie hat dich erschreckt?«

»Nicht einmal das. Ich habe Aussetzer und Ausraster. Ich weiß dann weder, wer ich bin, noch wo ich bin. Deshalb habe ich das Gewehr geholt, um sicherzugehen, dass ich euch nicht mehr verletzen kann.«

Ich setze mich neben dich, und du lehnst deinen Kopf an meine Schulter.

»Du wirst Untersuchungen machen, man wird dich behandeln, dich heilen.«

»Du bist ein schlechter Lügner, mein Liebster. Ich bin die Frau eines Arztes, du kannst mir nichts vormachen. Ich habe dich tausend Mal sagen hören ›für sie kann man nichts mehr machen‹ oder ›ich bin froh, nicht an der Stelle ihrer Familie zu sein‹. Ich mache mir keine Sorgen um mich selbst, aber um euch.«

»Ich bin hier. Ich werde dich beschützen.«

»Jo, das kann mir jederzeit passieren, am Steuer, auf der Straße, in der Küche am offenen Gasherd, auf dem Schiff.«

»Ich lasse dich nie mehr allein.«

»Du bist nicht mein Babysitter! Ich wollte es mit deinem Gewehr sauber beenden. Und dann hatte ich einen Aussetzer. Habe ich etwa auf dich gezielt?« Voller Entsetzen legst du dir die bandagierten Hände an den Kopf, es sieht aus, als hättest du kleine Hasenohren. Ein hübsches verrücktes Häschen. »Ich hätte dich beinahe umgebracht?«

Du weinst nicht, darüber bist du hinaus, versinkst nun jeden Tag ein bisschen mehr in einer schrecklichen Welt, zu der ich trotz unserer Liebe keinen Zugang habe.

»Und wenn ich eines Nachts, während du neben mir träumst, vergesse, wer du bist?«

»Ich werde mein Gewehr verstecken.«

»Nicht nur Waffen sind gefährlich. Was ist mit kochendem Wasser, Gas, Messer, Scheren, Feuer?«

»Beruhige dich, meine Liebste.«

»Ein Sumoringer, der schläft, ist ebenso verwundbar wie eine Ameise. Und es geht nicht nur um dich, sondern auch um Pomme! Und Maëlle! Und Charlotte, Cyrian und Albane, wenn sie zu Besuch kommen! Und Sarah! Ich will nicht eines Tages aufwachen und feststellen, dass ich einen von euch verletzt oder getötet habe.«

»Das wird nicht geschehen«, sage ich.

»Willst du mir beweisen, dass du mich liebst? Dann gib mir dieses Gewehr.«

»Ganz bestimmt nicht!«

»Es gibt noch eine andere Lösung, mein Libeling.«

»Natürlich, dich zu heilen!«

»Erzähl mir keinen Schwachsinn. Dafür ist es zu spät. Ich will die Zeit nutzen, die mir bleibt. Aber zu einer Bedingung.«

»Ja?«

Du siehst mir tief in die Augen und sprichst ein Wort aus, das dich im Alter von sechsundfünfzig Jahren nichts hätte angehen sollen.

»Das Pflegeheim.«

6. FEBRUAR

Jo, Lorient

Ich habe dich umgebracht, als ich vor acht Monaten verhindert habe, dass du dich umbringst, Lou. Ich habe das kleinere Übel akzeptiert. Dein Verstand ging auf und davon und du ins Pflegeheim. Ich habe mit meinen Freunden den Verein zur Hilfe von Frauen schwächelnder Männer gegründet, aber dir hätte ich helfen müssen.

Heute trägt dein Notar ein Polohemd ohne Krokodil, im gleichen Rosa wie der Joseph auf meinen Schultern. Ich komme gleich zum Punkt.

»Meine Kinder sind glücklich«, sage ich zu ihm.

Er öffnet seine Schublade und reicht mir die Flasche. Ich stecke sie in meine Manteltasche.

Das Taxi setzt mich am Hafen ab. Das Lied *Alter Ego* von Jean-Louis Aubert verfolgt mich seit heute Morgen. Ich summe es auf dem Weg zu der Depothalle neben dem Parkplatz, wo die Autos aufs Schiff verladen werden.

Il manque un temps à ma vie, il manque un temps,
j'ai compris, il me manque toi, mon alter ego.

Meinem Leben fehlt ein Teil, es fehlt ein Teil.
ich habe verstanden, du bist es, die fehlt,
mein Alter Ego.

Ich grüße die Lastwagenfahrer und die Matrosen der Schifffahrtsgesellschaft. Ich frage, ob mir jemand eine Zange leihen kann.

Ich setze mich abseits auf einen Felsen. Ich zerre am Korken. Das Wachs bricht und fällt in blutroten Stücken herunter. Ich entkorke die Flasche und halte mein Ohr an ihren Hals. Die Erinnerung an deine Stimme streichelt über meine Wange, das Echo deiner Worte wird vom Wind davongetragen. Ich könnte schwören, dass du gesagt hast, du liebst mich.

Zwei Blätter liegen in der Flasche, unser Vertrag und dein Brief. Ich versuche, sie herauszuholen, meine Finger sind zu dick. Ich könnte die Flasche an einen Felsen schlagen, um sie zu zerbrechen, aber dabei würde ich mich womöglich verletzen und die Kinder und Hunde, die hier spazieren gehen, könnten sich an den Glasscherben schneiden.

Ich fahre mit der Hand in die Tasche, um meine Brille zu suchen.

»So ein Mist!«

Ich habe sie auf Groix vergessen. Du hattest Adleraugen, ich dagegen bin ohne meine Brille verloren. Ich werde altern, während du nicht eine Falte bekommst. Ich werde ein alter Witwer werden, während du eine jung Entschwundene bleibst. Wenn ich noch zwanzig Jahre lebe, bin ich alt genug, um dein Vater sein zu können. Das sind Tantalusleiden, deine Worte sind zum Greifen nahe, doch ich kann sie weder greifen noch lesen. Also schließe ich die Augen und reise zehn Jahre zurück, bis zum Abend der Sommersonnenwende.

ZEHN JAHRE ZUVOR

Jo, Île de Groix

»Auf die Liebe«, habe ich zu dir gesagt und dir tief in die Augen geschaut.

»Schau mich an, wenn du anstößt, Jo, sonst gibt es sieben Jahre schlechten Sex!«

Unter dieser Androhung habe ich gehorcht. Du hast mich gefragt, ob ich ein bestimmtes Lied für diesen Augenblick im Sinn habe. Ich habe *Une île entre ciel et Lou* angestimmt. Du hast geantwortet »Sing, Leben, sing, als wenn du morgen sterben müsstest«. Du warst traurig. Dein Großvater, ein brillanter und warmherziger Mensch, war kurz zuvor gestorben, nachdem er immer seniler und aggressiver geworden war. Du warst wütend auf seine Ärzte, hast meinen Kollegen vorgeworfen, sein Leben um jeden Preis verlängert zu haben.

Mit großem Ernst hast du zu mir gesagt: »Ich will auf dich zählen können, Jo.«

»Das kannst du. Ich würde mein Leben für dich geben.«

»Aber würdest du mir auch meines nehmen? Du kämpfst um deine Patienten. Ich will, dass du mir versprichst, mich zu retten, wenn es eines Tages nötig sein sollte, wenn ich wie mein Großvater werde.«

»Dich wovor retten? Vor diesem Sandfloh, der dir die Wade aussaugen will?«

Du hast einen kurzen Schrei ausgestoßen und deine Beine angezogen.

»Du weißt, wie man heilt, Jo, du weißt, wie man Leiden abkürzt. Du hast dem kopflosen Mann etwas gespritzt.«

Ich war ein junger Assistenzarzt beim Rettungsdienst. Ich hatte gerade meine erste Hausgeburt gemeistert, ich schwebte auf Wolken. Direkt danach stand ich plötzlich vor einem Wagen, dessen Fahrer, ein alter Mann, der sich nicht angeschnallt hatte, fast keinen Kopf mehr hatte. Ein Mund, darüber fast nichts mehr, keine Nase, keine Augen, keine Haare. Sein Schädel war aufgeschlagen, sein Gehirn hatte sich auf der Windschutzscheibe verteilt. Sein Herz schlug noch, weigerte sich aufzugeben. Sein Bauch war eingedrückt. Seine Beine hingen zerquetscht zwischen den Karosserieteilen. Seine Hände hielten immer noch das Lenkrad. Er war ein großer Raucher und Trinker gewesen, seine Organe würden niemandem helfen. Seine Frau, die meiner Großmutter ähnelte, hatte man bewusstlos aus dem Auto gezogen. Langsam kam sie wieder zu sich und fragte immer wieder: »Wie geht es meinem Mann? Er war wieder betrunken, er ist am Steuer eingeschlafen. Wie geht es meinem Mann?« Ich wollte nicht, dass sie von ihm nur das schreckliche Bild eines alten Mannes ohne Gesicht und Beine in Erinnerung behält, eines zerfetzen Körpers mit einer Sonde, die Piepgeräusche von sich gibt und Leben vorgaukelt. Der Anblick war unerträglich. Also habe ich ihm ein Mittel injiziert, das sein Herz in wenigen Sekunden zum Stillstand gebracht hat. Theoretisch habe ich ihn getötet. Ich habe einen Toten auf Bewährung, einen Thorax mit Herzflimmern getötet. Am Abend habe ich dir davon erzählt. Dann habe ich mich betrunken. Ohne mich ans Steuer zu setzen. Bei uns zu Hause, in Sicherheit. In deinen Armen. Außer dir habe ich mit niemandem darüber geprochen.

»Ich bin nicht stolz darauf, aber ich bereue es nicht. Wie kommst du jetzt darauf?«

»Wir sind zusammen glücklich, mein Libeling. Aber wer weiß schon, was die Zukunft für uns bereithält? Wenn ich eine unheilbare Krankheit bekäme, wenn ich schreckliche Schmerzen hätte, oder wenn ich bekloppt und sabbernd werde, will ich – das musst du mir versprechen –, dass du mir hilfst zu gehen.«

»Du bist verrückt!«

»Ja, nach dir. Und ich schwöre, das Gleiche für dich zu tun, wenn du es willst. Sonst pflege ich dich mit Hingabe und in sexy Unterwäsche bis an dein Lebensende. Aber ich ertrage den Gedanken nicht, ich könnte eines Tages auf kleiner Flamme dahinsiechen, ohne mich daran zu erinnern, dass ich dich liebe.«

»Ich bin Arzt, ich rette Leben, ich beende es nicht. Der Mann, von dem du gesprochen hast, war so gut wie tot. Wenn du eines Tages im gleichen Zustand wie er bist, verspreche ich dir, dein Herz zum Stillstand zu bringen … Reicht dir das?«

Du hast zornig den Kopf geschüttelt, nein, das hat dir nicht gereicht. Dein Großvater, die einzige Person in der Familie, die dir von deiner Mutter erzählt hat, verdiente deiner Ansicht nach nicht, was aus ihm geworden war. Vergeblich habe ich versucht, dich zur Vernunft zu bringen: »Warum willst du dich mit sechsundvierzig Jahren mit so etwas beschäftigen?«

Aneinandergelehnt sind wir bis spät nachts am Meer sitzen geblieben. Eine Möwe hat unsere belegten Brote aufgefressen. Du warst beharrlich. Du hast argumentiert. Du hast angefangen zu weinen. Ich habe schließlich nachgegeben, habe mir vorgenommen, dass wir darüber noch einmal sprechen würden, mir gesagt, dass dies nur eine vage Diskussion sei, die mich zu nichts verpflichtete. Du hast mir einen wundervollen Kuss gegeben, es war der »Kuss vom 21. Juni«. Dann hast du ein Blatt Papier aus der Tasche geholt und darauf geschrieben: »Die Unterzeichnenden, Jo und Lou, versprechen sich heute und mit sofortiger Wirkung, in Vollbesitz ihrer geistigen und körperlichen Kräfte, durch diesen Vertrag, sich gegenseitig zu erlösen, wenn es nötig sein sollte.« Darunter hast du das Datum und deine Unterschrift gesetzt. Ich habe gegengezeichnet, um deine Tränen versiegen zu lassen. Du hast den Vertrag um deinen Finger gerollt und ihn in die leere Flasche geschoben. Dann hast du sachte deinen Mund an die Öffnung gelegt, hast Worte in die Flasche geflüstert, die ich nicht hören konnte. Und hast sie mit dem Korken verschlossen. Anschließend hast du das Etikett abgekratzt, bis die beiden letzten Buchstaben verschwunden waren. Zurück blieb nur: »Merci«.

Jo, Île de Groix

Vom blauen Himmel strahlt die Sonne auf die Fähre, die Segelboote, Fischer, Spaziergänger, Autos, Hunde und Möwen. Sarah hat mir ihren iPod geliehen, während der Überfahrt habe ich Didier Squiban zugehört, wie er *Molène* auf dem Klavier spielt, das hat mir geholfen. Ich ziehe die Kopfhörer aus meinen Ohren, gehe von Bord, die Flasche beult meine Tasche aus.

»He, Systole! Papa!«

Ich drehe mich um. Meine Kinder sind gekommen, um mich vom RoRo abzuholen. Wir setzen uns auf die Terrasse des L'Escale. Wir bestellen Muscadet, Soaz bringt uns drei kleine Gläser. Ich ziehe die Flasche aus meinem Mantel, in ihrem Innern haust du wie der Dschinn in der Lampe. Die Worte, die du hineingesprochen hast, haben sich um mein Herz gelegt.

»Ich habe es nicht geschafft, den Brief eurer Mutter herauszuziehen.«

»Soaz hat sicher, was wir brauchen«, sagt Cyrian.

Er kommt mit einem Stück Faden zurück, das er zusammenlegt. Er lässt die Schlaufe auf den Boden der Flasche sinken, bewegt sie so, dass sie sich unter das Papier schiebt. Dann zieht er vorsichtig am Faden und die Blätter folgen. Ich falte zunächst den berüchtigten Vertrag auseinander, an den ich mich nicht gehalten habe. Dann gebe ich Cyrian deinen Brief, der ihn an Sarah weiterreicht, und sie liest ihn uns vor.

11. AUGUST

Ich schreibe euch aus meinem Zimmer im Pflegeheim. Ich weiß, dass du mir nicht dabei helfen wirst zu gehen, Jo, auch wenn du meinen Vertrag unterschrieben hast. Das hat sich ja wirklich gelohnt, einen Arzt zu heiraten!

Cyrian, Sarah, ich habe euch einen schlechten Scherz zugemutet, entschuldigt! Ich habe euch absichtlich in die Irre geführt, als ich euch glauben ließ, euer Vater hätte mich betrogen. Er hat mich verraten, ja, aber er hat mich nicht betrogen. Er hat mit keiner anderen Frau herumgeschäkert (nun, soweit ich weiß zumindest), auch wenn er sich wahrlich nicht schämt, ihnen hinterherzuschauen. Vor zehn Jahren habe ich ihm am Strand das Versprechen abgenommen, mir zu helfen, wenn ich eines Tages eine unheilbare Krankheit oder ein schweres Leiden haben würde oder verrückt werden sollte. Männer können Tränen nichts entgegensetzen. Er hat es mir versprochen, und ich war beruhigt. Obwohl ich wusste, dass er sein Wort nicht halten würde, fühlte ich mich erleichtert.

Ihr seid in eine privilegierte Familie hineingeboren. Aber die Medaille hat immer zwei Seiten, in eurer Kindheit habt ihr euren Vater kaum zu Gesicht bekommen. Ihr beide habt Blessuren abbekommen, das Leben hat euch Prüfungen unterzogen, denen ihr euch tapfer gestellt habt. Mit meiner Lüge wollte ich einen Bruch herbeiführen, der euch zwingt, einander kennenzulernen. Wenn mein Streich gelungen ist, habt ihr neue

Bindungen aufgebaut. Euer Vater wollte nicht, dass ich ins Pflegeheim gehe, ich habe ihm keine Wahl gelassen. Weil Pommes Gesicht beinahe für immer entstellt und ich dafür verantwortlich gewesen wäre, als ich die Grek umwarf, ich war in dem Moment woanders und habe sie nicht wiedererkannt.

Dank euch dreien war ich unfassbar glücklich. Mit Jo habe ich die verblüffende Freude am Leben entdeckt. Ich wünsche euch, dass ihr das gleiche Abenteuer erlebt. Jedes schlechte Essen, das ich für euch gekocht habe, war mit Liebe gewürzt.

Ich hoffe, dass Pomme und Charlotte zu offenen und selbstständigen Frauen heranwachsen. Nicht die Kinder oder Enkel machen uns glücklich, sondern die Liebe, die sie hervorrufen, mit der man sie umgibt, die uns durchdringt.

Man kann nicht wissen, woran man einmal sterben wird, aber man kann entscheiden, wie man leben will. Jo, ich habe dich gezwungen, unsere Kinder besser kennenzulernen, und deshalb hast du nicht aufgegeben und den Boden nicht unter den Füßen verloren. Du hast mich davon abgehalten, mir ein Ende zu setzen, ich zahle es dir mit Gleichem heim. Da ich vor dir dort oben ankomme, werde ich uns im Sternerestaurant im Himmel den besten Tisch reservieren. Dich zu lieben war ein Rausch, deine Worte haben mich berauscht, doch ich hatte nie einen Kater.

Danke, danke für Groix. Dieses Stückchen Himmel über der Insel ist nicht wie die anderen. Die Fluten, die die zerklüftete Küste streicheln, die Erde und die Felsen, die Ginsterbüsche und Mauern, der Thunfisch auf dem Kirchturm, der Hafen, die Buchten, die Insulaner, alles ist selten und einzigartig, wundervoll und mächtig. Groix, das war das Sahnehäubchen. Nicht das auf meinen verbrannten Kuchen und auch nicht das auf Martines magical cake. *Das Sahnehäubchen auf dem* tchumpôt, *Ko. Ihr seid ganz nach meinem Geschmack,* gast.

Lou

6. FEBRUAR

Jo, Île de Groix

In Sarahs Tempo gehen wir zurück zum Haus. Ich bin gerade mit vielen Jahren Verspätung Vater geworden. Albane und die Mädchen spielen in der Küche Monopoly. Albane setzt ein rotes Hotel auf die Parkstraße und schaut Cyrian an, der nickt und sagt: »Albane und ich haben euch etwas zu verkünden.«

Ich erschauere. Lassen sie sich scheiden? Ist ein Kind auf dem Weg?

»Wir wollen ein Haus auf Groix kaufen. Damit wir in den Ferien herkommen können und näher bei dir und Pomme sind, ohne dir zur Last zu fallen, Papa.«

Pomme grinst von einem Ohr zum anderen, sie sieht aus wie Pac-Man.

Ich sage zu meinem Trottel von Sohn: »Willst du mich verarschen?«

»Wir dachten, das würde dich freuen …«

»Ist mein Haus etwa nicht gut genug für euch?« Wenn du sein Gesicht sehen könntest, meine Schöne! Ich lache. »Das war ein Scherz, Cyrian. Deine Mutter hat kein Monopol auf fragwürdige Witze. Das ist eine wunderbare Neuigkeit. Ich bitte dich nur um eines. Besorg dir ein normales Auto, fahr nicht mit deinem Panzer auf der Insel herum, in Ordnung?«

Er nickt. Die Haustür geht auf. Dabei sind wir doch schon alle hier?

»Wir haben einen Gast zum Abendessen«, sagt Albane und stellt noch einen Teller auf den Tisch.

Maëlle kommt herein und setzt sich ganz selbstverständlich zu uns an den Tisch. Cyrian, der offensichtlich nicht auf dem Laufenden ist, bleibt der Mund offen stehen.

»Du solltest dich besser anstrengen zuzunehmen, Charlotte«, droht Albane. »Denn ich warne dich, wenn du wieder zur Schule gehst, isst du in der Kantine!«

Charlotte tauscht einen verschwörerischen Blick mit Pomme. Ich denke an das letzte Stück, das wir gemeinsam im Pflegeheim gehört haben, *Après un rêve* von Gabriel Fauré, mit Yo-Yo Ma am Cello. Und ich denke, dass sogar die Kantine deiner Kochkunst vorzuziehen ist, meine Liebste.

Lou, dort, wohin wir alle einmal gehen

Dieser Augenblick reiner Freude in der Küche in Le Bourg ist nicht mit Gold aufzuwiegen. Ein Augenblick, so ewig wie ein Saxophonton, der bis zum Anschlag gehalten wird, so stark wie die Flut bei Tagundnachtgleiche. Nun kann ich verschnaufen und mich ausruhen. Ihr seid nicht mehr allein. Die Zukunft gehört euch. Aber ich habe unsere Vergangenheit, um darin zu schwelgen und mich zu erinnern. Und eine Musik von unwirklicher Schönheit, um darauf zu schweben. Weil dort, wo ich bin, die Stille endlich den Klängen weicht.

Ich stehe unter der Milchstraße auf einem Felsen, das Meer liegt unter mir. *Après un rêve* von Fauré steigt durch die Nacht empor. Ich nähere mich den Musikern. Ich glaube zu träumen: Wolfgang Amadeus spielt Cembalo, Johann Sebastian sitzt an der Orgel. Obwohl Bach sechs Jahre vor Mozarts Geburt gestorben ist, der wiederum fünfzig Jahre vor Faurés Geburt gestorben ist! Die große brünette Dame Barbara und der Italiener Reggiani sitzen neben dem Engländer Bowie. Meine Eltern haben mir einen Platz zwischen sich freigehalten. Ein Fischer in gestreiftem Pulli, der dir ähnlich sieht, Jo, lächelt mir zu. Ein kleiner Junge, der Albane gleicht, lauscht fasziniert. Fellini tanzt mit Giulietta. Auch ich bin nicht mehr allein. Hier trennen sich unsere Wege, mein Liebster. Doch das ist nicht traurig. Ich lege ohne dich ab, fahre mit der Erinnerung an alles los. Ich bin schlecht im Kopfrechnen, aber ich hatte seit Allerheiligen ein wenig freie Zeit, um es mir an den Fingern abzuzählen. Ich kenne die zweistellige Zahl unserer gemeinsam verbrachten Jahre. Ich kenne die tausendstellige Zahl unserer gemeinsamen Lachanfälle. Faurés Stück verklingt. Wolfgang Amadeus und Johann Sebastian grüßen. Das Publikum steht auf, um zu tanzen, jeder nach seiner Musik. Du bist nicht hier, um mir auf die Füße zu treten, mein Libeling. Ich höre keine Glocke klingen wie Capras Engel Clarence, ich höre einen unwiderstehlichen und fröhlichen Discosound: *Ah ha ha ha, stayin' aliiiiiiiiiive!*

Paris – Île de Groix – Rom, 2015
Kenavo d'an distro, Auf Wiedersehen und bis bald

MUSIK

Audite silete, Michael Praetorius

Filmmusik für Fellini, Nino Rota

Et puis und *La Chanson de Paul*, Serge Reggiani/Jean-Loup Dabadie

Pie Jesu, Gabriel Fauré

Une île, Serge Lama

Chante, la vie chante, Michel Fugain

Stayin' Alive, The Bee Gees

Adagio for Strings, Samuel Barber, dirigiert von Leonard Bernstein

Caballitos, Laurent Morisson, nach einem Gedicht von Antonio Machado

Das italienische Konzert, Johann Sebastian Bach

Die Zauberflöte, Wolfgang Amadeus Mozart

Message in a Bottle, The Police

Danny Boy, Frederic Weatherly

Amazing Grace, John Newton

Manu, Renaud

Go West, Swing Cajun und Pat Sacaze

Ouvertüre von *La Forza del destino*, Giuseppe Verdi

Quand ceux qui vont, Barbara

Cinema Paradiso, Ennio Morricone

Matthäus-Passion, Johann Sebastian Bach, Choräle *Kommt, ihr Töchter, helft mir klagen* und *O Lamm Gottes, unschuldig*

Filmmusik zu *Ist das Leben nicht schön?*, Dimitri Tiomkin

Bianco Natale, Mina

I'll Be Home for Christmas, Barbra Streisand

St. James Infirmary, gespielt von Louis Armstrong

Le Forban, Seemannslied

Mon p'tit garçon, Michel Tonnerre

When Irish Eyes are Smiling, Chauncey Olcott, George Graff, Jr. und Ernest Ball

Quinze marins, Michel Tonnerre

Nous étions trois marins de Groix, Seemannslied

Alter Ego, Jean-Louis Aubert

Molène, Didier Squiban

Après un rêve, Gabriel Fauré, Cello: Yo-Yo Ma

REZEPTE

Lucettes Tchumpôt

Zutaten: 1 kg Mehl, 2 Eier, ein großer und ein kleiner Becher Crème fraîche, 2 Becher Naturjoghurt, 1 Packung Vergeoise-Zucker (kein Rohrzucker), Rosinen (oder getrocknete Pflaumen), 100 g gesalzene Butter.

Das Mehl in eine große Schüssel geben, in der Mitte eine Mulde formen, eine Prise Salz, die Crème fraîche, den Joghurt und die Eier hinzugeben und alles vermengen. Ein Geschirrtuch (mit geruchsneutralem Waschmittel gewaschen) auf dem Tisch ausbreiten, mit Mehl bestäuben. Den Inhalt der Schüssel darauf geben und den Teig nicht mit den bloßen Händen, sondern mit einer Ecke des Handtuchs bearbeiten (er klebt). Aus dem Teig einen Brotlaib formen und ihn in drei Stücke teilen. Die Stücke plattdrücken, bis jeweils eine dicke Scheibe von 15 bis 20 cm Durchmesser entsteht. In der Mitte eine Fläche so groß wie zwei Schokoriegel (etwa 2 bis 3 cm dick) mit Vergeoise-Zucker bedecken, dabei einen 1½ cm breiten Rand aussparen. Die gesalzene Butter in Flöckchen und die Rosinen (oder Pflaumen) darauf geben, den Rand der Scheibe anfeuchten und überklappen, die Ränder vorsichtig zusammendrücken, ohne den Teig zu zerreißen. Die Teigtasche in ein (geruchsneutrales) Geschirrtuch einschlagen, nicht zu eng, sonst quillt der Teig nicht. Das Geschirrtuch wie ein Bonbonpapier an den Enden zudrehen.

Wasser mit einer Prise Salz zum Kochen bringen, den Tchumpôt hineinlegen, 20 Minuten köcheln lassen, ihn vorsichtig herausnehmen. Man bereitet den Tchumpôt erst dann zu, wenn die Gäste schon eingetroffen sind, er wird schnell trocken. Er wird in Scheiben geschnitten serviert. Am nächsten Morgen schneidet man den Rest in Scheiben und wendet ihn in der Pfanne in heißer gesalzener Butter, bis sie karamellisiert.

Mirellas Suppe, Al Cantuccio, Rom

Zutaten: Bohnen (Wachtelbohnen oder weiße Bohnen), Steinpilze, geschälte Esskastanien, eine Zwiebel, Sellerie, Karotten, Knoblauch, Chili, roher Schinken, Olivenöl, Salz und dunkles Brot.

Die Bohnen waschen und über Nacht in Wasser einweichen, die Karotten, die Zwiebel, den Sellerie und den Knoblauch fein hacken und hinzugeben.

Am nächsten Morgen alles im Einweichwasser gar kochen, einen Topf mit kochend heißem Wasser bereithalten, um, wenn nötig, nachzugießen. Die Steinpilze in einer Pfanne mit etwas Olivenöl und dem Chili anbraten und in die Suppe geben, sobald die Bohnen gar sind. Schinken oder Speck klein schneiden. Zusammen mit den Esskastanien zu den Bohnen und den Steinpilzen geben, alles mit Olivenöl beträufeln. Das dunkle Brot toasten, die Suppe in tiefe Teller geben und das Brot hineinlegen.

DANKSAGUNG

Herzlichen Dank an Héloïse d'Ormesson und Gilles Cohen-Solal, Sarah Hirsch, Roxane Defer, Anne-Marie Bourgeois, das ganze Verlagsteam von Editions Héloïse d'Ormesson, es ist eine große Freude mit euch zusammenzuarbeiten.

Innigsten Dank an Nicole de Pol und Christine Soler für das Haus auf der Insel, an Jean-Pierre und Monique Poupée, dass sie ihre Freunde mit mir geteilt haben, an alle von der Bande des Siebten bei Fred, an Mylane Corvest für das Armband, Lucette Corvec für den Tchumpôt, Brigitte Adam, Jo *nav*, Jo Le Port, Soaz, die wieder Françoise heißt, und an den Blog von Anita de Groix.

Besonderen Dank an Anne Goscinny für die Zusammenkünfte mit unseren Vätern, an Eric Frachon für den Frachon über den Schultern, an meine Mutter für die Rosen von Keryargon, an Dr. Catherine Ferracci, an Dr. Claude Fuilla, an

Dr. Sandrine Paquin für die medizinischen Ratschläge, an Ywes Ballan, Amandine Jendoubi, Renata Parisi, an Antoine-Basile Mercier für die gefühlvollen Saxophonklänge, an Thierry Serfaty für die Bücher, in denen er mich umbringt, Grégoire Delacourt für das Lachen, Évelyne Bloch-Dano für Illa, Valérie Lejeune für ihre Ausdrücke, Caroline Vié für die Tattoos, Sylvie Overnoy für den Redestab, Jean Faillier für Mary Lester, François Boulet für den großen Charles, an Yveline Kuhlmey für die entkorkten Flaschen Cidre, Christel Pernet für Libeling, Nausicaa Meyer für ihre lebhafte Stimme, immer Didier Piquot, Martine Pilon für den *magical cake,* Mathilde Pouliot für den *burraco,* Philippe Chambon für New York, Isabelle Preuvot für ihr Feingefühl, Silvia und Alessandro für mein Patenkind Livia.

Danke für das Schmetterlingstattoo auf meiner Schulter und meinen Cockerspaniel Uriel, dem es egal ist, ob ich *number one* oder *number two* sage.

Dank an Christian Fouchet, Hughes Ternon, Alberte Bartoli, Isabelle Redier, ihr fehlt mir, an meine Tante Talel, die die Obdachlosen von Saint-Germain-en-Lave versorgt hat, die nachts an unser Tor klopften.

Kein Tier wurde bei der Entstehung dieses Buches gequält, es wurde getrunken, Musik gespielt und gehört, jeden Morgen habe ich ein Ticket nach Groix gelöst, indem ich meinen Laptop aufklappte, diese Insel ist ganz nach meinem Geschmack.